枕草子論究

日記回想段の〈現実〉構成

津島知明

翰林書房

枕草子論究——日記回想段の〈現実〉構成——◎目次

※タイトル下の（　）に、その章で主に取り上げた枕草子の章段数を付した。

第一部　〈背景〉を迎え撃つ枕草子

第二部　枕草子、解釈の諸相

第三部　平安文学、享受の諸相

第一部

〈背景〉を迎え撃つ枕草子

序　枕草子「日記回想段」に挑むために

一、「たはぶれ」なる装い

現存する雑纂本枕草子は、巻頭に「春はあけぼの」という〈始まり〉を戴き、巻末に「跋文」と呼ばれる〈終わり〉を持つ。両者の間には、大小三百余に区切り得る断章（章段）が並んでいる。個々の章段配列は、思いつくまま、気まぐれなものと見なされており、「雑纂本」と称されるゆえんである。[1] あるいは配列に必然性がないからこそ、巻頭と巻末だけにはそれらしい体裁が求められたとも言われる。こうした理解の、確かな裏付けとされてきたのが、次のような跋文の一節だった。

この草子《さうし》　目に見え心に思ふ事を、〈人やは見むとする〉と思ひて　つれづれなる里居《さとゐ》のほどに書きあつめたるを、あいなう人のために便《びん》なき言ひ過ぐしもしつべき所々もあれば……

おほかた　これは、世の中にをかしき事　人の〈めでたし〉など思ふべき　なほ選《え》り出《い》でて、歌《うた》などをも　木　草　鳥　虫をも言ひ出だしたらばこそ、「思ふほどよりはわろし。心見えなり」とそしられめ、ただ心一《ひと》つに　おのづから思ふ事をたはぶれに書きつけたれば……

「この草子」は、「人やは見むとすると思ひて」（他人は見ないだろうから）「ただ心一つにおのづから思ふ事をたはぶれに」（心に浮かぶままを戯れに）書きつけた、と主張されている。後世に「筆まかせ」「随筆」などと称され、「作品の本質」とまで認定されてきた執筆態度であり、「雑然とした配列」をも進んで正当化していった。

確かに、そうした「随筆」らしい体裁を、このテキストは多分に備えてはいる。例えば「思はん子を」や「すさまじきもの」の段がその位置に来なくても、「山は」「市は」「峰は」等の順序が入れ替わっても、特に支障ないように思える。個々の章段間に「連想の糸」なるものが見出せても、それもまた「気まぐれ」に過ぎないと見なされてきた。

ところが枕草子は、右のような「気まぐれ」とは同列には括り得ない、一群の本文をも抱え持つ。固有の人物、事件をそれと特定されるように描く、いわゆる日記回想段（呼称については第一章参照）である。これらの章段に限っては、描かれた事件時が互いに「前後関係」を主張し、多くが「時系列」という秩序に連なろうとするからだ。まさにそうした秩序をもって、前田家本などは日記回想段の再編を図ったのだろうし、今日でも事件時による並び替えは有効な鑑賞法と見なされている[2]。

だが、本来「時系列と配列が乖離する」という現象は、雑纂本の日記回想段が、時系列とは別の論理で配置されているという、積極的な主張と見なすべきではないか。それが看過されてきたのは、「おのづから思ふ事をたはぶれに書きつけたれば」という証言が、あまりに当然のように、日記回想段にも適応されてきたからだろう。そもそもが先の跋文じたい、決して額面通りに受け取れる言説ではあるまい。「人のために便なき言ひ過ぐしもしつべき所々もあれば」という予防線が張られているように、「この草子」公表にあたり、何よりも「人」（読者）こそが強く意識されているのだ。ならば固有の人物事件を描く日記回想段が、特に配慮を要する部分だったことは想像に難くない。内容はもちろん、どの人物を、どの事件を、いかなる順序で提示してゆくかについても、およそ無防備だったとは思われない。

跋文の付された「この草子」が「人に見せる」ものであればこそ、「心一つに」「たはぶに書きつけた」という装いが、どうしても必要だった――。ならば、日記回想段における題材の選別はもちろん、時系列に抗するような配列もまた、単なる「たはぶれ」や気ままな「連想」の産物と見なすべきではないだろう。配列のすべてに精緻な構造が見出せるわけではないし、実際に「たはぶれ」に書かれた部分も多いのかもしれない。ただ、主要日記回想段の構成および配置に関しては、相応の意味付けが可能だというのが本書の立場である。

二、「想定されざる」読者として

「たはぶれ」なる装いを必要とするような読者が、枕草子には想定されている。言い換えれば、そうした読者にこそ装いは意味を持ち、効力は発揮された。描かれた事件相互の、あるいは描かれざる事件との、様々な因果律を、それなりに共有する者たちだろう。

その意味で、後世の読者などは、さしあたり蚊帳の外に置かれている。我々が日記回想段に対し、古記録類などを駆使して記事の〈背景〉を探ろうとしてきたのも、いわば想定された読者に迫るための作業だった。背後にある「史実」が復元されれば、「作者の意図」も明らかになるという理屈である。三巻本勘物以来、様々な事実認定がなされ、実際に多くの成果がもたらされてきた。だが、こと「作者の意図」に関してはどうか。例えば、描かれざる「史実」があれば、作者が「目を背けた」「切り捨てた」「知り得なかった」現実と認定され、「史実」との齟齬があれば、「美化」「脚色」「記憶違い」等の裁定が繰り返される。枕草子もまた、ひとつの古記録として扱いたいのなら納得もゆく。だが検証者の多くは、一方で枕草子の「文学性」を疑わない。ならば「粉飾」を見抜くこと、「記憶違い」を言い募ることが成果となるような日記回想段の「文学性」とは何だろう。それこそは、「たはぶれ」なる証言に胡坐をかいた、読み手の怠慢ではないのか。「不正確さ」を「たはぶれ」に帰結させて、検証を終えた気になってはなるまい。古記録の主張する現実に対しては、枕草子の主張する〈現実〉というものがある。古記録との齟齬が見出せるならば、それこそをテキストとの新たな対話の糸口とすべきなのだ。

我々は当時の読者には成り代われないし、過去の事件に立ち会うこともできない。古記録類から復元できる「史実」もあれば、失われた「史実」もあるだろう。復元された「史実」さえ、枕草子が踏まえる「史実」とイコールとは限らない。かくて日記回想段が我々に突きつけるのは、深い絶望である。むろん、こうした絶望とは無縁なところで枕草子を読み味わうことも可能だろう。実際、主に類聚段や随想段から抽出される（理解しやすい）エッセンス、それに対する共感や嫌悪を一身に引き受けながら、「清少納言」は文学史上に唯一無二の地位を与えられてきた。「気ままな」「飾らない」ガールズトークのような雰囲気こそを、進んで享受しようとするならば、日記回想段もまた彼女の目に映る限りの「日常のひとこま」「思い出の一場面」、あるいは他愛ない「自慢話」か「宮廷賛歌」で十分なのだろう。描かれない「史実」の発見も、すべては「作者」の心情・美意識へと回収されて、たやすく賞美や糾弾の的とされてしまう。

鑑賞法のひとつとして、それはそれで認めてよい。むしろ王道とさえ言えよう。ただ本書に収めた一連の論考は、今も消費され続ける、そうした「わかりやすい」作品作者像に対する拭い難い違和感に端を発している。こと日記回想段に対しては、我々は「想定されざる」読者であること、決定的なハンディを背負い込むことを覚悟の上で、テキストに這いつくばるべきなのだ。現存する古記録類を可能な限り利用するという手続きじたいは変わらないが、それが「事実」として強権的に解釈に持ち込まれるわけではない。あくまでも、枕草子には枕草子の主張する（生み出す）〈現実〉世界がある、との認識が前提であり、その純度をはかるべく、個々の「事実」は反芻されることになる。現存雑纂本なるテキストに対し、限られた情報を駆使して、「想定されざる」読者ならではの〈物語〉を見出してゆく作業だとも言えようか。むろんそれはテキストの紡ぎだす因果の糸とでも言うべきものであって、「事実」に対する「フィクション」の意ではない。あえてこうした術語を持ち出すのは、隙あらば忍び寄る囁き、「清少納言はそこまで考えていないはずだ」等々から、いったん自身を解放しておきたいからでもある。

三、「書き手」と〈私〉

最後に、本書で用いる分析概念について触れおく。

大進生昌《なりまさ》が家に宮の出《い》でさせたまふに、東《ひんがし》の門は四足《よつあし》になして、それより御輿《みこし》は入《い》らせたまふ。（六段）

右が日記回想段の冒頭文となる（詳細は第一章参照）。それは「中宮の生昌邸行啓」という出来事から始まるわけだが、まず押さえておくべきは、右もまた「事後」的にまとめられた〈現実〉だということ。なおかつ、そのさいに「いつ」「何のため」の出御かなどの説明があえて切り捨てられている、ということである。日記回想段の「事後」とは、定子の死も道長の栄華も見届けた後であることがやがて明かされてゆくが（一二五段など）、この行啓に関しては、中宮の「懐妊」「第一皇子誕生」という、ともに極めて重要な原因と結果に連なることが、諸記録から確認される。

従って、そうした因果関係を、あるいは（我々が知り得ない）より詳細な諸事情について、説明不要な読者がここには想定されていると、さしあたり受け取ることができる。もしくは、そうした因果律をいっさい排したものが、描きたい〈現実〉だったのだとも考えられよう。

このようなスタンスを提示するテキストを、さらに辿ってゆくと、

御前《おまへ》にまゐりて　ありつるやう啓《けい》すれば、「ここにても人は見るまじうやは。などかは　さしもうち解《と》けつる」と笑はせたまふ。

という形で、中宮の前に「まゐりて」「ありつるやう（北門での顛末）」を報告する、書き手自身と思しき動作主体が登場してくる。彼女もまた「事後」的に再構成された〈現実〉世界の一部、その構成員のひとりということになるだろう。そうした構造に自覚的であるべく、本書では右のような動作（発話）主体を、特に〈私〉と呼んでいる。

むろんさらに後文の、

「なほ例《れい》人のやうに　これなかくな言ひ笑ひそ。いと謹厚《きんこう》なるものを」と　いとほしがらせたまふも、をかし。

のように、描かれた事件や誰かの言動を「をかし」「めでたし」などと評してゆく判断主体となると、書き手と〈私〉を峻別し、どちらかに限定するのは難しい。テキストに頻出するこうしたコメントは、現場の心象がそのまま執筆時における判断のごとく提示されているからだ。ただし、

さて、その二十日あまりに法師《ほふし》になりたまひしこそ、あはれなりしか。（三三段）

のように、あえて「き」文脈が選ばれた場合は、出来事を「過去」へ押しやる執筆の現場が表出されることになる。逆に言えば、時おり顔を覗かせる右のような「き」文脈によって、描かれた「事件時」と「執筆時」とに隔たりがあることを、我々は意識させられるのだ。

結果として多くの場合、書き手は現場の〈私〉と同じ認識に立つことになるが、だとしても事件時における行動や発言の主体を、書き手によって事後的に再構成された〈現実〉の一部と認定することは、日記回想段の読みにおいて必要な手続きと考える。個々の事件がいかなる因果律に連なるか、執筆時には否応なく見届けていたはずの書き手が、往々にしてそれに関知しない者として〈私〉を描いてゆくのが、日記回想段の基本構造だからだ。因果律から自由な〈私〉という登場人物を巧みに活用しつつ、枕草子では枕草子なりの〈現実〉構築が図られている。

そのような形で、最終的に「雑纂本枕草子」なるテキストを統括する者、人物の呼称や描き方はもちろん、個々の題材の取捨選択から章段の配置まで、すべての責任を託し得る表現主体を、本書では「書き手」と認定しようと思う。むろん、同じ雑纂本でも三巻本と能因本とに差異が顕著な場合は、厳密には「三巻本の書き手」「能因本の書き手」と呼ばれるべきだろう。ただ両者に大差がない限りは、とりあえず「書き手」と総称しておく。

なお、枕草子の本文および章段区分は、津島知明・中島和歌子編『新編枕草子』（おうふう、二〇一〇）により[3]三巻本にて代表させているが、他系統も随時参照した。また、本書で引用した枕草子諸注釈書には、以下の略称を用いる場合がある。

「磐斎抄」　加藤磐斎『清少納言枕双紙抄』（一六七四）
「春曙抄」　北村季吟『枕草子春曙抄』（一六七四跋）
「通釈」　武藤元信『枕草紙通釈』上・下（有朋堂書店、一九一一）
「金子評釈」　金子元臣『枕草子評釈』（明治書院、一九二一）
「塩田評釈」　塩田良平『枕草子評釈』（学生社、一九五五）
「大系」　池田亀鑑・岸上慎二『日本古典文学大系　枕草子』（岩波書店、一九五八）
「校訂」　岸上慎二『校訂三巻本枕草子』（武蔵野書院、一九六一）
「集註」　関根正直『補訂枕草子集註』（一九七七、思文閣出版）
「全講」　池田亀鑑『全講枕草子』（至文堂、一九七七）
「全注釈」　田中重太郎（他）『枕冊子全注釈』一〜五（角川書店、一九七二〜九五）
「全集」　松尾聰・永井和子『日本古典文学全集　枕草子』（小学館、一九七四）
「角川文庫」　石田穣二『新版枕草子』上・下（角川書店、一九七九・八〇）
「集成」　萩谷朴『日本古典集成　枕草子』上・下（新潮社、一九七七）
「鑑賞」　稲賀敬二（他）『鑑賞日本の古典　枕草子・大鏡』（尚学図書、一九八〇）
「解環」　萩谷朴『枕草子解環』一〜五（同朋舎、一九八一〜八三）
「和泉」　増田繁夫『和泉古典叢書　枕草子』（和泉書院、一九八七）
「ほるぷ」　鈴木日出男『枕草子』上・下（ほるぷ出版、一九八七）
「新大系」　渡辺実『新日本古典文学大系　枕草子』（岩波書店、一九九一）

「新編全集」　松尾聰・永井和子『新編日本古典文学全集 枕草子』（小学館、一九九七）
「学術」　上坂信男・神作光一『講談社学術文庫 枕草子』上・中・下（講談社、二〇〇〇～〇三）

注

（1）実際は「春はあけぼの」「跋文」のみならず、冒頭と巻末部（特に三巻本）には、各々ゆるやかに「始まり」と「終わり」を画策する章段群が認められる。近年この点については、石垣佳奈子「三巻本『枕草子』の〈始まり〉と〈終わり〉」（『物語研究』十三号、二〇一三・三）等に精力的な考察がある。

（2）最新の成果としては、赤間恵都子『歴史読み枕草子』（三省堂、二〇一三）がある。

（3）『新編枕草子』は二〇一一年の二刷版にて、わずかながら本文と注に修正を加えている。厳密には本書の引用は、二刷以降の版によっている。

第一章　日記回想段の始発

一、はじめに

枕草子は、史実なるものとの照合によって、大きく評価を振幅させてきた。とりわけ、諸記録が訴える主家の「悲劇的現実」こそは、「作者」を激しい毀誉褒貶にさらす原因でもあり続けている。「悲劇を避けている」「現実を見ていない」等の糾弾から、「主家への献身」「美学への殉教」等の賛辞まで。ただ、後者にあっても史実なるものとに齟齬があれば、多くは「虚構」「粉飾」として処理されてきた。「作者」は自身の美学なり矜持なりを優先して、「現実」を切り捨てたというわけだ。

こうした状況を前に、かつて「枕草子はついに『書かれるべきあはれ』なくして語れないテキストなのか」と自問したことがある。(1)「悲劇」を欲しているのは、むしろ読者の方ではないか、との思いからであった。基本的な認識は今も変わらないが、いくら責任を読者に求めても、史実なるものとの関係は補強されるばかりではないか、という忸怩も残った。このジレンマを克服する道はないのか。本稿ではひとつの突破口として、史実なるものとの関係、その再構築を、徹底して枕草子の側から試みた。スタンスとしては、テキストが参照を求める「史実」、呼び込まれてくる諸情報を、できる限り引き受けて咀嚼すること。そこから、進んで〈背景〉を迎え撃つテキストとして、よりポジティブな枕草子像が描けないかと考えている。(2)

二、日記回想段が〈始まる〉

枕草子には「日記的章段」などと通称される一群がある。内容としては、過去の出来事が実在人物とともに描かれ、スタイルとしては、回想でありながら執筆時と出来事時との懸隔を基本的には意識させない（当日に寄り添う形の回想叙述という意味で、以下「日記回想段」と呼称しておく）。それらは（類聚段、随想段などと分類される）典型化・一般論化を志向する文章の間隙を縫って唐突に姿を現し、分量からは、大小の山脈のように聳え立つ。暦日上の前後関係をあえて無視するような登場と、断章のまま各々が閉じられてゆく形態も、注目すべき特徴と言えるだろう。

むろんこの特徴は、雑纂本（三巻本・能因本系統）として残されたテキストこそが主張するものだ。日記回想段をほぼ欠いた現存堺本系統はもちろん、月次的再編を目論んだと思しき前田家本は、従っていま対象から外されている。いわゆる「跋文」の統括する現存雑纂本の配列を、ひとつの編集結果として、日記回想段に対しても積極的に認めて行きたい。

その雑纂本において、初めて登場してくる日記回想段が、「大進生昌が家に」と書き起こされる断章だった。日記回想段の初段に「大進生昌が家に」が置かれ、直後に「上にさぶらふ御猫は」が続くこの布陣には、後述するように、選び抜かれた要害の風貌が漂う。ただそれら精鋭部隊は、かつて述べたように(3)、「春はあけぼの」という（現存諸本の異同が証言するような）不動の先陣によって、巧みに隠匿されてもきた。「大進生昌が家に」から日記回想段が始まることも、後続の配列や題材選択も、気まぐれに過ぎないと、一方でテキストは装おうとする。おそらくそのどちらもが、日記回想段という、最もデリケートな内容を抱える章段群には、必要なプログラムだったのだろう。「大進生昌が家に」からそれが〈始まる〉こと、そして以下の特異な配列は、「始まり」としての「春はあけぼの」、「終わり」として「跋文」と、どこまでも補完関係にある。

かくて、劈頭に位置するというその一点において、次の一文はとりわけ注目に値しよう。

大進生昌《なりまさ》が家に宮の出《い》でさせたまふに、東《ひんがし》の門は四足《よつあし》になして、それより御輿《みこし》は入《い》らせたまふ。(4)

固有の人名や出来事が示されることで、明らかにそれまでとは趣を異にする文章となっている。「ここからは個別の事件を書きますよ」という宣言、同時に「過去の出来事をどう描いてゆくか」(つまり日記回想段とは何か)、流儀を提示する一文でもあった。

まずは「大進」、すなわち中宮職三等官にすぎない「生昌が家」に、「宮」がお出ましになるのだという。本来なら、理由なり状況なりの説明があってしかるべき所だ。しかし、以下この点については、いっさい触れられることがない。「いつ」「何のための」出御かは説明を要しない、そうした読者が想定されているらしい。では、いきなり置いてきぼりを食らった者たちはどう対処すべきか。ここにテキストは、〈背景〉と呼び慣わされる裏付けの収集へと、我々を走らせる。

テキストは多かれ少なかれ注釈言語を誘発するものだが、日記回想段のそれは、何より史実とされる情報を、強権的に呼び込むのだ。むろん中宮がなぜ生昌の家に滞在までするのか、状況に鈍感か無関心でいようとするなら、単なる〈中宮女房が家主生昌をやり込めた話〉で片付けることも、理屈上は可能だ。だがそれは副次的享受にはなっても、枕草子自体と向き合うことにはならない。実際、本文に「勘物」を縫い付けた耄及愚翁（定家）を筆頭に、先人はここに〈背景〉を希求してきたし、我々もそれを進んで受け継いでいる。むしろ〈背景〉を看過する自由など、既に与えられていないといえよう。

手がかりは必然的に残された諸文献となる。かなり限定されたツールだ。その意味で〈背景〉は、枕草子が要求する情報ではあっても、どこまでも不確定なものとしてあり続ける。確固たる史実なるものがアプリオリに存在し、我々がそれを参照できるわけではない。これを常に肝に銘じておかないと〈背景〉に足をすくわれかねまい。しかし一方、たとえ限られたツールであれ、ある証言によりたちまち破綻をきたすようでは、テキストの自立はおぼつかない。呼び込んだ〈背景〉を枕草子はいかに迎え撃つのか。見極めるべきは剣戟の現場にある。

三、「四足になして」をめぐる攻防

日本紀略等によると、定子の生昌邸への出御は「長保元年八月九日」「長保二年三月二七日」「長保二年八月二七日」の三回が、いま確認できる。そこで「東の門は四足になして」、すなわち東門の改修という記述をもって、本段には最初の行啓時があてられてきた。定家の縫い付けた「勘物」が、今なお支持される結果となる。

こうして「いつ」に「長保元年八月九日」なる暦日が重ねられるや、〈背景〉は堰を切って雪崩れ込む。「何のために」には、中宮の第二子出産があてられ、出御先たる（古記録によれば「前大進」）「生昌が家」は、四足門を構える邸宅には招かれなかった定子の立場を顕在化させる。当日は道長の露骨な妨害（宇治への遊覧）があったことなど、中宮への風当たりの強さばかりを訴えつつ、古記録（権記・小右記）は次々と攻め込んでくる。

世間から見れば屈辱的な行啓。枕草子は、それをあえて日記回想段の〈始まり〉に掲げるのだ。またそこに記された「四足になして」は、生昌邸が四足門の家格でなかったことを再認させるのみならず、[5]勘物も引く「人々云、未聞御輿入板門屋」（中宮の御輿が板門屋に入るとは前代未聞だ）なる証言を、進んで呼び込むものだった。やはり小右記が、大外記からの聞書きとして載せる記事である。

そこで下される審判は、例えば次のようなものだった。古記録に「板門屋」とあるのだから、実際は四足門などではなかった。だとすれば「清少納言が文面を粉飾したか」（枕草子解環）、記事は「全くの虚構で、清少納言の創作になるものである」（枕草子大事典）等々[6]。古記録をもって枕草子の「虚構」を暴く。日記回想段に対峙する読者が陥りやすい罠だろう。結果として枕草子は、自ら呼び込んだ〈背景〉に首を絞められる、か弱きテキストと化してしまっている。

枕草子側に中宮には「四足」こそ相応しいという思いは当然想定できるが、同じように「板門屋」を報告する外記に、それをあえて書き付ける実資に、中宮の零落を言い立てたい底意地が込められていないとは言えまい。枕草子も小右記も、何かを伝えるべく残された書記テキストというレベルでは等価である。「事実か虚構か」に飛びつくまえに、〈背景〉を迎え撃つ枕草子側の筋力を、とことん測るべきだろう。

行啓以前の生昌邸が四足門でなかったことは、身分との照合から間違いない。一方、三条の宮として継続使用された屋敷でもあるから、どこかで門が四足の体裁に整えられたことも想定できる。折衷案としては、小右記の「板門屋」は門ではなく板葺屋根を揶揄したとする解釈もあった（角川文庫）[7]。急遽、柱を添えて四足の体裁を取ったといった所か。すると門は「四足の板葺門」だったことになり、それはそれで奇異な光景には相違あるまい。結果として「そんなものは四足門と認めない」派と「それでも門を四足にしたのは確かだ」派に見解を分けたとしても、とりあえず納得は行く。立場が違えば認識も異なるのだ(8)。

いずれにせよ、長保元年八月九日の夜、中宮の御輿が通過した瞬間の具体的な門の有様を、我々は「事実」として再現する術はない。テキスト間に想定できる先後関係からすれば、後日まとめられたであろう枕草子は、小右記が記したような人々の噂に対し、当事者側から「あれは四足だった」と強く訂正を迫ったことになる（しかも厳密には「四足門」とは言っていない）。テキスト相互が物語る、それだけが確かな事象だろう。小右記の言説は枕草子の「虚構」を暴くものとしてではなく、なぜここに「四足になして」と明記されるのか、必然性を物語る貴重な証言となってくる。

「過去」は想起される限りにおいて存在する。その意味であらゆる過去は〈過去物語〉である(9)。枕草子に結実する〈過去物語〉は、だが同時に作り物語としての自己主張はしていない。これはデリケートな問題だ。例えば（日記回想段の成立についても示唆に富む）二六二段には、積善寺供養の盛儀が語られるなか、「ある事は、またいかがは」という執筆態度が示されていた。「ある事」（事実）だから書く。それは「ない事」までは「書かない」という建前と一体となる。枕草子の差し出す「過去」は、読者に（制度的なという限りでの）「事実性」の共有を、少なくとも訴えているわけだ。同時代読者が想定されているとすれば、単純に「虚構」とは言わせない配慮や思慮をもって、素材は取捨選択されたことだろう。「ある事」を前提に、線引きは「書く」か「書かない」かに置かれてくる。そして「書く」からには勝算を伴わねばならない。

むろん当事者が「過去」と確信するものが、別の当事者にとっても同じ「過去」とは限るまい。当人の確信、時には願望こそが「過去」を作り出すからだ。いかなる「過去」が記されているかは、おのずと別の検証も必要となろう。だが「四足になして」の場合、それは少なくとも古記録によって覆るような、軽々しい言説ではなかった。

「書かない」選択を斥けた上で、確信をもって提示された〈過去〉なのだ。

四、変わらないものを

先の冒頭文に続いて、以下、舞台は北門に移ってゆく。

北の門より、女房の車どもも……檳榔毛《びらうげ》の車などは門小さければさはりてえ入《い》らねば 例《れい》の筵道《えんだう》敷きて下《お》るるに、いとにくく腹立たしけれども いかがはせむ。殿上人 地下なるも 陣に立ちそひて見るも、いとねたし。

「四足になし」た東門を事無く通過した中宮とは対照的に、女房の車は北門で足止めをくらった。やむなく筵道を歩かされた憤激に、枕草子はむしろ多くの筆を割く。生昌邸に赴くまでの中宮の屈辱を、代わりにすべて引き受けるかのように。それを陣から眺めるのが「殿上人地下」だったと記される。

右の文脈に代償願望を読み込むとき、この見物人の明記もまた、ひとつの〈背景〉を引き寄せてくる。行啓当日の、道長に憚った公卿たちが供奉を拒んだという記録である（小右記・権記）。「殿上人地下なるも」が、「上達部」なる空白を浮かび上がらせる記号となるからだ。むろん、直接に「上卿不参」が言い立てられているわけでもないし、現場（北の陣）で彼らの不在が問題になるわけでもない。描かれているのは筵道を歩く「憎らしさ」「腹立たしさ」であり、地下人の視線にまで晒された事態への「ねたし」である。しかし古記録からの照射は、この不快の連鎖増幅に、そっと隠喩を添えてゆく。「上卿不参」のあおりを受け、ようやくにして辿り着いた生昌邸。足を踏み入れてみれば、そこはまさに「殿上人地下人」しか見当たらない場所ではないか。だがこの状況をどうすることができよう。「いとねたし」。苛立ちはまさに、古記録の訴える様々な屈辱まで、進んで引き受ける器となる。

その北門の顛末は、さっそく宮に報告されたようだ。

　御前《おまへ》にまゐりて ありつるやう啓《けい》すれば、「ここにても人は見るまじうやは。などかは さしもうち解《と》けつる」と笑はせたまふ。

枕草子に最初に記される中宮の「肉声」、そして「笑い」である。生昌邸の北門は、中宮を「笑い」とともに枕草子に招き入れる、重要なモチーフに転じたのだ。先のような〈背景〉を踏まえれば、さらに彩り増すようなその「笑い」。また定子はここで、訴えに同調することも、気色ばむこともなく、主人たるポジションを崩さない。そんな超然たる振舞いを、書き手は日記回想段の始発に据えている。

もうひとつ見逃せないのは、「御前にまゐりて」「ありつるやう啓す」という形で、宮と対峙する者が、その存在をはっきりと主張し始める点である。冒頭から宮に敬語を用いて（女房には用いず）事態を記してきた表現主体〈書き手〉は、実際に中宮に近侍する者であることが、ここで明確になる。このように、再現された〈現実〉世界における、書き手自身のものと思われる動作や発話の主体を、以下〈私〉と呼称してゆく。そんな〈私〉にとって、筵道を歩かされた憤慨は、簡単に収まるものではなかったらしい。

　「さても かばかりの家に車入《い》らぬ門やはある。見えば笑はむ」など言ふほどにしも、「これ まゐらせたまへ」

とて御硯《すずり》などさし入《い》る。

「車が入らない門なんて」。折しも顔を出した「家主」に、怒りはぶつけられてゆく。生昌にしてみればいい迷惑だろう。「家の程」は本人の言うように「身の程」にふさわしい。しかしそのまっとうな弁明も、「于公高門」の故事まで持ち出す構えの相手には、容易に受け入れてもらえない。以下も寝所を訪ねては笑われ、言葉遣いが変だといってはからかわれる生昌に、ひたすら笑われ役が押し付けられる。「家主」としての主導権は、見る見る奪われてゆくのである。

こうして描かれる〈私〉だけを見てゆくと、「才覚至らずと見る男をばいかに侮蔑したるか」「清少納言はいかに女らしからざる女なりけるよ(10)」、「善良な生昌への無情な冷酷なしうちだ(11)」等々の、先人の非難に多少なりと同調したくもなる。だがそうした自画像をもって、生昌邸に笑いを巻き起こしながら、本段が要所要所で提示してくるのは、

「なほ例人《れい》のやうに これなかくな言ひ笑ひそ。いと謹厚《きんこう》なるものを」と いとほしがらせたまふも、をかし。

「おのが心地《ち》にかしこしと思ふ人のほめたる、〈うれしとや思ふ〉と告げ聞かするならむ」と のたまはする御気色も、いとめでたし。

という、中宮の言動だった。女房たちをたしなめ、生昌の心中まで察してみせる中宮定子。さらに認めておくべきは、それを「をかし」「めでたし」とテキストに刻み付けてゆく書き手の存在だろう。必ずしもそのスタンスは、

生昌に腹を立て、笑いをぶつける〈私〉とは一致しない。むしろ一歩引いて事態を見据えている。〈私〉への非難も折込済みであるかのごとく、すべてを泰然たる定子像へと帰結させせること。書き手の心血はそこに注がれているようだ。

長保元年八月九日。さらなる辛酸の幕開けを告げるように「粗末な板門をくぐるしかない悲哀の中宮」。もし世間がそう見立てる、あるいは期待するなら、そんな宮など何処にもいないと、書き手は強く訴える。涙でなく「笑い」に包まれる生昌邸の日常を、揺るがぬ中宮の泰然を、記すべき〈過去〉として。「四足に変えた」と明言する冒頭から始まり、門の内にいた者の、宮に「直接仕えた」肉眼を楯に、門外の風評をねじ伏せる。その筆さばきによって、生昌の憎めない無粋が光り、「清少納言」の生意気が鼻についたとしても、書き手の視線は、右の「いとめでたし」に至るまで、「変わらぬ定子」を離さない。

そもそも（「出でさせたまふに」のように）宮の「転移」を記す冒頭は、以後多用される静的縁取り（「～におはしますころ」）と比べて、実は異例の選択でもあった。日記回想段の始まりにおいて、定子は「門」を通り「生昌が家」に居所を移す。三田村雅子はそんな本段を「中宮の空間にして中宮の空間ではない『場』の揺らぎを象徴する章段」と捉え、[12] 小森潔は「通過という事態を経て、通過した者が変貌を遂げる〈場〉」としての「門」の象徴性を説いた。[13] しかし「四足になして」とあるように、変貌を余儀なくされたのは「門」であり、「生昌邸」のヒエラルキーであったことに、とことん枕草子はこだわるのだ。あくまで定子は「変わらない」。変わらずに「をかし」「めでたし」の対象であり続ける。むろん本段における「をかし」「めでたし」の内実は、まだ相応の肖像を伴っていないかもしれない。読者がそれを真に共有するには、以下に描かれてゆくような定子の姿が必要だ。その意味でこの「をかし」「めでたし」は、枕草子の定子像の先取り、あるいは予告篇とも言えようか。

日記回想段の始発。それは運命の転変を象徴する生昌邸を舞台に描かれた、〈変わらない定子の物語〉だった。「変わらない」ことが最も際立ち、意味を持つ現場として、「生昌が家」の「門」は、日記回想段の劈頭に据えられている。

五、「生昌が家」から「御猫」へ

〈変わらない定子〉を「いとめでたし」と刻んだ先の一文。しかし直後に話題は急転換してしまう。

上《うへ》にさぶらふ御猫《ねこ》は、かうぶりえて 命婦のおとど とて いみじうをかしければ かしづかせたまふが……おびえまどひて御簾《みす》の内《うち》に入《い》りぬ。

書き手の視線は定子を離れ、唐突にも帝の「御猫」に移っている。「長保元年八月九日」なる暦日から本文を辿ってきた読者は、突然はしごを外された格好だ。その三か月後（十一月七日）に、生昌邸は「第一皇子誕生」の報に沸くはずではないのか。その歴史的瞬間にこそ、〈背景〉は我々を導くのではなかったか。枕草子はかくて、予想も期待も裏切って「上にさぶらふ御猫」を描き始める。「いつ」「何のため」の行啓か、いっさいが記されなかったことを思うと、これもまた日記回想段の流儀なのか。

ここに登場する「御猫」が、有名人ならぬ有名猫だったことは、やはり小右記が伝えている。長保元年九月十九日、内裏で生れた御猫は、左大臣道長や女院詮子らの手厚い祝福を受けたらしい。人間並みの「産養」を、実資は

「いまだ禽獣に人の例を用ふるを聞かず」と記した。彼を呆れさせた事件は、従って定子出御の翌月にあたることになる。ならば「生昌邸」に続いて、定子退出後の、猫のいる「今内裏」に舞台が移るのかと思えば、どうやらそうでもないらしい。以下に現れる「三月三日」の日付、帝と定子が相集う場面から、それが生昌段の翌年（長保二年）、定子帰参後の逸話であることが明らかになるからだ。前段冒頭の八月九日からは、何と年をまたいで七か月以上の歳月が流れていることになる。

しかも歳月の内実こそは、次のようなめまぐるしいものだった。彰子の入内を果たし（十一月一日）女御となすまで（十一月七日）の道長の邁進、同七日の敦康誕生から定子の帰参（二月十一日）と百日の儀（二月十八日）へ、さらに「一帝二后」を強行して彰子が中宮に据えられる二月二五日までの様々な駆け引き（権記・御堂関白記）など、重大事件が怒涛のごとく雪崩れ込んでくる。そして激動のさなか、絶妙のタイミングで記録に姿を現すのが、件の「御猫」だった。定子退出と彰子入内を結ぶ対角線上に、まさに時流の転換点に、彼女は産声をあげたことになる。しかもその度を越した産養が、もうひとつの産養、すなわち生昌邸で迎えざるを得なかった第一皇子のそれをシンクロさせてもくる。古記録の伝える「第一皇子誕生」は、当日にぶつけられた女御彰子の祝宴によって、意図的にかき消されており（御堂関白記）、かろうじて伝わる帝の歓喜さえ、周囲から孤立して響くかのようだ（権記）。「産養」をキーワードに、御猫と第一皇子は、いやでも記憶の対極に向かい合う。

「秋の生昌邸」から「春の今内裏」へと筆を移す枕草子は、右のような事件すべてを「書くこと」から除外した。六段七段という分段は、二つの日記回想段が相並ぶ（しかも時間順に）という、枕草子では数少ない光景を現出させるものである。しかも両段の境界には、あまりに過剰な〈空白〉が、深く険しく広がっている。(14)

七段冒頭に登場する「御猫」は、谷底から時を手繰り寄せる、いわば記憶の磁場なのだ。さらに本文は、その猫を帝が「かしづかせたまふ」のだとも伝えてゆく。八月に身重の定子を見送った後、その空閨を彰子が埋めるより先に、「命婦のおとど」に情愛が注がれた（今も注がれている）ことを、ひそかに確かに言い立てる。テキスト上に仕組まれた、それこそは〈彰子の排除〉と言えるだろう。(15)

六、笑顔の奪回

記憶装置ともいうべき「御猫」。それゆえ彼女は冒頭で役目を終えるや、早々と退場してしまう。退場を促したのが、乳母の命令で飛び掛っていった犬の「翁丸」だった。しかし代償は大きく、今度は彼自身が宮中から追放される運命に。懲罰を下すのは、ほかならぬ一条天皇である。

猫を御ふところに入れさせたまひて をのこども召せば、蔵人忠隆《ただたか》なりなか まゐりたれば、「この翁丸《おきなまろ》打ち調《てう》じて犬島《いぬしま》へつかはせ、ただいま」と仰せらるれば、あつまり狩《か》りさわぐ。馬《むま》の命婦をもさいなみて「乳母《めのと》かへてむ、いとうしろめたし」と仰せらるれば、御前《おまへ》にも出《い》でず。犬は狩り出《い》でて、滝口などして追ひつかはしつ。

猫への愛情ゆえか、帝は容赦ない。苛立っているようにも見える。枕草子はかくて「怒る帝」を初登場場面に据えるのだ。「笑う定子」を冒頭に据えた前段と、いやが上にも対照が際立つ（「たとしへなきもの、人の笑ふと腹立つと」）。諸記録が伝える一条天皇像に照らしても、この姿は鮮烈だ。(16)

前段で定子を評したようなコメントは、賛嘆であれ批判であれ、帝にはいっさいなされない。代わりに追放された翁丸への「あはれ」を繰り返し、暗に帝の仕打ちに対抗する。

心憂の事や、翁丸なり。
〜など申せば、心憂がらせたまふ。

などと、「心憂し」が〈私〉と定子に共有されていることからも、女性たちが翁丸側に立って事態を見守っているのは明らかだろう。翁丸をめぐって「怒る帝」と「心憂がる定子」。両者の間に、テキストは見えない壁を築いてゆく。

蔵人に打たれて死んだと思われた翁丸だったが、別人ならぬ別犬の風体で戻ってきた。当初は無反応だったものの、翌日、〈私〉の同情の言葉に「ふるひわななきて涙をただ落しに落す」。翁丸の無事を確認するや、まず定子は右近内侍を召した。

右近内侍召《め》して「かくなむ」と仰せらるれば 笑ひののしるを、上《うへ》にも聞しめして わたりおはしましたり。「あさましう、犬なども かかる心あるものなりけり」と笑はせたまふ。

結果として前日は判断を誤ったことになる右近だが、ここでは安堵の「笑い」を増幅させる役割を担っている。彼女たちの笑い声は、さらに帝の再登場を促した。翁丸追放令は取り消されていないので、「わたりおはしましたり」の時点では、あるいは一同に緊張が走ったかもしれない。だが彼は驚きの言葉とともに「笑はせたまふ」人として描かれる。事実上、翁丸は赦されたのだろう。定子との間の見えない壁の消滅も、それはおのずから伝えている。ただしテキストは、引き続き翁丸を捜索する蔵人忠隆を登場させ、正式な赦免をあえて引き伸ばす。勅勘の顛末が記されるのは章段末だった。

さて、かしこまりゆるされて もとのやうになりにき。なほ、あはれがられて ふるひ泣《な》き出《い》でたりしこそ、世に知らず をかしくあはれなりしか。人などこそ、人に言はれて泣《な》きなどはすれ。

この大団円を、書き手は「人などこそ、人に言はれて泣きなどはすれ」（人間なら同情されて涙することもあろうが）と結んでいる。帝の「犬なども、かかる心あるものなりけり」（犬でも同情心がわかるのか）と響き合うコメントである。帝の感慨が、最後に改めて追認された形。主役は翁丸であるかに見えて、成り行きに一喜一憂する人間側に比重がある。なかでも一条の心情の変化こそが、本段の眼目と言えよう。「怒り苛立つ」帝が「笑い」に転ずるまで。二番目の日記回想段は、こうして〈笑顔を取り戻す帝の物語〉を紡ぎ出してゆく。

七、長保二年、運命の春

右の「取り戻す」なる認識には、実は空白が呼び込む〈背景〉もが加担していた。定子が生昌邸に退出してから帰参するまで、両段間の諸事件は先に素描したが、なかでも歴史的一大事と言えるのが「彰子立后」だった（長保二年正月二八日に勅）。道長の権勢に照らして、決まってみれば必然の帰結かもしれないが、当事者たちの動向は難航の経緯をも伝えて興味深い（権記・御堂関白記）。

敦康が生を受け、彰子が女御となった長保元年十一月七日からひと月、立后へ向けた動きは活発化する。折衝の間、一条は心労に臥せったり（十二月八日、公表は眼病）、一度は決めた立后に箝口令をしいたり（十二月二九日）と、揺れに揺れたようだ。最終的には行成の際どい説得によって（定子「廃后」なども仄めかされたか）承諾に至るわけだが、道長詮子連合軍との融和、定子への思い、その板挟みになった一条の逡巡を、古記録は生々しく伝えてくる。(17)

時に一条は、立后の決まった彰子が退出するや、すぐ翌日（二月十一日）に定子を呼び戻した。立后の報を定子は生昌邸でどう受けとめたか、あるいは一条は再会した定子に何を語ったか、いっさいは伝わらない。立后の儀は十四日後（二五日）に滞りなく行われ、彰子が中宮、定子は皇后として遇されることになった。(18)

改めて「上にさぶらふ御猫は」に始まる七段に戻るとき、そこからは一条周辺の微妙な空気も伝わってこよう。何といっても冒頭に登場するのが「苛立つ帝」だった。続いて描き出されるのは、翁丸を華やかに飾り付ける「頭弁」の姿。立后の儀から間もない「三月三日」、最大の功労者たる藤原行成の、記念すべき初登場シーンである。「柳かづら」に「桃の花」「桜」まで加えて、過剰なまでのパフォーマンスで翁丸に衆目を集める行成。心の内を付度されることを、自身に向けられる視線を、ナチュラルに避けるかのように。権記を経由して枕草子に向かう時、彼の横顔はたかぶる陰影を刻まずにはおかない。

高揚する行成と不機嫌な帝。ほかならぬ、立后をめぐる二人の主役。翁丸を間に置けば、晴れ舞台に彼を引き立てた者と、怒りをもって宮中から追放した者として、テキスト上に共振する。そして皮肉にも追放された翁丸の「死と再生」こそが、帝に笑顔を取り戻させたのだ。彼の笑顔は、最後に翁丸を案じ続けた定子の「笑い」と重ねられる。離れていた時間を埋め合わせるかのように、いま笑顔を交わしあう天皇と皇后。「彰子立后」をふたりが受け入れ、乗り越えたことを、それは晴れやかに物語る[19]。

呼び込まれる〈背景〉からすると、この二人の笑顔には、さらに第三子の懐妊もが重ねられてこよう（出産は十二月十五日）。六段がその先に「敦康」を予告するとすれば、七段は「媄子」の誕生を「その後」に抱えるのだ。だが六段に続いて七段が描かれたようには、日記回想段は展開して行かない。第三子の出産は、定子の最期を意味するからだろう。結果としては「定子の死」にもつながる、長保二年春の円居を描いたのち、日記回想段はここでいったん途切れてしまう。

実は七段末には「もとのやうになりにき」「ふるひ泣き出でたりしこそ……あはれなりしか」と（突然の「き」文脈によって）事件を「過去」へ押しやる執筆の現場が、初めて顔を覗かせてもいた。長保二年、「今内裏の春」を過去として語る「今」とはいつなのか。日記回想段が途切れる余韻のうちに、〈背景〉は「定子の死」をも突きつける。

運命を受け入れ、決然と仕切り直すかのように、日記回想段が再登場を果たすのは「清涼殿の丑寅のすみの」と書き起こされる文章（二一段）から[20]。「き」によってこぼれ出た回想の現場は、テキストに死の影をよぎらせた。だとすれば、日記回想段が先へと進むには、一度それを蹴散らしておく必要があったのだろう。「清涼殿の春」は、まさに渾身の華やぎ湛えて登場する。

注

（1）津島「『随筆文学』以前」（『動態としての枕草子』おうふう、二〇〇五。初出は一九九九）。
（2）枕草子と史実なるものとの関係が単純ではないことは、今日まで様々な形で示されている。研究動向の概略を辿るには、赤間恵都子『枕草子日記的章段の研究』（三省堂、二〇〇九）「序章」が至便。
（3）津島「枕草子が『始まる』」（『動態としての枕草子』おうふう、二〇〇五）。
（4）以下、異同に問題がない限り代表して三巻本を引く。
（5）小森潔「異化するテクスト枕草子」（『枕草子 逸脱のまなざし』笠間書院、一九九八）にも指摘がある。従来の「事実か虚構か」という桎梏から逃れようとする意欲的な論考。
（6）ほかに高橋和夫「枕草子回想章段の事実への復原 その一」（『群馬大学教育学部紀要』一九九〇・七）など。逆に安藤重和「枕草子『大進生昌が家に』の段をめぐる史的考察」（『国語国文学報』一九八二・三）は、小右記の方にこそ「信憑性がない」とする。
（7）角川文庫（一九七九）のほかには、『枕草子入門』（有斐閣新書、一九八〇）『和泉古典叢書』（一九八七）など。
（8）浜口俊裕「『枕草子』回想的章段におけるデフォルメ」（『日本文学研究』一九八四・一）が指摘するように、小右記では確かに「板門屋」は「四足門屋」と区別されている。だがそれは、実資の認識において生昌邸が（四足門ではなく）「板門屋」だったことの証明にはなっても、「事実」として当夜の東門を再現するものではない。
（9）以下、大森荘蔵による一連の時間論（『時間と自我』『時間と存在』『時は流れず』青土社）を念頭に置いている。
（10）藤岡作太郎『国文学全史 平安朝篇』（東京開成館、一九〇五）。
（11）西郷信綱『日本古代文学史』（岩波書店、一九五一）。
（12）三田村雅子「〈ウチ〉と〈ソト〉」。同「枕草子の沈黙」とともに、本段の読みにも新たな可能性を切り開いた論考（『枕草子 表現の論理』有精堂、一九九五、所収）。
（13）注（5）に同じ。
（14）早く「空白」の重みに注目した論に藤本宗利「日記的章段の沈黙の構造」（『枕草子研究』風間書房、二〇〇二）が、二つの産養を「記録」から対比した論に小嶋菜温子「一条朝の珍事〝猫の産養〟」(『源氏物語の性と生誕』立教大学出版会、二〇〇四)がある。

(15) 元子はじめ、他のキサキは言うまでもない。

(16) 倉本一宏『一条天皇』(吉川弘文館、二〇〇三)には、「一条の怒りの言葉というのは、史料に残っている限りでは、この例のみである」という指摘がある。

(17) 倉本前掲書(注16)に詳しい。

(18) まさにこの時期(二月二十日ばかり)を描いた記事に二二九段がある。そこで一条天皇は、定子とは切り離されて描かれていた。七段と接合すれば、二人の間の「見えない壁」は翁丸事件以前から存在したように見えてくる。いずれにせよ、七段の眼目は「壁の消滅」の方にあった。

(19) 金子元臣『枕草子評釈』(一九二一)以来、翁丸に伊周事件を重ねる読みも根強いが、本段の引き入れる豊潤な〈背景〉に、伊周の入り込む余地は、さしあたりない。あっても次元を異にする。むろん伊周に重ねたい読者の欲求は否定できないが、おおかた〈あわれな伊周〉を「犬」で物語る体の、貧相な結果に行き着くしかないだろう。貧相を回避しつつ「伊周」を呼び込むには、相応の技量が必要だ。例えば、翁丸の「死と再生」に「テクストと読者との関係における伊周の罪の浄化」「翁丸が比喩的に背負わされていた伊周の罪からの解放」を重ね、「歴史的事実の異化」へ誘うといった、小森潔「枕草子の祝祭的時空」(注5前掲書)のような離れ業が、である。

(20) 厳密には七段と二一段の間に「今内裏の東をば」(一〇段)という短い文章が置かれている。二一段で初めて「清涼殿」を描くにあたり、七段の舞台が「今内裏」であったことを再認させる、橋渡しのような断章である(次章参照)。

第二章　〈あの日の未来〉の作り方

一、時と場所とを遡る

雑纂本枕草子は、二一段に至って初めて「清涼殿」を描き出す。「大進生昌が家」なる〈現場〉から始発した日記回想段だったが、続く七段には、ことさら場所の表示はなかった。(1)「朝餉の御前に上おはしますに」とあるので、舞台は清涼殿に思えるが、内裏そのものは長保元年六月に焼亡している。古記録に照らすと（諸注指摘するように）七段は一条院での出来事だったことになる。そしてその一条院が「今内裏」として最初に明示されるのは、七段と二一段の間に位置する、次のような断章においてであった。

今内裏《いまだいり》の東《ひむがし》をば北の陣と言《い》ふ。梨《なし》の木の　はるかに高きを、「いく尋《ひろ》あらむ」など言ふ。権中将「もとよりうち切りて定澄《ぢやうちよう》僧都《そうづ》の枝扇《えだあふぎ》にせばや」とのたまひしを、山階《やましな》寺の別当《べたう》になりて　よろこび申す日、近衛司《づかさ》にてこの君の出《い》でたまへるに、高き屐子《けいし》をさへ　はきたれば、ゆゆしう高し。出《い》でぬる後に「などその枝扇をば持たせたまはぬ」と言へば、「物忘れせぬ」と笑ひたまふ。「定澄《ぢやうちよう》僧都に袿《うちき》なし、すくせ君に衵《あこめ》なし」と言ひけむ人こそ、をかしけれ。（一〇段）

時に「今内裏」となった一条殿は、「北の陣」が「東」に位置する空間なのだという。本来の内裏との違和感が示される。そこに聳え立つ梨の木をネタに、権中将（源成信）が「（背の高い）定澄の枝扇にしたい」とジョークを飛ばした。後日、その話題を振った〈私〉に対し、成信が「物忘れせぬ」と笑ったという、一見他愛ない逸話である。

だが、定澄の山階寺別当補任のくだりによって、ここには長保二年三月十七日という日時が呼び込まれてくる（僧綱補任）。つまり一〇段は、先の（同年三月の出来事と思しき）七段と重なる時間標識と、この時の御在所が「今内裏」だったという現場標識を、ともに発信する断章なのだ。七段では省かれた舞台認定が、一〇段において事後的になされた結果となる。何より「今内裏」こそ、勘物がここに「内裏焼亡」の記録を引いているように、「失われた清涼殿」と表裏一体の記号であった。その意味で一〇段は、次なる日記回想段、二一段への橋渡しにもなっている。

> 清涼殿《せいりやうでん》の丑寅《うしとら》のすみの北のへだてなる御障子《みさうじ》は、荒海《あらうみ》のかた、生《い》きたる物どもの おそろしげなる手長《てなが》足長《なが》などをぞ かきたる。上《うへ》の御局《つぼね》の戸を押《お》し開《あ》けたれば 常《つね》に目に見ゆるを、にくみなどして笑ふ。

かくて日記回想段の配列は、右のような光景が、ほかならぬ「焼亡以前」の清涼殿であることを、強く意識させずにはおかない。しかもこの冒頭部は、生昌邸行啓が「長保元年八月九日」を呼び込む六段や、「（長保二年）三月三日」「山階寺の別当になりて……」という日時標識を抱えた七段や一〇段とも異なり、特定の日付との同定を拒んでいる。「清涼殿の丑寅のすみ」の荒海の障子が「常に目に見ゆる」上の御局。それは何月何日の出来事ではなく、あくまで「日常」であることが、ここでは主張されているからだ。[2] 障子に描かれた「手長足長」を見て「にくみなどして笑」った日々。かつて過ごした清涼殿での〈時〉を、上の御局からの視界として描き出すことに、どこまでも書き手はこだわったのだろう。障子の北面に何が描かれてあろうと、「常に見ゆる」南面の「手長足長」しか、ここでは意味を持たない。(3)

以下、「大納言殿」として登場する伊周、「ただ今の関白殿、三位中将と聞えける時」という定子の語りから、この清涼殿の「日常」は、「焼亡」はもちろん、「長徳の変」も「道隆の薨去」も飛び越えて、正暦年間まで遡った光景として認知されてくる。「桜の盛り」を考慮に入れて「正暦五年」が有力視されるが、いわば正暦年間を象徴する光景とも言えるだろう。いずれにせよ、ここに初めて日記回想段は、正暦の〈時〉を、事変以前の世界を、再構築してゆくのだ。六段七段のように、事件時の〈背景〉がそのまま「悲劇的現実」を訴えてくるわけではない。その意味では、これまでとは別の戦略が要請されるような舞台が、以下には待ち受けている。

二、〈未来〉へのまなざし

高欄《かうらん》のもとに青《あを》き瓶《かめ》の大きなるをすゑて、桜のいみじうおもしろき 枝の五尺ばかりなるを いと多くさしたれば、高欄《かうらん》の外《と》まで咲きこぼれたる昼方《ひるかた》、大納言殿、桜の直衣《なほし》の すこしなよらかなるに濃き紫《むらさき》の固紋《かたもん》の指貫《さしぬき》白き御衣《ぞ》どもうへには濃き綾《あや》のいとあざやかなるを出《い》だして まゐりたまへるに、上《うへ》のこなたにおはしませば 戸《と》口《ぐち》の前なる細き板敷《いたじき》にゐたまひて、物など申したまふ。

「荒海の障子」に続いて登場するのは、「青き瓶」にさした「枝の五尺ばかりなる」桜の鮮烈な光景。そこに「桜の直衣」姿の大納言伊周が訪れる。この取り合わせに、まず読者は既知感を抱かされよう。三段に次のような描写があったからだ。

おもしろく咲きたる桜を 長く折りて、大きなる瓶《かめ》にさしたるこそ、をかしけれ。桜の直衣《なほし》に出袿《いだしうちき》して、まらうどにもあれ 御せうとの君たちにても、そこ近くゐて 物などうち言ひたる、いとをかし。

二一段の「桜の直衣姿の伊周」は、明らかに右の記事を想起させる。類似性によって両者は引き寄せ合い、その上で各々の個性が際立たされるのだ。

初段における四季の素描を受け、「ころは」（二段）以下、テキストの〈時間〉は時節に沿って形象されていった。それは巡りゆく月次風物誌、典型化された光景の集成であった。実際は「四月」で途切れているので完遂はされていないが、右に見た「桜と桜直衣」が、何度も想起されるにふさわしい素材として、三段では認定されたのだろう(4)。配列に従うと、同じ素材が二一段に至って、「あの日の」大納言の直衣姿として、改めて据え直された形となる。「大きなる瓶」（三段）には「青き」（二一段）色彩が加わり、桜の枝は「五尺ばかり」「いと多く」という立体感を、「桜の直衣」は「濃き紫の固紋の指貫」以下のコーディネートを、それぞれ伴って描かれてゆく。三段との対比は、二一段の伊周初登場場面に鮮やかな彩りを添えながら、「あの日」「あの時」へと読者をいざなうのだった。

「あの日」に帰参した伊周は、「戸口の前なる板敷」に腰を下ろす。「上のこなたにおはします」ゆえだという。いま上御局に帝が定子とともにある、それを改めて確認する文脈でもある。日記回想段の流れからは、七段以来、二度目の一条と定子のツーショット。しかし伊周とは対照的に、帝はもちろん、定子の外見も、以下に言及されることがない。七段末で笑顔を共有した二人の残像が、正暦年間にそのままスライドしてくるわけだ。

一方、シルエットのような二人の姿を盛り立てるように、御簾の内なる女房の装束は、伊周と同じく色彩豊かに描かれていた。

御簾《みす》の内《うち》に 女房 桜の唐衣《からぎぬ》どもくつろかにぬぎたれて、藤 山吹など色々このましうて、あまた小半蔀《こはじとみ》の御簾《みす》よりも押し出《い》でたるほど、昼《ひ》の御座《おまし》の方《かた》には御膳《おもの》まゐる足音高し。

御簾から押し出される女房装束は、北廊から上の御局までを埋め尽くす。「咲きこぼれる」桜と相俟って、溢れるばかりの華やぎに、いま清涼殿は満たされている。それをつぶさに視覚に捉えながら、耳では「昼の御座」からの「御膳まゐる足音」を聞いている。清涼殿にいればこそ感じ取れる「大床子の御膳」、帝の日常としての〈時〉である。

警蹕《けいひち》など「おし」と言ふ声聞《きこ》ゆるも、うらうらとのどかなる日のけしきなど いみじうをかしきに、果《は》ての御盤《ばん》取りたる蔵人まゐりて御膳奏《おものそう》すれば、中《なか》の戸よりわたらせたまふ。

御膳の準備が整い、昼の御座へ向かう帝を描きながら、「いみじうをかし」なる賞讃がさりげなく挟み込まれる。「うらうらとのどかなる日のけしき」は唐突に持ち出されてきた感もあるが、この「日ざし」こそ、以後も宮仕え讃美に必須の表徴であり続けることは、かつて三田村雅子が指摘した所であった。[5]「をかし」はまた、「めでたし」

ともに、六段で最初に定子を描いた際の枠組みでもあったが、本段の「めでたし」はといえば、この直後、長押のもとに移動する定子を縁取ってゆく。

　宮の御前《おまへ》の 御《み》几帳押しやりて長押《なげし》のもとに出でさせたまへるなど、何となくただめでたきを、さぶらふ人も思ふ事なき心地《ち》するに、「月も日もかはりゆけども 久《ひさ》にふる みむろの山の」といふことを いとゆるらかにうち出《い》だしたまへる、いとをかしうおぼゆるにぞ、げに千歳《ちとせ》もあらまほしき御ありさまなるや。

帝を送ってから桜の元に戻った伊周の近くに、定子が居場所を移す。「何となくただ」としか言いようはないが、主人の一挙一動に女房たちの目は釘付けなのだ。大床子の御膳が粛々と進められてゆくだけの日常に、さりげなく「めでたし」を響かせてゆく書き手。「めでたし」なる言葉が、定子の言動をむしろ牽引してゆく印象は、六段と同様である。

　ただこの「めでたし」は、そのまま仕える女房たちの「思ふ事なき心地」に連結する点が注目されよう。いま私たちは「めでたさ」に包まれ、何の物思いもなく、この日ざしにまどろんでいる。その満足感は、伊周の吟誦「久にふる（とつ宮どころ）[6]」によって永久不変を予祝され、書き手の「千歳もあらまほしき御ありさまなるや」という念押しにより、未来永劫を幻視させる。〈いま〉によって〈未来〉は確証され、〈未来〉を保証するような〈いま〉がテキストに刻まれる。二一段のこだわりのひとつがここにある。

三、動員される〈過去〉

「瓶に挿した桜」のもと、満ち溢れる「思ふ事なき心地」。実はこの取り合わせは、ひそかに次のような光景を手繰り寄せてもいた。

　染殿の后の御前に、花瓶に桜の花を挿させ給へるを見てよめる　前太政大臣
　年ふればよはひは老いぬ　しかはあれど　花をし見ればもの思ひもなし　（古今集）

ここにも「花瓶に挿した桜の花」があった。「前太政大臣」（良房）が「染殿の后」（娘の明子）に見立てて「もの思ひもなし」と詠んだ桜である。まさに現前の「清涼殿の春」こそ、かの世界の再現でもあったことになる。それがより確かになるのは、帝が上御局に戻ってからの場面だった。

　「御硯の墨すれ」と仰せらるるに、目はそらにて　ただおはしますをのみ見たてまつれば、ほとど継《つ》ぎ目《め》もはなちつべし。白《しろ》き色紙《しきし》押したたみて「これにただ今おぼえむ古《ふる》き事、一《ひと》つづつ書け」と仰せらるる。外《と》にゐたまへるに「これはいかが」と申せば、「とう書きてまゐらせたまへ、をのこは　こと加へさぶらふべきにもあらず」とて　さし入れたまへり。

「いま思い浮かぶ古歌を書け」と命じる定子。既にテキスト上には良房歌が暗示されていたが、おそらく作中の〈私〉もそれを察知していたのだろう。外の伊周に答えを譲ろうとしている。「さし入れたまへり」なる記述によれば、伊周を担ぎ出すべく、彼女は色紙を渡していたことになるからだ。石田穣二が指摘したように、良房に、つまりはキサキの父に成り代わるべきは、この場ではキサキの兄が最適任との判断からだろう。(7)

伊周はしかしこの趣向には乗らず、結局は彼女自身が答える仕儀となった。だが何といっても、相手は藤原摂関体制の礎を築いた「忠仁公」である。そのまま成り代わるのも不遜なのか、「花をし見れば」は「君をし見れば」に変換されることになった。〈いま・ここ〉に帝とともにある唯一無二のキサキ、「君」(定子)にお仕えする自分に何の物思いがありましょう。歌句「もの思ひもなし」は、先の「思ふ事なき心地」とここで合流し、テキスト上に一層の確証を深めてゆく。(8)

しかも彼女が見せたその趣向こそは、定子の「円融院の御時」の語りを引き出す契機とされてもいた。「ただ今の関白殿」が「三位中将」だった時の逸話。「草子に歌一つ書け」という仰せに、やはり歌句を改変して、道隆は賞讃されたという。「君をば深く思ふはやわが」を「たのむはやわが」として、君臣の絆をアピールしたわけだ。むろんこの逸話は〈いま・ここ〉の一条=定子の紐帯を、父親たちの代から保証する結果にもなっている。〈いま〉を〈過去〉に遡って意味付けるという、本段のもうひとつのこだわりが明らかになってくる。

続いて定子の語りは「村上の御時」に及んでゆく。きっかけとされているのが、古今集暗唱の場面である。

古今の草子《さうし》を御前《おまへ》に置かせたまひて、歌どもの本《もと》を仰せられて「これが末《すゑ》いかに」と問はせたまふに、すべて夜昼《よるひる》心にかかりておぼゆるもあるが けぎよう申し出《い》でられぬは いかなるぞ。

定子の趣向に女房が応える、先の場面と一続きに見えるが、よく読めば断層がある。「君をし見れば」の改作で面目を施し、中宮の言葉に「すずろに汗あゆる心地」だったという〈私〉の存在感が、以下の場面ではまったく希薄なのだ。「けぎよう申し出でられぬ」のは自身の事とも読めるが、直後に十首ほど答えた宰相の君を「それもおぼゆるかは」と評し、五、六首しか答えられない女房の悔しがり様を「をかし」と評す筆致は、かなり傍観者的である。ここから書き手は、「語り手」となる定子の背後にさりげなく〈私〉を退かせてゆくのだ。二つの逸話が月日を同じくするかどうかはわからない。だが、少なくとも本段のデザインとして、「村上の御時」の語りが、より遥かな〈過去〉への遡行が、ここでは必要とされたのだろう。

　村上の御時に宣耀殿《せんえうでん》の女御と聞えけるは、小一条の左の大殿《おほいどの》の御むすめにおはしけると、誰《たれ》かは知りたてまつらざらむ。

　このように始まる定子の語りによって、テキスト上には「一条―円融―村上」という皇統が前景化される。「村上の御時」の逸話が「古今集」をリスペクトするものだったことを思えば、その先に「醍醐の御時」を戴くこともできよう。それは「朱雀」「冷泉」「花山」朝を押しやって、意識的に現出された系譜でもある。〈いま〉を意味付けるべく選ばれた〈過去〉だけが、テキストに動員されているのだ。

四、〈いま〉への執着

以下に語られる「宣耀殿の女御」の逸話は、父の教え通り、古今集をすべて暗誦していた芳子が、村上天皇の抜き打ちテストを見事に切り抜けたというもの。「その月何のをりぞ、人の詠みたる歌はいかに」という問いかけは、本（上の句）から末（下の句）を答える先のテストより当然難易度が高い。それが二十巻にわたり遂行されたいきさつを、語り手である定子は「〜とわりなうおぼし乱れぬべし」「〜などいかにめでたうをかしかりけむ」「御前にさぶらひけむ人さへこそうらやましけれ」「〜もまためでたしかし」「すきずきしうあはれなる事なり」等、逐次コメントを添えながら語っていた。「めでたし」「をかし」「うらやまし」など、「いま・ここ」からなされる価値付けは、同時に定子後宮の「これから」への指針となっている。

つまり定子の昔語りは、先の「千歳もあらまほしき御ありさま」に、ひとつのイメージを付与するものでもあった。〈過去〉への遡行が、あるべき〈未来〉を同心円上に浮かび上がらせる。双方から堅固に支えられて、「あの日の清涼殿」は、揺るがぬ〈いま〉となる。二一段の生命線は、最終的にはこうした〈いま〉への執着と言えるだろう。

　……など語り出《い》でさせたまふを、上《うへ》も聞しめし　めでさせたまふ。「われは三巻四巻《まき》だに、え見果てじ」と仰せらる。「昔《むかし》はえせものなども　みなをかしうこそありけれ」「このごろは　かやうなる事は聞ゆる」など、御前《おまへ》にさぶらふ人々　上《うへ》の女房こなたゆるされたるなどまゐりて　口々言ひ出でなどしたるほどは、まことに　つゆ思ふ事なくめでたくぞおぼゆる。

定子の語りは、こうした人々の反応によって閉じられる。「われは三巻四巻だに、え見果てじ」という素直な一条天皇のコメント。「このごろはかやうなる事は聞ゆる」と、内裏女房までもが口々に語る。謙虚な反省の弁のようでありながら、定子の思惑を受けとめた者たちの、「これから」への並々ならぬ決意表明となる。(9) 書き手はそれを「つゆ思ふ事なくめでたくぞおぼゆる」と受けとめて、来るべき〈未来〉を力強く確信してみせるのだ。

その〈未来〉はおそらく、執筆時（雑纂本として枕草子がまとめられた時点）には失われていた時間だろう。しかし本段において、そうした執筆時の気配は徹底して排されていた。

げに、千歳もあらまほしき御ありさまなるや。

まことに、つゆ思ふ事なくめでたくぞおぼゆる。

こうした感慨は、えてして執筆時のそれと重なりやすい。書き手の「現在」が顔を覗かせやすい文脈といえる。「き」文脈（過去形）のこぼれ出た七段末に倣えば、「千歳もあらまほしき御ありさまなりしや」「まことにつゆ思ふ事なくめでたくこそおぼえしか」のような書き方が、「現実」に即した時間認識だったとは言えようか。しかし、ひとたび執筆時を意識すれば、あの時の〈未来〉は瞬時に霧散してしまう。それが分かっているからこそ、ここでは譲れない一線となる。選ばれし〈過去〉と、ありえた〈未来〉。その両輪によって「あの日」を支え切る覚悟なのだ。執筆の「現在」は「あの日」の〈いま〉にスライドされ、テキストから消されてゆく。何しろ、正暦の〈いま〉に留まる限り、六段七段のように記事自体に「悲劇的現実」の介入を許すような事態は避けられるのだ。二一段の戦略は、その意味では見事に完遂されていると言える。

だが一方で、本段もまた、枕草子なる総体の一部たることは免れない。しかも日記回想段の配列は、六段七段を始発に据えたことで、既に読者に「晩年の定子」を提示していた。その限りにおいて書き手は、定子の晩年（もしくは最期）を知る者なのだ。そうした書き手に対しては、二一段で描いた未来は「ついに来なかったではないか」という糾弾が、当然沸き起こることになる。「正暦」から「長徳」に改元をみるや、「道隆の薨去」「伊周隆家の左遷」「定子の落飾」と、主家には次々と「悲惨な現実」が押し寄せたことを、諸記録は訴える。書き手が正暦年間の〈いま〉から〈未来〉を思い描けば描くほど、それは「その後」との落差を言い立てる材料と化してしまう。「悲劇」が直接事件時と関わる六段七段と比べて、実はより厄介な状況に、二一段は身を置いているのだ。

五、もうひとつの記憶

「その後の現実」から目が逸らされていると言われれば、あるいはそうなのかもしれない。一方では、口をつぐむしかない「悲劇的現実」の重さを、そこに想像してみることもできる。連綿たる嘆きの言葉より、沈黙が絶望の深さを伝えることもあるからだ。しかしここではその種の同情論はあえて封印したい。あくまで、厄介な事態に自らを追い込んだテキスト自体に、反転の契機を探って行きたいと思う。

見てきたように、二一段の眼目は「一条―円融―村上」なる系譜の顕示にあった。特に「村上の御時」こそは、ひとつの規範として、正暦の〈いま〉から明確に位置付けられていた。歌の教養をもって帝寵に応える芳子の姿を、その内実として。それは「一条―円融―村上」と皇統が辿られる一方、「定子―道隆―」と遡る藤氏の系譜が、そのまま九条家の「安子」には行き着かない、という事態をも意味する。二代の天皇の母として、九条家に繁栄をもたらした師輔女・安子の権勢よりも、宮廷文化の象徴として「小一条の左の大殿」（師尹）の娘が選ばれたのだ。定子の語りは、仰ぎ見るべき「村上の御時」とは何かを、はっきり示してみせている。ちなみに、二代の母たるキサキの系譜は「穏子」「安子」の後を「彰子」が引き継ぐものである。枕草子は、こうした権勢の系譜を密かに排除してもいるのだ。

仰ぎ見るべき村上朝。それは即ち「天徳内裏歌合」に象徴される、宮廷文化の花開いた時代である。より広く、醍醐村上朝を「聖代」と称えてゆくような時代風潮とも重なろう。だが聖代視とは一方で、様々な負の記憶を乗り越え、切り捨ててゆく営為でもあった。「村上の御時」が理想化されればされるほど、例えば「史実」なるものをもって、我々はその実相を糺したくなる。過去を理想化する言説は、同時に切り捨てられたものの告発を呼び覚まさずにおかないのだ。「村上の御時」の場合、なかでも最大の傷痕といえるのが、次のような記憶だろう。

天徳四年九月二三日　内裏焼亡

天徳四年こそは、まさにあの内裏歌合が開催された年だった。三月三十日、華やかな歌合の、歴史的舞台となった「清涼殿」。それが何と半年後には「焼亡」してしまったのだ。遷都以来、神威に守られていると信じられてきた内裏だった。村上天皇の衝撃は想像に難くない。火災を自分の「不徳」と受けとめ、「歎き憂うこと極まりなし」という痛恨の言葉も残している（村上天皇御記）。

しかし内裏はすぐ翌年に再建され、天皇は新造の内裏へ還御した。火災で多くの宝物が失われ、天皇を「後代の譏りはまぬかれない」と嘆かせたわけだが、それもやがて「神鏡が焼け跡から自ら飛び出してきた」といった「村上朝の奇瑞譚」へと変換されてゆく（江家次第・撰集抄）。「天徳」なる年号が後世に「内裏焼亡」よりも「内裏歌合」を想起させるように、「村上の御時」は、焼亡なる傷痕を沈潜させつつも、それを払拭して余りある追憶を身に受けて「聖代」となっていったわけだ。その意味で、枕草子にとっての村上朝は、「内裏焼亡」を乗り越えた「先例」としても位置づけられることになる。

ただし内裏自体は、村上朝の焼亡を契機とするかのように、以後たびたび火災に襲われることになった。続く冷泉朝こそ（短命のゆえもあり）事無きを得たものの、円融朝に至ると、三度もの焼亡に見舞われている。「村上の御時」が焼亡の初例なら、「円融の御時」は、頻繁に内裏が火災にあう時代のさきがけでもあった。特に三度目の焼亡は、帝の気力をも奪い去ったようだ。

天元五年十一月十七日　内裏焼亡

円融はこのあと再び内裏に戻ることなく、二年後（永観二年）に退位してしまう。

ここで思い起こされるのが、二二段の「円融院の御時」の逸話である。特に「ただ今の関白殿 三位中将と聞えける時」のくだりには注目すべきだろう。道隆の「三位中将」時代は、永観二（九八四）年から寛和二（九八六）年にかけて。「御時」を円融の治世ととれば、この逸話は永観二年正月から退位の八月までに限定されることになる。[10]同年正月の除目始、源雅信以外の公卿が参集しなかったという記録（日本紀略）など、兼家との確執から孤立を深めていた帝の、不如意な状況をも物語っていようか。融和をはかるべく、懐仁（一条）の立太子確約をみて譲位の決断に至るのが、永観二年の円融だった。新造内裏に還御を果たすことより、それを我が子へ引き継ぐことを、円融は優先させたのだ。「たのむはやわが」と公言した道隆が賞賛されたと、定子は語っていたが、同年の逸話だとすれば、兼家側との融和に光明をみた円融の安堵を重ねることもできる。少なくとも、そうした「道隆との絆」

を描くことで、枕草子は円融に「内裏焼亡」の痛手を乗り越えさせている。

六、「清涼殿」を再建する

かくて「村上の御時」「円融院の御時」とは、「清涼殿」を合鍵に、その「焼亡」を突きつける記憶の扉でもあった。二一段はそれらを、村上と芳子の醸し出す理想の「宮廷文化」と、円融と道隆の「固い絆」とに縫合することで、〈焼亡を乗り越える物語〉をも紡いで見せたわけだ。なぜ〈乗り超える物語〉と読めるかといえば、ひとつには雑纂本の配列が一条朝の「焼亡」をいやでも意識させていること、さらに「焼亡」を背負わされたのが、ほかならぬ定子後宮だったことを、〈背景〉が訴えてくるからである。

円融の遺産ともいえる新造内裏は、花山を経て、やがて一条へと無事に引き渡された。しかし再建から十五年、先述のようについに焼亡してしまう。

長保元年六月十四日　内裏焼亡

一条朝の内裏は、その後も三度の火災に遭い（四度目は一条院）円融朝のワースト記録を抜くことになるが、特に父の遺産を失う結果となった、長保元年の衝撃は大きかったことだろう。定子が遭遇したのはその時のみだが、火災の元凶を彼女の参内（雪山の段に記される同年一月）に求める空気が、貴族層にあったことが知られている（権記・大江匡衡の見解）。「内裏焼亡」とは、何より定子方に向けられた刃だったのだ。

焼亡した内裏は翌年再建され、十月に一条天皇は還御を果たす。一方定子は、そこに戻ることなく崩御（同年十二月）した。運命が彼女の帰参を拒んだことで、枕草子に描かれたのは、すべて焼け落ちる前の、円融の遺した殿舎となった⑾。むろん現存雑纂本は、最終的には「再建」後にまとめられたものだろう。さらに、長保三年、寛弘二年、寛弘六年と火災のたびに再建される内裏の変遷も、清少納言その人は見届けていたことだろう。内裏は何度でも再建されてゆく。村上朝が「聖代」となってゆくように、人々の記憶もまた、やがては更新することができる。ならば、あの正暦の清涼殿を「再建」し、後世に託すには、よすがを自ら創り出すしかない。

こうして、枕草子の「清涼殿再建」は敢行された。建物ではなく「あの日の記憶」として。さらにそこには、「あの日」確かに存在した〈未来〉もが縫い付けられていた。自らが記しておかねば、永遠に失われてしまう〈未来〉。ただそれこそは、テキストが「焼亡」を乗り越えてゆくための、道標にして約束の地だったとも言えようか。「あの日の清涼殿」と「あの日の未来」。それは、後の「悲劇」をもってしても灰燼に帰することのできない、記憶の箱舟に託されたのだ。

注

（1）六段七段については、本書第一章参照。

（2）この場面を論じた三田村雅子の「〈ウチ〉と〈ソト〉」にも、本段が「特定の『日づけ』によってというよりは、幸福な日々の記憶の集成によって成り立っている」という指摘があった。（『枕草子　表現の論理』有精堂、一九九五所収）。

（3）「上の御局の戸を押し開けたれば」という書き方は「（北廂東端の）妻戸を押し開けて」いるかに読めるが、そこからでは障子の南面が見えない。この矛盾を指摘した東望歩「『枕草子』戸考」では、朝の上格子で東面の妻戸と格子はともに開けられること、この後に妻戸前の出来事に場面がつながることから、表現として格子より妻戸を優先したものと解されている（小森潔・津島編『枕草子創造と新生』翰林書房、二〇一一所収）。いずれせよ「荒海の障子」は、定子と帝のいる「上の御局から」「常に」見える光景として意味を持つのだろう。

（4）本段と「ころは」、さらに良房歌とのつながりについては、清水好子「宮廷文化を創る人」（初出一九六六、三田村雅子編『枕草子　表現と構造』有精堂、一九九四所収）に詳しい。

（5）三田村雅子「『日ざし』『花』『衣装』」（注2に同じ）。

（6）伊周が詠じた歌の原歌について、当時は「とつ宮どころ」（万葉集）ではなく「とこ宮どころ」が流布していた可能性が、本稿発表後に指摘されている（渡邉裕美子「和歌史の中の『枕草子』」（谷知子・田渕句美子編『平安文学をいかに読み直すか』二〇一二、武蔵野書院）。

（7）石田穣二『鑑賞日本古典文学　枕草子』（角川書店、一九七五）。

（8）「君」を一条天皇ととる解釈もあるが、さしあたり主人たる定子が指示されよう。むろんただ一人のキサキであれば、ここに天皇の存在は欠かせない。

（9）高田祐彦「『枕草子』のことばと方法」（『国語と国文学』一九九一・十一）にも、この「卑下」は「現在のみやびへの作者の並々ならぬ『自負』の裏返しであって、過去との連続を前提とするがゆえに安んじて差異を云々できるのであった」とあった。本段が描き出す「時間」の解読も含め、首肯される指摘が多い。

（10）しいて「円融院」なる呼称を重視すれば、退位後の逸話だった可能性も、テキストはわずかに残す。一条朝において円融は太上天皇として政治的影響力を保持していたことから、仮に「御時」のような存在感があったと解せば、一条の受禅（寛和二年六月二三日）前後が想定されようか。

（11）ちなみに、のちに焼亡する「一条院」の、二一段の「清涼殿」に匹敵するようなお披露目は、はるか後段、次のようになされていた。

一条の院をば今《いま》内裏とぞいふ。おはします殿《でん》は清涼殿にて、その北なる殿におはします。西東《にしひんがし》は渡殿《わたどの》にて、わたらせたまひ　まうのぼらせたまふ道にて、前は壺《つぼ》なれば　前栽《せんざい》植ゑ　籬《ませ》結《ゆ》ひて、いとをかし。（二二九段）

ここでなされているのは、「今内裏」と「一条の院」との同定である。もはや一条院は、公信を呼び出したあの「一条殿」（九六段）でも、花山院事件の忌まわしい舞台でもない、という主張となる。帝が「おはします」ゆえ、その「殿」（権記によれば中殿）は「清涼殿」に見立てられ、定子のいる「北なる殿」（北二の対）と行き来される場であることが語られる。一条殿は、ここに「今内裏」として更新されることで、「長徳の変」の痕跡を乗り超えようとしている。

第三章　亀裂に巣食う〈花山院〉

一、寛和二年という年時

二一段にて「清涼殿再建」を敢行した枕草子。日記回想段の大河は、続いて次のような光景へ読者をいざなう。

小白川《こしら》といふ所は 小一条大将殿の御家ぞかし、そこにて上達部《かんだちめ》 結縁《けちえん》の八講《かう》したまふ。世の中の人「いみじうめでたき事にて、おそからむ車などは立つべきやうもなし」と言へば、露とともにおきて、げにぞ ひまなかりける。轅《ながえ》の上《うへ》にまたさし重ねて、三《み》つばかりまでは すこし物も聞ゆべし。六月十余日《よ》にて、暑きこと世に知らぬほどなり。池の蓮《はちす》を見やるのみぞ、いと涼しき心地《ち》する。

舞台は「小白川といふ所」にある「小一条大将殿（藤原済時）の御家」。暑さ厳しき「六月十余日」に「結縁の八講」が催された。冒頭から「時」「場所」「行事」が揃っており、読者にも「史実」との照応がたやすい。勘物以来、寛和二（九八六）年の六月十八日から四日間行われた「法華八講」（本朝世紀・日本紀略）が当てられている。

寛和二年。それは二一段よりさらに八年あまり遡る。舞台を提供した済時が「宣耀殿の女御（芳子）」と同腹、という程度の繋がりはあるが、二一段の皇統譜（村上―円融―一条）圏外にあった花山天皇の時代に立ち戻ることへの、驚きがむしろ大きい。当然ながら中宮女房「少納言」は、まだ存在していないのだ。宮仕え前の〈私〉を現出させるのが、三三段の〈背景〉ということになろうか。

ところが、以下読み進めていっても、出仕前の里人意識がことさら打ち出されることはない。早朝から出かけた〈私〉は、

左右の大臣《おとど》たちをおきたてまつりては、おはせぬ上達部《かんだちめ》なし。

と、上達部たちで賑わう会場で（藤原兼家らの不参をさりげなく確認しつつ）、以下個々の貴人たちに目を留めてゆく。そこでは、

佐理の宰相などもみな若やぎだちて、すべてたふとき事の限りもあらず。
実方の兵衛佐、長命侍従など、家の子にて今すこし出で入りなれたり。
義懐の中納言の御さま、常よりもまさりておはするぞ、限りなきや。

など、「実名＋官職」なる呼称が積極的に選ばれていた。さらに、遅れて登場した道隆には「三位中将とは関白殿をぞ聞えし」という説明もなされる。寛和二年当時、どれほど貴人たちを知見できたかという疑問も含め[1]、当日の盛況ぶり、さらに車内からの観察である事を思えば、彼らの会話まで写しとる本段の叙述には、実際は誰か情報提供者を想定すべきなのかもしれない。また花山周辺には、「花山天皇殿上法師」と伝えられる戒秀、「花山乳母子」の則光[2]、近侍だった実方など、「元輔女」からの繋がりはいくつも想定できる。だが、そうした個人的交友の痕跡

を、テキストはまったく残していない。ここにあるのは、道隆を「関白殿」と認定する、一条朝の視点なのだ。「宰相」「中納言」にまで実名を添えるのも（能因本に「上達部の御名などは書くべきにもあらぬを、たれなりけむと、すこしほどふればなるによりなむ」とあるように）当代との混同を避けるためなのだろう。(3) 時間標識としては「宮仕え以前」が呼び込まれていても、テキストを統括しているのは、これまでの日記回想段と変わらぬ書き手である――。本段を考える上で、これは重要なポイントとなろう。(4)

しかしそれは一方で、日記回想段の枠組みを揺るがしかねない営為でもあった。なぜなら、これまで（そしてこれからも）日記回想段の基軸にあるのは「定子の身近に仕え得た者」の視点だからだ。「中宮定子」も「一条帝」もいまだ存在しない三三段は、逆に言えば均一なる書き手の存在のみによって、日記回想段なる山脈に連なろうとする。いわば寛和二年の記憶は、そうまでして刻まれねばならなかったものと、読者には理解される。花山朝にまで遡って、定子の女房は何を描くのか――。本段に特別な執筆動機を詮索させる、それが原因のひとつとなっている。

二、執筆動機をめぐって

執筆動機をめぐる諸説を一覧すると、やはり「義懐とのやりとり」を本段の要とみる解釈が多いようだ。「露とともにおきて」出かけた法会にもかかわらず、〈私〉はあまりの「暑さ」に辟易し、「しさしたる事の今日すぐすまじきをうちおきて」来たからと、早々に帰ろうとする。朝講の終了を待って、ようやく退出がかなった所で声を掛けてきたのが、「常に車どもの方を見おこせつつ」女車に目を配る権中納言義懐だった。

権中納言の「やや、まかりぬるもよし」とてうち笑《ゑ》みたまへるぞ、めでたき。それも耳にもとまらず、暑きにまどはし出でて、人して「五千人のうちには入《い》らせたまはぬやうあらじ」と聞えかけて帰りにき。

朝座で説かれたであろう法華経方便品。退出する五千人の増上慢に向けた釈迦の言葉を踏まえ、義懐との応酬が成立している。これをもって本段は「義懐と対等に自分じしんが交渉をもったのだということを誇らかに記述した」(5)、「自分の社交界初デビューの追憶」(6)、「最初の執筆動機は、清少納言と義懐との見事なやりとりを文章に留めること」(7)など、お決まりの「自讃談」に括られる所となった。

一方、章段末に言及される「義懐の出家」を重視し、本段の〈背景〉と積極的に絡めてゆく解釈もある。

さて、その二十日あまりに中納言法師《ほふし》になりたまひにしこそ、あはれなりしか。桜など散りぬるも、なほ世の常なりや。「おくを待つ間《ま》の」とだに言ふべくもあらぬ御有様にこそ、見えたまひしか。

義懐が「法師になりたまひし」顛末は、勘物も古記録を引くが、大鏡の所伝などともあわせて（八講には「不参」だった）右大臣兼家の陰謀と認定される。道兼にそそのかされた花山の出家、それに忠臣たる義懐・惟成も殉じるしかなかったという。それゆえ、義懐への「哀惜の言葉」は「醜い政治の裏面史へのささやかな批判であったのかも知れない」（解環）などと、「あはれ」に事件への感慨が重ねられるのだ。

さらにこれが「長徳の変」と並ぶ同時代の二大事変であることから、「惜しみなく敗者を哀惜する」三三段と、「誇らしい姿勢」を貫いて描かれる定子を対照させた指摘も少なくない。(8) かつて三田村雅子が本段と「成信の中将は」の段を並べて、「このような没落と遁世を知った者の目が、没落寸前の最後の炎とも言うべき美の追憶に魅了され、その紙の上への再生に賭けるに至る心理と同質なものを、中関白家の貴公子伊周・隆家らの姿を描く場合や、道隆・定子父子を描く場合にも見出すことはさほどむずかしいことではないだろう」とまとめてみせたこと[9]、また、本段が「滅びゆくものへの哀惜という〈書く〉レベルでの主題性」を最後に打ち出してくるのは「執筆時の〈作者〉がそこに自ら目撃した中宮定子の没落していく姿をだぶらせていたからだというのが、殆ど唯一思いつく説明である」といった土方洋一の指摘も思い起こされる[10]。事変以降の主家の悲嘆をほとんど語らない枕草子ゆえ、本段末の直截な感慨は、おのずと書かれざる「あはれ」を想起させずにはおかないのだろう。

先に見た義懐との応酬は印象深く、自慢話と言われればそうかもしれない。ただ、自分にまで言葉を掛け、当日の主役のように輝いていた姿こそが、直後の「出家」を衝撃たらしめているのは明らかである。従って本段の大枠が〈出家に至る義懐の物語〉である点は動くまい。ただし「あはれ」の内実、「事変」や「出家」の意味付けについては、いま少し注意深く検討しておく必要がある。

三、「あはれ」の内実

三三段末の「あはれ」は、通説では「悲哀」や「同情」の文脈で解されている。勘物も引くように、花山天皇の出家が寛和二年六月二三日で、義懐のそれは翌二四日だった。つまりは本段の描く法華八講の裏で、陰謀が着々と進行していたことになる[11]。何も知らぬ義懐の、あれが最後の雄姿だった――。こうした〈背景〉が、「ほんとうにおきのどくなことであった」（塩田評釈）「ほんとに悲しいことだった」（角川文庫）「全く、お気の毒なことでしたよ」

（解環）などの感情を呼び込むわけだ。

同じように「おくを待つ間のとだに」以下にも、「はかない運命」への哀惜は重ねられている。

「おくを待つ間の」と（朝顔の盛りのはかなさを）いう歌があるが、その短い盛りにさえたとえられないほどはかない（義懐公の）御世、御栄えとお見えなされた。（全注釈）

「置くを待つ間の」とさえ言えないような、あまりにもはかない御ありさまにお見えになったのである。（ほるぷ）

諸注、源宗于の「白露の置くを待つ間の朝顔は見ずぞなかなかあるべかりける」（新勅撰）を引く。ただ、同じ歌によりながら「はかなさ」より義懐の「（見ておいてよかった）すばらしさ」を重ねる解釈もある。

昔の人は、「白露の置くを待つ間の一時の盛りの朝顔は、かえって見ない方がよい、未練が残るから」と歌ったけれども、今思えば一時の盛りであったあの中納言の、あの時の得意の絶頂にあった英姿は「かえって見ない方がよい」などと言うこともできないようなすばらしいお姿にお見えなされたことだ。（角川文庫）

宗于歌の上の句に重点を置けば「（朝顔の盛りよりも）はかない」姿が、下の句を響かせれば「見ておくべき（すばらしい）」姿が見出される、ということか。ただ、当日の義懐が「常よりもまさりて」「限りなき」姿に映ったことも、それが瞬時に消えてしまったことも確かである。「すばらしさ」への追憶が「はかなさ」と表裏一体であるならば、宗于歌の響かせ方も二者択一とはなるまい。

だが、「あはれ」を通説の「悲哀」ではなく、素直な「感動」と取るならば、「おくを待つ間の」以下はもっぱら義懐への賛嘆に傾く。つまり、あえて「義懐の出家＝悲劇」という前提を斥けるのである。花山院事件も、仏教的見地からは「出家」に導く有難い仏縁だったと言える。小白川での「結縁の八講」を描く本段の最後で、「義懐は正に『結縁』した」（新編枕草子）[12]。多くの参加者の中で彼こそが、実は誰より強い結縁を得ていたわけだ。しかもそれは「桜など」の散り際さえ「世の常」と思わせる、目を見張るほどの即断だった。あの日の義懐の一挙一動、退出時に交わした応酬、今から思えば、すべてが千載一遇の奇縁ではないか。見ておいてよかったと、いやでも心にしみてくる。

事件当時、あるいは「元輔女」はそこに「悲劇」を見たかもしれない。だが本段は、事件時における私的な記録ではない。先述のように、テキストを統括するのは、あくまで「中宮女房」のペルソナを持つ書き手である。そして言うまでもなく、「花山の出家」は一条朝の到来を告げたのだ。「中関白家の栄華の起源説話という一面」（土方・前掲書）を持つ出家事件を、単純に「悲劇」と認定してはならないだろう。しかしだからといって、「出家」なる顛末に素直に感動を表明するような書き手を、ここに認めてよいかというと、また別な疑問もわき起こる。なぜならば、前段までに展開されてきた道心をめぐる様々な文脈と、それは複雑に絡み合ってくるからだ。

四、道心をめぐる言説

時間標識から見た三三段の「異色さ」は先に見た。しかし、その登場がさほど唐突に見えないのは、何よりも雑纂本の配列に拠っている。これまでの日記回想段の流れを振り返れば、六段七段から二一段へという最初の展開は、段数こそ隔たっているものの、字数の間隔は小さかった（例えば『新編枕草子』で3頁）。一方、二一段から三三段までは、「すさまじきもの」「にくきもの」など印象的な「～もの」章段が次々登場し、同書で13頁もの隔たりがある。日記回想段の流れにおいて、ここに大きな断層が設けられているわけだ。代わりに三三段には、「説教の講師は顔よき」（三二段）「菩提といふ寺に」（三三段）という、法会関係章段があてがわれていた。諸注指摘するように、三一段から三三段までは、信心の種々相を描いて、互いに密接な関わりを持つ。いわば、ひとつの章段群として配されている。

発端となるのは、次のような一節だった。

①説経の講師《かうじ》は　顔よき。講師の顔をつとまもらへたるこそ、その説《と》くことのたふとさもおぼゆれ。ひが目しつれば　ふと忘るるに、にくげなるは〈罪《つみ》や得《う》らむ〉とおぼゆ。

説教の講師は顔だ。法会章段群は、かくも鮮烈な断言で幕を開ける。しかし以下を読み進めてゆくと、必ずしもその主張は明確ではない。

②このことは　とどむべし。すこし年《とし》などのよろしきほどは、かやうの罪得《え》がたのことは書き出でけめ、今は罪いとおそろし。

「このことは」は前文までを受けるのだろう。「説教の講師は顔よき」「にくげなるは罪や得らむ」という発言は、早くも抑制されてしまう。原因は「すこし年などのよろしきほど（少し若い頃）」と「今」という、こちらの年齢にあるらしい。そこから「本章は老後に執筆されたものだろう」（全講）、「（お迎えが近くなった）今」からの「自身の不謹慎な言辞への反省」（解環）である、などと解される所となった。「仏罰」にリアリティを感じる「今」から見て、冒頭の発言は「罪得がたのこと」に思える、信心深くなった現在と以前の不信心が対比されているという事なのか。

ならば仏罰を恐れる所の〈私〉は、今やひたすら信心に励む者であってもよさそうなものだが、次文はこう続いてゆく。

③また、「たふとき事、道心《だうしん》おほかり」とて説経すといふ所ごとに さいそに行《い》きゐるこそ、なほこの罪の心には〈いとさしもあらで〉と見ゆれ。

説教と聞けば我先に出向くような熱心さには、共感できないという。前文で恐れられていたはずの仏罰だが、ここでは「この罪の心には」と開き直っている。僧の容貌に注文をつけるような言辞を、これ以上書くことに「罪」は感じるが、「また（一方で）」熱心すぎる聴聞に対しては、「罪の心」を自認して距離を置くのだろうか。書き手の示す道心は、どうも単純ではないようだ。

五、信心との距離感

続く「蔵人など昔は〜」(④) の段落では、暇を持て余した五位蔵人の説教ずれした態度が皮肉たっぷりに活写され、「さはあらで」(⑤) からは、反対に好ましい聴聞の有様が描かれてゆく。それは「講師ゐてしばしあるほどに 前駆すこし追はする車とどめて下るる人」の、「聴聞衆など たふれさわぎ額づくほどにもならで、よきほどに立ち出づ」ような振舞いだった。すなわち〈少し遅れて現れて、早めに席を立つ〉聴聞が評価されているのだ。「説経すといふ所ごとに、さいそに行きゐる」人々とは、まさに正反対。その意味で「なほこの罪の心には、いとさしもあらでと見ゆれ」(③) と記された価値基準が、ここには受け継がれているようだ。そうした流れを受ければ、以下も度の過ぎた聴聞熱への批判ということになろう。

⑥「そこに説経《せ》しつ」「八講《はかう》しけり」など人の言ひ伝ふるに、「その人はありつや」「いかがは」など定《さだ》まりて言はれたる、あまりなり。

一貫する主張だが、こう繰り返すと、聴聞じたいを敬遠すると思われかねない。次文はそこをフォローしたと見るべきか。

⑦などかは むげにさしのぞかではあらむ。あやしからむ女だに いみじう聞くめるものを。

通い過ぎるのは「あまり」だが、かと言って法会通いを否定するつもりはありません、出掛けたい気持ちはわかります、ということか。ただ、この⑥⑦に関しては「一般論の形をとってはいるが、どうやら清少納言自身のことであるらしい」、それゆえ弁解が「いかにも真に迫っている」という指摘があった（集成）。『大事典』でも「一般の人より早く説教や八講に熱心」だった「若い時の作者自身」の姿を告白している、と解説されている。[13] なぜここに、あえて「若い頃」の自画像が想定されてくるのか。おそらくは、以下の解釈と関係してくるのだろう。

⑧さればとて、はじめつ方《かた》ばかり歩《あり》きする人はなかりき。たまさかには壺装束《つぼさうぞく》などして なまめき化粧《けさう》じてこそはありしか、それに物詣《まう》でなどをぞせし。説《せ》経などには ことにおほく聞えざりき。このごろ、そのをりさし出《い》でけむ人 命長くて見ましかば、いかばかりそしり誹謗《ひぼう》せまし。

この章段末尾で、再び時の対比がなされている。今度は「はじめつ方」（能因本は「この草子など出で来はじめつ方」）と「このごろ」という形で。しかしその内実は、一読しただけでは理解しにくい。

従来はここも「老後に若い頃の体験を回想したか」（全講）と、作者の「若い頃」と「老後」なる時間軸に振り分ける解釈が一般的だった。[14]

だが、さればといつて、以前はそんなに徒歩で歩きまわる女はなかつた。（中略）この頃、その当時、そつと聴聞に出たような人が、長生きをして、当世の風俗を見たならば、どんなにひどく非難することだろう。

（全講）

「はじめつ方」（自分が若い頃）は少数派だった女性の聴聞が、「このごろ」は見慣れた風物のようになっている。かつての真摯さと、最近の浮ついた信心が対比されているようだが、あくまでも世相評であって自身の位相は定かでない。

一方『集成』は、ここを「歯切れの悪い省略の多い文章」としながらも、その点にあえて踏み込んだ。

だからといって、（私が説教に凝った）初め頃ほど、よく出歩く女性は（他には）見なかった。（中略）最近（私が熱心だった）その頃、口うるさかった人が、長生きして（近頃の私を）見たなら、（私の不信心を）どんなに非難悪口するでしょう。

「はじめつ方はかちありきする人は」と能因本で校訂してきた従来説に対し、右は三巻本「はじめつ方ばかりありきする人は」をそのまま採用している。「～ばかり～なかりき」（～ほど～なかった）の文脈で解すわけだが、何より「世相」ではなく「自身の信仰心」の変節を見る点が特徴的である。こうした理解が、先の⑥にも「若き日の自画像」を見出してゆくのだろう。しかし「若い頃の熱心さ」と「今の不信心」という対比は、②に見た「すこし年などのよろしきほど」と「今」と合わせると、かなり複雑な信心の変遷を想定しなければならなくなる。むしろ、「作者の信心の変節」が語られていると解そうとするからこそ、「随分補足して考えねば意味は不明」（集成）に見えるのではないか。

六、「ほどほど」の道心

一方、三巻本を採りながら、あくまでも世相評と解すのは以下の注である。

あちこちの説教八講を、初日だけのぞく人は以前は見なかった。（和泉）

説教の始めの方ぐらいをあちこち聞きまわる人はなかった。（新編全集）

「はじめつ方ばかり」が、「（説教八講の）初日だけ」「（説教の）始めの方ぐらい」と解され、従来説とも集成説とも異なっている。ただ批判の矛先を「説教聴聞が一種の風俗となっている、現在の風潮」（和泉）、「最近の説教聴聞の社交の場としての変化」（新編全集）と見る点では、集成以前の解釈が踏襲されている。

一連の関連章段を見ても、「このごろ」（昨今）の法会の「社交場化」は確認される。そこが動かないとすれば、「歩きする人」のなかった「はじめつ方」とは、「このごろ」に対し、聴聞が流行し始めた当初（これほど社交場化していなかった頃）と取るべきかと思う。そこから遡って、⑥には昨今の熱心すぎる聴聞に対して「そこまで入れ込むのはどうか」という違和感を見るべきだろう。「さればとて（昨今は⑥のような風潮ではあるが）」「はじめつ方ばかり（聴聞ブームも当初の頃は）」「歩きする人はなかりき（出歩く女はなかった）」。たまに壺装束で化粧して出かけて、ついでに物詣でする程度で（男はともかく）女の説教聴聞など珍しかった。そんな時代の先駆者が、現在の（男女を問わぬ）流行を見たら、聴聞衆の気安さを非難せずにいられないだろう、という文脈で押さえておきたい。

つまりここで書き手は、直接には自身の変節は語っていない。「そのをりさし出でけむ人」の「誹謗」に乗るように、昨今の風潮を突き放してはいるが、自身が先駆者だったかどうかは判然としない。何より、単に「真摯な道心」を奨励していると受け取れないのは、「なほこの罪の心には、いとさしもあらでと見ゆれ」という、いわば信心に距離を置く、それまでの立場が底流にあるからだ。しいて解せば「昨今の聴聞ブームは、熱心なように見えて、かつてのような真摯さを失っている」と、聴聞の数より質を問題にしているように取れなくはない。しかしだとすれば、質とはいかにあるべきなのか。⑤に描かれた「好ましいスタイル」によれば、説教などに入れ込みすぎない、適度な距離の取り方が奨励されているようだが、それは「真摯な信心」を体現しているのかという、新たな疑問もわき起こる。「熱心すぎる」聴聞も、「真摯な信心」の現れならば、奨励されこそすれ「あまりなり」などと言われる筋合いはない。

おそらく書き手は、そこまでは立ち入らないのだろう。「真摯さ」などは当人にしか分からない。見えるのは行動だけである。つまりは〈行動〉として、法会には入れ込みすぎず通いすぎず「ほどほど」の距離感を体現すべきというのが、「この罪の心」を自認する者のポジションとなる。道心を否定するわけではない。己を見失っているような〈行動〉が、どうにも受け入れ難いのだ。

七、亀裂を生み出す三二段

以上のような文章に続くのが、三二段。しかし何とそこには「ほどほど」を逸脱する〈行動〉が描かれていた。

菩提《ぼだい》といふ寺に　結縁《けちえん》の八講《かう》せしに詣《まう》でたるに、人のもとより「とく帰りたまひね、いとさうざうし」と言ひたれば、蓮《はす》の葉のうらに

もとめても　かかるはちすの露を置きて　うき世にまたはかへるものかは

と書きてやりつ。まことに　いとたふとくあはれなれば、やがてとまりぬべくおぼゆるに、さうちうが家の人のもどかしさも忘れぬべし。

菩提という寺へ、結縁八講に詣でたのは〈私〉だろうか。彼女は「早くお帰りください」という催促に、「うき世にまたはかへるものかは」（どうして俗世に帰れましょう）と返答し、「やがて（寺に）とまりぬべくおぼゆる」とまで記している。

こうした入れ込み方を、前段とどう関わらせるべきなのか。前段で「作者自身の信仰心の変節」を見てきた『集成』は、これこそ「歳に似合わず信仰に凝っていた若い頃」の回想と位置づけている。「若い頃」と限定するのは、前段により「今」の「不信心」を認めるからである。なるほど、三二段の〈行動〉はとても「不信心」には見えない。一方、同じく前段で作者自身の信心を重ねた『大事典』では、

三一段は「今」の自覚的な場からの、かつて自分も熱心に参加した法会に対する見方であり、三二段はむしろ、「今」の「尊く」「あはれ」と身にしむ信仰の姿の一点描であり、三三段は、三一段と同じかつての「をかしき見物」としての法会の場の印象的な一回想と見るべきではなかろうか。

と総括されており、『集成』とは逆に、三二段には「今」の信心を見ている。三一段末に自身の「信心の変節」を重ねる読みには、先に疑問を呈した。だが、法会との「ほどほど」の距離を推奨する前段と本段とに、大きな亀裂が見出せるのは確かである。なぜ書き手はここに、「ほどほど」の対極にあるような〈行動〉を記すのだろうか。そこに「信心の変節」を持ち出したくなる気持ちも、従ってわからないではない。

枕草子にみえる「たふとし」の用法（「たふとがる」「たふとげなり」「たふとさ」を含めて二〇例）からも、ここは「あはれ」にかかるの唯一の例で、しかも「まことに」「いと」とまで強調されている。この上なく突出した感慨である。にもかかわらず「まことに」以下、テキストはそれ相応の指示対象を提示しない。結縁の八講に出かけて「もとめても」の歌が生れた。場所柄にもふさわしく、忘れられない一首となった。記しておこう――。そこまでは想像できる。しかし、具体的には何が「まことにいとたふとくあはれ」というほどの高揚を誘ったのか。読者は何かただならぬ気配を感じつつ、最後は置き去りにされてしまう。この不可解を、どう処理すべきか。以下、続く三三段とも連動させて考えみたい。

八、「車」が体現するもの

再び「小白川八講」に戻って、当人の〈行動〉を振り返ってみる。先述のように彼女は「露とともにおきて」出かけるも、途中で退席していた。暑さが想像以上だったとしても、そもそも「しさしたる事の今日すぐすまじきをうちおきて」来たとあるので、中座は予定されていたのだろう。ある意味で三一段で奨励された〈遅参と中座〉の、半分が実行されたことになる。ではそれが、三一段の推奨する「ほどほど」具合と、三二段の「熱心さ」の中間なのかといえば、そう単純でもない。〈私〉が早朝から出かけたのは、あくまで「おそからむ車などは立つべきやうもなし」という評判からであった。遅参という選択は許されなかったのだろう。男性ならば（三二段⑤のように）席を詰めてもらうこともたやすい。だが車ごと移動する女性には、物理的に遅刻早退が難しい。同時に車の動きこそが、法会における女性の信心を忖度させる、格好の指標ともなる。三三段は「牛車へのまなざし、及び牛車からのまなざしという複合する視線劇」（大洋和俊）[15]であるとともに、「車」によって信心を描いた章段として読み直すことができる。

まずは、〈私〉の果たせなかった「遅参」を実行した車が紹介されている。

　後に来たる車の、ひまもなかりければ 池に引き寄せて立ちたるを見たまひて、実方の君に「消息を つきづきしう言ひつべからむ者一人」と召せば、いかなる人にかあらむ、選りて率ておはしたり。

予想通り手ごろな場所はなく、池近くに陣取るしかなかった。だが逆に、それが注目を集める結果となったようだ。男たちの目を引いた外観については、

　下簾《したすだれ》など〈ただ今日《けふ》はじめたり〉と見えて、濃《こ》き単襲《ひとへがさね》に二藍《ふたあゐ》の織《おり》物 蘇芳《すはう》の薄《うす》物のうは着《ぎ》など、後《しり》にも摺《す》りたる裳《も》 やがてひろげながらうち下げなどして……

と、後に詳述されている。そして何より事細かに描かれるのが、女車に対する男たちの挙動だった。後に実方あた

りから証言でも得たのか、ひと幕の寸劇は臨場感に溢れている。後の八講じたいが、
朝座《あさざ》の講師清範《せいはん》、高座《かうざ》の上《うへ》も光り満ちたる心地《ち》して、いみじうぞあるや。

と、わずか一文で結ばれるのとはあまりに対照的で、法会じだいよりも周縁を描く枕草子の特徴とされてきた。しかしこの女車のエピソードは、(後の車と同様) 単に見聞したから記された、というものではあるまい。
当初、女車が使いを呼び返した際には、「歌などの文字言ひあやまりてばかりや　かうは呼び返さむ、久しかりつるほど　おのづからあるべき事は　なほすべくもあらじものを」と不満を漏らした〈私〉だが、そもそも女車に返答する気がなかったことが、使いの報告から明らかになる。

「久しう立ちてはべりつれど　ともかくも侍らざりつれば、『さは帰りまゐりなむ』とて帰りはべりつるに、呼びて」などぞ申す。

さらに呼び返されてもらった返事も、つれないものだったらしい。しかし、だからこそなのか「誰が車ならむ」「見知りたまへりや」と、いっそう興味は膨らんでゆく。特に義懐は「いざ、歌詠みてこのたびはやらむ」と積極的だった。だが彼の試みは実現を見ずに終わる。講師の登場に皆が向き直ったすきに「車はかい消つやうに失せ」てしまったからだ。「遅参中座」の極みである。だが一連の〈行動〉は最終的に、

何人ならむ、何かはまた かたほならむことよりは〈げに〉と聞えて、〈なかなか いとよし〉とぞおぼゆる。

と評価されている。半端な応対よりも好ましいではないか。何より、説教を聞かずに退席したことに対する、咎めの言葉もない。三二段の熱心さではなく、三一段の「ほどほど」具合に、小白川の〈私〉も与するということだろう。

一方、この車と対照的に描かれるのが、「そのはじめより やがて果つる日まで立てたる」初日から最終日まで微動だにしない車であった。その様子は「人寄り来とも見えず すべてただあさましう絵などのやうにて過ぐしければ」とあった。社交目的ではなく、ひたすら仏の教えに聞き入っている、真摯な信心の表れと言うべきか。この「動かない車」に対しても、義懐の反応が記されている。(16)

「ありがたくめでたく心にくく、いかなる人ならむ、いかで知らむ」と問ひたづねたまひけるを聞きたまひて、藤大納言などは「何かめでたからむ。いとにくく ゆゆしき者にこそあなれ」とのたまひけるこそ、をかしかりしか。

「ありがたく、めでたく」と、義懐は心を動かされた。しかし藤大納言（為光か）は「何かめでたからむ」と反論し、「いとにくくゆゆしき者」とまで突き放す。書き手はそれを「をかし」と結んでいるので、「遅参早退」をよしとする価値観が、ここにも引き継がれていると見てよい。つまり、当日の〈行動〉と二台の「車」へのコメントは、三三段が三一段の価値観に連なることを示すとともに、両段に挟まれた三二段の〈行動〉を、改めて際立たせてくるわけだ。

九、義懐の道心

三三段が「車」を通して物語るのは、実はこうした書き手の位相ばかりではない。最終的には、それが義懐との温度差を示している点も重要だろう。そもそも義懐こそは、「常に車どもの方を見おこせつつ」、誰よりも「車」を注視する者だった。二台の車に強い関心を示したのも、当然の成り行きということになる。ただ、「誰が車ならむ」と、車の（前掲のような）「外観」に惹かれ、色事めいたアプローチを思わせる前者に対し、後者への「いかなる人ならむ」は、車の主の「道心」が視野に入っている。つまり、八講開始前と終了後の義懐の変化が、「車」によって物語られているのだ。

だとすれば、二台の車の間に位置する〈私〉とのやりとりも、改めて注目されてこよう。早退する「車」に釈迦に成り代って言葉を掛けたという逸話には、朝座で説かれた法華経方便品がまさに「縁」となっていたからだ。かくて「小白川」の義懐には、

①「遅参早退した車」（初日開始前）
②「朝座を聴いて早退した車」（初日朝座後）
③「最後まで聴聞した車」（最終日）

という、三様なる車の動向と八講の進行を通して、「結縁を深めてゆく」過程を認めることができる。三三段を〈出家に至る義懐の物語〉とみるとき、三台の「車」はまさにその指標であり、行き着く先が「法師になりたまひにし」だったのだ。こうした脈絡によるかぎり、「あはれなりしか」は、まさに結縁をものにした潔い〈行動〉への感嘆となってこよう。

「六月十余日」、かくて義懐の結縁を描いた三三段。次段は「七月ばかり」へと季節が移り、後朝の風情が描かれる。しかし枕草子に、義懐はその後再び登場することがない。執筆時には「その後」の消息も耳に入っていただろうが、彼の〈物語〉は「法師になりたまひし」時点、はるか寛和二年で閉じられるのだ。ではその後、日記回想段が辿ってゆく「年月」を、義懐はどのように生きたのか。同時代人が伝え聞いた暮らしぶりは、大鏡などの所伝によれば、実に真摯なものだったらしい。

もとよりおこしたまはぬ道心《だうしん》なれば、いかがと人思ひ聞こえしかど、落《お》ち居《ゐ》たまへる御心の本性なれば、懈怠《けたい》なく行ひたまひて、うせたまひにしぞかし。(17)（伊尹伝）

事変に巻き込まれての出家ゆえ、「その後」には懸念も集まった。しかし本来の落ち着いた性格から、修行に精進したという。記録によれば、法名「悟真」「寂真」を名乗り、五二歳で亡くなるまで仏道修行に励んだらしい。一方、それと対照的に語られるのが花山院の出家生活だった。

また国王の位《くらゐ》を捨てたまへる出家の御功徳《くどく》、かぎりなき御ことにこそおはしますらめ。ゆく末《すゑ》までも、さばかりならせたまひなむ御心には、懈怠《けたい》せさせたまふべきことかはな。それに、いとあやしくならせたまひにし御心あやまちも、ただ御物《もの》のけのしたてまつりぬるにこそはべめりしか。（同）

王位を捨ててまでの出家ゆえ、功徳は限りないと期待された。だがやがてそれは「御物のけ」の仕業か、乱れてゆく。後述するような好色ぶりが、世間を賑わせたからだろう。出家後の生活において、花山こそは義懐の対極に位置づけられる。

かくて「俗」に戻ってゆく花山だが、出家後の消息を辿るとき、ひとつの興味深い〈行動〉に突き当たる。三三段の九年後、長徳元年（九月十五日）に、六波羅蜜寺の僧覚信が焼身供養を決行。花山はそれを「見物」したというのだ（日本紀略）[(18)]。そして、その場所こそが「菩提寺北辺」だった。菩提寺——。三二段で「まことにいとたふとくあはれなれば」と、過剰な感慨を持って記された、あの場所である。三二段を読むかぎりでは、そこに花山を連想するのは唐突すぎよう。しかし次段に〈義懐が出家に至る物語〉が置かれることで、花山の存在（＝不在）は、いやでも読者の意識に立ち上る。加えて「ほどほど」から著しく逸脱する三二段の〈行動〉は、私であって私でないような、特異な動作主体をテキストから浮上させていた。前段後段との亀裂、「義懐の出家」が想起させる〈物語〉、それらが相俟ったとき、「菩提といふ寺」は、おもむろに〈花山〉の影を忍ばせるのだ。

十、〈花山院〉という影

長徳元年、「焼身」を「見物」した花山が何を思ったか。心中は確かめようもない。ただ、彼の出家生活を俯瞰することで、この〈行動〉を位置づけることはできようか。今井源衛の労作によれば、院の心の動きまで様々推察されてくるが、(19)少なくとも書写山・比叡山・熊野へと入山を繰り返す出家当初の〈行動〉は、仏道修行に熱心な姿と受け取れよう。しかし熊野からの帰京後は、もっぱら栄花物語が伝えるような好色ぶりが世間の噂となってゆく。伊尹九女に通い、中務・平子母子をともに寵愛した、等々。栄花物語はこれらを正暦三（九九二）年の逸話に収めるが、今井も指摘するように、昭登親王の誕生が長徳四（九九八）年と推定されるので（清仁親王もほぼ同時期とされる）、中務母子との交際はもうすこし後年のことかもしれない。

そうした院の行状を、栄花物語は次のように結んでいた。

飯室《いひむろ》にも、さればこそ、さやうにもの狂《ぐる》ほしき御有様《ありさま》、さるることおはしましなんと思ひしことなりと、心に思さるべし。(20)（巻四）

「さることおはしましなん」、院の懈怠はもとよりの危惧だったという。(21)それを「飯室」で修行に専心していた義懐に、「もの狂ほしき御有様」と批判させているわけだ。両者の「出家」を対極に置くのは、前掲の大鏡と同様である。さらに注目すべきは、栄花物語がこうした院の行状を、先に待ち受ける「奉射事件」に繋げている点だろう。長徳二年一月、伊周隆家が為光邸で花山院を射たとして、配流に至る事件である。花山が為光四の君に通っていたところ伊周が三の君と誤解した、いわば恋の鞘当てだったとされる。古記録による限り「故為光邸にて花山と伊周隆家方との乱闘があった」という以外、詳細はわからないのだが、少なくとも出家後も女性に通いつめる花山の〈行動〉は、乱闘の原因としてうべなえるものだったわけだ。

先の菩提寺での焼身見物は、事件のちょうど前年に当る。修行三昧の生活から俗世へいよいよ傾いてゆく時期。そして結果から見れば、焼身に象徴されるような究極の功徳を、院は自身の目指す道とは見なかったことになる。以後、己の煩悩をことさらに肯定してゆく花山院。三二段の〈私〉が「まことにいとたふとくあはれなれば」と感激し、「やがてとまりぬべく」思った菩提寺の北辺から、花山院は「たふとくあはれ」な焼身に背を向け、またも「うき世」へ帰っていった。

その三二段は「さうちうが家の人のもどかしさも忘れぬべし」と結ばれる。古来解釈の難所とされるが、三巻本「さうちう」による限り、列仙全伝の故事から「(家路を忘れた)湘中の家族のじれったさも忘れてしまうほどだった」とでも解すほかないようだ。しかしここでは一案として、能因本「つねとう」に「常住→常任→つねとう」の転化を想定した『集註』説を援用してみたい。ただし『集註』の「俗家をさして、常住の家といへるなるべし」という解釈は取らない。せっかく「常住」をあてるのなら、仏教語としての意を生かすべきではないか。それは「常住真実」、すなわち有為・無常の対極にある、真理の不変不動なることを示す概念である(勝鬘経義疏)。「常住が家」とは、常住真実のある家であり、その教えに殉じる者が暮らす所、でもあろうか。煩悩にとらわれてゆく花山との対比でいえば、「悟真(寂真)」として飯室に籠った(常住した)義懐、あるいは尋円・延円(成房も後に出家)ら、子息までも含めた仏門「一家」がイメージされる。

「やがてとまりぬべくおぼゆるに、常住が家の人のもどかしさも忘れぬべし」。〈私〉がここで出家した形跡はないので、文意は「そのまま(寺に)留まりたく思えて、常住が家の人の非難も忘れて(出家して)しまうところだった」となろうか。「もどかしさ(非難をうけること)」に当たるのは、一時の勢いだけで決行され、後に醜態をさらすような出家である。寺院に常住できなかった花山院が、「もの狂ほしき御有様」(栄花物語)を指弾されたように。

さらに、次段との縁でここに花山当人を重ねれば、もうひとつの読みも可能である。花山院の場合、既に出家しているので、「とまりぬべく」は、寺に留まって（常住して）専心修行へ回帰する意となる。しかしそれは、現実には選ばれない〈行動〉だった。従って続く「おぼゆるに」は逆接となって、「そのまま（出家者らしい生活に）留まるべきと思われる（花山院だった）のに……。」と区切られる。末文も「留まらなかった」結果を踏まえ、「（留まってくれていたら）常住が家の人の非難も、きっと私は忘れよう」となろうか。

長徳元年、彼が覚信の焼身に「まことに」「いとたふとくあはれ」な感慨を受け、仏の道に踏み留まってくれていたら、「長徳の政変」は、少なくともあのような形では起こり得なかった。ところが彼は「やがてとまりぬべくおぼゆる」ことなく、忘れたくとも忘れられない事態を招いたのだ。「忘れぬべし」は、叶わぬ願いの裏返し、いわば痛恨のひと言として響いてくる。

十一、「菩提」という寺

「菩提といふ寺に」。そもそもこの書き出しは、菩提寺なる場所を示すだけでなく、「菩提」という言葉に焦点を当てている。煩悩から解き放たれるべき「菩提」の名を戴く寺、その近辺にまで出かけながら、煩悩世界に回帰した人物が花山なのだ。「ほどほど」の道心から逸脱してまで描かれた三二段の〈行動〉と、「うき世にまたはかへるものかは」の歌句。そこには、あの日の花山院にこそ至ってほしかった境地が仮託されているかのようだ。むろんそれは、あくまでメタフォリックな〈物語〉である。だが、逆に言えば〈花山院〉とは、おそらくは枕草子にとって、そうまでしないと痕跡を辿らせない手の込んだ〈不在〉なのだ。寛和二年の自身の「出家」から、長徳二年の定子の「出家」に至る、日記回想段の裏面に潜む二つの大事に、ともに関わる最重要人物。枕草子の〈沈黙の核心〉に、彼ほど深く溶け込む存在はない。

ちなみに「御鋏して御手づから尼にならせたまひぬ」（栄花物語）と伝えられる中宮定子の「出家」は、まさに一時の勢いでなされものとされ、俗世へ彼女を還してゆく。[22] その意味で、政変が生んだ二つの「出家」は、ひとり義懐の結縁の強さを際立たせる結果にもなった。だからこそ忘れてならないのは、三三段に示された線引きだろう。書き手は彼の決断に感動を表明しつつも、自らはあくまで「ほどほど」の道心に、「うき世」の側に留まっていた。「出家」自体が大団円にならぬこと、何より二つの政変が突きつけてくるからだろう。書き手は「罪の心」を公言することで、はじめから義懐への賞賛を（花山院との対比に限定するかのように）留保していたのだ。「法師になりたまひにしこそ、あはれなりしか」「おくを待つ間のとだに言ふべくもあらぬ御有様にこそ、見えたまひしか」。いずれも過去形で記されるしかない所以でもある。

注

（1）例えば稲賀敬二は「若い清女が、どうしてこんなに貴族社会の中で顔が広かったのか」と問い、「権門貴族に出入りして屏風歌などを作っていた元輔の縁という程度に考えておく」と述べている（『鑑賞日本の古典』）。また『集成』は、済時邸が作者の家女房としての出仕先だった可能性に言及する。だが、そもそも本段の書き手を事件時に限定する必要はない。

（2）佐藤謙三「平安朝宮廷文学の背景」には、清少納言が義懐と対等に物を言ったりするのは「背後に情人としての則光がひかえていた為」との指摘があった（『平安時代文学の研究』角川書店、一九六〇）。

（3）地の文で実名表記される上達部は他に斉信がいるが、彼の場合は政変にからむ別の事情が想定できよう（本書第五章参照）。なお、本段における実方の「兵衛佐」という前官呼称については、「娘時代の清少納言が個人的に交流していた頃」の「馴染みの官職呼称」ではなかったかという指摘がある（赤間恵都子「『枕草子』の官職呼称をめぐって」『枕草子日記的章段の研究』三省堂、二〇〇九所収）。だとすれば、わずかに窺える「個人的交友」の痕跡と言えるかもしれない。

（4）なお、本段を通して枕草子の表現主体を分析した論考に、土方洋一「『枕草子』の〈書く〉主体」（『日記の声域』右文書院、二〇〇七所収）がある。土方論では「テクスト内を生きる主体」に〈作者（体験主体）〉と〈作者（表現主体）〉の重なりを見て、両者のほころび、分裂が指摘されてゆくが、本稿も含め論者は様々なほころびすら最終的に統括してゆく表現主体を「書き手」と認定している。土方論には、どちらの〈われ〉も「演技的な装われた主体であり、物語における虚構の語り手（「草子」という性格上「書き手」と呼ぶべきか）に近い性格を持っている」という指摘もあるが、本稿にいう「書き手」はそれに近い。

（5）秋山虔「枕草子における上流貴紳と清少納言」（『源氏物語の世界』東京大学出版会、一九六四）。

（6）増淵勝一「『枕草子鑑賞』」（『枕草子講座』二、有精堂、一九七五）。

（7）滝澤貞夫「枕草子『小白河といふ』段試解」（『国文学 言語と文芸』一九八六・一）。

（8）後藤祥子「清少納言に憑く影」（『国文学 解釈と鑑賞』一九八八・九）など。

（9）三田村雅子「枕草子の沈黙」（『枕草子 表現の論理』（有精堂、一九九五）。

（10）土方洋一前掲書（注4）

（11）道隆が八講に参加していたことについても、『解環』は「陰謀から注意を逸らすための陽動作戦」と見ている。事実はわからないが、枕草子が描くのは、あくまでも「陰謀と無縁な」道隆像だろう。

（12）注釈は中島和歌子。

(13) 岡田潔「主要章段解説」(『枕草子大事典』勉誠出版、二〇〇一)。
(14) 全講本文は「はじめつかたは、かちありきする人はなかりき」(能因本によって校訂)。角川文庫・塩田評釈なども同じで、当時の主流本文だった。
(15) 大洋和俊「枕草子の〈表現〉——小白河八講の『牛車』」(『日本文学』一九九五・九)。
(16) 能因本「問ひたづねけるを」によれば、これは〈私〉の言動と解せるが、終始「車」を注視していた人物として、やはり義懐こそがふさわしい。
(17) 大鏡本文は『新編日本古典文学全集』(小学館)によった。
(18) 大日本国法華経験記によれば、日本での焼身供養は那智山の僧・応照に始まるという。法華経薬王菩薩本事品に基づく供養とされ、平安中期以降、諸記録に散見するようになる(日本思想大系『往生傳　法華記験記』岩波書店、一九七四)。
(19) 今井源衛『花山院の生涯』(桜楓社、一九六八)。
(20) 栄花物語本文は『新編日本古典文学全集』(小学館)によった。
(21) 今井(前掲書)には「好色と仏道とは、院の内部においては、矛盾したものではない」との指摘があるが、院の行状からは、それも首肯できる気がする。
(22) 本書第八章参照。

第四章　「頭弁」行成、〈彰子立后〉を背負う者

一、権記のもたらすもの

三三段に続く日記回想段は、四七段「職の御曹司の西面の立蔀のもとにて」。雑纂本の配列によれば、初めて「職の御曹司」が描かれる。五つ目の主要回想段には、「生昌邸」（六段）「一条院」（七段）「清涼殿」（二一段）「小白川済時邸」（三三段）に次ぐ、五つ目の舞台が登場してくるわけだ。ただ、二一段の「清涼殿」でなされたような舞台自体のお披露目は、あえて後段（七五段）に譲られてもいた(1)。ここで「職」は、時期と場所を示す役割だけを担っており、本段の主役が「頭弁」藤原行成であることは、以下に明らかである。

行成は既に七段に登場していたが、書き手との関わりにおいて詳述されるのは、本段が嚆矢となる。三三段で義懐を描いた日記回想段が、次に選んだ素材が行成なのだ。行成は義懐の甥であり、交流も長く続いていたようだ。「法師になりたまひにし」（三三段）後の近況が、行成からもたらされていた可能性も考えられようか。だがそうした繋がりは想定できるものの、三三段と四七段の間には、「木の花は」「鳥は」「虫は」など主要類聚段を筆頭に、個性的な章段がひしめいてもいる。その意味で四七段の登場は、また新たな〈物語〉の始まりをここに告げるものとなっている。

「職」を舞台とした「頭弁」との物語。ただし彼こそは、読者にとって特別な「登場人物」でもあった。先の三三段では、義懐の「人となり」を求めて、我々は栄花物語や大鏡を参照してきた。行成もまた歴史物語にそれなり

の足跡は留めているが、(2)それとは比較にならない情報量を、当人の日記、権記がもたらしてくるからである。しかもその豊富な「情報」は、枕草子の読みを決して豊かにはしてこなかった。例えば四七段には、書き手と頭弁との親密な交際ぶりが描かれている。一方、権記のどこを探しても「清少納言」の影も形も見当たらない。この落差が「清少納言は一方的に親しいと思っていただけだ」などと言い立てるのである。「(行成らは)なぜ清少納言とつきあったか。蔵人の頭という職にあったからである」「職務完遂のために、遊んでやったのである」という玉上琢彌の評など、(3)かつてそれなりのインパクトを残したが、まとまった作者論としては、秋山虔「枕草子における上流貴紳と清少納言」(4)も忘れられない。

清少納言が、自分のまじわるかぎりでとらえた行成は、彼女の伝統的貴族的な情趣主義、才知主義でつらぬかれた自己中心的な主観に映じた、その人のいわば抽象された一面にすぎないのだった。が、そのような行成にしても、清少納言の知る知らないを問わず、はなはだ深慮で狡猾だという印象をわたくしたち読者は消しがたいのである。

こうした指摘を踏まえ、「(行成にとって)女房清少納言ほど、便利この上ない人物はいなかったわけだろう。しかも権記には清少納言のセの字もしたためていないかれであった」と結ばれている。「老獪に」権力闘争を生き抜いた行成の「実像」が、枕草子のそれを「主観に映じた」「一面にすぎない」と、告発して止まないのだ。

一方、黒板伸夫による行成の評伝(5)では、彼が清少納言の歓心を買おうとしているのは「定子への有力なルートと考えての能吏らしい功利的な思惑を否定できない」としつつも、「が、それだけに終らず、意気投合して愛人関係に発展していたのも事実である」と、枕草子の行成にも一定のリアリティを認めている。だがやはり最終的には、しかし行成の辛口な言動に反撥する女房仲間に同調せず、行成の理解者をもって任ずる清少納言も、行成の心中に強く根付いている陰翳、すなわち無常観をおそらく理解し得なかったか、あるいは目をそむけていたのではないだろうか。

とまとめられる。権記から窺えるその「心中」、例えば「無常観」に、清少納言は触れていないというわけだ。黒板もまた「清少納言との間に繰りひろげられた世界について『権記』は何一つ記していない」と結んでいる。

権記が伝える行成の「実像」に、清少納言の入り込む隙などないのか。こうした「定説」に激しく異を唱えたのが、下玉利百合子『枕草子周辺論』(6)だった。下玉利は権記を丹念に読み込みながら、彼は道長・女院に対してはこよなき「側近」、一条天皇に対しては信愛措く能わざる「顧問臣」であったと総括、そこに「悪く言えば〝カメレオン〟、よく言えば、屈撓力に富む柔軟性」を認めつつ、本質としては、清少納言と「純粋な次元での交友をともにし得る資質」を「内に深く秘めていた」と結論付けている。人間味溢れる行成像を、権記から抽出してゆく手際は見事である。ただ、それが枕草子の行成像と「いささか背馳せぬ所以」だという論理には、やはり強引な印象がぬぐえない。確固たる清少納言像、「天才的な童女性」なるものを前提に、権記から抽出された「ソフトマインド」や「ナィーヴ」等を重ねてゆく論法は、いわばそこで自己完結しているからだろう。結果として「周辺」の掘り下げの深さが、枕草子の読みに比肩して行かぬうらみが残る。

かくて権記は、もっぱら現実レベルでの行成と清少納言との交友を検証するための材料とされてきた。だが、生身の清少納言が行成とどう付き合っていたか、実在した藤原行成が清少納言をどう思っていたか、そうした「事実」の復元は、以下の分析とは次元を異にする。枕草子の〈読み〉に権記がどれだけ有効か、ここではそれを問題としたい。むろん枕草子「作者」は権記など目にする機会はなかったろう。だが我々には、枕草子の描く「頭弁」が、権記の書き手であったというだけで十分なのだ。

二、冒頭のやりとりから

四七段は、先述のように、「頭弁」なる人物を書き手との関係において描き切ろうとする。いくつかのトピックが、次のような順に並べられていた。

一、職の御曹司の西面で誰かと話し込む頭弁に声を掛けた。
二、互いに信頼し合い、良好な関係を築いていた自分たちだった。
三、顔を見せてほしいという願いを拒むと、頭弁は自ら顔を隠すようになった。
四、小廂で寝ていたある朝、天皇と皇后が現れ、殿上人たちを覗き見て楽しんだ。
五、寝起き顔を頭弁に覗き見られ、その後は簾中に入ることを許した。

なかでも「二」には、行成の人となり、漢籍などを踏まえた会話、彼が取り次ぎ役を清少納言ひとりに決めるいきさつなど、様々な話題が含まれている。ゆえに分量からは一・二を前半、三以下を後半部と見なし得よう。その後半部に描かれた「見る・見られる」の攻防は、まさに「『見る者』がさらに『見られる者』となる入子型の視線構造を幾重にも組み込んで、相互的で互換的な視線の場としての枕草子の空間」（三田村雅子）(7)を現出させながら、いわば〈行成が垣間見を成功させるまでの物語〉となっている。だが、そうした後半の印象深さが、一方では章段全体を「散漫な構成(8)」に見せたり、冒頭部を単なる「親交の一齣(9)」で片付けさせてきたわけだ。だがここでは、これまでの日記回想段がそうであったように、新たな〈物語〉の始まりには、それなりの深慮を探ってみたいと思う。

　職《しき》の御曹司《ざうし》の西面《おもて》の立蔀《たてじとみ》のもとにて　頭弁《（とうのべん）》物をいと久しう言ひ立ちたまへれば、さし出でて「それは誰《たれ》ぞ」と言へば、「弁さぶらひ《（ふ）》なり」とのたまふ。「何《なに》か　さも語らひたまふ。大弁見えば　うち捨てたてまつりてむものを」と言へば、いみじう笑ひて「誰か　かかる事をさへ言ひ知らせけむ。『それさなせそ』と語らふなり」とのたまふ。

四七段の冒頭である。ときに頭弁は、女房の誰かと長話をしていた。「さし出でて」「それは誰ぞ」と声を掛けたのが〈私〉だろう。返答は「弁さぶらふなり(10)」。「弁」は「弁内侍」（春曙抄本文）「弁のおもと」（全注釈）など女房名とする説もあるが、通説どおり行成の自称と解す。つまり、彼の話し相手はここで問題にされていない。それよりも、枕草子に描かれた行成の最初の言葉が「弁」だということ、行成との〈物語〉が「弁」から始まることを押さえておきたい。

それに対し〈私〉は「大弁見えばうち捨てたてまつりてむものを」と返した。「弁」を名乗った行成に、「大弁」を持ち出す形となる。諸注は、『春曙抄』（「大弁は弁内侍の男」）の流れを汲む、「行成の話し相手が大弁の愛人だったことをからかった」という説と、『大系』補注「大弁という職が重職で、政治的権威が重いことをさす」をもとに、「当時『中弁』だった行成へ向けた冗談」と解す説に大別できる。だがどちらも、その場限りの軽口に終結してしまう点が物足りない。冒頭に「頭弁物をいと久しう〜」とあるので、標的は最初から行成だったのだろう。彼と承知の上で「そは誰ぞ」と声を掛け、さらに「大弁見えば」へ至る畳み掛けは、行成が「(弁は弁でも)大弁ではない」事をここに明示するものだ。その意味では「大弁が中弁より重職である事」が踏まえられているのは確かである。だがそれで終わらせないのが、彼の「誰かかかる事をさへ言ひ知らせけむ」という反応だろう。この「さへ」こそが、「中は大に敵わない」といった自明の理以上の何か、例えば「大弁愛人説」などを、指示対象に求めてくるのだ。

三、「大弁」というキーワード

テキストはそれ以上「かかる事」の内実は語らない。行成の少なからぬ動揺を伝えるばかりである。記録に残る事件ならともかく、こうした個人的なやりとりには、なかなか手がかりは見出し難い。だがここに権記というテキストがある。彼の日記を参照できる特権を、可能な限り生かしてみたい(11)。鍵穴は「大弁」。「大弁」を頼りに権記を紐解くとき、枕草子が刻む行成との最初の会話は、それなりの〈物語〉を引き受けてくれるからだ。

実はかつて、行成にとっての「大弁」の意味を、権記から丹念に読み取ってみせたのが、前掲『周辺論』だった(12)。中弁行成にとって「大弁」こそ将来を左右する重大な職であり、それを射止めるべく、彼が(特に長徳四年の秋)いかに執念を見せたかが、同書には詳述されている。一連の流れだけを確認しておけば、まず「大弁」を現実に近付けたのが、長徳四年七月二五日、左大弁源扶義の薨去だった。そこで右大弁藤原忠輔が左に転じれば、右大弁が空く。直前（七月十二日）には病に倒れ、自身も死を覚悟した行成だったが、「蘇生」後に運が向いてきたわけだ。決戦は八月十六日。道長に対し、いかに自分が右大弁にふさわしいかを力説、ライバル候補を蹴落とし、自身の「労」を訴えた熱弁は、権記によって我々の知る所となった。執念が報われ、晴れて右大弁転任が成ったのが十月二三日。当日の権記には、

　左中弁の労三年、時に年廿七、年卅に及ばずして大弁に任ずるは、貞信公（廿一）、八条大将（年廿五）のみ也。

という割注が見える。三十歳未満の大弁は、忠平・保忠以来だという。五日前に亡くした愛児への悲嘆さえ忘れさせる「手放しの狂気ぶり」（『周辺論』）だった。

　中弁としての「労三年」、宿願の「大弁」。それが枕草子では、最初の会話で中宮女房から突きつけられているのだ。「はやく大弁になりたい」彼ならば、こう受け取るはずだ。まるで中弁たる自分の心中を見透かしたような物言いだ――。「いみじう笑ひて」取り繕う行成。しかし態勢は瞬時に立て直される。――まさかそこまで深い意味があるはずはない。戯言として受け流すのが無難だろう。「そうしないでくれ（中弁だからといって私を捨てないでくれ）と、よくよく話していたところなのですよ」。あくまで浮いた話の素振りで、その場を収めた体となる。わずか「さへ」だけに、隠し切れない動揺の跡を残しながら。

　本文はこう続いてゆく。

　いみじう見え聞えて　をかしき筋《すぢ》など立てたる事はなう　ただありなるやうなるを、皆人《みな》さのみ知りたるに、な

ほ奥深き心ざまを見知りたれば「おしなべたらず」など御前《おまへ》にも啓《けい》し、また さ知ろしめしたるを、常に『女はおのれをよろこぶ者のために顔づくりす、士《し》はおのれを知る者のために死ぬ』となむ言ひたる」と言ひ合はせたまひつつ よう知りたまへり。

頭弁との関係が、ここで一気に語られる。彼の「奥深き心ざま」を自分は見知っているのだという、突然のアピールが始まるのだ。日頃の交流が改めて語られていると、一般には解されるが、文脈としては「かかる事をさへ言ひ知らせけむ」と言わしめた「大弁」のやりとりがあって、それを受けての「奥深き心ざまを見知りたれば」である。つまりは、頭弁の「心ざま」を知る者というポジションを、以下に取ろうとする書き手によって、冒頭に据えられたのが「大弁」のやりとりだったわけだ。そんな彼女が下した評価が「おしなべたらず」（並一通りでない人物）。「いみじう見え聞え」たり「をかしき筋など立て」たりすることのない頭弁ゆえ、他の女房には「おしなべての」男にしか映らない。それを打ち消して「御前にも啓す」のが、「心ざま」を知る者の役目、というわけだろう。

さらにその評価は、中宮も「さ知ろしめしたる」とある所が肝要である。頭弁からすれば、願ってもない理解者を中宮方に得たわけだ。彼がそれを「純粋に」感謝していたのか、利用価値を「狡猾に」計算していたのか、実際はわからない。枕草子が描くのは、「女はおのれを〜士はおのれを〜」と史記の一節、予譲の言葉をもって応えようとする姿だった。それを受けての「と言ひ合はせたまひつつ」は、諸注で見解が分かれる所。この「言ひ合わせ」は「たまひ」が付くので、一般的な「言葉を交し合う」による解釈、「互いに同じことを言って」（角川文庫）「意見一致して」（新大系）などは取り難い。「（史記に見える）予譲と智伯との友情を、行成と清少納言との友情との共通点として引き合いに出した」という集成注を踏まえ、頭弁が「（史記の一節に自分たちの関係を）言い合わせた」

と解しておく。従って、次の「よう知りたまへり」は、そうした漢籍引用の妙技を受けてのコメントとなる。「知る」の内実については、諸注「私が頭弁を認めていることを」（角川文庫ほか）「私の気持ちを」（集成ほか）等、「清少納言が理解者であることを」行成も知っていたと解すが、枕草子に見える書き手のこだわり、漢籍を踏まえた会話の数々を鑑みるに、理解者であることはもちろん、自分の嗜好まで「よく」分かっている頭弁だった（それを端的に物語る史記の引用だった）ことが、ここに特記されているのだろう。[13]

四、行成との交友の物語

以下、行成との「仲よし」ぶりが、引用句に牽引されつつ語られて行くが、その中に、

「物など啓せさせむ」とても　そのはじめ言ひそめてし人をたづね、下《しも》なるをも呼びのぼせ、常に来て言ひ、里《さと》なるは　文書きても　みづからもおはして「おそくまゐらば『さなむ申したる』と申しにまゐらせよ」とのたまふ。「それ、人のさぶらふらむ」など言ひゆづれど、さしもうけひかずなどぞ　おはする。

という逸話も紹介されている。頭弁は中宮への取次ぎを「そのはじめ言ひそめてし人」である〈私〉ひとりに決めて譲らなかったという。そうした頑固さには「あるにしたがひ定めず何事ももてなしたるをこそ、よきにすめれ」と、曾祖父師輔の素振りで忠告するも、「わがもとの本性」だと押し通す頭弁だった。（もとの）「本性」を、さらには（改まらざる）「心」（白氏文集）を理解する者として、やはり〈私〉は彼と対峙する。頭弁の「奥深き心ざま」

を知る〈私〉というポジションは、こうしてテキスト上の既成事実となってゆく。

かかる信頼関係を踏まえてか、行成は次のように切り出した。

「仲よし」なども人に言はる、かく語らふとならば何か恥づる。見えなどもせよかし。

〈私〉の答えは「え見えたてまつらぬなり」。「今後は顔の〈見える〉付き合いがしたい」「いいえ〈見える〉関係にはできません」。こうした〈見ゆ〉の攻防を契機に、彼は「おのづから見つべきをりも　おのれ顔ふたぎなどして見たまはぬ」というように、自分から顔を隠すようになったという。「まごころに空言したまはざりけり」と思うだけで、こちらも成り行きに任せていたらしい。しかし本段の最後には、〈私〉の寝起き顔をまんまと覗き見た行成が、「局の簾うちかづきなどしたまふ」ような、より親しい関係になったことが語られている。

以上をまとめれば、「互いを理解し合う『仲よし』の時期」「顔を塞いでいた時期」「簾中に入るのを許した時期」という三段階を、二人は経ていったことになろう。だが、そのように両者の関係をなぞってゆくとき、先に見た「大弁」のやり取りは、どこに位置付けるべきなのか。一般には、既に親しい仲だった頭弁を、清少納言がからかった図のように解されるが、むしろ「仲よし」以前の逸話と受け取るべきではないか。誰かと長々と「語らひたまふ」（書き手の言）行成は、清少納言ひとりを「かく語らふ」（行成の言）相手に決める以前の姿とも解せよう。するとと「弁さぶらふなり」も、言葉通りのかしこまった応対となる。もちろん、行成も相手を認知しているようなので、これが最初の出会いだったというわけではない。すでに「知り合い」ではあったろう。ただ先述のように、頭弁の「奥深き心ざま」を知る書き手にとって、冒頭部がその端緒たるべき逸話として位置付けられているのならば、時期としてもそれは、先の三段階以前をあてるのがふさわしい。具体的には、「職滞在」（長徳三年六月）から「任右大弁」（長徳四年十月）までのある日という事になる。

そこで改めて注目されてくるのが、本段の章段末に提示される、もうひとつの時間標識である。

……三月つごもり方《がた》は冬の直衣《なほし》の着にくきにやあらむ、うへの衣《きぬ》がちにてぞ、殿上の宿直姿《とのゐ》もある。つとめて、日さし出づるまで式部《しきぶ》のおもとと小廂《こびさし》に寝《ね》たるに、奥の遣戸《やり》をあけさせたまひて上の御前《おまへ》宮の御前出《ごぜん》でさせたまへば起きもあへずまどふを、いみじく笑はせたまふ。

前文から繋がっているので、つい同じ「職」時代の逸話と受け取ってしまうが、「式部のおもと」と「小廂」で暮らしている事、「上」（一条）「宮」（定子）が揃って登場してくる事から、勘物が指摘したように、以下は長保二年の「今内裏」時代の話と認定される。(15)つまり本段は、長徳三・四年の「職」時代から始まり、長保二年の「今内裏」で閉じられる、期間の指定された〈行成との交友の物語〉だったのだ。先に見た〈垣間見を成功させるまでの物語〉はその一部に含まれることになる。

こうして本段が示す時間枠を、以下の日記回想段にみる頭弁章段、「二月、官の司に」（一二八段）「頭弁の、職にまゐりたまひて」（一三一段）「五月ばかり、月もなういと暗きに」（一三二段）の事件時と比較してみたい。一三一・一三二段は「職御曹司章段」に属するので、長徳三・四年（一三二段は「五月」なので四年に限定）の出来事と認定されよう。(16)一二八段のみ舞台が内裏で、年時にも異説がある。「頭弁」の呼称に従えば長徳二年四月以降、さらに二月に定子が内裏にいた可能性のある時期となると、長保元年に絞られる。一方、平惟仲が「左大弁」と呼ばれているので、それによれば正暦五年九月から長徳二年七月にまで遡らねばならない。本文のみからは判断が難しいが、仮に前者（長保元年）だとすると、惟仲が「中宮大夫」だった点が注目されよう。[17]それこそは同年七月、道長に阿諛するように彼が捨て去った職なのだ。そのしわ寄せが生昌邸行啓（六段）まで尾を引いており、忘れ難い辞任劇といえる。よって「中宮大夫」に価しなかった惟仲を、あえて前官で呼ぶことには、相応の必然性が想定できよう。一二八段は、長保元年の逸話と見るべきかと思う。かくて、長徳三・四年から長保二年三月に至る四七段の時間枠に、すべての頭弁章段は含まれる結果となる。[18]

五、目撃者としての行成

そこで改めて問題にしたいのは、〈行成との交友の物語〉たる四七段が、見てきたように四つの段階を描いていた点である。

Ⅰ深い親交の始まり（「大弁」のやりとり）
Ⅱ互いを理解し合う「仲よし」の時期
Ⅲ顔を塞いでいた時期
Ⅳ簾中に入るのを許す

前掲三章段と対照すれば、一三一・一三二段は「職」が舞台で、ともに親しげなやりとりが描かれるので、Ⅱ期に当ろうか。一二八段も大まかにはⅡ期に含まれようが、舞台は「職」を離れ、行成も「大弁」になっている。書き手が「おしなべたらず」とアピールせずとも力量が知られていた頃、Ⅱ期でも後半ということになろう。いずれにせよ、後続の三章段は長保元年の春を下限とする。すると四七段の〈交友の物語〉は、それ以降、以下の章段では描かれない長保二年にまで枠を広げている点に、特に独自性が認められることになる。しかもこの押し広げられた時間枠の中核をなすのが、行成にとっては「彰子立后」に関わる激務の日々（長保元年後半〜長保二年春）なのだ。詳細を伝えるのは、やはり権記である。

　枕草子に描かれた「顔を塞ぐ」頭弁は、この期に重ねると納得が行く。「見せる・見せない」をゲームのように楽しんでいたと受け取れば、Ⅱ期の延長とも解せるが、権記によって、道長・詮子・一条の間を奔走する姿を知る者には、それこそは懇意だった中宮女房を避けようとする姿に見えてくる。ただし〈物語〉の最後では、行成が簾中に入ることを〈私〉は許している。その（ⅢからⅣへの）転機は何だったのか。テキストによれば、それこそが「一条と定子」の姿（前掲）なのだ。長保二年三月末のある朝、今内裏の小廂で寝ていた〈私〉の元に、いきなり「上」と「宮」が現れた。帝がこっそり「陣より出で入る者ども」を御覧になるのだという。楽しげな横顔を髣髴させるが、事件時からすると、まさに「彰子立后」成った後の二人だった。雑纂本の配列では三度目、年時からは枕草子に描かれた最後のツーショット。七段で〈彰子立后を二人が受け入れた物語〉を描いた枕草子が、同時期の二人を、最後のシーンに選んだことになる。感慨深いその光景を、書き手は「立后」の立役者たる行成に目撃させているのだ。

入らせたまひて後《のち》も　なほめでたき事どもなど言ひ合はせてゐたる、南の遣戸《やりど》のそばの、几帳の手のさし出でたるにさはりて簾《すだれ》のすこしあきたるより、黒《くろ》みたる物の見ゆれば、〈のりたかが ゐたるなめり〉とて見も入れで なほこと事どもを言ふに、いとよく笑《ゑ》みたる顔のさし出でたるも なほ〈のりたかなめり〉とて見やりたれば、あらぬ顔なり。〈あさまし〉と笑《わら》ひさわぎて 几帳引きなほし隠るれば、頭弁にぞおはしける。〈見えたてまつらじとしつるものを〉と、いとくちをし。もろともにゐたる人は こなたに向きたれば、顔も見えず。立ち出でて「いみじく名残なくも見つるかな」とのたまへば、「のりたかと思ひはべりつれば あなづりてぞかし。などかは『見じ』とのたまふに さつくづくとは」と言ふに、「『女は寝《ね》起き顔なむ いとかたき』と言へば、ある人の局《つぼね》に行きて かいば見《み》して、またもし見えやするとて来たりつるなり。まだ上《うへ》のおはしましつるをりからあるをば、知らざりける」とて、それより後は局《つぼね》の簾《すだれ》うちかづきなどしたまふめりき。

「黒みたる物」の気配にも、「いとよく笑みたる顔」にも、さしたる注意を払わなかった〈私〉は、まんまと頭弁の垣間見を許してしまう。そこで「まだ上のおはしましつるをりからある」ことを明かす行成。枕草子が選んだ最後のツーショットを、ともに見届けた人物として、彼はここに定位されている。[19]

六、「それより後」という終焉

道長の望み通り「彰子立后」を実現させた行成の忠勤ぶりは、先述のように権記が詳細に伝えている。それによれば、一条の説得にあたっては「神事を勤め得ない中宮」だとして、強く定子を糾弾していた。結果として生まれた「中宮彰子」と「皇后定子」。彰子が正妃待遇ではあるのだろうが、裏を返せば、かろうじて定子の后位は守られたとも言えよう。行成の言葉「いみじく名残なくも見つるかな」は、権記を経由することで、より大きな感慨を読者に与える。定子の傍らにある一条の笑顔に、行成の「心中」には一抹の安堵が宿ったのではないか。そして行成の「奥深き心ざま」の理解者を自認する者であればこそ、書き手は「それより後は」廉中に入ることを許したのだろう。

一方で権記は、先述のような道長への忠誠のみならず、『周辺論』に指摘があったように、一条からの信任の厚さも伝えていた。かくも帝に近侍したゆえか、定子にも特別な思い入れがあったことが、崩御時の記事などから窺える。先にⅣ期への転換には「定子と一条の姿」があると指摘したが、「顔を塞いでいた」Ⅲ期においても、裏での立ち回りはそれとして、定子方との関係は維持せんとしていたことだろう。枕草子が物語るその痕跡が「のりたか」、橘則隆の存在である。前掲のように行成に覗かれる場面で、書き手は「のりかたがゐたるなめり」「のりたかと思ひはべりつればあなづりてぞかし」と、しきりに彼の名を出している。つまり則隆は、そこにいて何ら違和感のない者、頻繁に出入りしていた人物と言うことになる。「清少納言のかつての夫則光の弟だから、気を許していた」（集成）からではあるまい。「かつての夫の兄弟」なら寝起き顔を見られても平気だということにはならない。ここでも、手がかりは権記となる。同年の記事に見る登場頻度から、則隆が六位蔵人として、頭弁の良き配下だったことが分かるからだ。行成は自身が清少納言との接触を避ける間、則隆を名代のように通わせていた、と推測されよう。それも完全に気を許されるまでに。よって転機はこの日の「朝」突然訪れたわけではあるまい。定子方が、特に清少納言が、「彰子立后」を受け入れてゆく空気を、行成はおそらく則隆を通して正確に読み取っていた。その上で決行された「かいば見」だったと見ることができよう。(20)

七段が〈彰子立后を一条と定子が受け入れた物語〉だったとすれば、四七段はその立役者たる頭弁を〈書き手自身が受け入れる物語〉なのだ。忘れ難いあの日の天皇と皇后の笑顔。それを共に見守った頭弁。もはや「顔を塞ぎ合う」関係は過去となった。

それより後は局の簾うちかづきなどしたまふめりき。

〈交友の物語〉はこの一文で結ばれる。ただし「それより後」、定子は直後の三月二七日に三条宮に退出し、十二月には世を去ってしまう。それは枕草子じたいが、ほとんど書くべき題材を持たない月日でもあった。(21) むろん行成との「その後」など、枕草子には片鱗さえ記されない。「〜などしたまふめりき」という、どこか他人事めいた書きぶりは、日記回想段の終焉さえ暗示するかのようでもある。

注

（1）津島「職御曹司の時代」（『動態としての枕草子』おうふう、二〇〇五）参照。

（2）歴史物語の行成は「らうらうじう」（大鏡）「いみじき物の上手」（栄花物語）なる評に集約される有能な官吏といえる。ただ、三十例近くも言及のある栄花物語でも、能筆家としての貢献、長家室の父としての言及が主で、登場回数に比べて印象は強くない。

（3）玉上琢彌「源氏物語と枕冊子」（『国文学 解釈と鑑賞』一九五六・一）。のち『源氏物語入門』（新潮社、一九七二）所収。

（4）秋山虔「枕草子における上流貴紳と清少納言」（『国文学 解釈と鑑賞』一九五九・九）のち『源氏物語の世界』（東

京大学出版会、一九六四）所収。
（5）黒坂伸夫『藤原行成』（吉川弘文館、一九九四）。
（6）下玉利百合子『枕草子周辺論』（笠間書院、一九八六）。
（7）三田村雅子「〈門〉の風景」（『枕草子 表現の論理』有精堂、一九九四）。
（8）下玉利百合子「『権記』行文の空白における沈黙」（注6前掲書所収）。
（9）小林茂美「枕草子鑑賞」（『枕草子講座』二、有精堂、一九七五）。
（10）三巻本本文は「弁さふらひなり」。本稿では「さぶらふなり」の意と解している。能因本「弁侍なり」。
（11）権記は『史料纂集』（続群書類従完成会）により、倉本一宏『藤原行成「権記」』（講談社学術文庫）も参照した。
（12）下玉利百合子「『赤もがさ』と『転任右大弁』」（注6前掲書所収）。
（13）小森潔「枕草子の女／男」は、こうした行成の漢籍引用に「規範としての〈女性性〉の枠から個としての女を引きずり出してくるような挑発性」をも指摘する（『枕草子 逸脱のまなざし』笠間書院、一九九八所収）。漢籍引用をジェンダーの越境として捉え直すなど、従来の解釈と一線を画すもの。
（14）〈見ゆ〉の攻防については、本書第十二章にて論じている。
（15）森本元子「枕草子『寝起き顔』の段の史実年時」（『国語と国文学』一九五八・一）の検証を経て、現在では定説となっている。
（16）長保元年一月三日の「密儀入内」（勘物）以降、六月の内裏焼亡まで定子の在所は明確でないが、「三日」（八四段）なる日付へのこだわり（本書第十章参照）からすれば、枕草子において「職御曹司時代」は八四段にて完結していると見なせよう。一三二段は、源頼定の「式部卿の宮の源中将」（長徳四年十月以降）の呼称によって長保元年五月とみる説も多いが、右の論理に立てば、頼定のみ後官呼称となる。長徳四年五月当時の頼定が、「弾正の弼」という「見苦しく」「くちをしき」官職（にげなきもの）だったことが、想定される理由である（赤間恵都子『枕草子日記的章段の研究』付載の「資料」にも言及がある）。

(17)『新編枕草子』注（中島和歌子）参照。なお、ここであえて惟仲を「左大弁」と呼称したとすれば、四七段冒頭に行成の「大弁」へのこだわりを提示することと整合性が取れないのではないかという指摘を、後に三田村雅子氏から受けた（物語研究会の合評会）。確かに「大弁」は行成に特化されていた方が私見にとっては都合がよいのだが、一二八段の事件時を長保元年と解せば、既に行成がそれを射止めた後の逸話となり、「中弁」時代のこだわりは過去のものとなる。それよりもここは、惟仲を「大夫」と呼ぶことの抵抗感が優先されたと解したい。ただしそれは、ようやく任命された「中宮大夫」（長保元年一月）であった惟仲に、中宮方が抱いたであろう期待の裏返しというべきもので、『集成』の指摘する「蔑視憎悪」のレベルではあるまい。惟仲に「定子を支えた公卿」と見なせる側面もあることは、高橋由記「平惟仲について」（『国文目白』一九九六・二）が指摘している。

(18)『解環』では、清少納言との交友の始まりを、行成が蔵人頭に補任した長徳元年八月からと見て、本段の「仲よし」時代を、それ以降「四年余に跨っての回顧談」と位置付ける。しかし、実際はその時期から交流があったとしても、日記回想段の論理に立てば、長徳元年は「頭中将（斉信）」に宛がわれた年代であって、行成のそれではない。斉信と行成が「蔵人頭」として任期が重なるにも関わらず、決して同一章段に描かれないのは（伊周も含めてこの点も『新編枕草子』に的確な注がある）登場時期をはっきり峻別しているからだろう。枕草子の時系列では「大納言（伊周）」の退場を待って「頭中将」（長徳の変を背負う者）が、その退場を待って「頭弁」（彰子立后を背負う者）が、入れ替わりで登場する（斉信については本書第五章参照）。また、行成が「大弁」を射止めるのは、先述のように長徳四年の秋だが、あえて冒頭の逸話をその時期に限定する必要もない。彼の「大弁」願望は、「中弁の労三年」、一貫するものだろう。あくまで冒頭のやりとりは、右大弁昇任も見届けた書き手によって、〈交友の物語〉の「始まり」にふさわしく選ばれた逸話と解しておく。そのときは他愛もない会話が、後から深い意味を引き受けて行くことは、実際にもしばしば起こり得よう。

(19)その前段階のように、同年三月三日の頭弁を描いたのが七段だった。だが書き手との直接の交流はいまだ描かれなかった。「三日」（七段）から「つごもり方」（四七段）まで、二人の間にはいまだ緊迫の時が流れていたのかもしれない。

(20) 状況からすれば、ここで行成は、定子の姿をも垣間見た可能性が示されている。ただ、「上のおはしましつるをりから」とあるように、定子へのまなざしに関しては、書き手は注意深く言及を避けている。そうしたこだわりに従えば、厳密には「ツーショットを見届けた」というより、「(定子の傍らにある) 帝を見届けた」ということになろう。

(21) わずかに「三条の宮におはしますころ」(二二四段) の段が残されている。

第五章　「頭中将」斉信、〈記憶〉を託された男

一、斉信の「登場」

「頭弁」行成との交友にひとつの決着を付けた枕草子は、その四七段冒頭の舞台だった「職の御曹司」のお披露目を改めて七五段で行った後、(1)いまひとりの「蔵人頭」を登場させてくる。行成との親交に彼の官職が大きく介在していたとするならば、同じ蔵人頭だった斉信を、いかに描く／描かないかは、四七段の時点での懸案だったとも言えるだろう。

かくて斉信は、七九段を待ってようやく初登場を果たす。三巻本勘物は、冒頭に次の記録を引いている。

斉信卿、正暦五年八月廿八日蔵人頭、廿八。長徳二年四月廿四日参議、三十。

本段の呼称「頭中将」を限定するものだが、それは「参議」に昇る「長徳二年」までの時期となる。そしてここに明記された「四月二四日」こそ、伊周隆家に配流の宣命が下された運命の日でもあった。いわゆる「長徳の変」の経緯を伝える諸記録を総合すれば、このとき斉信の道長追随の姿勢は誰よりも明らかで、「中関白家」を進んで切り捨てた人物として認定されている。(2)

道長に追従する斉信の姿。それは日記回想段の始発（大進生昌が家に）から、実は密かに胚胎していた。中宮が

生昌邸に行啓した長保元年八月九日、それを妨害するかのような道長の宇治遊覧があり（小右記）、同行者として記録に名を残すのが「宰相中将斉信」だった（権記）。日記回想段は、斉信の道長追従を見据えた時点から始発する。これは以下の斉信章段の大前提となるだろう。

見てきたように日記回想段は、右の「生昌が家」に続いて翌長保二年の「今内裏」を描き、一転して正暦年間の「清涼殿」へ、さらに「花山の御時」寛和二年へと遡った後、今度は長徳三年に立ち戻り、長保二年までの「頭弁」との交友を描いてきた。事件時を自在に行き来するその展開は、実はある年代だけを避けてもいた。それこそは「道隆薨去」から「中宮出家」「伊周隆家の配流」へ至る、長徳元年から二年へかけての激動の時代である。枕草子は斉信を描くことで、初めて禁断の領域へ足を踏み入れることになる。

二、正暦から長徳へ

七九段以下「激動の長徳」に踏み込む枕草子だが、直前には次のような短い日記回想段が用意されていた。

> 御仏名《ぶつみやう》のまたの日　地獄絵《ぢごくゑ》の御屏風とりわたして、宮に御覧ぜさせたてまつらせたまふ。ゆゆしう　いみじき事、かぎりなし。「これ見よ、これ見よ」と仰せらるれど、さらに見はべらで、ゆゆしさに小部屋《こへや》に隠れ臥《ふ》しぬ。
>
> 雨いたう降《ふ》りて　つれづれなりとて、殿上人　上《うへ》の御局に召して、御遊びあり。道方《みちかた》の少納言、琵琶《びは》いとめでたし。済政《なりまさ》　筝《しやう》の琴《こと》、行義《ゆきよし》　笛、経房《つねふさ》の中将　笙《しやう》の笛など、おもしろし。ひとわたり遊びて琵琶弾《ひ》きやみたるほど

に、大納言殿「琵琶 声やんで、物がたりせむとする事おそし」と誦《ず》したまへりしに、隠れ臥したりしも起《お》き出《い》でて、なほ罪《つみ》はおそろしけれど、「もののめでたさは やむまじ」とて笑《わら》はる。

正暦五年の年末、宮中仏名会の翌日と目される。[3] 次段とは「つれづれなる雨の日」で繋がるに過ぎないようにも見えるが、日記回想段の配列からは、暗示的な逸話となっている。冒頭に描かれるのは〈地獄絵から目を背ける私〉。それが、殿上人たちの演奏後、伊周の絶妙な朗詠につられて小部屋から出てくるまでを描く。[4] この先に訪れる現実の地獄絵、中宮を「出家」にまで追い込んだ長徳の政変のさなか、〈私〉は御前を離れていたという（一三八段）。いわば、「ゆゆしういみじき事かぎりなき」ゆえ目を背けてきた事件時に、「もののめでたさ」の不滅にすがるように、書き手が向き合うまでを先取りする構図となる。さらに、隠れていた〈私〉を誘い出したのは伊周の「朗詠」だった。その当代きっての名手が斉信であり、以下実際に賞讃を何度も浴びてゆく。日記回想段の「重要人物」のひとり、源経房もここで初登場を果たしているので、まだ見ぬ大物は斉信のみ、という結果にもなる。「頭中将」登場の気運は、ここに臨界点に達していると言えよう。

かくて七九段は、次の一文から堰を切ったように斉信を語り出す。

頭《（とうの）》中将のすずろなるそら言《ごと》を聞きて いみじう言ひおとし「『なにしに人と思ひほめけむ』など殿上にていみじうなむのたまふ」と聞くにも はづかしけれど、「まことならばこそあらめ、おのづから聞きなほしたまひてむ」と笑ひてあるに、黒戸《くろど》の前《まへ》などわたるにも 声などするをりは 袖をふたぎてつゆ見おこせず いみじうにくみたまへば ともかうも言はず 見も入《い》れで過《す》ぐすに、二月つごもり方《がた》いみじう雨降《ふ》りてつれづれなるに「御物忌にこもりて『さすがにさうざうしくこそあれ。物や言ひやらまし』となむのたまふ」と人々語れど「世にあらじ」などいらへてあるに、日一日下《ひとひしも》に居くらしてまゐりたれば夜《よる》のおとどに入《い》らせたまひにけり。

定子が内裏に滞在した「二月つごもり方」で、斉信が「頭中将」だった時期ということで、事件時は長徳元年と認定される。冒頭の六・七段に続き、七八・七九段は年時に沿った配列となるわけだ。さらに、前段との間の空白がここに呼び込んでくるのは、まさに悪化の一途を辿る道隆の病状だった（同年二月五日、二六日に辞表提出）。その後、三月九日には病を理由に伊周に内覧が許され、四月三日に関白辞任、六日に出家、十日の薨去へと至るわけだが、この年は疫病も猛威を振るっていたことが知られる。従って前掲七八段は「平穏なる正暦」の最後の結晶とも言え、以下に続く「激動の長徳」前夜を描く結果となる。

こうした政情不安のさなか、斉信は「すずろなるそら言」を聞いて〈私〉を「いみじう言ひおと」す者として登場する。彼との〈交友の物語〉は、「頭弁」（四七段）とは対照的に、絶縁という不穏な状況から始まるのだ。「そら言」の内容は、彼を「なにしに人と思ひほめけむ」とまで激怒させるものだったらしいが、具体的には語られない。ただ〈私〉は「まことならばこそあらめ（実際は「そら言」だから）、おのづから聞きなほしたまひてむ」と笑って済ませている。「まこと」だからあえて弁明しなかった、というのなら話はわかる。なぜか〈私〉は「そら言」を放置したままなのだ。以下の応対を見るに、その真意はこちらから関係を修復する意思のないことの表明だったようだ。両者の間には初めから温度差が設定されている。

一方で斉信は、この状況を耐えがたく感じている者として描かれてゆく。まずは〈私〉の声が聞えると、あえて「袖をふたぎてつゆ見おこせず」という態度に出る。単に腹を立てているというより、何か反応してほしいのだろう。だが〈私〉はそれでも放っておいた。案の定、またも斉信側が痺れを切らす。「物や言ひやらまし」ということで、ついに「蘭省花時錦帳下、末はいかにいかに」の出題に至ったわけだ。ここでも〈私〉は「ただ今いそぎ見るべきにもあらねば」と、無視を決め込む。冒頭からここまで、アプローチはすべて斉信側から一方的になされている。「返事がもらえないなら文を取り返してこい」と（後文によれば）命じられた使いの再来訪に、ようやく文は開かれる。中宮に御覧に入れるべきだが「夜のおとど」にお召しということで、余白に消え炭で「草の庵りをたれかたづねむ」としたためた。初めて見せた「反応」である。問われた白詩を反転させて、ここは「草の庵り」ですとへりくだり、公任歌をもって上の句を要求。さらに「思ひまわすほどもなく」記したことを炭筆でアピールするとともに、筆跡への審判も回避した。この見事な切り返しが、斉信に「なほえこそ思ひ捨つまじけれ」と言わしめ、「袖の几帳なども取り捨てて思ひなほりたまふめりし」と仲直りに至ったという。斉信を初めて描いた七九段は、彼との〈関係が修復されるまでの物語〉を大枠に持つことになる。

ただしここでは、斉信との間に文の行き来等はあっても、最後まで直接の対話はない。代わりに〈私〉と言葉を交わしているのは、源中将宣方と修理亮則光だった。斉信章段の始発は〈宣方と則光の登場譚〉にもなっている。特に「せうと」則光は、前夜の報告なら宣方で事足りているにも関わらず、あえて登場させられている観がある。

この「いもうと」「せうと」といふ事は、上までみな知ろしめし、殿上にも司の名をば言はで「せうと」とぞつけられたる。

このように紹介される則光は、勘物によれば清少納言との間に則長を儲けた、前夫と目される人物。だがここでは

「家司同然」（御堂関白記）と言われるような、斉信との繋がりにこそ登場の意味があるのだろう。

三、「頭中将」との対話

こうして関係修復を果たした斉信だが、初めて〈私〉との対話場面が描かれるのが、次段「返る年の二月二十余日」である。「返る年の」という年時標識が、より明白に前段からの時の流れを意識させる。前段以降といえば、ひと月半後に道隆が薨去、続いて五月八日には道兼も薨去。同十一日道長に内覧の宣旨、六月十一日道頼薨去、同十九日には道長が氏長者となっている。以下、道長と伊周隆家の口論や従者間の乱闘が頻繁に起こり、翌年一月十六日の「花山院奉射事件」へと至る。この後、伊周らにいかなる裁断が下されるのか。様々な思惑が渦巻いていたであろう、事件翌月の内裏梅壺を描くのが八〇段だということになる。

返る年の二月二十余日《よひ》　宮の職《しき》へ出でさせたまひし御供《とも》にまゐらで　梅壺《むめつぼ》に残りゐたりしまたの日、頭《（とうの）》中将の御消息《せうそこ》とて「昨日の夜　鞍馬《くらま》に詣でたりしに　今宵方《こよひかた》のふたがりければ、方違《かたたが》へになむ行《い》く。まだ明けざらむに帰りぬべし。かならず言ふべき事あり。いたうたたかせで待て」とのたまへりしかど、「局《つぼね》に独りはなどてあるぞ、ここに寝《ね》よ」と御匣《みくしげ》殿の召したれば　まゐりぬ。

まずは冒頭から中宮の職への退出が語られる。〈定子の移動〉から始まるのは「大進生昌が家に」以来。それ自体が緊迫感を醸し出す。六段同様ここも理由は記されないが、勘物の引く信経記（明後日、臨時奉幣八省行幸、中宮退出職曹司）によれば、「服喪中の中宮が神事を憚った」（集成）と解せる。ただ、本来の予定は十一日だったこと、その日に伊周隆家の罪名勘申すべき勅命が下されたことを小右記が伝えており、中宮の退出は事件とも関係していたと見なせよう。(5)

さらに小右記には、罪名勘申の指示を伝えたのが「頭中将」で、人々の反応が「満座傾嗟」とあり、当初から事件と深く関わり得た斉信の立場が確認される。事件を恋の鞘当てとするのは栄花物語だが、真偽の程は定かではない。ただ、そこで「為光女」が原因とされること、現場が「故一条太政大臣（為光）家」だったこと（小右記ほか）など、斉信の事件との近さを物語っていよう。「奉射事件の黒幕」(6)「伊周追放の密議をこらしていた」(7)人物などと見なされるゆえんである。ただ、こうした「策略家」としての斉信像が暴かれるほど、彼を賞讃する清少納言には「自分の目に見えるものは思考の対象になるが、視野の外にある物事については心にも入らない」なる烙印が押されてきた。斉信らにとって清少納言は「退屈をまぎらすからかいの相手以上ではない」という結論も然りである。(8)この斉信賛美の意味については、改めて後述したい。

かくて八十段の事件時が呼び込むのは「奉射事件」の余韻である。そこに枕草子は、再び「頭中将」を登場させるのだ。彼は「かならず言ふべき事」があるので梅壺の局で待てという。夜明け前に局で会うことを当然のように求めている所から、前段でなされた関係修復が一年後にも維持されているのだろうか。しかし〈私〉は相手の求める形での対面を拒む。「御匣殿の召したれば」が理由とされるが、少なくとも彼の要求に万難を排して臨もうとはしていない。肩透かしを食った斉信だが、「ただ今まかづるを聞ゆべき事なむある」と、あくまで対話を望んだようだ。「見るべき事ありて上になむのぼりはべる。そこにて」と、〈私〉は面会を承諾するも、局ではなく「上」（梅壺の母屋）を指定、二人の対面は〈遅れて〉実現されることになった。以下いよいよ「めでたくてぞ歩みたまへる」

斉信の登場となる。

桜の綾《あや》の直衣《なほし》のいみじうはなばなと　裏《うら》のつやなど　えも言はずきよらなるに、葡萄染《えびぞめ》のいと濃《こ》き指貫《さしぬき》　藤の折枝《をりえだ》おどろおどろしく織《お》り乱《みだ》りて、紅の色　打目《うちめ》など　かかやくばかりぞ見ゆる。白《しろ》き薄《うす》色など、下《した》にあまた重《かさ》なりたり。せばき縁《えん》に、片《かた》つ方《かた》は下《しも》ながら　すこし簾《す》のもと近う寄りゐたまへるぞ、まことに絵にかき物語のめでたき事に言ひたる、〈これにこそは〉とぞ見えたる。

描かれた初めての対峙場面。ここぞとばかり、書き手は斉信を映し取ってゆく。「桜の綾の直衣」「葡萄染のいと濃き指貫」を纏う貴公子を、「絵にかき物語のめでたき事に言ひたる」ようだと称える筆致は、なるほど二一段の伊周を想起させよう。かつて田畑千恵子は両者の類似性に注目し、斉信が伊周の代用として宮廷賛美を担わされてゆく構図と、その構図が内部にはらむ矛盾を指摘した。[9] だが類似性によって引き寄せ合う両場面が物語るのは、対する〈私〉の、あまりにも対照的な位相でもある。

清涼段の伊周には「千歳もあらまほしき御ありさま」を彩るべく、ひたすら賞讃が託されていたのに対し、ここに強調されるのは、斉信とは不釣合いな己の姿だった。

いとさだ過《す》ぎ　ふるぶるしき人の　髪などもわがにはあらねばにや、所々わななき散りぼひて、おほかた色ことなるころなれば　あるかなきかなる薄鈍《うすにび》　あはひも見えぬ薄衣《うすぎぬ》などばかり　あまたあれど、つゆの映《は》えも見えぬに、おはしまさねば　裳《も》も着ず　袿姿《うちきすがた》にてゐたるこそ、物そこなひにてくち惜しけれ。

我を忘れさせる伊周の「めでたさ」に対し、居心地の悪さばかりもたらす斉信の「めでたさ」は、正反対のベクトルを有していよう。あたかも、賛辞の怒涛が反転して寄せ返すかのごとく、自身の外見に言辞が費やされている。書き手が初めて〈私の身体〉に触れる場面でもある。「斉信との対峙」という状況が、特別にそれを要請したのか。容貌へのコンプレックスゆえというよりも、圷美奈子の指摘するように「斉信とは決して共感し得ぬ存在としての己の姿」の表出を見るべきだろう。(10) 斉信の思惑〈かならず言ふべき事〉と、それを受けとめる中宮女房の間には、埋め難い溝があった。対極に描かれた〈斉信と私〉の姿には、語られぬ両者の腹蔵が投影されているのだ。

四、〈遅れ〉の連鎖

この日の斉信の目的は何か。職への来訪は、状況からみて「行啓に供奉しなかったことの弁明と中宮方の様子見」と目されよう。(11) だが、その前に清少納言との対面に固執した理由はわからない。より機密性の高い、事件の核心に触れる何かだったことを想像させるのみである。(12) 記された斉信の言葉は「職へなむまゐる」「ことづけやある」「いつかまゐる」という質問と、次のような昨夜の応対への不平だった。

「さても夜《よ》べ明《あ》かしも果てで、〈さりとも　かねてさ言ひしかば　待つらむ〉とて、月のいみじう明かきに西の京といふ所より来《く》るままに局《つぼね》をたたきしほど、からうじて寝《ね》おびれ起きたりしけしき　いらへのはしたなき」「むげにこそ思ひうんじにしか。などさる者をば置《お》きたる」

つまり会談前と会談後の話ばかりで、本題だけが抜け落ちている。さらに右の不平に対しても、書き手は「げにさぞありけむ」と同情は表明しているが、会話は成立させていない。結果として、斉信の言葉はすべて独白のように漂って終る。実現していれば、おそらく斉信主導で進められたであろう昨夜の対面を意識的に〈遅らせた〉ことに始まり、同じ土俵に〈私〉を乗せまいとする姿勢を、書き手は最後まで貫いている。

斉信はその足で、前言通り職へ向かったようだ。〈私〉はといえば、斉信の退出を待つかのように〈遅れて〉参上している（「暮れぬればまゐりぬ」）。しかも、「昼、斉信がまゐりたりつるを見ましかば、いかにめでまどはましとこそおぼえつれ」という中宮の言葉によれば、当日の梅壺での面会を、彼女は知らないらしい。「ことづけやある」という先の質問に〈私〉が何も答えなかったのか、斉信が彼女との対面を「なかったこと」にしたのか。いずれにせよ、ふたりの参上はずらされ、会談も話題にならなかった。斉信の職での談話として記されるのは、「もろともに見る人のあらましかばとなむおぼえつる」「垣などもみな古りて、苔生ひてなむ」のみ。ことさら「西の京」（右京）の景物に触れるのは、〈私〉に対してと同じく、やむを得ぬ事情（方違へ）あっての〈遅れ〉だったというアピールだろう。

斉信との対面は〈私〉の口から中宮に伝えられることになるが、それは物語談論のひとしきりなされた後だった。「まづその事をこそは啓せむと思ひてまゐりつるに、物語のことにまぎれて」と弁明されているが、この報告の〈遅れ〉は、面会の成果が直ちに披露したくなるような内容でなかったことを物語る。本段において、事件の核心に触れそうな経緯は、ことごとく〈遅れ〉を伴ってずらされる。斉信が何をどこまで語ったかはわからないが、この後の成り行きからすれば、伊周隆家にとって不利な状況が匂わされたか、口外されずとも〈私〉がそれを察した可能性は大きい。梅壺での「ありつる事ども」の報告に、人々は「誰も見つれど、いとかう縫ひたる糸 針目までやは見とほしつる」と笑ったという。ここでも、本来は重要であったはずの対話内容は、斉信の容姿にずらされている。ただし「糸 針目までやは……」には、斉信を前に〈私〉だけが見極めたものがあったことが示されていよう。

最後は宰相の君との白詩を踏まえた応答を、人々が賞讃したことが語られる。

かしがましきまで言ひしこそ、をかしかりしか。

「き」文脈による縁取りは斉信章段の特徴でもあるが、むろん過去の出来事だから過去形が選ばれているわけではない。それは出来事時と執筆時との隔たりを強く意識させる叙述と言えるが、[13] 斉信の場合、冒頭以来テキストに胚胎する、後の道長追従の顛末を想起させずにはおかない。「めでたし」「をかし」という最大級の賛美も、ここでは「過去の話」としてのみ成り立っていることになる。

西の方《かた》都門を去《さ》れる事いくばくの地ぞ。

この時賞讃された朗詠は「驪宮高」（白氏文集）の一節。前句「何ぞ一たびも其の中に幸せざる」を受けて、「都門から程近いこの地なのに、どうして吾が君は一度も来てくださらないのか」の意となる。「人の財力の重惜する」天子を讃える詩だが、執筆時から見た「職の御曹司」こそ、「長徳の変」以降、定子が内裏建春門から長く隔てられる「いくばくの地」だった。「き」文脈が表出する懸隔は、斉信の詩句にも一抹の陰翳を忍ばせずにおかない。

五、「宰相中将」登場

続く八一段は、次のように書き起こされる。

里《さと》にまかでたるに殿上人などの来《く》るをも、やすからずぞ、人々は言ひなすなり。いと有心《うしん》に引き入りたるおぼえ はたなければ、さ言はむも にくかるまじ。また、昼も夜も来る人を、何《なに》しにかは「なし」とも かかやきかへさむ。まことにむつましうなどあらぬも、さこそは来《く》めれ。あまりうるさくもあれば この度《たび》いづくとなべてには知らせず、左中将経房《つねふさ》の君 済政《なりまさ》の君などばかりぞ 知りたまへる。

里下がり中の〈私〉は、居場所を限られた人物にしか知らせていないという。初めて「里」が舞台となること、定子の動向に全く触れないことなど、曰くありげな状況から幕を開ける。また、複数の人物名が見えるものの、すべての官職呼称を満たす年時がない（経房・済政の名が並ぶのは七八段以来）。ただ、その中で注目すべきは斉信その人の呼称だろう。

昨日、宰相の中将の参りたまひて「いもうとのあらむ所、さりとも知らぬやうあらじ、言へ」といみじう問ひたまひしに、あやにくに強《し》ひたまひしこと。

則光の語りに「登場」する彼は、前段までと異なり「宰相の中将」と呼ばれている。「頭中将」と「宰相中将」。枕草子は両者を使い分けるテキストであることが、初めて明かされるのだ。しかもそのことに、以下も何ら説明がなされない。ということは、何よりこの呼び分け自体がメッセージなのだろう。本段の事件時は、前段（頭中将時代）より後、長徳二年〈四・二四〉の任「宰相」以降で、書き手が「里下がり」していた時期ということになる。「里下がり」からの年時特定は困難だが、後の一三八段と状況が類似することから、長徳二年秋以降と認めてよいだろう。

ちなみに本段の表向きの主役たる橘則光は、ここでは「左衛門の尉」と呼ばれる。長徳三年一月以降の官職である。そこから事件時を限定する説もあるが、則光の「左衛門の尉」は、おそらく七九段で「修理亮」なる後官が用いられたことと関わっていよう。斉信を「頭中将」「宰相の中将」と呼びわけ、その変節を示すことと連動して、則光にも「修理亮」「左衛門の尉」なる別称が要請されたのだ。則光のみどちらも後官になったのは、おそらく七九段にて「(六位)蔵人」なる呼称を避けたからだろう。枕草子は「六位蔵人」に強いこだわりを示し、好悪双方に則光が影を落としていると想像されるものの、一般論として描き切ることに固執していた。「六位蔵人」と「則光」は、枕草子において封印された組み合わせなのだ。(14) なお、則光の叙爵・任遠江介（勘物では権守）に触れた章段末の一節は「長徳四年」という事件時を呼び込んでくる。それは本段が最終的に、長期の里下がりから復帰した後、則光が殿上を去る時期までを回顧するテキストであることを示すものである。

ここまでの配列と、それぞれの「空白」を確認しておく。

七八段（正暦五年十二月）

道隆、病により辞表提出（長徳元年二月五日・二六日）
七九段（長徳元年二月末）
道隆薨去（同四月十日）
道長に内覧の宣旨（同五月十一日）
花山院奉射事件（長徳二年一月十六日）
伊周らの罪名勘申の勅命（同二月十一日）
八〇段（長徳二年二月廿余日）
伊周らに配流の宣命（同四月二四日）
中宮「出家」（同五月一日）
中宮御所焼亡（同六月八日）
（この時期、清少納言里下がり）
八一段（同年秋以降）

四段にもわたって連なる日記回想段が、各々前段との間に抱えるのは、坂道を転げ落ちるような「中関白家」の命運と言えよう。そのひとまずの終結となる八一段、「宰相中将」斉信は、前掲のように〈私〉の居場所を聞き出そうとする者だった。しかし〈私〉はそれを教えまいとする。長徳元年二月に修復された二人の仲（七九段）は、一年後までは保たれていたようだが（八〇段）、ここで再び絶縁状態に陥っていることが明かされるわけだ。原因は記さずとも、前段との空白（長徳の変）が関係していることを、「宰相中将」によって推測させる仕組みだろう。

「頭中将」（七九・八〇段）「宰相中将」（八一段）なる呼び分けは、〈四・二四〉以前以後という事件時を指示すると同時に、〈局を訪れる〉「親密さ」と〈居場所を隠す〉「絶縁状態」というように、斉信との関係性をも表出するものとなる。

則光の奮闘で、居場所は最後まで隠し通せたのだろうか、斉信本人とは対峙することなく本段は終る。結果的に口を割らなかった則光には感謝してもよさそうなものだが、〈私〉は「布の端」の意図を解さない（いささか心も得ざりける）則光を「にくければ」と突き放す。さらに「おのれをおぼさむ人は、歌をなむ詠みて得さすまじき」と公言していた則光からすれば、絶縁状に等しい歌を送り付けてしまう。最後は、則光が叙爵し遠江の介となったことが、別れを決定付けたとされている。

さて、かうぶり得《え》て遠江《とほたあふみ》の介《すけ》といひしかば、にくくてこそやみにしか。

こうした則光への憤りは、居場所を〈教える／教えない〉なる攻防の水面下で、描かれない何か〈例えば「何ともなくてすこし仲あしうなりたるころ」の暗示するもの〉が進行していたことを物語る。先の「家司同然」なる証言は、斉信に追従する則光の姿を想像させるが、斉信との決別を直接には記さないことと、則光との別れを明記することは、表裏一体の関係にあるのだろう。〈則光との絶縁〉は〈斉信との決別〉の換喩であり、結果として決別を描くために則光は登場してきたのだ。むろん、その過程で彼の人間味も十二分に伝えられており、かつての夫婦関係までも想像させてくれる。だが、書き手の私的領域に関わる人物を登場させるという、この草子における異例の選択は、あくまで斉信あっての則光だったことを示していよう。

六、展開する斉信像

かくて七九段から八一段は、〈絶交状態から関係修復まで〉〈修復から一年後の二人〉〈再びの絶縁状態〉なる三つの〈物語〉によって、斉信との交流に一応の決着を付けていた。だが書き手は、以後も斉信との関係にはこだわらざるを得なかったようだ。第二段階とも言うべきが、一二四段・一三〇段という近接する二章段。第三段階として、一五六段があげられよう。以下、これらの章段についても触れておきたい。

八一段から相当の紙幅を経て、斉信は「はしたなきもの」（一二四段）という類聚段に突如姿を現わす。石清水八幡からの帝の還御を描く場面である。

宣旨《せんじ》の御使《つかひ》にて、斉信《ただのぶ》の宰相中将の御桟敷《さじき》へ参りたまひしこそ、いとをかしう見えしか。ただ、随身《ずいじん》四人、いみじう装束《さうぞ》きたる馬副《むまぞひ》の　ほそく白くしたてたるばかりして、二条の大路《おほぢ》の広く清げなるに　めでたき馬をうちはやめて　急ぎまゐりて、すこし遠くより下《お》りて　そばの御簾《みす》の前にさぶらひたまひしなど、いとをかし。御返しうけたまはりて　また帰りまゐりて、御輿《こし》のもとにて奏《そう》したまふほどなど、言ふもおろかなり。

記録との照合から、日時は長徳元年十月二二日と特定される。「めでたき」涙の具体例として、我が子の晴れ姿を見守る母女院の心中を思い、感涙にむせぶ〈私〉が描かれる。だが記事の多くを占めるのは、右のような斉信の描写だった。そして何より注目すべきは、事件時に即せば「頭中将」であるべき斉信が「宰相中将」と呼ばれている点だろう。

続いて斉信が登場するのは、「故殿の御ために、月ごとの十日、経仏など供養せさせたまひしを」と、道隆の忌日法要から書き起こされる一三〇段。以下「九月十日、職の御曹司にて」と日時と場所の提示があり、一二四段と同じ長徳元年の出来事と特定される。供養の後、故人への想いをかきたてた斉信の朗詠が、次のように賞讃されている。

果《は》てて 酒飲み 詩誦《ず》しなどするに、頭《（とうの）》中将斉信《ただのぶ》の君の、「月 秋と期《き》して身いづくか」といふことを うち出《い》だしたまへり。詩はた いみじうめでたし。

ここでは「頭中将斉信の君」と記される斉信。わずかひと月程度しか違わない事件時を描くにあたり、一二四段と一三〇段で呼称が異なるのだ。しかも両段とも、地の文にも関わらずあえて「斉信」と実名を加えている。官職が必ずしも事件時を指示しないこととあわせて、先の第一段階における呼称とは、また別の意味付けがなされているのだろう。

さしあたり、呼称の齟齬が問題となるのは一二四段の方である。だがそもそも「八幡の行幸」は、ほかにも細部にわたり記録類との相違が目立つ場面だった。まず女院への「御消息」は、供奉の者たちが乗馬のまま御前を通過してよいかの許しを得るものだったらしい。見物も「御さじき」からではなく「御車」、「二条大路」は「朱雀大路」、斉信が「馬副」を伴っていたことも不審となる。かくも記録と乖離するゆえ「恐らく清少納言の直接観察し得たところではあるまい」（解環）という推測もなされている。

だが、これは白日の下、衆人の仰ぎ見た盛儀である。事実との乖離は明白だろうし、「正確な記録」が目的ならば情報収集も可能だったはずだ。だとすればこれは、必ずしも当日の光景のままでないことを、あえて主張するテキストと見るべきだろう。その指標となるのが、本段の視点人物に据えられた〈泣いている私〉である。それも「長なき」して笑われたとあり、涙は流れ続けていたことになる。むろん、実際に彼女がどれだけ泣いたかという問題ではない。この日の「女院」や「斉信」は、すべて〈涙〉の瞳に映る光景として差し出されているということだ。〈涙〉は光を屈折させる。女院と帝との母子の絆、斉信の威厳に満ちた姿は、この草子で唯一の、〈涙〉のフィルターを通した景物なのだ。それゆえに一条天皇にしても、これまで枕草子が何度も描いてきた〈定子に寄り添う者〉なる面影は持たない。道長と伊周隆家が一触即発だった当時、道長の後ろ盾たる女院その人に礼を尽くす息子。そのような「よき子」として〈泣いている私〉には見えたのだ。その母子の絆は、伊周隆家をこの後の流罪に導く、見えない圧力でもあった。同じく、随行する斉信は「宰相中将」と呼ぶにふさわしい男に見えた。進んで道長に組してゆく〈四・二四〉以降の雄姿である。〈止まらない涙〉を盾に書き手がここに刻むのは、現実を先取りした、あるいは現実よりもリアルな「長徳元年十月」の心象風景と言えよう[15]。

一方、一三〇段に描かれる斉信は、次のように〈私〉に語り掛けてくる者であった。

　などか、まろをまことに近く語らひたまはぬ。さすがに〈にくし〉と思ひたるにはあらずと知りたるを、いとあやしくなむおぼゆる。かばかり年《とし》ごろになりぬる得意《とくい》の、うとくてやむはなし。殿上などに明《あ》け暮《く》れなきをりもあらば、何事をか思ひ出でにせむ。

「かばかり年ごろになりぬる得意」とあるので、七九段以降の、関係が良好だった頃のやりとりと解せる。同時に目を引くのが「殿上などに明け暮れなきをりもあらば、何事をか思ひ出でにせむ」という、やがて訪れる離別（任宰相）を予告するような発言である。斉信は今後の身の振り方を念頭に置いて、清少納言の懐柔を図ったのだろうか。「これ以上親密になれば、かえって誉められないから」と、巧みに〈私〉は申し出を断わっている。八一段の絶縁状態に至るまで、二人の間に微妙な駆け引きがあったことを思わせるが、彼の「たのもしげなの事や」という反応を「いとをかし」と結ぶ筆致には、まだ決別感はない。この先はまた、関係がどう転ぶかはわからないという含みが残されている。その意味で本段の斉信は、七九・八〇段に描かれた「頭中将」と同じく「親密さ」を体現する存在と言える。さらにここでは「斉信の君」と加えることで、一二四段の呼称「斉信の宰相中将」との対比が際立ち、心理的距離感がより強調された形となっている。

従って以上の両段においても、「頭中将」「宰相中将」の区別が、基本的に〈四・二四〉に由来することに変わりはないのだろう。斉信が〈四・二四〉を境に「言葉を交わせる身近な相手」から「向こう側の遠い存在」へと変貌を遂げたとすれば、呼び分けに心理的距離感が重なるのは当然である。ただし事件時と呼称が一致する七九〜八一段が、そうした属性を確定させる段階だったとすれば、この第二段階では、あえてそれを逆手に取って、心的リアリティこそを強調するという、新たな展開を見せているのだ。

七、一五六段の斉信

これらを踏まえて、再度斉信が登場する一五六段を見て行きたい。

故殿《ことの》の御服《ぶく》のころ　六月のつごもりの日、大祓《おおはらへ》といふ事にて　宮の出《い》でさせたまふべきを、職《しき》の御曹司《ざうし》を「方《かた》あし」とて　官の司《つかさ》の朝所《あいた》にわたらせたまへり。

冒頭から時と場所が提示される。道隆薨去後の「六月つごもり」、内裏での「大祓」に際し、喪中の中宮は「朝所」へ退出したようだ。事件時は長徳元年六月二八日と認定されてくる〈勘物〉。〈定子の移動〉による幕開けは、おのずと六段・八〇段を想起させよう。以下、朝所の紹介と、左衛門の陣での女房の狼藉、殿上人の来訪などが記された後、場面は翌月の七夕に移る。そこへ斉信は、次のように登場してくる。

宰相中将斉信《ただのぶ》　宣方《のぶかた》の中将　道方《みちかた》の少納言などまゐりたまへるに　人々出でて物など言ふに、ついでもなく「明日《あす》はいかなる事をか」と言ふに、いささか思ひまはし　とどこほりもなく「人間の四月をこそは」といらへたまへるが、いみじうをかしきこそ。

「宰相中将斉信」なる地の文での実名表記（宰相としては二例目）は、先の一二四・一三〇段を受けての〈斉信像〉であることを示している。「明日はいかなる事をか」という唐突な問いに、彼は七夕にもかかわらず「人間の四月」と即答した。その理由は以下に明かされてゆく。

この四月のついたちごろ、細殿《ほそどの》の四の口《くち》に殿上人あまた立てり。やうやうすべり失《う》せなどして、ただ頭《（とうの）》中将源《（げん）》中将　六位ひとり残りて　よろづの事言ひ　経読《よ》み　歌うたひなどするに、「明《あ》け果《は》てぬなり、帰《かへ》りなむ」とて

「露は別《わか》れの涙なるべし」といふ事を頭中将のうち出《い》だしたまへれば、源中将もろともにいとをかしく誦《ず》んじたるに、「いそぎける七夕《たなばた》かな」と言ふを、いみじうねたがりて……

四月のついたちごろ、斉信は細殿からの帰り際に「露は別れの涙なるべし」と誦し、「いそぎける七夕かな」とからかわれた。〈私〉も斉信も七月までそれを〈忘れなかった〉ために、先の会話が成立したわけだ。ところが注目すべきは、四月の逸話では斉信が「頭中将」と呼ばれている点である。見てきたように、これまで何の説明もなく彼を呼び分け、先述のように事件時や心理的距離感を表徴させてきた枕草子だったが、ここでは次のような「事情説明」がなされている。

〈七夕《たなばた》のをりに この事を言ひ出でばや〉と思ひしかど、宰相になりたまひにしかば〈かならずしもいかでかはそのほどに見つけなどもせむ。文《ふみ》書きて、主殿司《とのもづかさ》してもやらむ〉など思ひしを、七日にまゐりたまへりしかば、いとうれしくて……

四月の出来事以降、彼は「頭中将」から「宰相」になった。それゆえ、会う機会が失われてしまったのだという。文を書いて主殿司にでも託そうかと思っていた所、意外にも七夕に再会が叶った。この日まで接触がなかったにもかかわらず、四月の一件を忘れずに返答したことが、賞讃の内実だった。

さらに、その「宰相」を巡っては、次のような逸話も記されている。

宰相になりたまひしころ、上《うへ》の御前《おまへ》にて「詩をいとをかしう誦《ずう》じはべるものを。『蕭会稽之過古廟《（せうくわいけいがすぎしこべう）》』なども誰《たれ》か言ひはべらむとする。しばしならでも候《さぶら》へかし。くちをしきに」と申ししかば、いみじう笑はせたまひて「さなむ言ふとて、なさじかし」など仰せられしも、をかし。

朗詠が聞けないのは残念だから、宰相になさぬよう帝に進言したという。「蕭会稽」の詩句は、「異代之交」「忘年之友」を例に、時間にも年齢にも左右されない人の絆をうたう。実際の任宰相のいきさつを鑑みれば、その阻止こそは道隆生前と変わらぬ絆に彼を繋ぎとめておきたい願望となる。むろん、書き手の意向とは関わりなく斉信は「宰相」となり、前掲のように姿を見せなくなった。

されど なりたまひにしかば まことにさうざうしかりしに、源中将、おとらず思ひて ゆゑだち遊びありくに、宰相中将の御上《うへ》を言ひ出でて……

会えなくなった斉信に代わって、以下に描かれてゆくのが「源中将」宣方との交友である。宣方は「四月」も「七夕」も斉信と同行していたが、朝所でのやり取りを「思ひもよらでゐたる」人物とされていた。案の定、斉信の代役たり得ず、最終的には弘徽殿の女房「左京」との一件で〈私〉を恨み、「その後は絶えてやみたまひにけり」という決別に至っている。かくて、七九段にて斉信とともに登場してきた宣方と則光は、描かれない斉信との決裂の代償のように、どちらも〈絶縁の物語〉を引き受けて退場してゆくのだ。

八、「宰相中将」との対話

以上のように描かれた出来事は、時間軸上は次のような順序となる。

① 斉信「露は別れの涙なるべし」と朗詠（四月ついたちごろ）
② 斉信を「宰相」になさぬよう帝へ進言
③ 斉信「宰相」になる（「四月二四日」?）
④ 中宮、朝所へ（六月つごもり）
⑤ 斉信「人間の四月」と予告（七夕）
⑥ 宣方との決別

これがテキスト上は、④⑤①②③⑥の順で語られているわけだ。よって強調されてくるのは、「七月」時点から「四月」を振り返る視点であり、「なほ、過ぎにたる事忘れぬ人は、いとをかし」とあるような、〈忘れない〉というモチーフである。

言うまでもなく、斉信が「宰相」になるのは描かれた事件時の長徳元年ではなく、翌二年、例の〈四・二四〉である。従って右の時系列は、「史実」に照らせば成り立ち得ない。勘物が「思違歟」と指摘したのをはじめ、先の一二四段以上に「作者の作為」が取り沙汰されてきた所である。例えば『集成』は「（斉信との再会を）このような得難い機会に恵まれたということにして、話を面白くするために、斉信任参議以後のことであると、敢えて事実を歪めて脚色した」かと注し[16]、『枕草子講座』では、長徳の変以降に途絶えた斉信との仲を「一年繰り上げ、あの忌しい事件による斉信の任宰相、そしてその結果二人の交際が絶えるといった事実を意識的に避け」、「二人の別離をより美化しようと企図した」と説明されている[17]。だが〈四・二四〉に象徴される斉信の道長追従、「恪勤の上達部」（小右記）ぶりは、誰の目にも明らかだった。「脚色」や「美化」だとすれば、あまりにいじましい作為と言わざるを得ない。

改めて押さえておくべきは、一五六段が冒頭に「長徳元年」という事件時を明示するテキストだという点である。その時間標識こそが、以下の〈斉信との交友の物語〉をも規制してゆくのだ。事件時はまず、そのとき斉信が「頭中将」だったことを告発する。一二四段という先例があるので、ここも心理的距離感から「宰相中将」が選ばれたと一応は解せるが、本段には〈涙のフィルター〉のような仕掛けはない。そこで注目されてくるのが、以下に表示される「四月ついたち」「七夕」という日付である。長徳元年の四月から七月。それこそは、道隆の薨去（四月十日）に始まり、道兼の薨去（五月八日）、道長が内覧宣旨を賜り（五月十一日）氏長者（六月十九日）となるまでの、まさに権勢の激変期だった。つまり、ここで枕草子が物語るのは、長徳元年の四月から七月まで（道長に権力が移る時期）中宮方と疎遠になっていた「頭中将」の姿なのだ。

ただし書き手は、そうした斉信を批判的に描いているわけではない。来訪した彼を歓迎し、親しく言葉も交わしている。斉信との直接対話は八〇段、一三〇段に次ぐ三例目。だが「宰相中将」と呼ばれる斉信との対話は、実はこれが初めてとなる。書き手はここに、宰相中将と〈私〉を初めて会話させているのだ。〈四・二四〉以前か以後か、それが「頭中将」「宰相中将」の呼び分けの第一段階だったとすれば、先に見た第二段階では、事件時に関わらず心理的距離感の表徴として用いられていた。ところが、ここはそのどちらにも該当しない。斉信像が、今まさに第三の段階に入ったことを告げていよう。

では〈私と対話する宰相中将〉とは何者なのか。〈対話〉なる行為を重視すれば、「まだ頭中将だったから」という説明が可能となる。一方〈宰相中将〉の呼称によれば、七月の時点で「すでに遠い人となっていたから」と解することができるのだ。近くて遠い人、もしくは遠くて近い人。まさに両義的な存在と見なせよう。〈背景〉に照らせば、やがて道長追従を鮮明にする斉信には、道隆薨去前後から「遠い人」と思えるような、離反の兆候（四月以降の無沙汰）があったことになる。同時に、事件時に「頭中将」であった斉信は、表面上は「近い人」としてふるまっていた（七夕の訪問）。清少納言との関係は翌月（一三〇段）から翌年二月（八〇段）まで維持されており、彼が「得意」の中宮女房をそれなりに繋ぎとめていたことがわかる。枕草子が描く両義性は、そのまま「長徳元年の斉信」のスタンスなのだ。

枕草子はそうした斉信像を、ふたつの朗詠で印象付けている。まずは「四月ついたち」、夜明けに細殿を後にする際に「ふとおぼえつるままに」口ずさんだという「露は別れの涙なるべし」。もうひとつが、「七夕」の再会で「明日はいかなる事をか」と問われた際の「人間の四月をこそは」だった。時を隔てて会話が成立したのは、斉信と〈私〉が四月の朗詠を忘れまいとしていたからだろう。同席していた宣方が気にも留めなかった詩句に、二人はかくも執着したのだ。おそらくそれは、道隆薨去以後の、先述のような斉信の行動と関わっている。四月の朗詠は「いそぎける七夕」と言われたように、菅公「牛女に代わりて暁更を惜しむ」の一節。その句を残して、実際に斉信の足は遠のいた。まるで〈一年後にしか会えない〉別離の暗示だったかのように。その時は「ただ暁の別れ一筋を、ふとおぼえつるまま」口ずさんだに過ぎなくても、結果として長期離別の予告となったのだ。それが〈私〉には「忘れがたい」詩句となった所以だろう。

一方、七夕にわざわざ朝所を訪れた斉信は、別離状態だった清少納言との関係回復のため、四月の朗詠を「忘れずに」利用してみせたことになる。七月、権力の推移を見極めて、斉信は内心では身の振り方を決めていたことだろう。道長に追従するならばこそ、逆に今は清少納言との関係を維持しておいた方が得策となる。絶好の機会が「七夕」だった。「いささか思ひまはし、とどこほりなく」答えたとあるように、「人間の四月」は周到に用意さていたと思しい。斉信はそこで「四月」（道隆薨去以前）の仲らいを忘れていないこと、こうして訪れたからには、あれが二人の離別を意味しないこと（今後も「得意」でいてほしいこと）をアピールしたことになる。

長徳元年当時、書き手がどこまで彼の腹心を見抜いていたかはわからない。だが日記回想段の執筆時、すべては自明の過去だった。後の変節を踏まえれば、「忘れない」なるアピールを受けてのコメント、「なほ、過ぎにたる事忘れぬ人は、いとをかし」こそは痛烈な皮肉にもなろう。[18] そもそも本段は、「忘れない」ことを讃える素振りで、彼の任「宰相」の時期だけを忘れてみせるという、アイロニカルな書き手の統括するテキストなのだ。

ちなみに、三巻本には斉信が描かれる場面が、最後にもうひとつある。一九一段「心にくきもの」の、次のような一節である。

五月の長雨《ながあめ》のころ、上《うへ》の御局《つぼね》の小戸《こと》の簾《す》に　斉信《ただのぶ》の中将の寄りゐたまへりし香《か》は、まことにをかしうもありしかな。その物の香《か》ともおぼえず、おほかた雨にもしめりて　艶《えん》なるけしきの　めづらしげなき事なれど、いかでか言はではあらむ。またの日まで御簾《みす》にしみかへりたりしを、若き人などの世に知らず思へる、ことわりなりや。

これまでも斉信との逸話は「き」文脈で縁取られてきたが、特に右は懐旧性が強い。もはや「めでたき」容姿も「見事な」朗詠もない。あるのは残り香ばかりである。事件時は正暦五年、長徳元年などが推定されているが、確定できない。本段の呼称が「頭中将」でも「宰相中将」でもなく、最初で最後の「斉信の中将」であることと合わせて、むしろ年時を意識させない描き方がなされているのだろう。斉信を描くにあたり、ここまで二つの呼び分けにこだわってきた枕草子。最後に用意されたのが、どちらでもない「中将」だったことは意味深い。様々な恩讐を乗り越えて、彼は「斉信の中将」なる貴公子として、美しい記憶として、退場の花道を与えられたのだ。

九、斉信の背負うもの

枕草子の描く斉信像を、呼び込まれる〈背景〉によって、もっぱらその陰翳に注目して通覧してきた。抱え込まれる多くの〈描かれざるもの〉に目を向ければ、まぎれもなく斉信は「長徳の変」を背負う者だった。ただ逆に言えば、すべてはその陰翳に潜むのであって、光が「めでたき」貴公子像に当てられていることに変わりはない。「決裂」や「絶縁」を周到に回避することで、〈斉信との交友の物語〉は際どくも美しく屹立しているのだ。それは「清少納言には斉信の美質しか目に入らなかった」「入れようとしなかった」というような単純な選択ではあるまい。最後にこの点を、紫式部日記というテキストから考えてみたい。

知られているように、紫式部日記には「その後の斉信」が登場する。道長の権勢を揺るぎなきものとする、待望の皇子誕生をみた寛弘五年。主役たる中宮彰子の「宮の大夫」として、彼は運命の瞬間に立ち会っていた。

心のうちに思ふことあらむ人も、ただ今はまぎれぬべき世のけはひなるうちにも、宮の大夫、ことさらにも笑みほこり給はねど、人よりまさる嬉しさの、おのづから色にいづるぞことわりなる。

押さえ切れない歓喜の表情を、日記の書き手は見逃さない。さらに一条帝の土御門行幸の夜には、新親王家の「別当」に任じられたことも記され、いちはやき道長追従が最良の選択だったことが証明されてゆく。ただ、斉信についてはもうひとつ注目すべき記述があった。いわゆる消息体部分、「埋もれたり」と評される彰子後宮の現状を憂えた一節である。

まづは、宮の大夫参り給ひて、啓せさせ給ふべきことありける折に、いとあえかに児めい給ふ上臈たちは、対面し給ふこと難し。また会ひても何事をか、はかばかしくのたまふべくも見えず。

上臈女房の職務怠慢を示す具体例に「宮の大夫」の名があげられる。まともに斉信と対面できない女房たち。以下、その過剰な「つつましさ」を指摘した後、本文はこう続く。

かかるまじらひなりぬれば、こよなきあて人も皆世に従ふなるを、ただ姫君ながらのもてなしにぞ、皆ものし給ふ。下臈のいであふをば、大納言心よからずと思ひ給ふたなれば、さるべき人々里にまかで、局《つぼね》なるもわりなき暇《いとま》にさはる折々は、対面する人なくて、まかで給ふときも侍るなり。

上臈女房が「姫君ながら」の有様なので、仕方なく下臈が応対する。それはそれで斉信の心証を害するばかりなのだという。しかも注目すべきは、斉信をここでは「大納言」と呼び変えている点だろう。斉信の任権大納言は寛弘六年だが、斉信への応対の悪さは「大納言」時代にまで至ることを印象付けている。

こうした紫式部日記の証言は、斉信というキーワードによって、おのずと枕草子に描かれた定子後宮の応対を想起させる。あるいはそもそも、枕草子が〈斉信との交友〉を誇ればこそ、紫式部日記は「宮の大夫」にこだわらざるを得なかったのではないか。紫式部日記からは「清少納言」への強い対抗意識が窺えるが、彼女が「したり顔」にまさに「真名書き散らして」（漢詩を散りばめて）描いた斉信との華やかな応酬こそ、苦々しさの元凶に思えてくる。何しろそれは、今はなき定子後宮の華やぎを、今をときめく斉信に彩らせる結果となるからだ。(19)

枕草子が最終的にまとめられたのは、道長全盛期だったらしいが（一二五段）特定はできない。ただ、次の一節をもって「寛弘年間」の成立と見る説が今も根強い。

「俊賢《としかた》の宰相など『なほ内侍に奏《そう》してなさむ』となむ定《さだ》めたまひし」とばかりぞ、左兵衛督の中将におはせし、語りたまひし。（一〇三段）

公任への返答「空寒み」の歌が評判となり、俊賢が「内侍を奏請しよう」と語ったという。それを伝え聞いたのが（今の）「左兵衛督」が（かつて）「中将」だった頃だと、あえて年時表出がなされている。勘物は「左兵衛督」「中将」の官職からこの人物を「実成歟」と推定した。藤原実成の左兵衛督時代ということで、執筆時が寛弘六年以降に引き下げられてくるわけだ。人物を巡っては諸説紛々たる状態(20)だが、「左兵衛督の中将におはせし」とあるからには、「中将」その人よりも、彼が「左兵衛督」である現時点への何らかのこだわりを見るべきだろう。

実成の任左兵衛督は、寛弘六年三月四日。実はそれこそは、斉信が権大納言に任じられた日である。「中将」を実成と認定したとき、枕草子から浮かび上がるのは、斉信の任「大納言」までも見極めた書き手の存在なのだ。ここにしか登場しない実成に、特別な思い入れがあったとは思えない。先の一文は、枕草子が最終的にまとめられたのが、斉信の大納言時代だったことを物語っているのではないか。紫式部日記によれば、その「大納言」斉信は彰子後宮に心を満たす「得意」を見出せないでいた。だとすれば、かつての定子後宮での日々が懐かしく思い起こされ、あるいは美化されていくのは自然の成り行きだろう。懐旧のよすがを、まさにそのタイミングで、枕草子は差し出してみせたのだ[21]。

敦成誕生後、道長の権勢がより磐石となった時代。安定期ゆえの閉塞感もあったろう。勝敗の決した後だからこそ、人々が懐古したくなる「むかし」がある。そうした時代の空気を引き受けて、枕草子は〈斉信との交友〉を「めでたき」思い出に染め上げた。今や「大納言」たる斉信の威光。寛弘年間を待って、利用価値は最大限に見極められたことになる。

なほ、過ぎにたる事忘れぬ人は、いとをかし。

その上で枕草子は斉信に〈忘れない男〉の称号を与えた。何を忘れてほしくないか、それをも巧みに織り込みながら。選ばれた記憶は、選ばれた登場人物に託されたのだ。

注

(1) 津島「職御曹司の時代」(『動態としての枕草子』おうふう、二〇〇五)参照。
(2) 古くは村井順『清少納言をめぐる人々』(笠間書院、一九七六)から、近年では加藤静子「『枕草子』の斉信・成信」(『王朝歴史物語の方法と享受』竹林舎、二〇一一)など。
(3) 正暦五年末だとすれば伊周は「内大臣」と呼ばれるべきだが、呼称の問題については本書第七章にて論じている。
(4) 末文の動作主体などをめぐって諸説ある章段。論者の解釈は本書第八章にて示した。
(5) 増田繁夫「枕草子の日記的章段」(『枕草子講座』一 有精堂、一九七五)。
(6) 村井順(注2に同じ)。
(7) 増田繁夫(注5に同じ)。
(8) ともに増田繁夫(注5に同じ)。
(9) 田畑千恵子「枕草子『かへる年の二月二十余日』の段の位相」(『国文学研究』80、一九八三・六)。
(10) 圷美奈子『新しい枕草子論』(新典社、二〇〇四)I篇第一章第二節。
(11) 増田繁夫(注5に同じ)。
(12) 圷美奈子(注10前掲書)は来訪の目的を「御子誕生の兆しに伴う後宮の動き」を探るべく、道長の思惑を受けて「真相を内々に窺うため」だったとする。ただ、根拠となる「懐孕十二ヶ月云々」(日本紀略・長徳二年十二月十六日)は、出産(結果)から遡って懐妊が「奉射事件」以前(少なくとも罪名勘申の勅命以前)であることを主張する言説とも思われ、実際に「十二ヶ月」だったかは疑問が残る。事実だったとしても、妊娠一か月の段階では、中宮方道長方どちらにとっても(重大な関心事には違いないが)いまだ不確かな可能性に留まる。
(13) 津島「『回想』の超克」(『動態としての枕草子』)参照。章段末に窺える執筆意識については田畑千恵子(注9に同じ)にも同様の指摘があった。
(14) 津島「六位蔵人と橘則光」(『動態としての枕草子』)参照。斉信則光の官職呼称については、赤間恵都子『枕草子日記的章段の研究』（三省堂、二〇〇九）第四章第二節にも考察がある。

（15）一二四段の問題については、津島「枕草子の『涙』」（『動態としての枕草子』）も参照されたい。

（16）同氏『解環』（一九八二）では「本段の執筆年時が、このような錯覚の生じるほど後年であったことと、宣方と比べて斉信を格段上の人物として、描出しようという意識が働いたこととの相乗作用によって、このような誤記が生じたのだろう」という推測も加えられている。

（17）鷲山茂雄「枕草子鑑賞」（『枕草子講座』三　有精堂、一九七五）。

（18）斉信叙述の孕む「皮肉」については、赤間恵都子（注14前掲書、第三章第二節）にも指摘があった。

（19）斉信に「かつての定子後宮を褒め讃える役回りを演じさせる」ことの意味については加藤静子（注2に同じ）でも言及されている。また山本淳子（『ビギナーズ・クラシックス日本の古典　紫式部日記』角川ソフィア文庫、二〇〇九）などにも、枕草子が描く「定子後宮の記憶」に対する紫式部の対抗意識が指摘されている。なお紫式部日記の引用は角川ソフィア文庫『紫式部日記』によった。

（20）諸説については前掲論文（注13）の注（9）参照。その後、「実資」と解す赤間説は前掲書（注14）に所収、「実成」説には高橋由記「『枕草子』の上達部」（『枕草子の新研究』新典社、二〇〇六）も加わっている。なお、旧稿では「き」文脈から「斉信」説に従ったが、本稿では「寛弘六年」を重視して「実成」説に改めた。ただし、執筆時（斉信の大納言時代）との隔絶を意識させるという意味では、ここも斉信章段の「き」文脈と同質と言える。

（21）それは「一品宮の本」の名を残す最終稿のようなものか（脩子が一品に叙されたのは寛弘四年）。むろん源経房が「伊勢守」時代に持ち出した本など、それ以前に流布していた枕草子もあったと思われる。

第六章　〈大雪〉を描く枕草子

一、枕草子の雪景色

七九段から八一段にわたり、ついに「長徳の変」という〈背景〉を呼び込んだ枕草子。続く日記回想段は、

さて、その左衛門の陣《ぢん》などに行《い》きて後　里に出でて　しばしあるほどに……

と書き起こされる断章だった（八三段）。この「里下がり」が八一段のそれではないこと、以下が七五段の「後日談」であることが、まずは示されている。つまり八三段は、一連の斉信章段を飛び越えて、再び「職の御曹司」時代に立ち返るのだ。「長徳の変」なるぬかるみに踏み込んだテキストが、軸足を入れ替えるかのように、「職の御曹司」はここに呼び戻されてきた。そしてその先に、「職」章段としては最長編の〈物語〉がいよいよ登場してくる。いわゆる「雪山の段」（八四段）。日記回想段で初めて「雪」が描かれる章段でもあった。

枕草子における「雪」への言及は、自然現象としては群を抜く。(1) まるで豪雪地帯であるかのように、冬には「大雪」が降りそそぐ。

雪いみじう降りたるを（八四段）
雪のいとおほく降りたるを（八四段）
庭に雪のあつく降りたる（八五段）
雪のいと高く降り積りたる夕暮（一七五段）
雪のいみじう降りたりけるを（一七六段）
雪のいたく降りはべりつれば（一七八段）
雪高う降りて今もなほ降るに（二三一段）
雪のいと高う降りたるを（二八二段）

一七六段のみは村上朝の逸話だが、それをも含めて「いみじう」「おほく」「高く」降ってこそ雪なのだという信念さえ、右の用例は感じさせる。

冬の景物を雪に代表させるのは、古今集以来の伝統ではあった。周知のように、冬の歌の約八割に雪が詠まれる。だがそこでは雪を「花」（五首）「月」「白波」（各一首）に見立てたり、「梅」（四首）「松」「薄」（各一首）と取り合わせたりと、様々な趣向こそが競われており、冬という季節の天然素材の少なさがむしろ物語られてもいた。また「道を塞ぐ」（322・329）障害物でもあるゆえ、雪そのものが賞美されることも少ない。唯一「消ぬがうへにまたも降りしけ」（333）と、降る雪を言祝ぐ一首さえ、「春霞立ちなばみ雪まれにこそ見め」と続くことで、来たるべき春の予見に妙味があった。「冬ながら空より花の散りくるは雲のあなたは春にやあるらむ」（330）に代表されるように、雪景色のなか、彼らの気持ちは既に春に向いているのだ。(2)雪そのものに、しかも大雪に魅入られる枕草子は、独自のこだわりをもって雪と対峙している事がわかる。

また前掲八例の「大雪」には、それを背景に〈中宮と私〉を描く、印象的な日記回想段もすべて含まれている。その最初が、先に紹介した「雪山の段」（八四段）。次に初出仕の頃を描く一七八段、最後が「香炉峯の雪」の二八二段である。中宮と過ごした冬は、常に大雪に彩られていたかのような印象だ。だがその当時、どれだけ都に降雪があったのかというと、古記録に残るのは次の三季（Ⅰのみ内裏滞在時、Ⅱは職の御曹司、Ⅲは生昌邸）八例に過ぎない。(3)

Ⅰ長徳元年一月二八日「飛雪」（小右記）
Ⅱ長徳四年十二月十日「大雪」（権記）
　長保元年一月一日「雪」（三巻本勘物）
Ⅲ長保元年十二月十日「雨雪」（権記）
　長保元年十二月二十日「大雪」（権記）
　長保二年一月六日「雪」（御堂関白記）
　長保二年一月九日「雪」（日本紀略）
　長保二年一月十日「大雪」（御堂関白記）

むろん現存史料には多くの欠落があり、天候がすべて記録されているわけでもないので、詳細は不明である。(4)だとしても清少納言の出仕当時、ことさら降雪が、しかも大雪が多かったとは考えにくい。(5)さしあたり枕草子は、貴重な雪景色を反芻し、貪欲に取り込み続けたテキストということになろうか。

二、〈みる〉ものとしての雪

清少納言には雪景色がよく似合う——。こうしたイメージを作り上げたのは、何といっても次の場面である。

> 雪のいと高《たか》う降りたるを、例《れい》ならず御格子《みかうし》まゐりて炭櫃《すびつ》に火おこして物語などしてあつまりさぶらふに、「少納言よ、香炉峰《かうろほう》の雪いかならむ」と仰せらるれば、御格子《みかうし》上《あ》げさせて御簾《みす》を高く上げたれば 笑はせたまふ。人々も「さる事は知り、歌などにさへうたへど、思ひこそよらざりつれ。なほこの宮の人にはさべきなめり」と言ふ。（二八二段）

〈雪と中宮と私〉を描く前掲三章段のひとつ。この有名なくだりも、「いと高う降りたる」雪あってこそ実現された。格子を下ろして炭櫃を囲む人々には、時に「寒さ」こそが実感されていたのだろう。前段でも「頤なども落ちぬべき」ほどの寒気の中、火桶を囲む風情が描かれていた。だが、前段になく本段にあるのは「雪」である。白詩を引いて簾まで上げさせた定子によって、「寒さ」は捨象され、雪は〈みる〉べきものとして定位されたのだ。「この宮にはさべきなめり」は、実際に簾を上げてみせた「少納言」（私）への賛辞であるが、同時に、雪に対する「この宮」の「さべき」ありさまを宣言している[6]。

この〈雪と中宮と私〉の構図は、事件時に従えば一七八段（宮にはじめてまゐりたるころ）が原点だったことになる。初出仕当時、恥ずかしさに夜しか伺候できなかった〈私〉だが、退出の許された明け方、目に飛び込んできたのが「雪降りにけり」という光景だった。さらにその日は昼もお召しがあるのだが、定子はそこで「雪に曇りてあらはにもあるまじ」と、雪空を理由に彼女を誘い出している。その後、伊周と定子との（兼盛歌をふまえた）風雅な会話に感激するわけだが、それを演出したのもやはり「いたく降り」積もる雪だった。「雪降りつみて道もなし」という状況は、実際は障害であっても、この場に「あはれ」を現出させる契機となっていた。(7)

さらに一七八段は、「いみじう降りたりける」雪ともども村上朝を回顧する一七六段、「雪のいと高う降り積りたる夕暮」を描く一七五段と、大雪で繋がる章段群のひとつでもあった。端緒となる一七五段は、冒頭こそ「雪のいと高うはあらで薄らかに降りたるなどはいとこそをかしけれ」と、うっすらと積もる雪に言及するも、次文「また」以下では、もっぱら大雪の風情に引き付けられてゆく。

> 雪のいと高う降り積《つも》りたる夕暮《ゆふぐれ》より、端《はし》近う 同じ心なる人二三人ばかり 火桶《をけ》を中にすゑて物語などするほどに、暗《くら》うなりぬれど こなたには火もともさぬに おほかたの雪の光いと白《しろ》う見えたるに、火箸《ばし》して灰《はひ》などかきすさみて、あはれなるも をかしきも 言ひ合はせたるこそ、をかしけれ。〈宵《よひ》もや過ぎぬらむ〉と思ふほどに、沓《くつ》の音《おと》近う聞ゆれば〈あやし〉と見出《い》だしたるに、時々かやうのをりに おぼえなく見ゆる人なりけり。「今日《けふ》の雪をいかにと思ひやりきこえながら、何《な》でふ事にさはりて その所に暮しつる」など言ふ。「今日《けふ》来《こ》む」などやうの筋《すぢ》をぞ 言ふらむかし。
> （一七五段）

高く降り積もった雪こそが気分を高めるのか、女同士の話は尽きない。あたりが暗くなる頃、寒さもひとしおと思われるが、「雪の光」を灯火代わりに、格子は上げたままなのだろう。〈みる〉ことが寒さに優先する、「この宮」

の美学が実践されている。そこに訪れるひとりの男。一七八段と同じ兼盛歌の風情を醸し出す。後の二七六段にみえる「雪こそめでたけれ」なる賛辞も、雪の中を訪ねてくる男と一体になった評価だった。そうした風情は次のような章段でも、さらに鮮明に描かれていた。

雪高《ゆきたか》う降《ふ》りて　今もなほ降るに、五位も四位も色うるはしう若やかなるが、うへの衣《きぬ》の色いときよらにて革《かは》の帯《おび》のかたつきたるを　宿直姿《とのゐすがた》にひきはこへて、紫の指貫《さしぬき》も雪に冴《さ》え映《は》えて濃《こ》さまさりたるを着て、衵《あこめ》の紅《くれなゐ》ならずは　おどろおどろしき山吹《ぶき》を出《い》だして、唐傘《からかさ》をさしたるに風のいたう吹きて横《よこ》さまに雪を吹きかくれば　すこし傾《かたぶ》けて歩《あゆ》み来《く》るに、深き沓《くつ》　半靴《はうくわ》などのはばきまで　雪のいと白うかかりたるこそ、をかしけれ。（二三一段）

ここでも雪は「高く」降る。横なぐりに吹き付けて、はばきまでが真っ白になる。唐傘を傾けながら歩み来る男たちには、嫌でも寒さが痛感されただろう。だが、書き手がそこに思いを馳せることはない。男たちも雪を彩る景物のひとつであり、あくまでも室内から〈みる〉べき対象なのだ。かくて枕草子の雪は、寒さ噛み締め踏み分けるものではなく、指先に冷気を痛感するものでもない。「下衆の家には似合わない」（四三段）と思っても「五節御仏名には降ってほしい」（九五段）と願っても、「降る（降らぬ）」時も場所もままならぬ相手。それゆえ、出会えた時には〈みる〉に徹して味わい尽くす。「香炉峯の段」で示された定子の姿勢は、以上の各章段にも貫かれているといえようか。

三、加工される雪

だが、こうして雪景色を追ってゆくと、ひとつだけ異質な章段が浮かび上がる。日記回想段で初めて雪を描いた、前掲の八四段である。それは同時に、雑纂本で最初に「大雪」が登場する章段でもあった。

師走《しはす》の十余日《よひ》のほどに、雪いみじう降りたるを 女官どもなどして 縁《えん》にいとおほく置くを、「同《おな》じくは、庭にまことの山を作らせはべらむ」とて侍《さぶらひ》召して仰せ言にて言へば、あつまりて作《つく》る。

事件時は「職の御曹司」で暮らしていた長徳四年。このとき「いみじう降りたる」雪は「雪の山」へと加工され、最後には消去されている。つまり本段のみ、雪を自然のまま〈みる〉もので終らせていない。さらに賭けの対象だった雪山をめぐって、〈中宮と私〉の一体感もが揺らぐような逸話になっているのだ。

雪への対処として、定子との関係において、後続章段とは一線を画する仕上がりをみせる八四段。そこに何らかの事情を探るなら、原因はやはり事件時が呼び込む〈背景〉に求められようか。すなわち、描かれた雪山の顛末が、内裏へ定子が帰参を果たす〈入内成功譚〉をも抱え持つという、本段の特異な構造である。(8) 雪山誕生の契機は、女官が縁に積み上げた雪に「同じくは、庭にまことの山を作らせはべらむ」と発想を得たものだった。成り行きで出来たように描かれているが、脩子の着袴儀を「十七日」(権記)に控え、その先に還啓の期待も高まる(あるいは水面下で進められていた)このタイミングでの大雪は、当事者にはまさに「祥瑞」「吉兆」に思えたに違いない。(9) この雪に限って〈みる〉だけで終らず、山へ加工されたということは、いわば「祥瑞」を形にしたのだろう。この日は、職以外でも雪山が作られたと後に明かされているが、定子のそれは「ここにのみめづらしと見る」、「ここに」築かれてこそ意味を持つ、当事者にとって唯一無二の「雪の山」だった。[10]

ちなみに古記録と照合すると、長徳四年十二月は「十日大雪」の記録（前掲Ⅱ）しか残っていない。そこで本文「十余日」は「記憶違い」「虚構」などと見る向きも多いが、「三日入内」を記す本段の、日付への強いこだわりからすれば、そう簡単には片付けられまい。ここに「十日大雪」なる証言を持ち込むのであれば、安易な虚実の裁断に走る前に、枕草子側の事情も丁寧に聴取すべきである。そもそも権記が記すほどの「大雪」であれば、[11]長時間にわたる降雪が想定され、「いみじう降りたる」当日に着工する必然性はない。翌日以降、作業しやすい日に作られたはずだ。[12]「その山作りたる日」は（忠隆によれば）あちこちで雪山が作られたというから、良く晴れた雪山作り日和だったのではないか。「十余日」は後文から十五日ごろと推定されるが、それだけ日を置けば、使える雪も減っていたと思われる。主殿の官人を二十人ばかりも動員し、非番の侍まで強引に呼び出したというのは、ただ庭の雪を集めただけでなく、日陰側の屋根から下ろしたり、足りない分は他所から運んだりと、かなり大掛かりな作業だったからではないか。[13]後世の「行事の濫觴」（禁秘抄）なる認定も、製作過程も風貌も、語り草になるほどそれが突出していたことを窺わせる。かくて「十日大雪」を迎え入れて読むならば、「師走の十余日のほどに」は厳密には「あつまりて作る」にかかるわけだ。降雪の後、女官が雪を縁に盛り、そこから雪山作りを思いつき、人員を手配し命を下した……。実際にはこうした段階を踏んで製作されたのだろうが、書き手は着工日たる「十余日のほど」にのみ、ここでは焦点を当てているのだ。

いずれにせよ、ここに雪は雪山に生まれ変わった。加工品ではあるが雪から成る、材料は雪だが雪そのものではない、両義的なオブジェとして。そしてこの〈そびえ立つ雪〉は、人々を様々な思惑に駆り立ててゆく。始まりは、定子の次のような問いだった。

これ、いつまでありなむ。

何気ない一言かもしれないが、このとき還啓が模索されていたとすれば、「いつまでここで雪山を眺めることになるか」という心情の吐露にもなる。計画が白紙だったとしても、「十六日」の「女一宮（脩子）参内」（権記）を踏まえれば、やはり「自身の帰参はいつになるか」の思いと重ね得よう。「十日」「十余日」など「このごろ」を答えた女房たちは、近い入内日を予想した（願った）わけだ。〈私〉はといえば、当初はこの話題に加わっていない。そもそも「雪山作り」の経緯さえ、淡々と記されるばかりで、特別な感慨は加えていなかった。「いかに」という御下問があって、初めて彼女は口を開く。既に「このごろ」は出尽くした感があるので、つい「睦月の十余日」と答えてしまった体である。定子は「えさはあらじ」という素振りを見せる。本人も内心「遠く言い過ぎた」と思うが、他の女房たちが改めて「年の内、つごもりまでもえあらじ」と結託したので、意地になって押し通したという。かくて「思ひやり深くあらがひたり」（後の帝のコメント）というわけではなく、これもまた成り行きのように「睦月十余日」の存否をめぐる賭けが始まってゆく。だが、融けることを引き延ばされた雪は、雪山なるフォルムを得たことで（以後ここで人々が過ごす）「時間」なるものを否応なく具現化してゆく。

これ、いつまでありなむ。

〈入内成功譚〉のレベルでは、まさにカウントダウンを可視化する存在となったのだ。

四、雪山の背負うもの

以後テキストは天候日記さながらに、この冬の空模様を刻んでゆく。まずは「二十日」の雨。しかし雪山は消える気配なく、「つごもり」まで「なお高くてある」ままだった。この時点で、すでに女房たちの予想（期待）は外れたことになる。前年六月以来、職の御曹司に留まったまま、定子の長徳四年は暮れていったのだ。

ついたちの日の夜、雪のいとおほく降《ふ》りたるを〈うれしくもまた降り積《つ》みつるかな〉と見るに、「これはあいなし、はじめの際《きは》を置きて今《いま》のはかき捨てよ」と仰せらる。

年が明けた「ついたちの日」、再びの雪。しかも「いとおほく」降ったという。三巻本勘物は「長保元年正月一日乙卯雪降」の記録を引く（正月十三日「長保」に改元）。ここでも両者の融合をはかるなら、本文「ついたちの日の夜」は（金内論文の指摘するように）「仰せらる」にかかり、定子が「かき捨てよ」と命じた時点を「夜」と明記したことになる（斎院から文が届いた「初卯」一日が、雪の「降りしきりたる」朝だったのだろう）。新雪を掻き捨てさせたのは、賭けに厳正を期したわけだが、〈背景〉はおのずと別な示唆を与えてこよう。大方の予想を裏切った雪山の残存は、今やまだ来ない入内日と図らずもシンクロしてしまっている。「祥瑞」を形にしたはずの雪山が、定子の思惑（「えさはあらじ」）に反してゆくばかりか、新雪を身にまとい丈を増そうとしている。カウントダウンの逆行だけは阻止せねばならなかったのだ。

一方「うれしくもまた降り積みつるかな」と反応する〈私〉は、あくまで雪山も〈みる〉に任せるというスタンスに立つ。実際これまでは、「雨」が降ろうが「常陸のすけ」が登ろうが、雪山は成るにまかせて「手を触れない」という共通理解があった。その意味でこの新雪は、大きな分岐点にもなっているのだ。だが直後、何とも唐突に入内が「三日」に決まったことが明かされる。新雪を取り除いてカウントダウンを促した定子の働きかけが、たちまち功を奏したことになろう。「いみじうくちをし、この山の果てを知らでやみなむ事」と、ここでも〈私〉は雪山にこだわっている。だが、この入内が（密儀ならなおさら）中宮女房にとって一大事でないはずはない。つまりは一大事でない話として「三日入内」を記すために、雪山は書き手に利用されていると見るべきだろう。その後「入らせたまひぬれば」とあって、滞りなく決行されたと思しき還啓。一条帝との久々の対面という感動場面も描けたはずだが、ここでも書き手は雪山に執着する〈私〉ばかり描いてゆく。「七日までさぶらひて」里に下がったというが、この間の定子と一条の動向にはなぜか一言も触れようとしない。

里に下がってからも、「物ぐるほし」と笑われるほどに雪山にかまける毎日。しかし執心の甲斐あってか、前日の報告で十五日までの残存を確信する。当日、使いに「これに白からむ所入れて持て来」と命じ、あとは中宮に御覧にいれるばかりと思っていたところ、雪は突然消えしまう。後に明かされるように、定子が侍に捨てさせたのだ。かつて深澤三千男は、雪山を入内祈念の「呪物」と見て、この定子の行為は役割を終えた「祭場祭壇破却の手続き」であり、清少納言側に壊される前に「破却の為の破却」が必要だったと指摘した。(14)「呪物の破却」という読みは、そのレベルでは首肯できるが、ここでは何より定子によって〈私〉が雪に手を触れることが阻止された、という結果を重視しておきたい。

ここまでは雪山を〈みる〉に任せてきた〈私〉だが、期日の十五日、実は初めて手を加えようとしていた。雪山を「小山」に再加工し、歌とともに献上しようとしたのだ。定子にとって雪山が入内実現で役割を終えたものだったならば、さらなる祈念が「小山」に託されようとしていたとも解せる。考え得るのは、入内の先の「懐妊」であり「皇子誕生」だろうか。予想に反し「三日」以降も残り続けた雪山こそが、そうした思いに駆り立てたともいえる。「三日入内」を一大事として描かない姿勢は、それが単なる通過点でしかないことの表明でもあったのだ。

しかし「小山」はついに誕生を見なかった。〈みる〉べき対象だった雪に〈私〉が手を触れる瞬間も訪れなかった。二十日に内裏に戻ったとき、〈私〉は中宮から真相を明かされる。そのやりとりは、「上も聞こしめして」（定子による言及）「上もわたらせたまひて」（当人の登場）「上も笑はせたまふ」（笑顔の競演）と、さりげなく一条天皇をテキストに導き入れる役割を果たすことになる。「三日」の時点で、あえて再会場面を描かなかったのは、この「上も」のリピートが明かしていよう。「上」なる存在は、定子の傍らにあるのが当然なのであって、再会を劇的に描くことの方が、枕草子においては「不自然」だったのだ。

五、〈雪と中宮と私〉を描く

最後に真相を語る定子。その中に雪山に関する注目すべき発言がある。

　げに二十日も待ちつけてまし。今年の初雪も降り添ひてなまし。

前半は、侍の証言（おほくなむありつる）を受けて「（捨てなければ）二十日（今日）までも残っただろう」というコメントとみてよい。問題は後半である。一般にはその冬に初めて降るのが「初雪」だが、ここは「今年の」とある。今年（長保元年）の冬という、はるか先の話ではあるまいということで、『集成』は「長保元年正月十二日立春以降の新春の初雪を予想するもの」と解し、『鑑賞』『ほるぷ』『新編枕草子』なども従っている。だがここは言葉通り「今年」初めての雪、すなわち本文にある「一日の雪」をさすのではないか。

定子は当然「もし自分が手出ししなければ」という前提で語っているので、ふたつの「まし」は反実仮想の意を帯びてこよう。

（私が捨てさせなければ）二十日までも残ったでしょう。
（私が取り除かせなければ）今年の初雪も降り添ったでしょう。

いずれも、手出ししなければありえた雪山の姿を提示している。ところが同時に、定子が示す「ありえた」雪山は、〈私〉が「小山」にしてしまえば「ありえなかった」ものなのだ。定子によって〈私〉は手出しを阻止され、〈みる〉側に押しとどめられた。ここではそれが再確認されていることになる。本段末でも〈私〉は一条天皇に対して、

後に降り積みて侍りし雪を〈うれし〉と思ひはべりしに、「それはあいなし。かき捨ててよ」と仰せ言侍りしよ。

と訴えていた。事情があったとはいえ、称えるべき雪が定子によって「かき捨て」られたあの日。以下の日記回想

段が描く〈雪と中宮と私〉なる一体感はここにない。一方〈入内成功譚〉のレベルでは、「かき捨て」た定子の行動こそが「三日入内」を引き寄せていた。こうした二重構造が、本段の雪を特異な景物に見せるのだろう。

そもそも枕草子は、中宮もしくは主家にとっての（社会的政治的）重大事件を正面からは描かない。決して「避けている」のではなく、周知の「事実」をも進んで迎え撃ちながら、独自の〈現実〉構築を目論むテキストなのだ。内裏への帰参という「事件」は、本来は枕草子が記すべき題材ではなかったかもしれない。例外的に記録されたのは、やはり「密儀」という特殊事情ゆえだろうか。密儀ならば、他章段のように迎え撃つべき外部からの証言は望めまい。書き手はここに、内部から「三日の入内」を証言する代わりに、事件から作中の〈私〉を徹底して切り離すことで、基本姿勢との折り合いを付けたのだ。中宮女房の一員なら、事件時には当然「入内」の成否に心を砕いていたことだろう。さらに執筆時には「懐妊」「皇子誕生」という、この「入内」がもたらした結果までも見届けていたはずだ。日記回想段に多用される「をかし」「めでたし」等の定子への評言、判断主体として書き手と〈私〉が不可分となるような視座をあえて封印して、本段は最後まで還啓には関知しない〈私〉を描き切っている。[15]

その結果、自身が何ら関与せずとも「入内」も「皇子誕生」も叶えてゆく、一条との強い絆を物語ることには成功した。しかしその代償として、雪を前に中宮との共感を築けないまま、最後まで〈私〉は取り残されることになった。枕草子が以下の章段において、ひたすら雪と中宮と私との一体化を図ってゆくのは、いわばその治癒行為だったと言えようか。八四段（雪山）一七八段（初出仕）二八二段（香炉峯）という〈雪と中宮と私〉を描く三章段は、この草子の序盤・中盤・終盤にバランスよく配されている。雪景色のなか、定子に導かれるように始まった宮仕えを改めて一七八段で描き直し、二八二段では、最後の大雪を定子との絆とともに描いて、有終の美を飾らせている。枕草子の雪景色は、こうして心地よく力強く更新されていったのだ。

ちなみに、「最後の大雪」たる二八二段の事件時は、手がかりに乏しく定説をみない。だが平安京の気象条件を重視すれば、定子とともに眺め得た大雪は限られていたはずだ。従ってこれを雪山の段と同じ、長徳四年十二月十日の出来事と見なすこともできよう。かつて森本元子も、香炉峯の詩が白楽天の江州左遷時代の作であることに注目し、「内裏を出てわびしい日々を送られる今の中宮の心にそのまま通じる」職の御曹司時代にふさわしいとして、『全講』の「長徳三、四年説」を支持していた。[16]ただ「香炉峯」が江州時代を想起させるのならば、白楽天がその二年後に量移の詔勅を受け、翌年には長安へ召還されたという経緯こそが注目される。詩句にある「故郷可獨在長安」は帰還願望の裏返しであり、実際にそれは叶っているのだ。長徳四年十二月十日、入内目前の出来事だったとすれば、「香炉峯の雪」は「わびしさ」ではなく、帰参へ導く詩句として〈入内成功譚〉に組み込む選択もあり得たかもしれない。

だが、先述のように八四段は「内裏帰参」を前景には描かなかった。冒頭に「常陸のすけ」を登場させて、「寝たる肌よし」と密かに交合を予祝させてはいる。またそこに入内の連絡係と思しき「右近」や「忠隆」を、周到に配してもいる。だが、「不断の御読経」で幕を開ける職の御曹司にて、激しく振幅する聖俗の混沌に紛れ、気がつけば実現されているのが八四段の還啓だった。「香炉峯」の逸話が長徳四年十二月の出来事だったとすれば、それは時をも場所をも脱ぎ捨てて、ひたすら〈雪と中宮と私〉を象徴する場面へと昇華されていったことになる。[17]

六、おわりに

〈大雪〉という景物から枕草子を辿ってみた。最後に改めて、すべての大雪が八四段以降、堰を切ったように登場してくることに思いを馳せておきたい。しかも八四段は、先述のように一月一日に定子の命で「かき捨て」られた雪に言及しつつ閉じられる章段でもあった。それこそは、十四日に「取り捨て」られた雪とともに、この草子に例外的に残された〈捨てられた雪〉なる傷痕なのだ。その後、大雪を描き続け、〈みる〉ことの美学を貫いてゆく枕草子。ひたすら「高く」「あつく」降りそそぎ、すべてを白く染める大雪は、心ならずも「捨てられた」雪たちの復活劇のようでもある。〈大雪〉への言祝ぎは、書き手にとっての治癒行為であるとともに、雪による雪への鎮魂だったのかもしれない。(18)

注

（1）「雪」の用例は「雪がち」「雪間」「初雪」各一例を含めて五四例。三巻本二類「又一本」も加えれば五六例。用例数で拮抗するのは「雨」だが、雨は季節を問わないこと、また否定的な言及が多いことを鑑みると、雪のへ賞讃は突出する。

（2）言うまでもなく、古今集の編纂じたいが「春」「秋」に重きを置くものだった。歌数はもちろん、季節分けじたい（暦日に加え）節月区分をも導入して「春」「秋」を拡大解釈したという（田中新一『平安朝文学に見る二元的四季観』風間書房、一九九〇）。なお田中は同書で、古今集のような春秋重視の「二元的季節観」に対し、清少納言こそは「四季均衡意識」を打ち出した「全き暦日流の一元的四季観の持ち主」だったとも指摘していた。初段から四季折々の趣をあげ、「をりにつけつつ、一年ながらをかし」（二段）と着地してゆく枕草子は、確かに夏冬にもよく目を配っている。ただ、なかでも雪への賞讃が突出することに変わりない。

（3）正暦四年春出仕説に拠ったとしても、同年一月一日の「小雪」（小右記）、同二八日の「雪雨」（小右記）が加わるのみ。

(4) アメリカ文学批評における、エコクリティシズムの成果として、ノンフィクション・エッセイへの注目が指摘されている(野田研一「自然という他者」(渡辺憲司ほか編『環境という視座』勉誠出版、二〇一一)。「あること」を記すという建前を掲げる枕草子にも、確かに当時の環境気象がよく反映されていよう。だが、その描写から実質的な降雪量や頻度まで想定することは難しい。

(5) 中央気象台・海洋気象台のデータでは、前掲の降雪記録のうち、長保二年一月九日(京都積雪二尺)のみが「大雪」として掲載されている(『日本気象史料2』原書房、一九七六)。また、平安京における冬の儀式の実施状況調査からも、雪による影響はかなり限定的だったことがわかる(飯淵康一「平安時代に於ける儀式と雪」『平安時代貴族住宅の研究』中央公論美術出版、二〇〇四)。「ほいなきもの　冬の雪ふらぬ」(二類本又一本)とあるように、雪のない冬もあったのだろう。

(6) これが「清少納言」を象徴する逸話として受容されてゆくのは周知のところ。好んで絵画化され、雪景色とともに作者像を定着させていった。絵画化のバリエーションについては浜口俊裕「枕草子『香炉峯の雪』章段の絵画の軌跡と変容」(久下裕利編『物語絵・歌仙絵を考える』武蔵野書院、二〇一一)に詳しい。

(7) 初出仕の段における「雪」の機能について、近年では中田幸司「『枕草子』の風土攷」(『平安宮廷文学と歌謡』笠間書院、二〇一二)にも言及がある。

(8) 金内仁志「枕草子『雪山』の段について」(『立教高等学校研究紀要』一九八二・十二)の指摘をもとに、〈入内成功譚〉としての側面については「職御曹司の時代」(『動態としての枕草子』おうふう、二〇〇五)「〈敦康親王〉の文学史」(本書第十章)にて論じたことがある。

(9) 類聚国史(巻一六五)「祥瑞部」など。こうした王朝人の「雪」への認識については、目崎徳衛「王朝の雪」(山中裕編『平安時代の歴史と文学　歴史編』吉川弘文館、一九八一)に詳しい。

(10) 「ここにのみめづらしと見る雪の山　ところどころにふりにけるかな」の歌による。あちこちに作られたことで

「雪の山」なるものには目新しさがなくなった。だが〈入内成功譚〉のレベルでは、「ここ」（職）に作られたことの「めづらしさ」（賞美すべき価値）、職の雪山のみを「めづらしと見る」まなざし自体は揺るがない。なお、土方洋一はこの一首を「雪の山はここ中宮職のそれだけが立派ですばらしいのであって、あちこちで真似をして作った雪山なんかありふれていて価値がないわ」と解している（「雪山をめぐる言説」『日記の声域』右文書院、二〇〇七所収）。忠隆の反応の意味するものを含め、従来説の物足りなさを突く好論だが、「ところどころに」から「あちこちで真似をして作った雪山なんか」という解を導き出すのは難しい。ただ前後関係として、他所の雪山が職の大掛かりな作業に触発されて作られた可能性は想定できよう。この点は圷美奈子「『枕草子』「雪山の段」を読み解く」（『日本文学』二〇一三・一）にも指摘がある。

(11) 行成はそもそも道長と比べて「天候の記載に不熱心」だという指摘がある（前掲目崎論文）。この日は行成をして記さざるを得ないほどの「大雪」だったと言えよう。

(12) 「十余日」が降雪日ではないという指摘は、既に前掲金内論文にあった。ただ以下に記すように細部の認定が本稿とは異なる。

(13) 後世の例だが、禁秘抄にはこうした雪山作りの手順が記されている。

(14) 深澤三千男「枕草子余滴」（『神戸商科大学人文論集』一九九〇・十二）。

(15) 唯一、斎院に返事をしたためる姿を「いとめでたし」とするが、これは職にあっても斎宮との関係において〈変わらない中宮〉を象徴するもの。雪山をめぐる本編には一切この種のコメントがない。

(16) 森本元子「日記的の章段の鑑賞」（岸上慎二編『枕草子必携』学燈社、一九六七）。

(17) 二八二段は〈雪と中宮と私〉を描く最後の章段だが、雪じたいは、この後二八五段にも登場する。ただそれは既に降り止んだ後の、月光や垂氷と並ぶ「師走の夜の景物」のひとつだった。枕草子が描き続けてきた雪景色の、こちらは「余韻」を描いた章段といえよう。

(18) 知られているように、栄花物語は定子の葬送場面を雪景色のなかに描いている。権記に天候の記載はないが、残された哀傷歌によれば雪中の葬送だったようだ。雪が想起させるもうひとつの鎮魂のメタファーがここにあるが、枕草子にとってそれは沈黙の領域だった。

第七章　「内大臣」伊周の〈復権〉

一、「職の御曹司」ふたたび

八四段で〈定子の入内〉を描き、職の御曹司に別れを告げた枕草子。(1)だが再び「職におはしますころ」という事件時を冒頭に掲げるのが、九六段だった。職を舞台に、いまだ語り残した〈物語〉があったのだろうか。

五月の御精進《さうじ》のほど 職《しき》におはしますころ、塗籠《ぬりごめ》の前の二間《ふたま》なる所を ことにしつらひたれば、例様《れいざま》ならぬもをかし。

まずは時（五月）と場所（職）が提示され、条件を満たす長徳四年が事件時と認定されてくる。斎月の五月、塗込の前の二間をしつらえて、職は精進潔斎に入っていた。「例様ならぬもをかし」と讃えられる「御精進」の風情だが、この話題が以下に引き継がれるわけではないようだ。

一日《ついたち》より雨がちに曇《くも》り過ぐす。「つれづれなるを、郭公《(ほととぎす)》の声たづねに行《い》かばや」と言ふを、「われもわれも」と出で立つ。賀茂《かも》の奥《おく》に、「なにさき」とかや、七夕《たなばた》の渡る橋にはあらで にくき名ぞ聞えし、「そのわたりになむ、郭公《(ほととぎす)》鳴く」と人の言へば、「それはひぐらしなり」と言ふ人もあり。「そこへ」とて 五日のあしたに、宮司《づかさ》に車の案内《あない》言ひて 北の陣より「五月雨《さみだれ》は とがめなきものぞ」とてさしよせて、四人ばかり乗りて行《い》く。

一日から雨がちだったという、天候へ話が移る。そして「五日のあした」に「四人ばかり」の女房が「賀茂の奥」に郭公を聞きに出かける所から、ストーリーが動き出す。ただ「七夕の渡る橋にはあらで、にくき名ぞ聞えし」と意味ありげに語られる目的地「なにさき」の話題も、それ以上は掘り下げられない。一条大路に出て「馬場といふ所」をやり過ごした後、彼女たちが辿り着いたのは、高階明順の家だった。

かくいふ所は、明順《あきのぶ》の朝臣の家なりける。「そこもいざ見む」と言ひて、車寄せて下《お》りぬ。

ついでに立ち寄ったように見えるが、ここが散策の終着点となる。郭公は「かしがましと思ふばかり」鳴いていたので、目的は果たされたのだろう。以下、稲扱きの実演など明順の接待攻勢に、「時鳥の歌詠まむとしつる、まぎれぬ」とある。初めて〈歌〉への言及がなされる箇所。当日の歌は「公務出張の報告書」[2]とも言えるので、出発時から潜在していたテーマではあろう。いわばそれが明確に示されたわけだ。歌はいつ詠まれるのか。どのような歌が詠まれる／詠まれないのか。〈詠歌の行方〉がストーリーを牽引してゆく。

その後も「手づから摘みつる」「下蕨」まで繰り出して明順の歓待が続くなか、「雨降りぬ」という報告がもたらされた。よって歌は詠まれぬまま、一行はそこを立つ羽目に。「さはれ道にても」と、帰り道での詠歌が予告されるも、「いみじう咲きたる」卯の花による牛車の飾りつけに興じてしまう（後文に「雨まことに降りぬ」とあるので、この時点では小降りだったのだろう。以下も雨脚の描写は〈詠歌の行方〉に関わってゆく）。帰り道、もはや彼女たちの関心は「この車を誰に見てもらえるか」に移っていた。大内裏に近付くも、いまだ「あやしき法師」や「下衆の言ふかひなき」際にしか出会わない。「いとかくてやまむは」「この車のありさまぞ、人に語らせてこそやまめ」との思い押さえ難く、「一条殿」に立ち寄り「侍従殿」（公信）を呼び出す仕儀となった。

一条殿のほどにとどめて「侍従《じじゆう》殿やおはします。時鳥《ほととぎす》の声聞きて今なむ帰る」と言はせたる、使《つかひ》、「『ただ今まゐる、しばし あが君』となむのたまへる。侍《さぶらひ》にまひろげておはしつる、いそぎ立ちて指貫《さしぬき》奉りつ」と言ふ。

往路の「明順の家」に対し、復路ではこの「一条殿」が立ち寄り場所として登場してくる。だが呼び出しておきながら、彼が「指貫お召し中」だと知った一行は、「待つべきにもあらず」と牛車を進めてしまう。帯を結びながら、あわてて追いかけてくる公信。土御門でようやく追い付き、車の様をひとしきり「笑ひ」興じた後、「歌はいかが、それ聞かむ」と訊いてきた。〈詠歌の行方〉を前景に呼び戻す台詞である。「今、御前に御覧ぜさせて後こそ」と、その場は取り繕ったものの、邸に戻った公信からは後に歌を贈られることに。おかげで、彼への返歌という新たな仕事が発生してしまう。公信は〈詠歌の行方〉にも関わる人物だったわけだ。

さて、まゐりたれば ありさまなど問はせたまふ。恨みつる人々 怨《ゑん》じ心憂《う》がりながら、藤侍従《とうじじゆう》の一条の大路走りつる語るにぞ、みな笑ひぬる。「さて、いづら歌は」と問はせたまへば「かうかう」と啓すれば……。

職に帰り、公信の様子を語ると、置いてきぼりをくった女房たちも思わず笑い出す。だが定子だけは〈詠歌の行方〉を忘れない。「さて、いづら歌は」と当然の要求をする。「かうかう」と白状しても、「ここにても詠め。いといふかひなし」とあくまで歌を所望する中宮。郭公の歌に、公信への返歌。ふたつが重くのしかかるが、以下「かきくらし雨降りて」雷まで鳴り出す荒れ模様に、一首も詠めぬまま一日は終わってしまうのだ。

二、「内大臣」伊周の登場

「二日ばかりありて」下蕨を話題にした宰相の君の言葉を受け、定子が「したわらびこそ恋しかりけれ」と書いて「本」を要求。それに〈私〉が「郭公たづねて聞きし声よりも」と応じたことで、ようやく〈詠歌の行方〉はひとつの決着を見る。しかしそれは〈私〉が「歌詠みはべらじ」という日頃の思いを吐露する呼び水となった。

「今も　などかその行きたりし限りの人どもにて言はざらむ。されど『させじ』と思ふにこそ」と　ものしげなる御けしきなるも、いとをかし。

という、二日前の定子の推察〈詠む気がないのではないか〉は、〈私〉に関しては半ば当っていたわけで、それゆえの「いとをかし」だったことが明らかになる。そして「亡き人〈父元輔〉のためにもいとほしうはべる」という〈私〉の訴えを、「さらばただ心にまかす。われは『詠め』とも言はじ」と中宮も了承してくれたことが報告される。それを受けて「いと心やすくなりはべりぬ」「今は歌の事思ひかけじ」という安堵が記された直後、唐突に場面は転換する。

庚申《かうしん》せさせたまふとて、内《うち》の大殿《おほい》いみじう心まうけせさせたまへり。

庚申待の夜、「内大臣」伊周の登場。郭公探訪から間もない出来事のように描かれているが、「五月」以降、この年の庚申は七月四日だった。よって『集成』など同日の出来事と解すが、(3)下玉利百合子は権記七月五日条に中宮病悩の記事があることなどから、次の庚申「九月四日」説を提唱した。(4)『解環』はそれを受け、「今は歌の事思ひかけじ、など言ひてあるころ」なる筆致が百十六日も後ではありえないとして、再度「七月四日」説を主張している。(5)主題に沿って出来事時を自在に結びつけるのは、それじたい日記回想段に珍しいことではない（四七段など）。七月でも九月でも、「など言ひてあるころ」の装いで後日談を直結させる構成に変わりはない。ただ三巻本に限っては、次段に同じ「職」での「八月十余日」の風情を描くので、九六段末を「七月」とすれば、五〜七〜八月という時の流れが現出されよう。だがそれは、「前段で九月まで話が飛んでしまったので、描き残した八月の逸話を付け足した」という説明も可能とする。三巻本の配列は「庚申」事件時の決め手にはなるまい。となれば優先すべきは権記との整合性であり、ここは「九月四日」の方が妥当なのではないか。それだけの日数（九月ならもちろん五月だとしても）をおいて特権を行使した「清少納言の執念深さ」に驚嘆する向きもあるが、(6)ここは（下玉利も指摘するように(7)）伊周の前で行使された所に記す意味があるのであって、以前にも行使されていたかもしれないし、そもそも「物のをり」がなければ使う必要のない特権である。

ところで、この「伊周の登場」は二一・七八段に次いで三度目となる。しかも、これまで「大納言殿」と呼ばれてきた伊周が、初めて「うちのおほい殿」として登場する。振り返れば、先の七八段は正暦五年末と思しき逸話だった。(8)よって同年八月に「内大臣」となっている伊周は、むしろそこでこそ「うちのおほい殿」と呼ばれるべきだった。さらに九六段以降、再びの登場となる一〇一段は、長徳元年二月という事件時が明らかだが、やはり「内大臣」でなく「大納言（殿）」が選ばれている。以下、一二五・一七八・二六二・二九五段と、呼称はすべて「大納言殿」（大納言・権大納言）。枕草子は「左遷以前の伊周」を「大納言」で統一しているのだ。つまり本編ではこのみに見える「内大臣」（もう一例の跋文については後述）は、長徳四年当時無位無官であり、諸記録がほとんど動向を伝えない「召還後の伊周」のために、周到に用意（温存）された呼称と言えるだろう(9)。

枕草子以外で、わずかに召還後の動静を伝えるのは栄花物語である(10)。

帥殿《そちどの》はそのままに一千日の御斎《とき》にて、法師恥づかしき御おこなひにて過ごさせたまふ。（巻六）

帥殿そのままの御精進《さうじ》なれば、法師に劣らぬ御有様《ありさま》、おこなひなるに、ただ今はこのことをのみ申させたまふ。（巻七）

そもそも栄花物語は帰京のいきさつが史実と異なり、「一千日の御斎」の実態も不明である。ただこの時期の伊周〈帥殿〉が、法師顔負けに〈精進に励む者〉と認定されていたことがわかる。そこで思い起こされるのは、九六段が「御精進」から幕を開けていた点である。職の御曹司は、先の八四段では「不断の御読経」の舞台として登場し、それが「常陸のすけ」を呼び寄せる磁場とされていた。九六段の「御精進」にも（同じく冒頭に提示されるからには）プロローグとしての機能を見出すべきではないか。先述のように伊周が登場する「庚申待」が九月四日だったとすれば、それこそは次の「斎月」にあたる。つまり伊周が職を訪ねる名目として「九月の御精進」が暗示されているのだ。冒頭の「五月の御精進のほど」は、彼をテキストに招き入れる〈隠し扉〉だったことになる。

いずれにせよ、本段は「庚申待」の場面に至り、それまでの〈詠歌の行方の物語〉を、あたかも伊周を呼び込むための長い序章へと変換させてゆく。本段後半部の展開には「余波があまりに大き過ぎて、統一を欠く」[11]、「叙述が『点』から『線』へ流れて」「筆の冴えが見られない」[12]等、否定的な見解も多い。だが後半部はおそらく〈詠歌の行方〉から単に筆が流れた結果ではあるまい。「内大臣」なる呼称と合わせて、伊周の〈復権〉は、初めから密かに仕組まれていたと見るべきだろう。

三、復権譚の地下水脈

伊周の復権譚。本段をこうした視点から読み直したとき、新たな意味を引き受けるのが、前半に表出された二つの現場である。「明順邸」と「一条殿」。まずは往路で立ち寄ったとされる「明順の朝臣の家」。ここで注目すべきは「朝臣」を付したその呼称だろう。高階明順はここが初登場だが、再登場（三巻本のみ）となる二六二段でも「明順の朝臣」と呼ばれている。枕草子において、地の文で姓（かばね）を付されるのは、ほかに高階業遠の一例のみ（一本二七段。会話文では行成に一例）。この「朝臣」こそは、中宮定子の外祖父として地位向上をはかる成忠（明順の父）が、従二位に叙された後に賜ったもの（『尊卑分脈』によれば正暦二年九月）。「藤原朝臣」に対抗するかのごとき、当時の高階氏の権勢を象徴していた[13]。

さらに明順自身は、周知のように長徳の変でも（兄弟の信順・道順たちと異なり）連座を免れた人物。政変後、二条宮を火災で失った定子が身を寄せていたのも、彼の小二条邸だった。本段の「家」は別邸と思われるが、その「障子」「屏風」「簾」に体現された趣味志向が好意的に描かれていた。翌長保元年、敦康誕生の翌月には中宮亮だったことが小右記に見え（十二月十六日）、長保三年十一月には、敦康着袴儀に際して（伊周に先立って）昇殿を許されている。ちなみに、いまひとりの「朝臣」業遠は明順の従兄弟にあたる。「業遠者、大殿無双者也」（小右記）と伝えられるように、道長・頼通にたびたび献物し、良好な関係を築いていた。枕草子では一本最後の章段で、従者への躾を賞賛されている。つまり枕草子で「朝臣」と呼ばれる二人は、寛弘年間まで地位を保った高階氏の代表であり、道長の覚えもめでたき人物だった。敦康の成長に伴い、現実に伊周が復権する時、頼みともなるべく「高階朝臣」の筆頭に、書き手はここで焦点を当てているのだ(14)。

復路に登場する「一条殿」は、いわずと知れた花山院事件の舞台である。まさに邸宅自体が、負の記憶を担う特別な現場。伊周を登場させる直前に、「一条の院」（二二九段）に生まれ変わる以前の「一条殿」そのものを、書き手はあえて紙上に載せたことになる。栄花物語（巻四）によれば、為光薨去後の一条殿は「寝殿の上」（三の君）が相続するも荒廃が進んでいたという。後に佐伯公行が買い取って詮子に献上されるが、長徳四年当時は、東望歩の指摘するように(15)、伝領者たる三の君がいまだ在住していたと思われる。花山院事件の現場、その原因とも目された〈伊周が通った〉三の君の領する邸の扉が、ここであえて開かれていたのだ。だが先述のように、本段の一条殿は、そこで「まひろげておはしつる」公信によって滑稽譚の発火点となっていた。伊周に課せられた罪科、一条殿の忌まわしい記憶は、〈卯の花垣根の車〉や〈疾走する公信〉という新奇な狂態の連続注入により、「笑い」で塗り重ねられたのだ。「侍従殿」公信は〈記憶の上書き〉をも担う人物だったことになる。

「御精進」から「明順の朝臣」「一条殿」へ。〈伊周の復権譚〉として本段を読み直すと、以上のような地下水脈が見えてくる。そこに深く身を潜めていた伊周は、「庚申待」の夜を舞台に、いよいよ満を持して浮上してきたわけだ。それは、夜うちふくるほどに、題出だして女房にも歌詠《よ》ませたまふ。

とあるように、歌会の主催者としての登場だった。「庚申詩会」に準じた趣向といえようか。後文に見える「題取れ」という言葉から、これは歌題を複数で分け取って詠歌する「探題」の形式で、漢詩の探韻に由来するという指摘もある。[16]「才の人」伊周は、二一段の定子の役割を引き受けるかのように、ここでは「宮廷文化」をもって女房を束ねようとする。ならばかつての「清涼殿の春」を再現するように、〈私〉もまた見事にその趣向に応じて見せるのだろうか。

四、「内大臣」の役割

しかし、以下に描かれてゆくのは、伊周の「心まうけ」を拒み通す〈私〉だった。

みなけしきばみ　ゆるがし出だすも、宮の御前近くさぶらひて　物啓《けい》しなど　ことごとをのみ言ふを、大臣《おとど》御覧じて「など歌は詠《よ》まで　むげに離《はな》れゐたる。題取れ」とてたまふを、「さる事うけたまはりて　歌詠《よ》みはべるまじうなりてはべれば、思ひかけはべらず」と申す。

拒否の理由は、中宮から承った「さる事」だという。ただここでは、先のように「亡き人」(元輔)への複雑な胸中まで語ったわけではないだろう。それゆえ伊周は「などかさはゆるさせたまふ」と中宮の処置に納得せず、「今宵は詠め」と迫ってくる。今夜のような歌会こそ、父の手前ご免蒙りたい〈私〉なのだから、「け清う聞きも入れでさぶらふ」しかない。伊周の方も結局は諦めたのか、歌会は〈私〉を除外して進行していったようだ。二一段とは正反対の展開である。

その後「みな人々詠み出だしてよしあしなど定めらるるほど」、即ち歌会が批評の段階に入るころ、定子が歌を「投げ」てよこした。

元輔《もとすけ》がのちといはるる君しもや こよひの歌に はづれてはをる

ひとり蚊帳の外にある〈私〉を見て、伊周にはこの場で事情を知らせておくべきだと判断したのだろう。主人としての心遣いと思われる。瞬時にそれを理解したゆえ、〈私〉は「をかしき事ぞたぐひなきや」と感激した。「いみじう笑ふ」その声につられて「何事ぞ、何事ぞ」と伊周も注目するなか、次の歌が披露される。

その人の後といはれぬ身なりせば こよひの歌を まづぞ詠《よ》ままし

「元輔の娘」ゆえの重圧が、「返歌」によって示されたわけだ。定子との二人三脚ともいうべきパフォーマンス。詠歌をすべて拒むわけではなく、時と場合によることも、同時に告知されたことになる。結びとなるのは、次の一文。

つつむ事さぶらはずは、千の歌なりとこれよりなむ出《い》でまうで来《こ》まし、と啓《けい》しつ。

「啓しつ」とあるので、相手は定子であって伊周ではない。つまりは主従の絆が確認される一方で、伊周の反応などは想像に任せる形で、本段は閉じられるのだ。事件時としては、これが伊周を描いた最後の場面となるが、この構図は、最初の事件時たる一七八段を思い起こさせる。「宮にはじめてまゐりたるころ」、緊張の極みにある〈私〉は、やはり「大納言殿」とまともにコミュニケーションが取れなかった。伊周はあれこれと新人女房に言葉を掛けてくるが、すべて不釣合いな「身のほど」を痛感させるばかり。ここでも助け舟を出すのは定子で、章段の最後はやはり彼女との贈答歌をもって閉じられる。定子の心遣いを再認する逸話において、どちらも伊周は重要な役割を果たすも、いわばその引き立て役に終始している。

ただし、対話不全という顛末は似ていても、九六段と一七八段とは正反対のベクトルを持つ。一七八段の〈私〉が恥ずかしさゆえ答えたくとも答えられない者だったのに対し、九六段に描かれるのは、どこまでも伊周を拒み通す〈私〉だった。「登場人物」としての位相から見た場合、こうした九六段の〈私〉は、むしろ同年の「職」を舞台とした八四段と相通じていよう。八四段は〈雪山の賭け〉を語りつつ〈入内成功譚〉を内包するテキストだったが、〈私〉を始めとする作中人物はそこに関知することなく、気がつけば成されていたものとして「入内」は描かれていた[17]。九六段も物語は〈定子との絆〉を再認しつつ閉じられ、例えば「召還後の伊周」の登場に対し、何ら特別な感慨は示されない。無位無官ながら職を訪れて歌会を主催する伊周の姿は、本来ならそれだけで注目に値しよう。しかも帰京後の伊周の動静を語る、これが唯一の場面である。八四段が密かに「三日入内」を伝えたように、ここでは政変以後の伊周（その健在ぶり）をさりげなく織り込むことに意義があったのだろう。ことさらな「事件」としては描かれないが、呼び込まれる〈背景〉が例によって重要な意味を引き受けさせてゆく。伊周の〈復権〉とは、そうした装いを必要とするような、デリケートな題材だったとも言えよう。

さらに、本段の伊周像には、もうひとつ注目すべき側面ある。彼が本段以外では「大納言（殿）」と呼称されることは先に述べたが、同時にそこには必ず「をかし」「めでたし」等の賛美が添えられていた。九六段の「内大臣」は、ことさら賛辞も受けず、〈私〉には拒まれ、衣装描写もない異色な存在として、ここに屹立しているのだ。描かれたのは、前掲のような歌会主催者としての姿のみである。(18)そこで想起されてくるのが、伊周をいま一度「内大臣」（内のおとど）と呼ぶ跋文だろう。周知のように、そこでは彼が帝と中宮に料紙を献上したことが語られていた。やがては「史記」の書写につながり、「枕」草子を生み出してゆく、「内大臣」発の文化事業。九六段と跋文を併せたとき、作中に「内大臣」と呼ばれる人物は、文化の震源地とも言うべき役割を選んで引き受けていることになる。(19)逆に言えば「帰京後の伊周」は、その一点においてのみ〈復権〉を許されているわけだ。

五、道長というファクター

九六段以降、次に伊周が描かれるのは一〇一・一二五の両段である。配列上は〈復権〉後の登場となる両段には、それまでにない特徴が指摘できる。まずは長徳元年二月、淑景舎と中宮の対面を描く一〇一段では、

大納言殿は物々しう清《きよ》げに、中将殿はいとらうらうじう、いづれもめでたきを見たてまつるに、殿《との》をばさるものにて、上《うへ》の御宿世《すくせ》こそいとめでたけれ。

と、殿（道隆）上（貴子）の「宿世」を称える文脈で、「物々しう清げに」と評されている。続く一二五段でも、

黒戸から退出する関白道隆のために沓を取る姿が、

いと物々しく清げによそほしげに、下襲《したがさね》の裾《しり》長く引き、所せくてさぶらひたまふ。

とある。「物々しう清げに」は、伊周にのみ、しかもこの両段だけに用いられる語。〈復権〉後の伊周に、新たに用意された賛辞と言えよう。[20] ただこのように賞される一方、一〇一段では、

山の井の大納言は、入《い》り立《た》たぬ御せうとにては いとよくおはするぞかし。にほひやかなるかたは この大納言にもまさりたまへるものを、かく世の人はせちに言ひおとしきこゆるこそ、いとほしけれ。

と「山の井の大納言」（異母兄の道頼）を語る文脈で、伊周は「にほひやかなるかた」では道頼に劣ると評されていた。

方や一二五段は、枕草子で唯一、伊周が道長と同一場面に描かれる章段。戸の前に立つ道長を「お跪きにはなるまい」と見ていたところ、予想を裏切って関白の前に跪いた。その瞬間を、書き手は次のように回想して見せる。

宮の大夫《（だいぶ）》殿は 戸の前に立たせたまへれば、〈ゐさせたまふまじきなめり〉と思ふほどに、すこし歩《あゆ》み出でさせたまへば ふとゐさせたまへりしこそ。〈なほ いかばかりの昔の御行《おこな》ひのほどにか〉と見たてまつりしこそ、いみじかりしか。

注目すべきは道長への呼称だろう。「権大納言」伊周に対し、彼は「宮の大夫殿」（後文でも「大夫殿」）と呼ばれている。枕草子は伊周に「大納言殿」（十一例）「大納言」（六例）を併用しているので、本段のみ「殿」を省いたわけではない。だが、道長が他でも「左の大殿」（一三八段）「大殿」（二五九段）としか呼ばれないこと（定子の発話として「大夫」が一例）、ここが両者を描き合わせた唯一の場面であることを考えると、対比は際立ってこよう。九六段以降、再び伊周を描く両段では、道頼や道長との対比において「大納言」像の相対化がはかられているといえる。そうなると先の「物々しう清げ」さえ、どこかおざなりな賛辞に見えなくもない。いずれにせよ伊周は、枕草子における賛美の対象として、必ずしも絶対的な存在ではなくなっているのだ。

　大夫殿のゐさせたまへるを　かへすがへす聞ゆれば、「例《れい》の思ひ人」と笑はせたまひし。まいて、この後《のち》の御ありさまを見たてまつらせたまはましかば、〈ことわり〉とおぼしめされなまし。

同一二五段の結びである。定子崩御後、道長の栄華を踏まえた言説として注目されてきた。「思ひ人」が誰を指すかには道隆・道長両説があるが、いま権勢を誇る道長を、かつて道隆が跪かせた話なのだから、結果として「生前の道隆の威光を賞讃することになる」（『集成』）ことは確かである。しかし同時に「かへすがへす」申し上げた内容が「大夫殿のゐさせたまへる」とある点も看過できない。〈私〉は「大夫殿が、大夫殿が」と繰り返し語っていたことになるからだ。これが「思ひ人」道長説の根拠のひとつともいえるが、むしろ「大夫殿を」などと明記されない所に、絶妙な配慮を読み取るべきではないか。

ではそれはいかなる配慮なのか。重要なのは、書き手がここで「この後の御ありさま」、即ち定子崩御後の道長

の「御」栄えの目撃者であることを、同時に明かしている点である。積善寺供養を描いた二六二段末（三巻本）の、

されど、そのをり〈めでたし〉と見たてまつりし御事どもも今《いま》の世の御事どもに見たてまつりくらぶるに……。

という「今の世」への言及とあわせて、「この草子」は道長の世に、その栄華を「今」として見据えながらまとめられていることになる。二二五段こそは道長自身が登場する唯一の章段であり、二六二段でも定子の発話に「登場」していた。この両段に「執筆の今」があらわだということは、「この後の御ありさま」や「今の世の御事」をテキストに呼び込むファクターとして、藤原道長の存在があったと見てよい。

一方、「この草子」執筆の下限を示唆しているのが、一〇三段末の、

「俊賢《としかた》の宰相など『なほ内侍に奏《そう》してなさむ』となむ定《さだ》めたまひし」とばかりぞ、左兵衛督の中将におはせし、語りたまひし。

という一節だった。「中将」藤原実成が「左兵衛督」となるのは、寛弘六年三月。(21) 現存の雑纂本は、具体的には〈寛弘年間の世相まで見据えた書き手〉というものを想定させることになる。だとすれば、かつての中宮女房として関心を抱かざるを得ないトピックが、そこには浮上してこよう。ひとつは、定子の遺した第一皇子〈敦康のその後〉。もうひとつは、まさに復権に向けての〈伊周の動向〉である。これらはともに「大殿」道長の意向に左右される、

最も過敏なる政治問題でもあった。

六、寛弘年間の伊周

　まず敦康親王は、定子崩御の翌年（長保三年）八月、中宮彰子の元へ移御、養子とされている（権記・同月三日）。十一月には着袴の儀が行われ（権記・同月十三日）、勅使として源経房が奉仕し、先述のように高階明順の昇殿が聴された。敦康の即位を望む一条帝と、いまだ彰子に皇子誕生を見ない道長の思惑が一致し、第一皇子をめぐる微妙な均衡が保たれていたと言える。こうした道長の敦康への後見は、そのまま伊周の処遇とも連動してゆく。配所から帰京して以来、表舞台に出ることのなかった伊周だったが、敦康着袴の後、同年閏十二月に女院御悩の大赦で正三位に復している（権記・同月十六日）。以後、伊周が実質的に復権を果たしてゆくのは、まさに寛弘年間のこと。寛弘二年二月二五日、座次が「大臣の下、大納言の上」と定められ、三月二六日には昇殿を聴された（御堂関白記・権記）。周囲には不興もくすぶるなか、十一月十三日、朝議に参与する（権記）。
　こうした伊周復権のいきさつを、栄花物語は次のように語っていた。

　かかるほどに、むげに帥殿《そちどの》の御位《くらゐ》もなき定《ぢやう》にておはするを、「いといとほしきことなり」など、殿思《おぼ》して、いとほしがりて、准大臣《じゆんだいじん》の御位にて、御封《みぶ》など得《え》させたまふ。（巻八）

大臣に準じて封千戸を賜ったのは後の寛弘五年正月だが、それも含め、すべては道長の温情の賜物だというのだろう。だが諸記録からは、融和にむけて動く伊周の姿が浮かび上がってくる。昇殿勅許の前年（寛弘元年）六月九日、まず頭痛に苦しむ道長を伊周が見舞う（御堂関白記、以下同書による）。閏九月二三日には道長が伊周に詩を届けさせているが、これは過日伊周から贈られた詩に、韻を和して答えたものらしい。伊周の詩は本朝麗藻に「秋日に入唐の寂照上人の旧房に到る」として伝わる。(22) さらに二六日、道長は自身と伊周の詩を一条帝の元に持参し、御製を賜っている。また同日、伊周からは再び答詩が届けられた。「余に近曽《ちかごろ》寂上人の旧房に到るの作有り、左丞相尊閣の忝《かたじけな》くも高和を賜へば、聊《いささ》か本韻に次し、敬みて以て答謝す」と題し、これも本朝麗藻が伝える。帝の御製には二九日に道長が奉和している。

伊周を震源地として、道長や一条帝の詩心が連動してゆく構図である。「御才日本にはあまらせたまへり」（大鏡）と称される「才」こそが、今こそ道長と一条帝にアピールされたのだ。特に答詩では「左丞相尊閤の忝くも高和を賜へば」「敬みて以て答謝す」と、道長への感謝を全面に打ち出し、尾聯を次のように結んでいた。

適交懐旧詩篇末（適《たまたま》交ふ懐旧の詩篇の末）
抱筆沈吟整葛巾（筆を抱き沈吟して葛巾《かつきん》を整ふ）

「適交懐旧」の詩句から、今浜通隆は道長からの詩に「懐旧」の念が詠じられていたものと解している。(23) その「懐旧」をこそ逃すまいと、筆を手に沈吟する己の姿を「葛巾」を被った隠者になぞらえて、伊周はこの一篇に賭けた。徹底した平身低頭ぶりは、再起にかける思いの深さに比例しよう。長徳の変で傷ついた道長との関係は、どうしても修復が必要な最大関門なのだ。

こうした伊周の働きかけは、実際に翌年三月の昇殿勅許につながる。さらに翌日の「帝と一宮（敦康）の対面」「女一宮（脩子）の着裳」（三月二七日）なる節目を経て、二九日には道長邸にて作文会が開かれた。「巳時許」に現れた「帥」伊周の名を、道長は日記に記し留めている。そして「未時」、久々の晴舞台に伊周は渾身の作をもって臨む。詩題は「花落ちて春路に帰す」。

春帰不駐惜難禁（春帰らんとして駐《とどま》らざれば惜しむこと禁じ難きに）
花落紛々雲路深（花落つること紛々として雲路深し）
委地正応随景去（地に委《つ》むや正に応に景を随へて去るがごとくなるべく）
任風便是趁蹤尋（風に任するや便ち是れ蹤《あと》を趁《ふ》みて尋ぬるがごとし）
枝空嶺徼霞消色（枝は空しく嶺は徼《めぐ》りて霞色を消し）
粧脆渓閑鳥入音（粧は脆《もろ》く渓は閑《しづ》かにして鳥音を入る）
年月推遷齢漸老（年月は推遷して齢は漸《やうや》く老い）
余生只有憶恩心（余生に只だ有り恩を憶ふの心）

去り行く春への哀惜、生々流転の必然を、六句をもって叙景し尽くした後、やにわに述懐に転じている。過ぎ去りし年月が、この身にもたらしたのは「老い」だという。昇殿を許され、今後の復権に注目が集まるなか、己の在りようは道長の恩をかみしめる「余生」に過ぎないと詠じてみせた。時に伊周三二歳――。

この詩に「満座涙を拭い」「主人（道長）も感嘆」したと、小右記（同年四月一日・二日条）は源俊賢や藤原尚賢の証言を伝えている。この詩の何がそれほど人々の心に訴えたのか。単にかつての政敵に寛恕を願う姿が「あはれ」を誘ったからではあるまい。今浜通隆はここに、同じ三二歳で潘岳が詠じた「秋興賦」の巧みな援用を指摘する。(24)それは「万物の流転」「老い」というテーマの継承のみならず、彼自身のアピールになっているというのだ。つまり、潘岳が「始めて二毛を見た」三二歳が「将来の官途への絶望」をかみしめる「人生の秋」だったとすれば、伊周の三二歳は今まさに政界復帰への一大転機。そこで彼が押し立てたのは「齢漸老」「余生」という自画像だった。道長と対立したのは若き日（人生の春）の未熟な自分。過失を「若さ」に負わせて、悔恨の情をも訴えたことになる。かつて傲慢にも映ったであろう伊周の姿が思い起こされ、人々は隔世の感に襲われたはずだ。道長主催の詩会、「春の尽きる」この日、伊周はまさに〈青春との決別〉を一篇の「詩」に結晶させた。その場でこの詩の投影する人生の有為転変に、不意に立ち会ってしまった者の感嘆は想像に難くない。伊周はその「才」をもって、したたかに己の居場所を作り出していったのだ。

七、敦康から一条へ

同寛弘二年、季節は冬へと移った十一月十三日。七歳になっていた敦康の読書始儀が飛香舎で行われ、侍読の大江匡衡が御注孝経を奉授した。その後に詩会があり、大江以言の序と道長以下の詩が本朝麗藻に残されている。道長はそこで「我王」は「君命を蒙りてより孫に殊ならず」と詠んだ。彰子の養子とした敦康は、自分の孫にほかならないというアピールだろう。(25)一方、当日の伊周は、次のように詠じている。

老臣在座私相語（老臣は座に在りて私《ひそか》に相語らふ）
我后少年学此文（我が后《きみ》も少《わか》き年此の文を学びたまふことを）

ここでも「老臣」と称し、先の「余生」なる自画像を引き継いでいる。「孫に殊ならず」という道長の主張を前に「一歩退く」姿勢にも見える。(26) だが「老臣」を盾に彼が回顧してみせたのは、同じ七歳で読書始に臨んだ若き日の帝の姿だった。寛和二年十一月、侍読は高階成忠。高階の血脈たる「才」こそが敦康にも引き継がれているという密かな自負を、そこには読み取ることができよう。いずれにせよ一条帝が即位を願い、彰子もその意を汲んでいたと思しい敦康の前途に、伊周も大いに頼むところがあった。ならばいま優先すべきは道長との融和であることを、徒に対立した若き日々から学んでいたのだろう。

下玉利百合子は、この伊周詩の「言外の余情」に『枕草子』二九五段「明王の眠」の情景への回想と愛惜が湛えられていなかったなどと、何びとも断言できまい」として、「伊周の意識構造」の次元から枕草子を呼び寄せていた。(27) だが実際は、伊周の詩句が読者におのずと二五九段の情景を想起させる、あるいは、後の敦康とも重ねたくなるように二九五段の一条帝は描かれている、ということだろう。二九五段、それこそは大納言最後の登場章段。「少年の日の帝」に漢詩文を進講する姿が、次のように描かれていた。

大納言殿まゐりたまひて 文《ふみ》の事など奏《そう》したまふに、例《れい》の夜いたくふけぬれば 御前《おまへ》なる人々 一人二人《ひとりふたり》づつ失《う》せて、御屏風 御几《みき》帳のうしろなどに みな隠《かく》れ臥《ふ》しぬれば、ただ一人《ひとり》ねぶたきを念《ねん》じてさぶらふに、「丑四《うしよ》つ」と奏すなり。「明《あ》けはべりぬなり」とひとりごつを、大納言殿「いまさらにな大殿籠《おほとのごも》りおはしましそ」とて 寝《ぬ》べきものともおぼいたらぬを、〈うたて、何《なに》しにさ申しつらむ〉と思へど、また人のあらばこそはまぎれも臥《ふ》さめ。

冒頭から伊周を登場させる〈〈主役〉として描く〉これが唯一の章段となる。同時に、上流貴紳との数々の交流を締め括る章段にもなっている。事件時は正暦五年あたりか。「夜いたく」更けるまで続く進講は、当時「例の」ことだったという。この夜も既に「丑四つ」に及び、同輩は「みな隠れ臥す」ありさま。その静けさゆえか、「明けはべりぬなり」なる呟きまで大納言の耳に届いてしまった。「いまさらにな大殿籠りおはしましそ」と応じる伊周。女房への言葉としては丁重すぎるが、『塩田評釈』が指摘したように、(28)あえて冗談めかした語法と見たい。通常の対話でなく、独り言に対する突っ込みだからだろう。状況がおのずと〈私〉を伊周と向き合わせてゆくのだ。

上《うへ》の御前《おまへ》の　柱《はしら》に寄りかからせたまひて少《すこ》しねぶらせたまふを、「かれ見たてまつらせたまへ、今は明《あ》けぬるにかう大殿籠《おほとのごも》るべきかは」と申させたまへば、「げに」など宮の御前《おまへ》にも笑ひきこえさせたまふも知らせたまはぬほどに、長女《をさめ》が童《わらは》の鶏《にはとり》をとらへ持《も》て来《き》て、「あしたに里へ持《も》て行《い》かむ」と言ひて隠しおきたりける、いかがしけむ、犬《いぬ》見つけて追ひければ廊《らう》の間木《まぎ》に逃げ入《い》りて　おそろしう鳴きののしるに、皆《みな》人起きなどしぬなり。上《うへ》もうちおどろかせたまひて、「いかでありつる鶏《とり》ぞ」などたづねさせたまふに、大納言殿の「声《こゑ》、明王《めいわう》のねぶりをおどろかす」といふことを高《たか》ううち出《い》だしたまへる、めでたうをかしきに、ただ人のねぶたかりつる目もいと大きになりぬ。「いみじきをりの事かな」と、上も宮も興《きよう》ぜさせたまふ。なほ、かかる事こそめでたけれ。

気が付けば、当の帝までが眠りに誘われてしまっている。「柱に寄りかからせたまひて少しねぶらせたまふ」微笑ましい姿を、伊周定子兄妹とともに見守る光栄。ひとときの静寂は、しかし突然「おそろしう鳴きののしる」鶏によって破られた。なぜいまここに鶏が、という事情の説明を経て、その先に用意されたのが「声、明王のねぶりをおどろかす」という大納言の朗詠だった。「皆人」や「上」の目を覚ましたのは鶏だが、「ただ人」（私）の眠気を吹き飛ばしたのは「めでたうをかしき」その朗詠だったという。

またの夜は、夜《よる》のおとどにまゐらせたまひぬ。夜中ばかりに廊《らう》に出《い》でて人呼べば、「下《お》るるか、いで送らむ」とのたまへば裳《も》唐衣《からぎぬ》は屏風にうちかけて行《い》くに、月のいみじう明《あ》かく御直衣《なほし》のいと白う見ゆるに、指貫《さしぬき》を長う踏みしだきて袖《そで》をひかへて「倒《たふ》るな」と言ひておはするままに、「遊子《いうし》なほ残《のこ》りの月に行く」と誦《ず》したまへる、またいみじうめでたし。「かやうの事めでたまふ」とては笑ひたまへど、いかでか なほをかしきものをば。

次の夜は中宮が「夜のおとどにまゐらせたまひぬ」ということで、局まで伊周が送ってくれた。裳・唐衣を脱いで身軽になった〈私〉の目に、月光に映える大納言の直衣がまぶしい。「倒るな」という気遣いのみならず、またも朗詠を堪能させてもらう。「遊子なほ残りの月に行く」。旅人のように、このまま月下を歩き続けたい気分だろう。最後を飾るのは「またいみじうめでたし」「なほをかしきものは」という賛辞。日記回想段における「をかし＋めでたし」の対象は、六段の定子に始まり、最後は右の伊周で締められる。詩歌吟唱を賞讃するのは、初登場（二一段）および再登場（七八段）以来のこと。伊周との対話がしっくりと成立するのも、二一段以来である。九六段の〈復権〉以下、伊周像にはそれなりの抑制や配慮も見られたが、この最後の登場場面では、再び九六段以前に戻るかのような、むしろそれ以上に心置きない賛美が尽くされている。

そして、本段のもうひとつの眼目は、第一皇子についてほぼ沈黙を守る枕草子が、一条帝のいたいけな横顔を残した点にあるだろう（事件時には十五歳くらいだが、印象はより幼い）。「今の世」から見れば、寛弘の詩文隆盛の原風景を、「好文の帝」たる一条の原点を物語る光景にもなっている。寛弘の世に読まれてこそ、あるいは伊周自身の詩句（我后少年学此文）と重ねてこそ、本段は感慨を増すテキストと言えよう。

八、成信と経房

ここまで〈寛弘年間の書き手〉なるものを意識して、テキストを辿り直してきた。そこに見出されてくる「今の世」の気配は、実際の伊周自身の復権、彼が示した道長方への配慮とも、どこかで繋がるようにも見える。だがそもそも、道長が栄華を誇る「今の世」に、定子の記憶を結晶させた「この草子」を送り出すとなれば、おのずと求められる往来手形だったとは言えようか。

それはまた、書き手が主要人物に誰を選び、どう描いたか、という観点から指摘することもできる。主家以外で親しい交際が記された人物と言えば、まずは藤原斉信と藤原行成があげられよう。「寛弘の四納言」に数えられる、ともに道長の信任も厚い重臣。彼らの登場章段が、各々「長徳の変」「彰子立后」という重大事件といかに関わっていたかは、前稿で指摘した。(29) そこでなされたテキスト上の決着は、斉信は「長徳の変」前後の決裂を暗示に留め、〈美しき記憶〉のよすがとして描き切ること。行成との交友は、〈彰子立后を受け入れた〉先の関係の深まりを示唆して終える、というものだった。こうした円満解決は、やがて大納言にまで昇り「今の世」の重鎮となる斉信、「敦康親王家別当」として忠勤を励む行成を、各々見据えながらの選択だったとも言えよう。

この斉信・行成の蔵人頭ペアに次いで、書き手が〈親しさ〉をアピールするのが、源成信・源経房という源中将ペアだった。斉信・行成が能吏として道長政権を支えたとすれば、彼らは養子、もしくは養子格という形で、道長に連なる人物である。最初に登場するのは成信で、長保二年の今内裏を舞台に冗談を交わす姿が描かれる（十段）。一方経房は〈正暦最後の光景〉たる七八段に「笙の名手」として初登場するも、〈私〉との会話は描かれない。初登場場面では親密度で成信がリードしているが、経房は八一段で〈私〉の里を知る数少ない男性のひとりとして再登場。さらに三度目の登場（一三一段）では〈私〉を「思ふ人」と呼び、本編最後の登場となる一三八段では、わざわざ里まで訪ねて〈私〉の帰参を促している。登場を重ねるにつれて、親密度を増してゆくのが特徴であり、最終的には跋文にて、枕草子「最後の登場人物」の栄冠を手にする。跋文は「左中将」経房が「まだ伊勢の守と聞えし時」（長徳元年から二年）の逸話とされるが、それは一三八段の里訪問時とも重なっている。長徳の変直後に孤立する〈私〉を里まで訪ねた稀少な人物にして、「この草子」流布に関わる特権的な役割までも与えられたのが経房だった。

一方、早々に親交が描かれた成信は、経房に道を譲るように、以後テキストから姿を消してしまう。再登場は、本編で経房が退場した後、はるか先の二五八・二五九段だった。初登場から再登場まで、異例の長いブランクがある。行成・斉信のように近接して登場する（一二八〜一三二段）ことのない、彼らは相互排除的に配されたペアと言えようか。まず二五八段では、「成信の中将こそ、人の声はいみじうよく聞き知りたまひしか」と、声を「聞き分く」力が評価されている。続く二五九段では「耳とき人」大蔵卿正光の逸話中に言及されるも、あえて「大殿の新中将」と呼ばれていた。成信に「大殿」の後ろ盾のあることが、任「中将」（長徳四年十月）時点で強調されているのだ。成信章段では最も古い年時となり、またこの逸話が〈伊周復権譚〉（九六段）直後の、同じ「職」での出来事だったことも示されている。実際は無位無官だった「内大臣」に対し、前途洋々たる「大殿の新中将」の姿を印象付けていよう。

成信最後の登場は、二七六段。舞台は一条院の小廂。今内裏（十段）に初登場した成信に、最後に用意された舞台も同所だったわけだ。経房に〈里での交友〉のイメージが強いとすれば、成信は〈一条院での交友〉の印象を残す。その二七六段は冒頭から「成信の中将は」という形で、彼自身に焦点が当てられていた。先の二五八段の「成信の中将こそ」という書き出し同様、どちらも〈主役〉に据える体裁を持つ。だが結果として、二五八段は先述のように「声を聞き知る」という一点の評価に留まり、二七六段も「常にゐて物言ひ、人の上などわるきはわるしなどのたまひしに」と（四七段の行成のように）日頃の交友が総括されると思いきや、「兵部」という女房の登場から、雨の中を訪れる男への評価へ筆が流れ、成信は置き去りにされてしまう。[30] 枕草子における成信は、かくて交友の実相に展開を見ないまま退場してしまうのだ（一方、流布本清少納言集には日記回想段の一節を思わせる成信とのやり取りが見える）。

経房が存在感を増してゆくのと対照的に、成信との逸話はまるで中絶されたように終わる。「斉信・行成」「成信・経房」と並べると、彼の〈物語〉だけが途中で放棄されているようにも見える。そこに何らかの要因を求めるなら、長保三年二月四日、三井寺での「出家事件」（権記）が、やはり呼び込まれてこよう。道長の養子となり、子息に等しい貢献を期待されていた成信が、わずか二三歳で突然世を捨ててしまったのだ。道長にとっても想定外の痛手だった。倉田実によれば、そもそも正式な養子だった成信と「養子格」の経房とでは「共に道長に近習しながら、養子縁組の有無で差別があった」。しかしこの出家事件によって、実子同然に「道長の手足となる」役割は、成信から経房へ移行して行ったという。[31] ちなみに一条帝（敦康）との関わりから見ても、敦康誕生に際して御剣の使に選ばれたのは成信だったが、長保三年の着袴儀では（先述のように）経房が勅使となっている。

　こうした役割交代をなぞるように、ともに親しい交際を描きながら、最終的に書き手は経房を選ぶ。「この草子」を「今の世」に送り出す際、あえて〈経房が流布させた草子〉というキャプションを添えたのだ。むろんそれは「経房を通じて、道長方へ乗り替えようという（清少納言の）下心」を想定する『解環』説などとは、全く次元を異にする。かつて（長徳二年）の清少納言に「書きかけの草稿」を「道長の目にとめ、自己の才能を認めさせて、中宮方から左大臣方へ移る手引きを経房にさせようとの魂胆があった」（『解環』五）のなら、結果として不首尾に終わった「下心」の痕跡を、ことさら跋文に記し留める理由が説明できない。[32] 必要とされたのは、あくまで「この草子」公表時の経房なのだ。そこで「尽きせずおほかる紙」を提供した「内のおとど」と並ぶ大役が、「年ごろ大殿の御子のやうに」（栄花物語）見なされていた「左中将」に与えられた、ということである。[33] それは「この草子」の想定する読者が、例えば定子の遺児といった身内のみでなかったことを（あるいは、その先の読者層の広がりが想定されていたことを）物語っていよう。

九、おわりに

　こうして枕草子の「今の世」に注目したとき、やはり最後に問題となるのは、前掲記事（一〇三段）の示す執筆の最下限が「寛弘六年三月」だったという点である。寛弘六年三月。それこそは、伊周がひとつひとつ積み上げてきた復権が、あえなく水泡に帰した直後の〈決定的〉年時なのだ。寛弘五年九月、彰子に皇子（敦成）誕生を見たことと、翌年一月の彰子・敦成に対する（高階光子らによる）呪詛の発覚による。[34] またも呪詛事件に巻き込まれる形で、伊周の政治生命は今度こそ絶たれる結果となった。

枕草子が〈敦康のその後〉と〈伊周の復権〉を見据えながらまとめられていたとしても、最後には決定的な挫折に襲われていたことになる。現存雑纂本が、この挫折以前にほぼ形をなしていたものなのか、あるいは挫折を経た上で改めてまとめられたものなのか、厳密には確かめる術はない。九六段でなされた伊周の〈復権〉も、出来事時に立てば現実の先取りとなり、執筆時を挫折以前とすれば、現実世界の反映となる。あるいは挫折以後とすれば、かつては信じ得た復権の、せめてもの記念碑ということになるだろう。かくて枕草子における〈伊周の復権〉は、密かに果たされたとも、密かにしか果たされなかったとも言えるのだ。

いずれにせよ、二一段から二九五段（＋跋文）までの長期に亘り、伊周は描き続けられた。登場間隔から見れば、定子に次ぐ長さとなる。[35] そしてその終着点に用意されたのが、日記回想段最後の「をかし＋めでたし」の賛辞（二五九段）であり、「この草子」の誕生につながる重要な役割（跋文）だった。様々な配慮や取捨選択の果てに、おそらく書き手が辿り着いたのが、「大納言殿」としての、「内のおとど」としての、それぞれに〈かけがえのない〉片影だったのだろう。

注

（1）本書第六章・十章参照。

（2）稲賀敬二『鑑賞日本の古典 枕草子』尚学図書、一九八〇。

(3) 萩谷朴『新潮日本古典集成 枕草子』上、新潮社、一九七七。

(4) 下玉利百合子「試論枕草子の周辺をめぐって——世尊寺の花見(中)」(『平安文学研究』一九八一・六)。後に『枕草子周辺論』(笠間書院、一九八六)所収。

(5) 萩谷朴『枕草子解環』二、同朋舎、一九八二。

(6) 稲賀敬二(注2に同じ)。

(7) 『枕草子周辺論』論考十二「補説」。ここでは『解環』を踏まえた上で再度「九月四日」説が提唱されている。

(8) 本書第五章参照。

(9) 内大臣時代(特に道隆薨去前後)の伊周は、若さと焦りが災いしてか、一条帝との様々な軋轢を記録に留めている。なお伊周の生涯については、増田繁夫「藤原伊周伝」(伊井春樹ほか編『源氏物語と古代世界』一九九七、新典社)、倉本一宏「藤原伊周の栄光と没落」(『摂関政治と王朝貴族』二〇〇〇、吉川弘文館)などで概説されている。長徳の変当時の呼称でもあった「内大臣」を、書き手は該当する出来事時には用いず、「帰京後の伊周」のために保存しておいたのだ。

(10) 栄花物語の本文は小学館『新編日本古典文学全集』による。

(11) 金子元臣『枕草子評釈』明治書院、一九二一。

(12) 田中重太郎『枕冊子全注釈』二、角川書店、一九七五。

(13) それ以前は「高階真人」。真人も由緒ある姓だが、すでに真人姓の議政官への登用はなくなっていたという(角川書店『平安時代史事典』「真人」参照)。

(14) 一方で枕草子は、栄花物語が「才かぎりなきが、心ざまいとなべてならずむくつけく、かしこき人」(巻三)などと、ことさら注目した「高二位」成忠の影を完璧に排除している。また「少々の男にはまさりて」(大鏡)「真名などいとよく書きければ」(栄花物語)とされる「高内侍」貴子は二章段に登場するも、「才」に関する言及などはない(貴子の描き方をまとめた論考に、岡田潔「『枕草子』に描かれた高階貴子」『女子聖学院短期大学紀要』一九九九・三がある）。「呪詛事件」などとも関わるゆえ、高階一族への言及には相応の配慮が求められたのだろう。積善寺供養の段でも「明順の朝臣の心地、空をあふぎ胸をそらいたり」（三巻本）と、明順だけが焦点化されていた。
(15) 東望歩「藤原公信考」（『古代中世文学論考』25、新典社、二〇一一）。
(16) 渡邉裕美子「和歌史の中の『枕草子』」（谷知子・田渕句美子編『平安文学をいかに読み直すか』笠間書院、二〇一二）。
(17) 本書第六章参照。
(18) 料紙献上の事件時は不明。実際は左遷前だったかもしれないが、「大納言」「内大臣」の呼び分け、描き分けが、テキスト上にその役割を規定している。
(19) 『新編枕草子』の注（中島和歌子）にも指摘がある。
(20) 先例としては『うつほ物語』国譲上に、藤壺づきの孫王の君を「物々しう清げなる人」と評した例が見出せる程度。
(21) 「中将」が誰を指すかには諸説ある（本書第五章参照）。
(22) 本朝麗藻本文は今浜通隆『本朝麗藻全注釈』二（新典社、一九九八）による。訓読も主に同書に従った。
(23) 注22に同じ。
(24) 注22に同じ。
(25) 敦康をめぐる人々の意向については、倉田実「敦康親王と彰子――『後漢書』の馬皇后の故事から」（『王朝摂関期の養女たち』翰林書房、二〇〇四）に詳述されている。
(26) 下玉利百合子「世尊寺の花見（下）」（注4前掲書）。
(27) 注26に同じ。
(28) 塩田良平『枕草子評釈』学生社、一九五五。
(29) 本書第四章・五章参照。

（30）二七六段の特異性については、三田村雅子「〈意味〉の解体――「成信の中将は」段の位置」（『枕草子　表現の論理』有精堂、一九九五）に指摘がある。
（31）倉田実「源経房と藤原道長――『栄花物語』の記述をめぐって」（山中裕・久下裕利編『栄花物語の新研究』新典社、二〇〇七）。
（32）萩谷説に対しては、関口力「清少納言と源経房」（『むらさき』二〇一一・十二）などにも反論がある。
（33）寛弘二年に参議となっている経房は、「今の世」なら「宰相中将」と呼ぶべきだろうが、これは枕草子では（特別な呼称として）斉信に占有されていた（本書第五章）。よって作中では「経房の中将」「左中将」で通されたのだろう。なお三巻本では一三八段のみ「右中将」とある。ここだけは出来事時を右中将時代（長徳二年七月～同四年十月）とする年時表出を優先させたか。あるいは「左」「右」文字転化の可能性もあるか（能因本は「左中将」）。
（34）栄花物語（巻八）は呪詛事件の容疑者を明順として、源氏物語の柏木を思わせる臨終まで描くが、古記録からは明順の関与は確認されない。
（35）三段の「三月三日」の記事を伊周登場の予告編と見れば、さらに間隔は広がる。なお伊周自身にも「三月三日」宴席での七言律詩があり、清少納言がその日の伊周の晴れ姿を踏まえて「三月三日」の情趣を描いたのではないかという、今浜通隆の推論もある（『本朝麗藻全注釈』一）。

第二部

枕草子、解釈の諸相

第八章　中宮定子の「出家」と身体

枕草子には十四例「罪」の語が見え、ほぼ「仏罰」の意と重ねられる[1]。しかし、それがそのまま書き手の信心深さを示しているわけでもない。

今は罪いとおそろし。（三一段）

といった素朴な表明はむしろまれで、多くは、

罪や得らむとおぼゆれ。（一八二段）
罪や得らむと思ひながらまたうれし。（二六〇段）

という「罰が当たる」的な常套句で（ほかに三一・一八三段など）、軽妙な趣さえ漂わせている。さらに、七八段・一八三段・一本二四段のように、「罪」を言挙げしながらも、「めでたさ」や「をかしさ」へと繋いでゆく文脈も印象深く、そこでは「罪」もまた「めでたし」「をかし」を極とした枕草子のヒエラルキーに、進んで組み込まれようとするかに見える。その典型ともいえる七八段（御仏名のまたの日）を、まずは取り上げながら、枕草子における「罪」と「めでたさ」との距離を測っていきたい。

一、「御仏名のまたの日」に

七八段は「御仏名のまたの日」、つまり宮中仏名会の翌日（十二月二二日）の出来事を描く。人々に地獄なるものの戦慄を植えつけた地獄絵。その屏風を、一条天皇が定子に御覧に入れるという場面である。

御仏名《ぶつみやう》のまたの日　地獄絵《ぢごくゑ》の御屏風とりわたして、宮に御覧ぜさせたてまつらせたまふ。ゆゆしう　いみじき事、かぎりなし。「これ見よ、これ見よ」と仰せらるれど、さらに見はべらで、ゆゆしさに小部屋《こへや》に隠《かく》れ臥《ふ》しぬ。

定子の反応を飛び越えて、絵はここで〈私〉に突きつけられている。しかし「ゆゆしさ」ゆえに、彼女は目を背け隠れ臥してしまった。以下、雨の日のつれづれに催された弘徽殿上御局での管絃の遊びへと場面は移る。道方の琵琶、済政の箏の琴、行義の笛、経房の笙などが揃うなか、やがて演奏もひと段落。次のような大納言（伊周）の言葉を受けて、件の一節が導かれてくるわけだ。

ひとわたり遊びて琵琶弾《ひ》きやみたるほどに、大納言殿「琵琶　声やんで、物がたりせむとする事おそし」と誦《ず》したまへりしに、隠れ臥したりしも起《お》き出《い》でて、なほ罪《つみ》はおそろしけれど、もののめでたさは　やむまじ　とて笑《わら》はる。

伊周による「琵琶行」の朗詠が、〈私〉を再登場させる契機となっているのは間違いない。ただ、肝心の「なほ罪はおそろしけれど」以下（傍線部）の理解をめぐっては、諸説入り乱れている。諸注、「なほ罪はおそろしけれど、もののめでたさはやむまじ」とて笑はる。のように、「なほ」から「もののめでたさはやむまじ」までを会話文と認定する点は共通している。だがその発話主体となると、定子（全注釈・永井(2)）伊周（集成・解環）殿上人（学術）人々（全集・新編全集）清少納言（角川文庫・新大系ほか）説に分かれ、それに連動する形で、「罪」の内実に「地獄絵を見なかった」「懺悔しなかった」「御命令に従わなかった」「音楽に惹かれた」「伊周に惹かれた」こと、「物のめでたさ」に「管絃の演奏」「伊周の朗詠」、「笑はる」対象に「作者の無邪気さ」「強情さ」「ユーモア」等々と、解釈が揺れている。私見では、定子や伊周の発言と取るには「笑はる」の敬語表現が弱いこと、しかも後述するように、ここは隠れ臥していた当人の言動である点が笑いを誘ったと思われるので、他の人々でもなく、やはり〈私〉の言と解したい。

むろんこの問題は、笑いの理解とも関わっている。諸説をみると、早くに

これ等の罪犯した者の地獄に堕ちた姿を見て懺悔すべきに、それを、隠れてしまって少しも見ず、いま音楽や男女の好声に惹かれて出てくるその罪こそ恐ろしいが、さすがにお前は――と強情さを中宮が笑われたのだと解したらどうであろうか。

という仏名経を踏まえた永井義憲の解釈があり、[3] それを受けて『解環』に、

『仏名経』にいう如く、管絃歌唱の好ましい音声を貪ること自体が罪造りであるのに、事もあろうに、罪障消滅の仏名会に、その趣旨を説いた『仏名経』の言葉に背いて、罪過を加えることも構わず、管絃朗詠の好ましさに誘われて、つい先程、地獄変の御屏風を拝見することを恐れて逃げ隠れしたことも忘れ、のこのこと出て来た清少納言の無邪気さを（伊周が・引用者注）笑ったものと見るべきであろう。[4]

と見える説明、また同じく永井説を参照しつつ、

音楽は罪深い所業と存じてはおりますが、みなさまの演奏のすばらしさには、わたくしもじっとしてはおられまいというものでございましょう。

と解する井手恒雄説[5]などが詳細である。井手説は加えて、ただし「音楽は罪深い所業」云々は決して清少納言が本気で言ったわけでなく、「今どき、仏様もそんな固いことはおっしゃらないでしょうが」というユーモアが込められている、と説く。発話主体の認定は三者三様だが、仏名会から管絃朗詠、そして「笑い」へ収束する本段の核に仏名経を据える点では共通している。だが仏名経（仏説仏名経、大仏名経などの総称）の根幹は、あくまで仏名のひたすらな羅列である。それを唱えて罪障懺悔を願うのが仏名会の趣旨だが、場面は既にその「またの日」でもある。従ってこの「罪」も、他の用例と同じ広義の「仏罰」、「（地獄絵から目を背けた）罰当たり」程度に解してよいと

思う。さらにその「なほ罪はおそろしけれど」に関しては、三一段の「今は罪いとおそろし」のような、執筆時の「罪」意識の割り込み（重なり）とも解せるので、当日の〈私〉の発話としては「もののめでたさは」以下に限定してもよいのではないか。よって『新編枕草子』では次のような本文を立てた。

なほ罪はおそろしけれど、「もののめでたさは やむまじ」とて笑はる。

いずれにせよ、本段の核をなすのは白楽天「琵琶行」の方で、伊周による引用が〈私〉の発言を経由して笑いに収束するという、連繋の妙こそを第一義とすべきだろう。原詩「琵琶聲停欲語遲」は、潯陽の江頭で客との別れの時、聞えてきた琵琶の主を尋ねるも、すぐには返事が得られない、という詩句であった。その「欲語遅」（語らんと欲して遅し）を、伊周は「物語せんとすること遅し」（能因本「物語すること遅し」）、つまりは「（すばらしい演奏の余韻で、しばし声も出ないのだろうが）そろそろおしゃべりしないか[6]」、「誰か口を開け」の意で誦じたのだろう。そこで誰あろう、隠れ臥していた当人が「もののめでたさはやむまじ」と言い放ったわけだ。伊周の朗詠が、あたかも彼女を誘い出した形である。しかもこれは、結果的にそうなった点が笑えるのであって、はじめから清少納言へ向けた「早く出てきて何か言わないか」なるメッセージと解しては[7]、面白味は半減しよう。

二、「めでたし」と定子

ところで、みてきたような解釈の揺れは、同段末の「もののめでたさはやむまじ」の理解とも連動していた。「朗詠のすばらしさに出て来ずにはいられまい」(全注釈)「こうしたすばらしさに弱い性癖はなおりますまい」(角川文庫)「音楽のすばらしさはがまんがなるまい」(解環)「こうしたすばらしさには、我慢できないのだろう」(新編全集)「音楽といい、大納言の吟誦といい、素晴らしさは聞かずにはいられないだろう」(学術)等々。しかし発話主や「めでたさ」の内容に差異はあっても、すべて「我慢できまい」「出て来ずにいられまい」など、清少納言の行動として解されている。だが「やむまじ」は文字通り「止まないだろう」「終らないだろう」、つまり伊周の「琵琶、声やん・で」を受けると見るのが自然である。『新編全集』の頭注に「この場のすばらしさは『えやむまじ』の意を含ませているか」という指摘があるが、「含ませている」というより、そちらが本義ではないか。

素晴らしい演奏、最後の琵琶も止んだけれど、余韻も覚めやらぬ中、大納言殿の絶妙な朗詠が続きました。「物のめでたさ」は止むことがないでしょう。

地獄絵から逃げた当人が、罪を横に置いてしたり顔で言う。しかもそれが自分への誘いだったかのようなタイミングで――。そんな言と動が相俟って、周囲の笑いを誘ったということだろう。

なお能因本・前田家本では、さらに「御声などのすぐれたるにはあらねど、をりのことさらに作り出でたるやうなりしなり」なる本文が続く。『解環』に「伊周の朗吟の声を低く評価する甚だ異様な文章」「能因本を用いて、『枕草子』の文学作品としての評価を試みることは、極めて危険である」とまで評される箇所だが、先の流れに沿えば、ここでの賞讃の対象が、伊周の「御声」自体というより、その詩句によって導き出された絶妙な場面だったことを、改めて確認する言辞となる。

「罪」から「笑い」へ。ここには、地獄絵（仏事の中核）から身をかわしつつ、「めでたさ」の不滅が宣言されている。最後の「笑い」は、現場での反応に留まらず、テキスト上に本来の「罪」意識の緩和をも図るのだろう。それは作品全体からみた「罪」や「めでたさ」の位相とも矛盾なく響きあい、まさに枕草子の志向を代表するかに見える。そして一方「めでたさ」といえば、我々は枕草子におけるその象徴として、中宮定子その人が君臨することも知っている。随所に描かれる定子の「めでたさ」だが、中でも特に印象深いのは次の一節ではあるまいか。

中納言の君の　忌《き》日とてくすしがり行ひたまひしを、「給《たま》へ、その数珠《ずず》しばし。行ひしてめでたき身にならむ」と借《か》るとて　あつまりて笑へど、なほいとこそめでたけれ。御前《おまへ》に聞しめして、「仏になりたらむこそは　これよりはまさらめ」とて　うちゑませたまへるを、まためでたくなりてぞ見たてまつる。　（一二五段）

わずかな部分に三例の「めでたし」が集中し、弁証法的な連繫を見せている。一例目は、直前に「なほいかばかりの昔の御行ひのほどにか」と評された、（道長を跪かせたほどの）関白道隆の威厳（前世の善行の結果）をうけて、来世に望み得る幸福をいう。しかしこれは「集まって笑う」女房の言葉ゆえ、その軽さもまた印象付けられて終る。続く「なほいとこそめでたけれ」は、そんな他愛ない女房たちの言動などと関係なく「やはり（関白の威厳は）文句なくすばらしい」という確認だろう。[8] しかしそれに対し定子だけは、「仏になりたらむこそは、これよりはまさらめ」と、独自の見解を述べるのだ。関白とてしょせんはこの世の栄華、仏には及ばない。「最上の天道さえ苦しみからは逃れ得ないのだから、六道輪廻を脱して仏になることが肝要である」と、往生要集流の教えを重ねることは可能である。いわば女房達の戯れの「めでたさ」も、関白という現世の「めでたさ」も止揚するものとして、この定子の言動は（テキスト上は「めでたし」の相乗効果の産物として）提示されている。文末の「またなめでたくなりて〜」こそ、まさに自身をさらに上位の「めでたき」境界に「なして」くれる機縁として、定子がここに見出されていることを証すものだろう。「第一の人に、また一に思はれんとこそ思はめ」（九八段）という印象的な発言も知られる中宮定子だが（これは「第一の人」なる矜持を示すとともに「上品の上」こそを目指すべきという、妥協なき往生への研鑽をも教えていよう）、こうした発話からは、枕草子においてその「めでたさ」は、仏道の教えとも理想的に共存するかに見えてくる。(9)

しかし、また一方で我々は、彼女自身が生涯において仏教とのぬきさしならぬ関わりを持ったことを、作品外の情報から知ってしまってもいる。それらを付き合わせたとき、「仏になりたらむこそは……」という先の発言、「うちゑませたまへる」その「笑み」の奥に、複雑な思いを重ねたくなる欲求も、また抑え難いと言えようか。枕草子における「罪」、仏教信仰を考えるさいも看過できぬ問題。それこそは即ち、定子自身が「出家」した中宮だったという記録である。

三、定子の「出家」

中宮定子の「出家」とは、第一に小右記長徳二年五月二日条が伝える所の情報であった（のち日本紀略・百錬抄にも記載）。中宮大夫源扶義が「后、昨日出家シ給フ」と語ったという。扶義によれば、昨日、中宮御所は伊周・隆家の捕獲のため夜の御殿まで捜索を受けた。中宮にとって「無限之大恥」というべき有様だったという。先の「出家」記事は、その話に続いて「又云」として見えている。従って小右記の文脈からは、定子が身に受けた「無限之大恥」

から、ついには「出家」に至ったものと読める。また、日時は食い違うが、栄花物語（巻五）が当時の状況を「宮は御鋏して御手づから尼にならせたまひぬ」[10]と伝えてもいた。詳細は不明ながら、いわゆる「長徳の変」の混乱の中で、定子は突如「出家した」、もしくは「出家なる情報」が広まったのだろう。ただ、当日の状況や帝の対応などからみて、おそらく戒師も帝の許しもない（正規の作法には則らぬ）ものだったと思われる。[11]一般に夫生存中の出家は夫婦関係の絶縁を意味し、夫の許可が必要だったとされるが、[12]定子は脩子内親王の出産（同年十二月、つまり「出家」は懐妊中の事だった）後も御子二人を授かっており、天皇との夫婦関係は続いている。

ただ、知られているように彼女の内裏還御（長保元年正月三日）、つまり第二子の懐妊までには、様々な障害もあったらしい。まず「出家」の翌年四月、伊周らへの召還の宣旨をうけて、定子は職御曹司に移ることになるが（六月二二日）、当日の小右記には「今夜中宮、職曹司へ参リ給フ、天下甘心セズ、彼ノ宮ノ人々称シテ出家シ給ハズト云々、太ダ希有ノ事也」とある。定子が職御曹司に入るにあたり非難の声が上がったこと、しかも「出家」について、中宮側がその事実を否定していたことがわかる。出家とみなそうとする側と否定する側と見解が対立しているわけだが、（それが正規の手続きを踏んでいなかった点に由来するとしても）どちらとみなすかは、もはやそれを言挙げする者の立場や利害を離れられない問題となっていた。

結果として、約一年半の職滞在を経て、[13]定子は突然の入内を果たす（雪山の段）。[14]いわば「出家シ給ハズ」派が強行突破した形だが、それで対抗勢力が納得したわけではない。事あるごとに「出家」が取り沙汰されたことは、諸記録から窺えるからだ。何より、後に定子が「出家」の身ゆえに「神事ヲ勤メズ」と、彰子立后の根拠とされたのは周知のところ（権記、長保二年一月二八日）。また、彰子が内裏から退出した翌日、一条天皇が定子を呼び寄せたことを受け、道長が日記に書きつけた「神事ノ日、如何」（御堂関白記、長保二年二月十一日）、長保元年六月の内裏焼亡の際には「白馬寺尼入宮、唐祚亡之由、思皇后入内」（同年入内した定子を則天武后に重ねたとされる）[15]と大江匡衡が語ったことなど（権記、長保元年八月十八日）、定子への攻撃はことごとくその「出家」を標的にしていた。

ただ、彰子立后に際しては「中宮（定子）ハ正妃ト為スト雖モ已ニ出家入道セラル」と、帝の説得に「出家」を最大限に利用した藤原行成だが、定子崩御の際には「長徳二年出家ノ事有リ、其後、還俗」と記している。一度「出家」したとしても「還俗」を果たしたという理解が、実際は落とし所だったのだろうか。立場上、定子の「出家」を唱え続けた行成も、崩後には素直に「還俗」と記すことができたのかもしれない。かくて古記録からは、定子の「出家」をめぐる激しい駆け引きは伝わるものの、当人の思いなどはほとんど窺い得ない。唯一「御鋏して御手づから尼にならせたまひぬ」と、具体的な状況を記す栄花物語のみが、ひとり定子の「有様」にもこだわり続けたことを除いては。

栄花物語では、出家後の母貴子との対面が「上は、宮の御有様の変らせたまへるに、またいとどしき御涙さくりもよよなり」（巻五）と描かれ、脩子内親王を入内させたい帝の心内が「宮のそのままに、例の御有様におはしまさぬにより、あからさまに参らせたまはむもいかにと、つつましう思しめすなるべし」（巻五）と語られる。いずれも「変りたる有様」（出家姿）を強調する。その後実現した帝との体面も、「（宮は）御几帳引き寄せていとけ遠くもてなしきこえたまへるほどもことわりなれど、（帝は）御殿油遠くとりなして、隔てなきさまにて泣きみ笑ひみ聞えさせたまふに」と、几帳に身を隠す定子と、それを気遣う帝という形で、彼女の「有様」を意識させている。「尼削ぎ」であったとも推定されている定子の身体への、栄花物語のこうしたこだわりは、後述する枕草子との対比においで、ひとつの明確な立場として記憶されるべきだろう。

四、定子の遺詠と「神仏」

「出家シ給ハズ」という主張、あるいは「還俗」なる立場は、定子その人の精神にいかなる影響を与えたのか。「出家」が、もっぱら対抗勢力からの攻撃材料にされていたのは見てきた通りだが、いまひとつ、その際に決まって持ち出されてきたのが「神事」「神国」といった概念だったことも注目される。彰子立后にあたり、行成が「我朝ハ神国ナリ、神事ヲ以テ先ト為スベシ」と主張したのはよく知られているが（権記、長保二年一月二八日条）、こうした「神」と「仏」との都合のよい使い分けもまた、指摘されている彼らの処世術であった[16]。

例えばその前年（長保元年）、一条天皇の発布になる「新制十一箇条」では、「神事違例」が戒められていた。神事が例に違うと神の祟りを招くという発想は、疫病の猛威を前にして、その原因を除去しようと願う世相の反映といわれるが[17]、先の行成の主張など、こうした世相や帝の執政意欲をも巧みにつくものだろう。結果として、政治言説としての「神国」「神事」こそは、定子側を直撃したことになる。しかしその「神」対「仏」の構図の中で、定子の「出家」は自陣から否定されていた、あるいは事実上「還俗」していたという所に、また事の複雑さがあった。当時の神仏の使い分けとして、死を前にした救済はもっぱら「仏」に委ねられていたが（そこで氏神には暇を乞うことになる）、定子の場合、仏教的な見地からは「出家後の還俗」なる二重の罪を犯していたともいえる。だとすると、長保二年十二月、「死」に臨む彼女が何を支えとしたのかは（おそらく当時の人々にも）重大な関心事だったに違いない[18]。通常なら、紫式部日記の描く彰子の例のように、出産に際して形だけの出家があり得たし、死期が近いと悟れば、一条天皇のような臨終出家の手続きもなされる。また女院詮子のように、出家した女性が、病状の悪化によって改めて「僧」（完全剃髪か）となる例もある。だが、定子に関してはいずれの記録も残されていない。わずかに臨終の様を伝えるのが、またも栄花物語で、その三首の遺詠（富岡本系では四首）が唯一の痕跡ということになるだろう（巻七）。中でも「例の作法にてはあらで」、つまりは土葬を望んだとされる、(19)

煙《けぶり》とも雲《くも》ともならぬ身なりとも草葉《くさば》の露《つゆ》をそれとながめよ

の歌は、その心の内を知る稀少な手がかりとされてきた。上の句「煙とも雲ともならぬ身なりとも」が、「火葬を拒否した（土葬を望んだ）」と解される部分だが、ただ、言われているような決然たる意思表示なのかは疑問も残る。「〜なりとも（たとえ〜であっても）」という語勢には、火葬でないことは既に受け入れられている、あるいは火葬が念頭にはないかようなニュアンスが漂っている。（火葬でないゆえ）「煙」や「雲」はよすがとはなり得ない、だからせめて「草葉の露」を、という脈絡だろう。

その「草葉の露」は、

わが思ふ人は草葉の露なれやかかれば袖のまづそほつらむ　（拾遺・恋・761）

などのように、いとしい人を思って流す「涙」と重ねられることが多い語であった。定子の母高階貴子が、他所から帰った道隆にあてたものとして、

あかつきの露は枕におきけるを草葉のうへと何思ひけん　（後拾遺・恋・701）

なる歌も伝えられている。こうした露に涙を重ねる通念に照らせば、ここも「草葉の露＝流す涙」こそが私を偲ぶ証です、の意となろう。「草葉の陰から見守っていたい」なる発想と混同してはなるまい。むろん「露」がはかなさの象徴であることは論を俟たない。[20]従ってこの願いには、露のように消えやすい（忘れられやすい）世の定めというものが前提となっており、さらに「草葉の露」自体からは、村上天皇が皇后安子の死後に詠んだとされる、

秋風にたなびく草葉の露よりも消えにし人を何にたとえん　（拾遺・哀傷・1286）

が、やはり想起されてこよう。両歌を重ねれば、定子歌には「（はかない）草葉の露にたとえてでも、それとながめてほしい」と、思いが強調されることになる。

いずれにせよ、これが「土葬を望んだ」遺言のように解されてきたのは、歌じたいよりも、それを見た伊周が「例の作法にてはあらでと思しめしけるなめり」と受け取ったと語る、栄花物語の文脈による所が大きい。むろんそれが事実を伝えているのだとすれば、伊周がそう理解する下地が生前の定子にあったことになろうが、残された歌からだけでは、火葬が予定されていなかった事以外、その思想信条までは測り難い。ただ、多くの死と葬送を伝える栄花物語にあって、「例のさまにあらず」（火葬でない）と明記される例は少なく、しかもその初例が高階貴子であることはやはり注目されてよい。

ただ、明順《あきのぶ》、道順《みちのぶ》、信順《さねのぶ》などいふ人々、よろづに仕うまつり、後の御事ども例のさまにはあらで、桜本《さくらもと》といふ所にてぞ、さるべき屋《や》作りて、納《をさ》めたてまつりける。あはれに悲しともおろかなり。（巻五）

貴子の葬送記事は、これも栄花物語のみが伝える。しかしなぜ「例のさま」でなかったかは語られていない。年時は長徳二年十月「二十日余りのほど」とされるが、時に配所にあったはずの「道順・信順」の名がみえることからも、どこまで史実に沿うかもわからない。ただ栄花物語では、二人の葬送場面が強く結び付けられることになり、あたかも定子が母と同じ「例のさま」ならぬ葬送を、当然のように受け入れていた、と解されてくるわけだ。

以下、火葬でないことが明記されるのは、「四月十四日に納めたてまつらせたまふに、御遺言にや、世の常のさまにておはしまさせたまふまじきなめり」（巻二五）と、当人の遺言が語られる三条皇后娍子の例、「とかく世の常のさまに占ひたてまつらんことはいとほしく思されて、ただきるべく納めたてまつらんとぞ思されける」（巻二七）と、遺族の判断によったとされる藤原長家室（斉信女）の例が知られている。[21]娍子も貴子と同じく出家の身であったが、ともに晩年は悲惨な出来事に翻弄され、安寧とは程遠いものであった。貴子は伊周・隆家らの転落を目の当たりにし、まさに失意の中での逝去であり、娍子もまた、敦明の東宮退位事件、当子内親王の密通事件から閉居、薨去と、子供たちの悲劇に立ち会っている。残る長家室は、定子と同じ御産直後の逝去。しかも死産で（病身に加えて早産だったらしい）母子を同じ柩に納めるという悲痛な葬送が描かれている（巻二七）。

以上の例からは、人生の終焉に当人もしくは遺族が「世の常ならぬ」理不尽を感じることが「例のさまならぬ」葬送につながるかとも読める。しかし、それだけで説明付けられぬ側面も残るので、あくまで可能性の一つということになるだろうか。[22]確かなのは、定子の葬送には、少なくとも母の先例が想起されてくること、それが伊周の判断をおのずと正当付ける流れを作っているということである。あるいは、実際は定子の葬送を意識して貴子の場面が設定されたのかもしれないが、いずれにせよ両者の特化は、貴子から定子へという、高階家の血筋をあえて浮かび上がらせるものだろう。一方、栄花物語にはあまりに狂信的な祈祷に走り、かえって顰蹙を買う祖父成忠像もが突出して描かれていた。伊勢（神国の中心）参宮の自粛、神の怒りを囁かれてきた高階家への視線（後年、定子の子敦康はそれゆえ「即位すれば、神の怖れあり」といわれた[23]）と、「例のさまならぬ」末期の強調とは、どこかで繋がるのかもしれない。

かくて定子の臨終をめぐる記述は、栄花物語なりのこだわりは物語るものの、かえってそれが様々な想像を掻き立てるものであった。遺詠とされる歌が伝えるのも、ついには「煙とも雲ともならぬ身なりとも」という、我身への眼差しばかりだろう。ただ、そこに「出家」をめぐる激動の後半生を重ねたとき、常人なら迷わず縋るべき「出家」作法への、かすかな諦念まで見てとることは許されないだろうか[24]。「煙とも雲ともなる」べき火葬とは、仏教の荼毘に倣った葬法でもあった。

五、描かれた定子の身体

最後に枕草子に戻り、改めて定子その人の描かれ方を見ておきたい。

枕草子は多くの章段で定子を描いているが、実はその身体に関する記述は少ない。定子に言及する四十四ほどの章段の中で、その身体（衣装も含む）を描くのは、わずか四章段を数えるのみ。うちの二例が一〇一段「淑景舎春宮へまゐりたまふほど」（長徳元年二月）と二六二段「関白殿二月二十一に」（正暦五年二月）という、枕草子を代表する盛儀の場面で、それを彩る人々の衣装とともに言及されている。ともに時期は二月で、描かれたそれは「紅梅」。残る二章段でも「紅」が印象付けられており、定子の色彩美はもっぱら紅系が担う結果となった。

残る二例は、前掲章段に対し、晴れの儀ならぬ場面ということになる。ひとつは、清少納言の初出仕時代を描いた「宮にはじめてまゐりたるころ」（一七八段）。緊張のあまり顔もあげられない書き手の視界を、絵などを差し出してくれた定子の「御手」が掠める次のくだり。

いとつめたきころなれば さし出でさせたまへる御手のはつかに見ゆるが、いみじうにほひたる薄紅梅《うすこうばい》なるは、〈かぎりなくめでたし〉と、見知らぬ里《さと》人心地《ち》には〈かかる人こそは世におはしましけれ〉と、おどろかるるまでぞ まもりまゐらする。

わずかに見えた御手であるが、先の衣装に通じる「薄紅梅」に彩られている。同段では後に大納言殿（伊周）の登場後に、改めて定子は、

宮は、白き御衣《ぞ》どもに紅《くれなゐ》の唐綾《からあや》をぞ上《うへ》に奉りたる。御髪《ぐし》のかからせたまへるなど、絵《ゑ》にかきたるをこそ かかることは見しに、うつつにはまだ知らぬを、夢の心地《ち》ぞする。

と描かれていた。時間軸に置き換えれば、この紅の唐綾に「御髪」のかかる様が外見を捉えた初例となる。

ちなみに、問題の「出家」を念頭に髪の描写に注目してみると、右以外では、先の二六二段に「御額上げさせた

まへりける御釵子に、分けめの御髪の、いささか寄りてしるく見えさせたまふさへぞ、聞えむ方なき」と描かれるのみ。ほか髪を整える動作として、先の一〇一段に「御髪まゐるほど」、翁丸の段（七段）に「御けづり髪、御手水などまゐりて」（「後期章段」で髪に言及した唯一の例）とあるのが、定子の髪に触れたすべてである。このように、髪を含めた定子の外見が、いわゆる前期章段に偏ることは、栄花物語が強調する「変りたる有様」の、逆方向からのこだわりと考えられなくもない。いずれにせよ、外見だけでなく枕草子に定子「出家」の痕跡は無きに等しく、その意味で「出家シ給ハズ」なる古記録上の言説と重なっている。

定子の身体に触れた最後の一例は、

上《うへ》の御局の御簾《みす》の前にて　殿上人日一日《ひとひ》　琴《こと》　笛《ふえ》吹き遊びくらして　大殿油《おほとなぶら》まゐるほどに、まだ御格子《みかうし》はまゐらぬに　大殿油《おほとなぶら》さし出でたれば、戸《と》のあきたるがあらはなれば、琵琶《びは》の御琴《こと》をたたざまに持たせたまへり。

と書き起こされる九一段である。異例にも、冒頭から身体への言及がなされている。殿上人による管絃の遊びに興じるうち、日も暮れて、大殿油がさされた。しかしそれが格子を下ろす前で、戸も開いていたことから、偶然にも定子の姿を浮かび上がらせることになった。描かれることの稀少さからすれば、衝撃的な映像だ。そこで、さりげなく琵琶を立てて身を隠す定子。しかし、外からの好奇の視線に煽られるかのように、彼女の身体から書き手の視線は離れない。見ることへの欲求のままにか、こう筆を続けてゆく。

紅《くれなゐ》の御衣《ぞ》どもの　言ふに世《よ》の常《つね》なる袿《うちき》、また張りたるどもなどを　あまた奉りて、いと黒うつややかなる琵琶に御袖をうちかけて とらへさせたまへるだに めでたきに、そばより御額《ひたひ》のほどのいみじう白うめでたくけざやかにて はづれさせたまへるは、たとふべきかたぞなきや。

「紅」の御衣に琵琶の「黒」が映え、その琵琶越しに隠した額の「白」までもが配されてゆく。定子の額じたいが描かれるのも特異なこと。事件年時は不明だが、弘徽殿の上御局が舞台なので、他の三章段同様「前期章段」に属するのだろう。

「なかば隠《かく》したりけむ、えかくはあらざりけむかし。あれはただ人にこそはありけめ」と言ふを、道《みち》もなきに分《わ》けまゐりて申せば 笑はせたまひて、「別《わか》れは知《し》りたりや」となむ仰せらるるも、いとをかし。

九一段はこうして、「琵琶行」をふまえた定子との絆を描いて閉じられる。舞台は「上の御局」、そして管絃の遊び、琵琶から「琵琶行」の引用と来れば、最初に取りあげた七八段（御仏名のまたの日）を想起せずにいられまい。両段はいわば一対の屛風絵のように、作中に配されている。さらに七八段での宣言、「物のめでたさ」こそを押し立てる姿勢は、本段では定子の身体をも射程に捉えようとしているのだ。

ただ、結果としてこうした定子の描写は、枕草子としては異例の、右のような偶然の産物に留められて終った。枕草子がまとめられてゆく上で、定子の身体自体は、「めでたし」の範疇からさりげなく外され、封印されていったのかもしれない。それが定子の「出家」なる事件と、どこかで関わるであろうことは、想像することができる。と同時に、「清涼殿の丑寅の隅の」（二一段）などをみれば、容姿にはいっさい触れずとも、彼女の言動だけで「めでたさ」なるものが描けることに、書き手は既に自覚的でもあった。もののめでたさはやむまじ――。しかし人の命には限りがある。七八段の宣言は、あえて定子の死を見届けたであろう書き手（前掲一二五段末）を念頭に置いたとき、祈りとも願いともなって響いてくる。

注

（1）田中重太郎『枕冊子全注釈』二（角川書店、一九七五）85頁参照。なお十四例のうち、能因本のみに見える三例は一般的な「欠点」「非難」の意に近い。
（2）永井義憲「枕冊子に描かれたる仏教」『日本仏教文学研究』第一集（豊島書房、一九六六改訂版）。
（3）注2に同じ。
（4）萩谷朴『枕草子解環』二（同朋舎、一九八二）178頁。
（5）井手恒雄「遁世者と音楽」『筑紫女学園短大紀要』（一九八六・三）。
（6）鄭順粉「『上の御局の御簾の前にて』段の漢詩文の引用方法」（『枕草子　表現の方法』勉誠出版、二〇〇二）など。
（7）稲賀敬二「原泉と影響」『枕草子必携』（学燈社、一九六八）。なお同氏の『鑑賞日本の古典』（尚学図書、一九八〇）では、伊周側ではなく受け手の問題として捉え直されている。
（8）「めでたき身」以下を、関白でなく「中宮様のような」（新大系）「中納言の君にあやかりたい」（和泉）と解する説もある。
（9）娘の脩子には、実際に「一切経読ませたまひ法文ども御覧じて、いささか女ともおぼえさせたまはぬ御有様」が栄花物語に伝えられている。
（10）栄花物語の引用は小学館『新編日本古典文学全集』による。

(11) 山本利達「中宮定子の出家考」(『国語国文』二〇〇六・四)。

(12) 勝浦令子「女性と古代信仰」『日本女性生活史』1(東京大学出版会、一九九〇)。また、定子の出家については「恐らく尼削ぎにとどまり、完全な剃髪にはいたらなかった」とされる(同「尼削ぎ攷」『シリーズ女性と仏教 尼と尼寺』一九八九、平凡社)。あるいは、同氏の分類する「髪切り」にあたる可能性もないとはいえまい(ただし、小右記の記述上は確かに「密カニ親カラ髪ヲ切リタリ」と明記される尊子内親王の場合と区別がある)。

(13) 山本前掲論文(注11)では、職御曹司滞在期が「中宮出家のことを取沙汰されることが薄れて来るのを待つ」ための時期と位置付けられている。

(14) 津島「職御曹司の時代」(『動態としての枕草子』おうふう、二〇〇五所収)参照。「雪山の段」は、「不断の御読経」なる仏事に始まって「斎院」や「白山の観音」、「なま老いたる女法師」「尼なるかたゐ」から果ては「こもり」風情に至るまで、定子入内に向けて聖俗を祝祭的に巻き込んでゆくテキストでもあった。

(15) 則天武后(武則天)には本国でも古くから悪女のレッテルが貼られていた。武后が出家したのは感業寺(その後、高宗の後宮へ入り、ついに皇帝となる)で、白馬寺は怪僧薛懐義(女帝との関係が道鏡にも準えられる)が本拠とした寺。「白馬寺尼」なる呼称には「国を私にする尼」なる悪意も込められていよう。なお定子と「火事」の関係について、中島和歌子「枕草子日記的章段における表現の一方法」(『国文論叢』一九八八・三)に指摘がある。

(16) 一方、出家者の神社参詣自体が禁じられていたわけではない(円融院の石清水参詣、詮子、彰子の例など)。これらを検証しつつ、三橋正は、特に神聖なる「祭」の場に限って仏教が排除されたことを指摘している(『平安時代の信仰と宗教儀礼』続群書類従完成会、二〇〇〇)。

(17) 水戸部正男『公家新制の研究』(創文社、一九六一)。

(18) 別な観点から「書かれなかった寿命経」(『動態としての枕草子』所収)でも論じた。

(19) 「例の作法」(火葬)でないので土葬と解すのが定説だが、一方で「霊屋の中の殯葬だったかもしれない」可能性も指摘されている(五来重『葬と供養』東方出版、一九九二)。広い意味では土葬と解してよいと思われるが、詳細は不明な点が多い。後述する娍子の葬送から、捨て墓とみる説もある（清水彰「娍子皇后の葬送について」『武庫川国文』一九七二・三）。

(20) 近年では、圷美奈子「一条天皇の辞世歌『風の宿りに君を置きて』」（初出二〇〇四、『王朝文学論』新典社、二〇〇九所収）が、定子と一条天皇、それぞれの辞世歌の真意を探っている。ただ定子歌の「草葉の露」をあえて「日々結ぶもの」と解する点、後述する村上天皇歌の位置付けとともに、本稿の解釈とは異なる。また、山本淳子「『権記』所載の一条出離歌について」（『日本文学』二〇〇六・九）は、行成が一条天皇の出離歌に、定子を「俗世に引き戻してしまった」自責を読み取ったとして、その心のあやを追っている。山本説に従えば、時に行成（あるいは一条天皇）は「俗世に留まった人」なる定子像を抱いていたことになる。

(21) 新編全集ほか、いまひとりの長家室、行成女も土葬と解している。「霊屋といふ物造りて」（巻十六）なる記述が根拠。確証はないが、結婚して三年ほどの早世、人々の悲嘆を誘った衝撃の大きさ（更級日記）から、他の三人同様の条件は認められる。

(22) 天皇の例で見ると、火葬は既に冷泉帝以降定着している。土葬から火葬への流れには薄葬思想の浸透（新谷尚紀『日本人の葬儀』紀伊国屋書店、一九九二）とともに、在位中は土葬、譲位後は火葬という認識があったことも指摘されている（谷川愛「平安時代における天皇・太上天皇の喪葬儀礼」『国史学』一九九九・十）。ただし一条天皇の場合、本人は生前、彰子や道長に土葬を指示していたにもかかわらず火葬にされた（小右記）と伝えられる。これも様々な想像を掻き立てる逸話である。

(23) 権記、寛弘八年五月二七日条。

(24) 一方、能因本（前田家本）「うらやましきもの」の末尾には「まことに世を思ひ捨てたるひじり」の項目がある。「まことに」なる一節に実感がこもるかのようだ。

第九章　「宮仕え」輝くとき

枕草子の書き手は、主に定子後宮の女房として生きている。子供の描写が多くても、前夫とされる橘則光を登場させても、「母」として「妻」としての自画像は刻もうとしない。その結果、彼女の「人生」なるものは、おのずと「宮仕え」にスポットライトが当てられてくる。

その枕草子には「宮仕え論」[1]と通称される有名な章段があって、「働く女性へのエール」として今でも引かれることが多い（二二段）。最近では酒井順子が「女が社会に出て知識を深めることのどこが悪いのだ、と息巻く清少納言の様子が目に浮かぶ」と語ったり（『枕草子 REMIX』新潮社）、橋本治もかつて『桃尻語訳枕草子』（河出書房新社）の清少納言に「……働いてる女はやだっていう男だっている訳よね。女は黙って家にいろとかさ。あなた達の時代とあたし達の時代とどれだけ違うのォ？」と語らせていた。

専門家が好んで使う「〜論」なる括りより、こちらの方がニュアンスをよく伝えている気もする。しかし一方で、それもまた現代風な解釈のひとつではないかとも思う[2]。ただ、本文が進んでそう読み取られてきたのなら、いかにしてそれは〈清少納言のメッセージ〉たり得ているのか。何が千年後の読者をも立ち止まらせているのだろうか。

一、「宮仕え」のすすめ？

生《お》ひ先《さき》なく　まめやかにえせざいはひなど見てゐたらむ人は、いぶせくあなづらはしく思ひやられて、なほさりぬべからむ人のむすめなどは〈さしまじらはせ 世のありさまも見せならはさまほしう、内侍のすけなどにて しばしもあらせばや〉とこそ おぼゆれ。

ここまでが二二段の冒頭文。「将来がなく、まじめに見せかけの幸せなどに浸っているような人」は「うっとうしく軽蔑したく思われて」と、いきなりの糾弾が始まる。「生い先がない」「えせ幸いだ」というのは、おそらくこちらの決めつけで、当人にそのつもりはないのだろう。「これこれの人は、しかじかの理由で軽蔑すべきだ」という話ではなく、はじめから批判すべき相手しか見ていない。ボルテージの高さに、まずは驚かされる。では、具体的には何が「えせ幸い」なのか。以下の「それなりの身分の娘は内侍のすけなどとして社会生活を体験させたい」から推測すると、家庭の中だけに幸せを見出しているような生き方を、どうやら指すらしい。それにしても、なぜ「さりぬべからむ人の娘」を例に出すのか。あるいは、書き手は宮仕えのどこに「生い先」や「幸い」を認めているのだろうか。そんな疑問を抱かせながら、次文では、

宮仕《づか》へする人を、あはあはしう わるき事に言ひ思ひたる男《をとこ》などこそ、いとにくけれ。

と、憤懣が爆発する。前文からの流れで出仕の意義でも説かれるのかと思いきや、宮仕えに理解を示さない男たちに矛先が向けられるのだ。ここも「男たちよ、宮仕え人を悪く思うべきではありません」なる諭し方でなく、いきなりの「にくし」である。「そうだ、言ってやれ」とでも囃したくなるような熱気も伝わってくる。その勢いに早くも圧倒されそうなので、ひとつ冷静になって章段末に先回りしておけば、そこには、

上《うへ》などいひて　かしづきすゑたらむに、心にくからずおぼえむ　ことわりなれど、また内《うち》の内侍のすけなどいひて　をりをり内へまゐり　祭《まつり》の使などに出《い》でたるも、面立《おもだ》たしからずやはある。さて籠《こも》りゐぬるは、まいてめでたし。受領《ずりやう》の五節《せちい》出だすをりなど、いとひなび　いひ知らぬ事など　人に問ひ聞きなどはせじかし。心にくきものなり。

とある。つまり、女性の宮仕え経験を男はもっと尊重すべきだということらしい。典侍として祭の使いに出れば名誉だし、娘を五節に出す折にも頼りになるではないか。それこそが「心にくさ」ではないのかという。しかし同時に、直ちにこうした展開に向かわないのがこのテキストの手強さか。先の「いとにくけれ」に続く一文は、またも意表をついてくる。

げに　そもまたさる事ぞかし。

なるほど、それもまたそのような事であるよ？　男側の言い分にも理があるということか。叩きつけた「にくし」が跳ね返ってきたかのように、展開が早い。というより、これほどあっさり認めてしまってよいのかとも思う。(4)いや待て。それが敵を油断させる戦略かもしれない。「なるほど」と、ひとまず相手の言い分を受けておいて切り返しを狙うのは、我々にもお馴染みの論法だ。なるほど。次文に期待しよう。

かけまくもかしこき御前《おまへ》をはじめたてまつりて　上達部《かんだちめ》　殿上人　五位四位はさらにもいはず、見ぬ人はすくなくこそあらめ、女房の従者《ずさ》その里より来る者《く》長女《おさめ》御厠人《みかはやうど》の従者《ずさ》たびしかはらといふまで、いつかはそれを恥ぢ隠れたりし。

「かしこき御前」から「礫瓦」の輩まで、宮仕えすれば様々な人と顔を合わせるという、その勤務実態をいうようだ。本段では初めて、宮仕え現場からの発言を思わせる。その意味では説得力もある。しかしその説得力は、必ずしも男たちを論破するまでには至っていない。そもそも宮仕え女性が「あはあはし」とされる根拠に、「多くの人に顔を晒す」日常があったはずである。切り返すなら「確かに多くの人と顔を合わせざるを得ない、しかしそれを差し引いても、あるいは様々な人と接すればこそ得られるものは大きい」と、その収穫こそを示すべきではないか。ところがさらに続くのは、

殿《との》ばらなどは、いとさしもやあらざらむ。それもある限りは　しかさぞあらむ

という、三たび予想を裏切る展開である。前文は「殿方は女房ほど多くの人と接することはなかろうか」の意だろうか。だとすると、いつの間にか話題は宮中勤めの男女の違いに移っている。しかし「女性の方が顔を晒す機会が多い」では、これも「あはあはしう」思う男への反論にはならないはず。彼らへの怒りは、切り返しはどこへ行ったのか。

後文「それもある限りはしかさぞあらむ」は、さらに分かりにくい。諸注は「宮中にある限り（多くの人と接する点で）男女は同じだろう」と解す。これだと男女差を指摘した前文が、たちまち腰砕けとなる。これまでの展開

の早さを思えば、それもあるかとも思う。しかし一方で、「かけまくもかしこき御前を」以下、ことさら顔を合わせる相手を書き連ねていった労に、あまりに見合わぬ結末ではないか、とも思う。『新大系』はここを「男性からの非難も、女が宮仕えしている間はそのとおりだろう（だが奥方として大切に迎えた時に〜）」と、次文に繋げて解している。ならば逆接の言葉がほしい所だが、以下（前掲本文）も宮仕え経験の結婚生活における意義を力説している点からみて、「げに」からここまでを譲歩と取るのが最も理に適った解釈となろうか。

いずれにせよ、かくも解釈が揺れるのは、話の展開の早さとともに、要所要所に多用される「そも」「さる」「しか」「さぞ」等の指示詞に、こちらがついて行けないせいだろう。右の「それもある限りは〜」などその典型だが、改めて指示するものを明記すれば、おそらく論理は明確になろうに、そんな労を惜しむかのように、文章は勢いよく先へと進む。くどくど説明している暇はない、わかる人だけついてきて、といった突き放し方を、多くの指示詞は物語る。

いかにもそれは「おしゃべり」らしい。かつては「枕草子は文章の何たるやを知らない女のおしゃべりだ」といった批難もあった。しかしここにあるのは、紛れもなく「書かれた」文章である。「おしゃべりらしい」と、私たちが感じるような書き方が選ばれたことと、「おしゃべり」そのものとは決定的に異なる。その意味で希有なる文章が残されているわけだが、同時にその「らしさ」にも両義性が指摘できよう。先のような突き放しを次々見せる一方で、啖呵を切るように、たちまち話に引き込んでゆくようなフレーズが随所に用意されている。先の「宮仕へする人を、あはあはしうわるき事に言ひ思ひたる男などこそ、いとにくけれ」などが、まさに「わかりやすい」一節であり、前後の脈絡など気にならないほどのインパクトがある。それだけで「息巻く清少納言が目に浮かぶ」ようだし、だからこそ「働く女性へのエール」と受け取ることも可能なのだ。「春はあけぼの」だけで枕草子が「わかった」気にさせられるのと、そこには似たような構図がある。

そんなワンフレーズだけを切り取って味わうも良し。しかし、あくまでもコンテクストにこだわる時、読者は「書かれざる」背景や「書き残された」一字一句に、その真意なるものを求め、隙間を埋めようとするわけだ。「関係付け」の誘惑に搦め捕られながら、さらなる「読み返し」が始まる。書記テキストが相手であるゆえの、それは特権的な対話でもある。

二、〈私〉の「宮仕え」

二二段の場合、ここまで読み終えた読者が抱かされるのは、おそらく次のような興味ではないか。「そう言うあなたにとっての〈宮仕え〉って?」という、しごくシンプルな問いである。このうえ厳密な「論理性」や「教訓」などを、行間に求めたいとは思わない。逆に言えば、二二段の書きぶりは、既に読者を「彼女の宮仕え」を理解する者として扱っていたということになる。

この草子を読み進めれば、むろん書き手自身の「宮仕え」記事は数多く見出すことができる。そのひとつひとつが、まさに〈宮仕えする私〉の存在証明でもあろう。ただ、ここで目に入ってくるのは、何はさておき前段(「清涼殿の丑寅の隅の」)の記事である。既に「この宮仕肯定論は二一段の内容を前提とするところに成り立つ」という指摘があるし、(5) そもそも「二一」「二二」段という区分自体が、ひとつの加工であったことを思い起こそう。

その二一段とは、雑纂本ではじめて清涼殿を舞台に据えた本文であった。定子の晩年には焼亡(長保元年六月)していたことからも、それじたい栄華の記憶として、極めてシンボリックなトポスたる清涼殿。記されているのは、正暦五年の春と思しき定子後宮の有様と、定子自身が語った有名な宣耀殿女御（芳子）の逸話である。同時にそこには、古今集に象徴される教養が今まさに輝く様が、当代から円融、村上朝へと遡りつつ意味付けられてもいて、最後は

「昔《むかし》はえせものなども　みなをかしうこそありけれ」「このごろは　かやうなる事は聞ゆる」など、御前《おまへ》にさぶらふ人々　上《うへ》の女房こなたゆるされたるなどまゐりて　口々言ひ出でなどしたるほどは、まことに　つゆ思ふ事なくめでたくぞおぼゆる。

という女房たちの感想で結ばれていた。

芳子の逸話を受け、なぜいきなり「えせ者」が出てくるのか。この展開も唐突な感じがする。それゆえ「えせ者＝専門歌人でない者＝芳子」という解釈（学術文庫）もあるが、やはり女御を「えせ者」と呼ぶのは無理があろう。おそらく村上朝（「昔」）を憧憬するにあたり、そのような時代は当然「えせ者」までもが風流に包まれていた、という思い入れが言わせた感慨と見たい。続く「このごろはかやうなる事は聞ゆる」なる反省も、今ここに定子の昔語りを受けるゆえ、自身らを鼓舞するベクトルを帯びてくる(6)。上の女房までが心をひとつに、理想の宮廷文化に思いを馳せた瞬間が描き出されるわけだ。たとえこの草子の執筆時には、その夢が立ち消えていたとしても、あるいはだからこそ「まことにつゆ思ふ事なくめでたくぞおぼゆる」光景は、記されるべきものだったのだろう。

同段の「君をし見れば」の逸話が示すように、定子の主導するその後宮こそが、培った教養を存分に発揮して行ける場であることを、書き手はここで誇っている。宮仕えの理想。理想の宮仕え。そして前掲二一段の書きぶり

〈特に冒頭のテンション〉は、まさに二一段の勢いこそを継いでいたのだろう。「私の宮仕え」の輝きが、もしかしたら選んでいたかもしれない人生を、家庭人としてのみ全うされる人生を反照させずにはおかない。むろんそれも「不幸」ではない。世間的には「幸い」ですらある。しかし「私の宮仕え」こそ「〈真の〉幸い」という認定が、「えせ幸い」なる第三のカテゴリーを要請してくるのだ。さらには「私の宮仕え」を踏まえればこそ、二二段の話は「身分ある娘〈とその親〉」へ、「妻を選ぶ男性」へと、立場を超えて広がってゆく。実例が書き手の境遇と必ずしも重ならないのは、「私の宮仕え」が揺るがないからであって、「自分には与えられなかった」理想の世界をいじらしくも描いた(7)というわけではあるまい。

三、「宮仕え」を描く

事件時でいえば、「私の宮仕え」のはじまりに位置するのが、よく知られた「宮にはじめてまゐりたるころ」（一七八段）である。言うならば二一段「以前の」〈私〉が描かれている。それは二一段に描かれた、「これにただいまおぼえむ古きこと一つづつ書け」という定子に良房の歌をもってしたような応答が、一日にして成ったものでないことを、改めて振り返る章段とも言えるだろう。

定子の見せる絵に手をさし出せない場面から始まり、伊周の戯れに対しても、「われをば思ふや」の問いにも、〈答えられない私〉(8)を繰り返し描いた後、「薄さ濃さそれにもよらぬはなゆゑに憂き身のほどを見るぞわびしき」という返歌で、ようやく主従の応答が成立している。そしてよく見れば、平然と職務をこなす女房たちへの羨望に「さぶらひ馴れ、日ごろ過ぐれば、いとさしもあらぬわざにこそはありけれ」という後からの視点も重ねられていて、二一段のような「その後の私」もが既に確約されていることがわかる。

もうひとつ、雑纂本の配列において、はじめて「私の宮仕え」が描かれるのが第六段。先に見た二一段の〈私〉は、六・七段に続いて三番目に描かれた書き手と思しき登場人物だったことになる。(9) その日記回想段の最初に描き出された彼女こそ、生昌邸の門の小ささに腹を立て、彼を「于公高門」の故事でやり込める中宮女房であった。子孫の出世を確信して「門のかぎりを高う造」った于公を例に、家の小ささは「身のほどにあはせて侍るなり」と言う生昌の、いわば「生い先なさ」「えせ幸い」を攻めるのだ。和歌よりも漢籍の知識を武器に、「男」相手に大志を説く「宮仕え人」。二一段から見ると、さらにフィールドを広げ、思うまま活躍する「その後の」彼女がいる。(10)

かくて、この草子に描かれる「宮仕え」は、二一段を一つのシンボルと見ることで、それぞれの位相が確認されてくる。瓶にさす桜に彩られたあの「思ふことなき」光景が、どこまでも「私の宮仕え」の原風景なのだ。意地とも拘りとも言えようが、それが光源となって、この草子に描かれる「宮仕え」は純度を保ち続けている。

もちろん、現実に彼女の宮仕えが輝くような毎日ばかりだったという話ではない。紫式部日記や更級日記を引くまでもなく、出仕には誰しも相応の気苦労は付き物だろうし、枕草子にも泣きたいほどの戸惑い（先の一七八段）や、周囲との軋轢（一三八段。これは一七八段の「初出仕」に対し「再出仕」を描いており、二一段とも対をなす）などが描かれはする。しかし、それらは作中では常に既に乗り越えられたものでしかない。

事件時では定子晩年の記事（六・七段）から日記回想段が始まるという、雑纂本の配列を思い起こせば、そもそもこの草子は「宮仕えの終焉」をも初めから意識させていた。二一段とて、決して過去の話としては（「～言ひ出でなどしたりしほどは、まことにつゆ思ふ事なくめでたくぞおぼえたりし」のようなスタイルでは）描かれていないのだが、読者はそれが帰らぬ日々であることを既に知ってもいる。「私の宮仕え」は誇られるほどに、喪失の深さを想像させずにはおかない。[11]

ならば二二段の主張はどうか。先に見たように、その「えせ幸い」への糾弾は、「私の宮仕え」の輝きを受けてこそ、説得力をもって受け取れた。それを、喪失の地平から読み直せばどうなるか。「宮仕え」の勧めも、「えせ幸い」との峻別も、そう「思いたい」書き手の、堅固な意志にも願いにも見えてくる。輝く「宮仕え」は揺るがないというより揺るがせたくないのではないか、と。シニカルに突き放せば、そこに「生い先」はあるのか、「そのあだになりぬる人の果て、いかでかはよくはべらん」（紫式部日記）という話にもなる。

ただ、それさえも織り込み済みであるかのごとく、書き手は執拗に「内侍のすけなどにてしばしもあらせばや」「さて籠りゐぬるは、まいてめでたし」と、「宮仕え」を人生の一時期に限定することにこだわってもいた。その体験をもって、その後をいかに生きるべきか。それが問題なのだ。たとえ「あだになりぬる人」と思われようと、おそらく書き手にとってひとつの答えは、この草子に自身の「宮仕え」を誇ること、誇り続けることだったのだろう。

注

（1）『全講』『集成』などのタイトル。ほかに「宮仕え礼賛論」（角川文庫）「宮仕え擁護論」（新編全集）「結婚論」「就職論」（全注釈）「女子教育論」（枕草子大事典）なども。

（2）さらに本段から「小さくまとまるな」「一歩踏み出そう」なる人生訓を学びたい向きがあっても、それはそれでかまわない。ただ、徒然草などの自ずから人生訓たろうとするスタイルとは、あくまで区別されるべきだろう。「偽りても賢を学ばんを、賢といふべし」「初心の人、二つの矢を持つ事なかれ」等、例えば『使える！「徒然草」』

（斎藤孝、ＰＨＰ新書）の類に引かれる一節などがその典型。
（3）　三巻本（二類）の多くは「またやかに」。そのまま「ちんまりとして」と解する説（集成）もあるが、それならむしろ「完全に（えせ幸いに満足している）」とすべきか。『新編枕草子』は内本・古本に拠っている。
（4）　ということで、この「そも」を「私が宮仕えする女性を悪くいう男性を憎らしがるのも」と取る説もある（集成・解環）。同書は本段全体に「論」としての厳密さ、整合性を求めている。
（5）　竹内美智子「枕草子鑑賞」（『枕草子講座』二、一九七五、有精堂）。指摘されるように、現存本で見る限り、雑纂両本はもちろん、分類編纂にこだわった前田家本でも両段は切り離されていない。
（6）　高田祐彦「『枕草子』のことばと方法」（『国語と国文学』一九九一、十一）がここに「並々ならぬ自負」を指摘する。その他本段をめぐる主な論考は、三田村雅子「主要章段研究展望」（『國文學』一九九六、一）を参照。
（7）　注5に同じ。ただ、指摘されるように「内侍のすけ」に思い入れのあることは草子中に認められる。また「高内侍」貴子の存在をどう関わらせるかは、ひとつの課題だろう。
（8）　こうした清少納言像が描かれることの意味について、小森潔「枕草子の始発」（『枕草子　逸脱のまなざし』一九九八、笠間書院）が詳述している。また永井和子「清少納言」（『国文学　解釈と鑑賞』二〇〇〇、八）も、本段を取り上げて示唆に富む。
（9）　定子の登場しない短い断章、第一〇段をも含めれば四番目。
（10）　それこそ、帝（かしこき御前）や関白から斉信・行成クラス、果ては常陸のすけや木守（礫瓦）まで、様々な相手との応対によって磨かれていった技量であることを思わせる。いわば草子中の数々の逸話が、読者にとって二二段の補完ともなる。
（11）　喪失の地点から輝き続けようとする枕草子の「宮仕え」は、主家の栄華の絶頂にあってあえて陰影（憂愁の表出といわれるもの）を求めた紫式部日記の方法と、まさに対照的である。

第十章　〈敦康親王〉の文学史

平成二十年。「源氏物語千年紀」と謳われた。根拠は紫式部日記の記事だったわけだが、その当否はさておき、千年前、すなわち「寛弘五年」こそが、当時の人々にとって特筆すべき年時だったことは動かない。いうまでもなく、同年九月、中宮彰子に待望の皇子（敦成）誕生を見たからだ。道長の栄華を万全にしてゆくその「朝日さし出でたる」光景を、源氏物語作者は克明に記録した。だが、かかる慶事の華やぎは、ひとりの人間の運命をも決定付けていた。一条天皇の第一皇子、定子の遺した敦康親王である。ただし紫式部日記は（敦良を「二の宮」と呼ぶように）既に十歳になる敦康を語らない。まるで存在すらしないかのようでもある。

寛弘五年。しかし彰子が男皇子を産むその時までは、敦康こそが円融・一条の皇統を継ぐ唯一の東宮候補だった。時に源氏物語が形を成していたとすれば、いわばそれは敦康の成長と時期を同じくして書かれていたことになる。源氏物語千年紀。それは源氏物語を敦成誕生以前に置くというアングルをも、私たちに突きつけている。

一、雪山と若紫

知られているように、枕草子もまた同時代にあって敦康を語らない。禁欲的と思えるほど、彼への言及は避けられている。三巻本では五月五日の薬玉が届けられた「三条の宮」の風景に、「姫宮（脩子）若宮」なる併記が見えるのみ（二二四段）。能因本（および類纂本）「めでたきもの」の一項目、おじたちに抱かれる「今上一の宮」の姿が、唯一の記事らしい記事である。だが当時の読者からすれば、むろんその存在は自明すぎるほど自明であり、かつデリケートなものだったろう。紫式部日記にせよ枕草子にせよ、語らないことが関心の低さの現れとは言えまい。

敦康の存在を前提に読むとき、枕草子にはいくつか注目すべき本文があり（詳細は後述）、その筆頭に「雪山の段」と呼ばれる章段があげられる。またこの「雪山の段」こそ、源氏物語「若紫」とともに国定教科書に採択されたことで、かつては広く親しまれた章段でもあった。回り道のようだが、話をいったん戦前へと戻してみたい。

昭和十三年。第四期国定教科書である『小学国語読本』（巻十一）に源氏物語が登場し、大きな反響を呼んだ。その採択をめぐる顛末については近年精力的に掘り起されているので、今は詳述しない。(1)「世界に誇るべき源氏物語」の教材化に賭けた「サクラ読本」、同書における枕草子の位置付けだけをここでは確認しておきたい。教材「雪の山」は巻十（昭和十二年発行）に登場、監修した井上赳による次のような発言が残されている。

花と咲匂うた平安文化は、我が国文化史中の一異彩であるが、わけても文学の中に枕草紙と源氏物語が出たことは、まさに世界的驚異といはねばならない。枕草紙に就いては、既に巻十に「雪の山」の文を揚げてその片鱗を示した。本課は、作品価値に於て、構想表現に於て更に高い、いはば我が文学の最高峯である源氏物語の面影を見せようとするものである。(2)

「雪の山」に宛がわれていたのは、「世界に誇る」平安文化の、その「最高峰」たる源氏物語の露払い役とでもいうべきか。

正暦五年。教材はこう書き起こされた一文から始まる。

正暦五年十二月十日過ぎの或日、京都では、雪がかなり降りました。一條天皇のお后は其の頃、御休養のため、宮中から下つて或御殿にいらつしやいましたが、珍しく雪が降つたので、其の日、六七人の官女たちと、お庭の雪を眺めていらつしやいました。清少納言もお側近く仕へてゐました。

広いお庭では、大勢の男たちが、雪をかき集めては、それを一箇所に積上げてゐます。見る〳〵それが高くなつて、見上げる程の雪の山になりました。

お后は、官女たちに、

「此の雪の山は何時まで残つてゐるでせう。」

と仰せになりました。

もとより翻案なので、細部の改変は問わない。正暦五（九九四）年という年時も、当時の通説に拠ったものだろう。今日の定説は長徳四（九九八）年だが、これは昭和十三年に発表された池田亀鑑の論考あってのこと。[3]それ以前は旧注（磐斎抄・春曙抄）の引く勘物によって正暦五年説が採られていた。池田論文も、刊行まもない教材「雪の山」を意識して書かれている。

道隆生前にあたる正暦五年と「長徳の変」を経た長徳四年とでは、もちろん政治状況は大きく異なる。舞台は原文に「職の御曹司」と明記されているが、いうまでもなくそれは、長徳二年に「出家」したとされる定子の、微妙な立場を象徴するトポスでもあった。[4]しかし教材は、以降も一貫して本段を平安時代の風雅な雪の日の、主従の絆の物語として描いており、背景などそもそも問題にされていない。章段の認定にしても『物のあはれ知らせ顔な

る もの』の条にある作者清少納言に関する逸話である」と解説されているように、旧注以来の緩やかな区分に拠っている。

二、消える一条天皇

今日「雪山の段」とは「職の御曹司におはしますころ、西の廂に不断の御読経あるに……」に始まる章段をさす。まず、その御読経に招き寄せられて「なま老いたる女法師」が登場し、以下、彼女に興味津々な内裏女房の右近、帝の使いの忠隆、さらには斎院との交流などを随所に織り込みながら、前掲の雪山の顛末は語られてゆく。聖俗を巻き込んで、ついには帝と中宮の笑顔へと収束する、カーニバルのような賑わいを湛えた章段だ。その総体としてある「雪山の段」から、雪山をめぐる賭けと、清少納言と「一條天皇のお后」（教材では「定子」という呼称はない）との絆のみを、教材はあえてピックアップした形となる。

その意図は、教材の最後に端的に表わされていよう。清少納言が賭けの勝ちを確信した正月十四日の夜、忽然と消え去った雪の山。二十日に内裏に戻ってからも気が治まらない清少納言に、中宮が真相を打ち明ける場面である。

「それ程、そなたが思ひ込んでゐたのに、実は十四日の夜、人をやつて雪を取捨てさせたのです。余り勝過ぎて、人にうらまれては、かはいさうですから。」

と、お后が仰せになりました。清少納言ははつとしました。

「しかし、雪はまだたくさん残つてゐたといふから、何と言つてもそなたがりつぱに勝つたのです。みかどが此の事を聞し召して、『よくも言ひあてたものだ。』と、殿上人たちに、おほめになつていらつしやつたさうです。さあ、そなたの其の歌といふのが聞きたいものですね。」と、お后の仰です。

官女たちも言ひました。

「ぜひ、其の歌をお聞かせ下さい。」

たつた今の今まで、残念とばかり思ひつめてゐた清少納言の心は、すつかり明かるくなりました。それどころか、自分のやうなものをこれ程にまで思つて頂けると思ふと、もつたいなくて、泣きたいやうな気さへしました。

「今さら、どうして私のつたない歌をお目にかけることが出来ませう。どうぞ、それだけはお許し下さいませ。」

さう申し上げながらも、清少納言は、たゞ有難いと思ふ心で胸が一ぱいでした。


定子はなぜ雪山を捨てさせたのか。原文では真意は最後まで語られない。定子が真相を語り「勝ったも同じ」と慰めても、作中の〈私〉は最後まで「いとど憂くつらく、うちも泣きぬべき心地」のまま。教材のように感激のあまり「泣きたいやうな気」になったわけではない。それが実際に他の女房との関係を慮った定子の思いやりであったとしても、あるいは執筆時には真意を理解していたとしても、あえて書き手はそれを説明しない。そうすることで、おそらくは読者が現場に立ち会うかのような、臨場感こそを優先させたのだろう。そんな現場の最後に原文が刻むのは、

「勝たせじとおぼしけるなり」とて、上も笑はせたまふ。

という、帝の笑顔だった。つまりは一条天皇こそ、教材から雪山よろしく掻き消された存在だったわけである。

三、雪山はなぜ消えたか

源氏物語の教材化にあたっても、同じく消し去られたものがあった。またそれは枕草子よりはるかに周到に排除されたものであった。光源氏の視線、藤壺への思慕。しかし、その配慮は教材への批判によってかえって明るみに出てしまう。あるいは物語じたいが隠蔽に反発したともいえよう。一方、教材「雪の山」には源氏物語のような異議申し立てがなされた形跡はない。先述のように、池田亀鑑は事件年時については修正を迫ったが、本段の主題を「定子の思いやり」とする点では、教材と同地点に立つ。雪山はなぜ消えたのか。例えば後に教科書風に書かれた「雪の山」という文章でも、池田はこう解説していた。

もしも、雪をそのままにしておかれたら、清少納言の予想は、あまりにもあたりすぎます。そのときの得意さが、目に見えるではありませんか。お心のふかい皇后さまは、きっと、それをお見ぬきになったのでしょう。清少納言を、ほんとうにおおもいになればこそ、わざと雪をかきすてるように、なさったのでしょう。清少納言は調子にのって、よい気分になっていた自分に、気がつきました。もうすこしで傲慢になりそうだった自分。それを、これほどふかいお心で、ひきとめてくださった皇后さま。そのお心をお察ししたとき、自分のいたらなさ、あさはかさが、しみじみと、おもいしられずには、いなかったでしょう。しかし、皇后さまの、こういうおこころや、清少納言の、こうした気持は、ほかの人には、だれにもわかりません。帝にも、たぶんおわかりにならなかったことと、かんがえられます。(5)

定子との心の絆。帝さえ蚊帳の外に押しやる、二人だけの世界。池田によるリライトは、この点で国定読本と見事に一致する。定子鑽仰の文脈で読む場合、帝は副次的人物に過ぎなくなるわけだから、教材のようにその場から消してしまっても大勢に影響しないのだろう。そして、こと「定子の真意」に関しては、今もこうした理解が通説となっている。

テキストに照らせば、それは一種の過剰な読みといえる。作中に描かれた定子との関係から推し量って、語られざる「真意」を読み込んでいるに過ぎない。断章（非物語）の集積たる枕草子にとって、そうした〈物語〉化は当然の欲求ではあろうが、同時に諸刃の剣ともなる。後に「若紫」が教科書に返り咲き、定番教材として固定化をみるのに対し、(6)「雪山」は教科書から消えていった。それは分かりやすい〈物語〉へ回収されたことの代償ともいえようか。物語なら源氏物語があれば十分という話にもなるからだ。(7)

四、〈敦康物語〉が始まる

実際は「定子との絆」なる〈物語〉には収まり得ない、様々な逸話が混在するのが「雪山の段」であった。特に池田亀鑑も検証した事件年時によって、「史実」なる外部が呼び込まれるとき、テキストはまた別の〈物語〉を奏で始めることになる。

長保元年。本段の描く降雪を長徳四年末とすると、内裏で定子と笑い合う一条は、長保元（九九九）年正月二十日の姿という事になる。しかも本文に明記される「いかでこれ（雪山の顛末）見果てむと皆人思ふほどに、にはかに内へ三日入らせたまふべし」によれば、同年正月三日に定子は内裏に戻っている。職御曹司に留め置かれて約一年半、ようやく適った入内の日。しかもこの日時は他の記録には見えない。はやく三巻本勘物が「若密儀歟」と注目していたが、「雪山の段」をめぐるもうひとつの〈物語〉は、この「三日入内」に胚胎する。

一度は「出家」したとされる定子を、いついかにして内裏に呼び戻すか。彰子の入内を目論む道長の意向も睨みながらであるため、一条にもかなりの配慮が要求されたことだろう。この「雪山の段」を、単なる主従の絆とは別の、いわば「密儀入内」の成功譚として位置付ける試みが、かつて金内仁志によって提出された(8)。事件の本筋にはあまり関わらない、右近内侍や忠隆の登場も、入内工作の連絡係と解せば合点がゆくことになる。もちろん、本文は彼らを入内に結び付けては語らないし、「三日入内」も、「いみじうくちをし、この山の果てを知らでやみなむ事とまめやかに思ふ」と、残念がる口ぶりで記されるばかりだ。語られざる〈真意〉を読む点では、やはり過剰な解釈には相違ない。

ただ「史実」なる時間軸の導入は、定子と一条の笑顔（本段の結末）を、否応なく新たな因果律に組み込んでゆく。「三日」の入内から間もなく、定子に第二子懐妊が確認され、「第一皇子」誕生につながってゆくからだ。雪山消えて皇子が生まれる。日時は同年十一月七日。世はまさに「女御彰子」の祝福に沸き立つ日、「牛車も門を通らないような平生昌邸」（六段）が舞台だった。まさに日記回想段はその生昌邸から始まっており、雑纂本枕草子がまとめられた時点で、明らかに敦康は「三日入内」の延長線上に「存在」していた。

ここに枕草子は、〈敦康物語〉の起点たる「三日入内」を唯一証言したテキストとして自己主張を始める。だが一方で「正史」に残るその生誕については、不自然なまでに沈黙を守ろうともする。それを詳細に伝えるのは、知られているように栄花物語であった。

いみじき御願《ぐわん》の験《しるし》にや、いと平らかに男御子生れたまひぬ。男御子におはしませば、いとゆゆしきまで思されながら、女院に御消息《せうそこ》あれば、上《うへ》に奏せさせたまひて、御剣《みはかし》もて参る。いとうれしきことに誰《たれ》も誰も思しめさる。（巻五）(9)

敦康の誕生を、ここでは女院（詮子）以下が祝福し、続いて産養には大殿（道長）までが奉仕したとある。敦康をめぐるこうした栄花物語の記事が、著しく「史実」と乖離するのは指摘されてきた通りである。事件年時からして、長徳四（九九八）年四月という、実際より一年以上も前に設定されていた。

長徳四年。栄花物語によるこの年時設定は、言われているように伊周・隆家らの召還を、敦康の誕生と結びつけるための作為であった。記録によれば、伊周らは長徳三年に詮子御悩による大赦で既に召還されていた。もちろん長保元年に生まれてくる敦康とはまったく関係がない。

かかるほどに、今宮（敦康）の御事のいといたはしければ、いとやむごとなく思さるるままに、「いかで今はこの御事の験《しるし》に旅人を」とのみ思しめして、つねに女院（詮子）と上《うへ》の御前《おまへ》（一条）と語らひきこえさせたまひて、殿（道長）にもかやうにまねびきこえさせたまへば、「げに御子の御験ははべらむこそはよからめ。今は召しに遣《つか》はさせたまへかし」など奏したまへば、上いみじううれしう思しめしながら、「さはさるべきやうにともかくも」とのどやかに仰せらる。（巻五）

一条の我が子への「いたはしさ」が、詮子と道長の賛同も得て、伊周らの召還につながったのだという。新編全集の頭注には「敦康親王の誕生により、その後見をする人が必要となったからとする」もので、それは「光源氏を召還することを決断する朱雀帝の思惟と重なり、おそらく『源氏物語』を下敷きにした書きなしであろう」とある。

源氏物語では確かに、朱雀帝が冷泉への譲位を考える場面で「おほやけの御後見をし、世をまつりごつべき人を思しめぐらすに、この源氏のかく沈みたまふこと、いとあたらしうあるまじきことなれば」（明石巻）と、源氏の召還が決意されていた。では栄花物語は、伊周らを敦康にとって光源氏のような「後見《うしろみ》」と見ているのだろうか。だがここでは、敦康への「いたはしさ」、その誕生の「しるし」としての召還であることは語られていても、厳密には「後見」なる語は使われていない。栄花物語におけるこの語の使用例を鑑みたとき、源氏物語との関係はそう単純ではなくなってくるのではないか。

五、敦康を描く栄花物語

栄花物語こそ、敦康を語る上で「後見《うしろみ》」なるものを特化してみせた物語であった。特に一条の言として語られる三例は、まさに敦康像の核となっている。その初例が「千年紀」の起点たる寛弘五年の記事。誕生した敦成と対面した一条は「一の御子」敦康を思い、こう感慨にふけったという。

一の御子《みこ》の生れたまへりしをり、とみにも見ず聞かざりしはや、なほずちなし、かかる筋《すぢ》にはただ頼もしう思ふ人のあらんこそ、かひがひしうあるべかめれ、いみじき国王の位《くらゐ》なりとも、後見《うしろみ》もてはやす人なからんは、わりなかるべきわざかな。（巻八）

依拠したはずの紫式部日記が無視した第一皇子を、ここで栄花物語は独自のこだわりをもって呼び込んでいる。この時点で伊周（隆家）は存命中であった。しかし以降も「敦康に後見なし」という一条の認識は揺らがない（敦康の元服と、後述する譲位の場面）。

栄花物語がそれまで敦康の「後見」と呼んできたのは、もっぱら「御匣殿」（道隆四女）だった（巻五・六・八に一例ずつ）。まさに養育者たるにふさわしく（長保四年に薨）、当時の用例としても、そちらが本来の「後見」（親族、乳母等の私的な庇護者）に近い。つまり栄花物語はそれを、一条が敦康を語る場合に限って、立坊あるいはその後の政権を支える公的存在として、しかもそれが「いない」という形で特化させているわけだ。あえてそれが一条の言葉として繰り返されている点を重視し、理由を「道長による敦成立太子を正統付けて語るため」とした倉本一宏の指摘は[10]、栄花物語の立場として首肯されてこよう。

ただし、それを「後見」なる語に託して語る所には、やはり源氏物語が大きく影を落としていると思われる。倉本も指摘するように源氏物語において「政権の後ろ盾」としての「後見」の用例は多数派ではない。しかしその特異な例こそが、加藤洋介の言葉を借りれば「同時代の政治状況と対峙しつつ、それを乗り越えるべく敷衍された『後見』の論理」[11]として、異彩を放ってもいた。栄花物語はその源氏物語的な「後見」と、敦康を挟んで、ねじれた関係を取り結ぶのだ。

寛弘八年。譲位を決意し、東宮居貞と対面する一条の心中を、栄花物語は次のように語る。

位《くらゐ》も譲りきこえさせはべりぬれば、東宮には若宮（敦成）をなんものすべうはべる。道理のままならば、帥宮《そちのみや》（敦康）をこそはと思ひはべれど、はかばかしき後見《うしろみ》などもはべらねばなん。（巻九）

敦康が東宮に立つのが道理だが、彼には「はかばかしき後見」がない。断念の理由は前掲部分と同じである。このとき伊周は既にこの世にない（寛弘七年正月に薨去）が、彼が生きていれば直ちに敦康の立坊が適ったということではあるまい。栄花物語が伊周らの召還を源氏物語に拠るかに装いながら、「後見」なる語を避けていたこと、一条がその不在しか語らないことに、むしろ栄花物語の腐心をみるべきである。

権記によれば、実際に一条当人が最後まで敦康の立坊にこだわっていたことは確認できる。ただその断念までのいきさつが、栄花物語の語りとはいささか異なること、篠原昭二の論に詳しい[12]。行成自身の記す所によれば、何より敦成を擁する左大臣道長の意に背くことはできないことを、敦康の「高階氏の血筋」が伊勢大神宮に憚りある等の理由を加えて説得したのだという。篠原はここから（栄花物語の語る）「後見」の有無に関わらず敦康は皇嗣に立つ可能性がなく、何より優先されるべきは「当今の権勢家」（道長）の意向であったことを指摘する。

ただ言うまでもなく、ここで行成の言が説得力を持ち得たのは、道長が敦成を手にしていたからに他ならない。その誕生をみるまでは、道長は敦康の立坊にも備えて着実に手を打っていた。その過程では「高階氏の血筋」など問題にされた形跡もない[13]。逆に言えば、その後道長が敦良まで手にしたにもかかわらず、一条が敦康立坊を諦めていなかったという、その方が不自然にも思えよう。なぜ一条は最後まで敦康立坊を夢みたのか。篠原も言及する源氏物語の影響というものを、ここで改めて押え直してみたい。

六、一条天皇と源氏物語

源氏物語は物語最初の皇位継承を、桐壺帝の強い意志として、光源氏の「後見」による冷泉朝の到来へ向けたものとして描き、それを見事に実現させていた。父帝の思いこそが、遺児による理想の政治体制として花開くのだ。ひとりの人間として、父として、その意志を皇統に反映させてゆく帝。ここで「この人は日本紀をこそ読み給ふべけれ、まことに才あるべし」（紫式部日記[14]）と伝えられる、一条の物語評を思い起こしてみたい。一条は物語を理解していた、と、おそらく「作者」は自負している。だとすれば、例えば彼は桐壺帝の姿に何を感じたのか。想像は否応なく膨らむ。しかも一方で物語は、

> いよいよ（帝は）御学問《がくもん》をせさせたまひつつ、さまざまの書《ふみ》どもを御覧ずるに、唐土《もろこし》には、顕《あらは》れても忍びても乱りがはしきこといと多かりけり。日本には、さらに御覧じうるところなし。たとひあらむにても、かやうに忍びたらむことをば、いかでか伝え知るやうのあらむとする。（薄雲巻）

などと帝（冷泉）に史書を繙かせながら、その「信憑性をいちじるしく損なって」（小林正明・注1論文）みせようとさえしていた。光源氏の語る「日本紀などはただかたそばぞかし、これらにこそ道々しく詳しきことはあらめ」（螢巻）と併せ、堂々たる記録の集積（正史）も、建前に過ぎないことをほのめかす。そのとき、つまりはこうした物

語の言説と並べることによって、先の「日本紀をこそ読み給ふべけれ」もまた、単なる知識の賞賛に留まらない、正史の限界をも見据えた者の共感とも読み替えられてこよう。

堅固にみえる歴史の必然にも、個人の意志で立ち向かえるような隙間はないのか。一条が実際、いついかにして源氏物語に触れたかはわからないが[15]、敦康問題を念頭に置いたとき、こう思案した瞬間はなかっただろうか。行成は先の説得において、立坊即位は「人力の及ばない神意」だと説いていた。それは一条が「人力」に望みを託していたことの裏返しとも取れる。むろん立坊には、光源氏のような「おほやけの御後見」が必要だ。当時の権勢から考えて、それを託せるの伊周（隆家）ではあるまい（中関白家側の希望としてそれがあったとしても）。該当者は道長しかいないのだ。

むろん敦成が誕生するまでは、そうした未来図は決して絵空事ではなかった。実際に道長はその可能性をにらんで、敦康を猶子として彰子の元に置いて（伊周から切り離して）もいる。長保三年八月からの足かけ八年、三歳から十歳まで、敦康はほぼ彰子の庇護の元にあったわけだ。「輝く藤壺」にとっては十四歳から二一歳、おそらくは源氏物語成立の季節、二人には最も幸福な時があったと想像される。幼い敦康からは、彰子こそが母にも思えたろう。彰子の側からも、我が子誕生後も敦康の立坊を道長に主張したとまで、栄花物語は伝えている。その語り口に偽善の漂うことが、必ずしも当人の善意までは否定し得まい[16]。少なくとも彰子は、一条の心中（権記が伝えるような敦康への思い）を察し得る立場にあった。しかし、心ひとつに敦康を見守ってきた年月が、そして彰子自身の成長が、おそらく懐妊の期待として周囲にも映るようになっていったのだろう。寛弘四年、道長は懐妊祈願に金峯山詣でを決行。それは敦康が彼の視界から消えてゆくことと同義でもあった。

七、枕草子を撃つ紫式部

栄花物語の敦康は、当然ながら彼の末路を承知の上で語られている。「後見があれば立坊できた」という一条の述懐は、常に敦成とセットで語られるように、どこまでも結果から遡った理由付けに過ぎなかった。ただ、その正当化に源氏物語経由の「後見」、つまり「外戚に限らず政権を担当するにふさわしい者」の意を付加された（つまりは桐壺帝の思いも染み付いた）言葉を用いたことによって、図らずも栄花物語が物語るものもある。「後見がない」という一条の無念は、道長その人が「おほやけの御後見」になれば立坊も実現できたという理屈に、進んで読み替え得る言説なのだ。敦成誕生以前に成った源氏物語という〈物語〉に引きずられることで、〈誕生後に描かれた〉栄花物語は、敦康の「後見としての道長」をフィードバックさせてしまう。あたかも「冷泉（光源氏）」時代のような輝きまでも想起させながら。

逆にいえば源氏物語は、敦康の即位もが起こり得るような世界を、「後見」を鍵語に実現してしまった物語だともいえる。しかも興味深いことに、その成立と同時期に敦康を育む一条と彰子の姿があったわけだ。当の一条が敦成誕生後も、つまりは源氏物語成立後に、敦康立坊の望みをつなぎ続けたことを思うと、彼の物語への感応（同時に物語作者の時代への感応）の程を、やはり過分にも想像したくなる。栄花物語が立坊断念の根拠に「後見」を持ち出した所には、源氏物語の理解者たる一条の横顔が、逆説的に照らし出されていないだろうか。

ただ、敦康をめぐる物語と現実とのこうした奇妙な連鎖も、栄花物語以降（大鏡・今鏡がそれに組する形で）物語として固定化されてしまう。はじめから彼は〈悲運の皇子〉でしかなかったかのように。それが源氏物語と複雑に絡み合った結果であってみれば、源氏物語誕生以前、寛弘五年以前から、敦康をイメージすることの困難、もしくは不可能を想像してみるべきだろう。

遡ってそれは、枕草子の敦康問題にまで及ぶ。「雪山の段」なる起点と、御産の前（大進生昌が家に）後（上にさぶらふ御猫は）だけを特記した枕草子。逆にいえば枕草子は〈敦康〉なる関係性を投げ込むことで、たちまちざわめき始めるテキストなのだ。「三日」の入内、「生昌が家」への行啓、「翁丸」事件等、それら断章を重ねれば、その存在（非在）が浮かび上がるように、少なくとも前半の日記回想段は「描かれて」いる。(17)

それほどの配慮がなぜ、どの段階で必要だったのか。それもまた推測の域は出ない。道長との微妙な関係と相俟って、枕草子執筆時における第一皇子が、かくもデリケートかつ描き難き対象だったことを想像させるばかりである（能因本の稀少な描写は、彼を「おじ」方、中関白家につなぎとめておこうとの願いとも解せよう(18)）。何よりそれが枕草子の決断を後世から「わかりにくく」している。例えば「雪山の段」なら、「定子の思いやり」という物語に回収させた方が、間違いなく楽なのだ。

再び、寛弘五年。枕草子が沈黙した〈皇子誕生〉の場面を、晴れて紫式部は描いていった。しかも彼女は、そこに源氏物語作者としての自己をほのめかすばかりでなく、先の「この人は……まことに才あるべし」なる一条の評価をも記し留めている。一方では、清少納言の「まだいとたらぬ才」を責めながら。

それはあたかも、敦康に対して「沈黙」を選んだ書き手に、帝をも感応させた自身の物語を誇るかのようだ。枕草子が「断章の集積」であること、それは「あること」（事実）を記すことへの拘泥が、必然的に選ばせた結果だろう。安易な物語化への道は、そのつど自覚的に断念されてきたと思しい。(19) しかし現実の敦康はその後も成長し、刻々と権力者たちの思惑に晒され続けてゆく。枕草子の選択を、それは常に問い糺し続ける棘ともなって――。

紫式部は、いわばその一番痛いところを突いた。源氏物語作者ならではの矜持か。あるいは枕草子の沈黙を理解していたことの証しなのか。ただ少なくとも、一条天皇が枕草子をどう読んだかについては、後世に伝わらない[20]。枕草子の特権はむしろ、伊周に連夜の漢籍進講を受けるその姿（二九五段）など、後の敦康に重ねたくなるような、若き日の一条の横顔を記し得たことの方にあったといえよう。

注

（1）「教科書の中の源氏物語」（本書第十四章）でも紹介したが、その後も有働裕『「源氏物語」と戦争』（二〇〇二、インパクト出版会）、小林正明「昭和戦時下の『源氏物語』」（立石和弘・安藤徹編『源氏文化の時空』二〇〇五、森話社）など、検証は深められている。

（2）『小学国語読本綜合研究』巻十一（一九三九、岩波書店）より。漢字は新字体に改めた。

（3）「枕草子雪山の段の年時について」（『国語と国文学』一九三八・六）。

（4）定子の「出家」をめぐる問題については、本書第八章にて論じた。

（5）池田亀鑑『清少納言』（一九五四、同和春秋社。一九八七年に復刻）。

（6）吉井美弥子「国語教科書における『源氏物語』」（初出二〇〇六、『読む源氏物語　読まれる源氏物語』森話社、二〇〇八所収）が、その現状と問題点を指摘する。

（7）枕草子が五九種もの中高教科書に採択されていた昭和六三年度の調査（木村博『國文學』一九八八・四）でも「雪山」はかろうじて一冊に残るのみ。もちろん長さの問題もあるが、物語は源氏、枕草子なら随筆というすみ分けから、章段選択もなされているようだ。

（8）金内仁志「枕草子『雪山』の段について」（『立教高等学校研究紀要』一九八二・十二）。他の諸説については津島「職御曹司の時代」（『動態としての枕草子』二〇〇五、おうふう）参照。

（9）本文は小学館『新編日本古典文学全集』による（以下に引く源氏物語も同じ）。

（10）倉本一宏「『栄花物語』における「後見」について」（『摂関政治と王朝貴族』二〇〇〇、吉川弘文館）。

（11）加藤洋介「冷泉―光源氏体制と『後見』」（『文学』一九八九・八）。

（12）篠原昭二「『栄花物語』『大鏡』の歴史観」（『源氏物語の論理』一九九二、東京大学出版会）。

（13）「高階氏」の記事については、後に加筆された可能性も指摘されている（土方洋一「秘事伝承とその成長」『日本文学』二〇〇七・五）。

（14）紫式部日記本文は、角川ソフィア文庫（山本淳子訳注）によった。

（15）少なくとも紫式部日記執筆以前に人に読ませて親しんでいたことになる。また同書にみえる冊子作り（寛弘五年）は、一条へ献上される源氏物語であったと見なされてもいる（萩谷朴『紫式部日記全注釈』上、一九七一、角川書店など）。

（16）下玉利百合子は栄花物語の記事を捏造された美談と結論付ける（『枕草子周辺論』一九九五、笠間書院）。逆に山本淳子は彰子が敦康を推すことの必然性を認めている（『源氏物語の時代』二〇〇七、朝日新聞社）。

（17）津島「枕草子が『始まる』」（注8前掲書）参照。

（18）「今上一の宮、まだ童にておはしますが、御をじに、上達部などのわかやかに清げなるに抱かれさせたまひて（中略）思ふ事おはせじとおぼゆ」（能因本「めでたきもの」）。可能性としては長保五年の隆家邸滞在時が想定される記事。客観的にみて「思ふことおはせじ」といえる状況か否か、それはまた別の問題だろう。

（19）「男は女親なくなりて」（二九七段）を敦康を諷した章段とみる説もある（『集成』『解環』）。もし敦康を念頭に読むなら、それは諷したというより、物語ることが断念されているというべきではないか。

(20)　枕草子からは〈私〉の言動に対する一条天皇の評価までは窺える（一〇二段）。

第十一章 「円形脱毛症」にされた女

一、「ある所に」の段を読む

ある所に、なにの君とかや言ひける人のもとに、君達《きんだち》にはあらねど そのころいたう好《す》いたる者に言はれ 心ばせなどある人の、九月ばかりに行きて、有明《ありあけ》のいみじう霧《き》り満《み》ちておもしろきに〈名残《なごり》思ひ出《い》でられむ〉と言葉《ことば》をつくして出づるに、〈今は往《い》ぬらむ〉と遠く見送るほど、えも言はず艶《えん》なり。

出づるかたを見せて立ち帰り、立蔀《たてじとみ》の間《あひだ》に陰《かげ》に添ひて立ちて、なほ行《い》きやらぬさまに〈いま一度《ひとたび》言ひ知らせむ〉と思ふに、「有明《ありあけ》の月のありつつも」としのびやかにうち言ひて さしのぞきたる髪の、頭《かしら》にも寄り来《こ》ず五寸《すん》ばかりさがりて 火をさしともしたるやうなりけるに、月の光もよほされて おどろかるる心地《ち》しければ、やをら出でにけり、とこそ語りしか。

（一七四段）

「ある所」に住む「なにの君」とか言った女の所に、「そのころ」評判の伊達男が通う。すべて匿名に徹しつつ、「九月ばかり」「有明」の頃と、季節だけは限定されている。とある男女によって演じられた晩秋の有明の別れを、二つのセンテンスで描き切った断章である。

霧満ちた有明の風情のなか、言葉の限りを尽くして帰っていった男を、余情に浸りつつ見送る女。その艶なる様に焦点をあてるのが前半部。続く後半は、帰るかに見せて戻ってきた男が、そこで目にした女の姿にはっとして、声も掛けずに立ち去るまでを描く。

大筋はそれで間違いないとして、解釈上の問題は後半、男が目にした女の描写にある。改めて伝本表記のまま引いておく。

　さしのぞきたるかみの　かしらにもよりこす　五すんはかりさかりて　火をさしともしたるやうなりけるに　月のひかりもよほされて　おとろかる、心ちしけれは　やをらいてにけり。(1)

「髪のかしらにも寄ってこない」とはどのような状態なのか。「五寸ばかり」や「火をさしともしたよう」とは、何のいかなる様をいうのか。判然とした解釈を得ないまま、諸注それでも何とか風流譚に収めてきた。

　外を見いだしたその髪が、たっぷりとしていて頭の動きにつれて軽く動きもせず、額髪が五寸ほど垂れていて、ともし火を近くにつきつけたようにつややかであったが、月の光もそのつややかさにつられて一段と明るくなったようで、ハッとするような感じだったので、そのままそっと帰ってきた。

（松浦貞俊・石田穣二『角川文庫　枕草子』一九六六）

　外をのぞいている、その髪の毛が頭にぴたりと寄らず、五寸ほど下がって、ちょうど火をともしたように（月光に）映えていたが、月の光に（自分の存在がわかるようで）せき立てられ、はっとしたので、しずかに帰って来たことだった。

（田中重太郎『旺文社文庫　枕冊子』一九七四）

ふと外をのぞいた、その髪のかしらの方にまではさしてこないが、五寸ばかり下つたところまで、月の光が、まるで灯をさしともしたようにはつきり見えた。それに促されでもしたように、月光がまた一際あかあかと照つて、夜も明けたかと驚かれたので、そのままそつとそこを立ち出たのでした。

（池田亀鑑『全講枕草子』一九七七）

一応の解釈は試みられているものの、「頭にも」以下には、「解しがたい」（角川）「本文に乱れがあるか」（旺文）「本文に誤脱があるらしく解し難い」（全講）との注が付いている。確かに「髪の毛が頭にぴたりと寄らず、五寸ほど下がって」（旺文）では具体的な情景が浮かばず、「頭の動きにつれて軽く動かない髪」（角川）となると、よほどの剛毛なのかとでも思ってしまう。また「髪の」「寄り来ず」という文脈を、『全講』のように「月光が頭の方までさしてこない」と解すのは、そもそも無理があろう。

二、「禿頭」登場

隔靴掻痒の感があった注釈史に、大きな一石を投じたのが、萩谷朴『新潮日本古典集成』（一九七七）だった。同書によれば、「髪が頭に寄って来ない」とは、女のかつらが簾にひっかかり、頭と一緒に簾外に出て来ない状態をいうのだという。底本「さかりて」も「下りて」ではなく「離りて」、つまり「五寸ばかりも頭の地から（かつらが）外れてしまった」と解されている。

おそらく円形脱毛症か何かで急につるつるになってしまっていた頭の地肌が、月の光を思い合させるほど鮮やかに輝いて見えたので、いやはやびっくりしたの何の、かといって大きな声を出しては女に気の毒だし、今更、甘い言葉を囁きかける気にはならず、そのまま黙って帰って行ったという、後朝の別れの纏綿たる情緒が、たちまち興醒めな破局にドンデン返しされた、好色滑稽譚であると見る時、文意は明快となり、本段の鮮やかな幕切れともなるのである。（『集成』）

かくて本段は、驚くべきオチの仕掛けられた「好色滑稽譚」に生まれ変わる次第となった。同氏が『枕草子解環』（一九八三）で触れているように、近い解釈は、早く塩田良平『枕草子評釈』（一九五五）において試みられていた。

外をのぞいているが、入毛の髪が頭からずれて五寸ばかりさがり、（その部分がてらてらして）灯を点したように赤らんでいるところに（おりからの）月光が反射しているので、（見てはならないものを見たように）はつとした気持がしたので、そのまま（いい知らせることをしないで）静かに立ち去つてしまつた。（『塩田評釈』）

ほとんど支持されることのなかった塩田説を復活させ、「入れ毛・足し毛の髢《かもじ》ではなく、仮髪《かつら》を用いた」（『解環』）という形に修正したのが萩谷説だったことになる。「火をともしたように」以下も、「赤らんでいる入毛に月光が反射した」という塩田説に対し、「かつらのすっぽり外れた禿げ頭が光って」、それが男には「月の光を思い合わされて（愕然と）目が覚めるような気がした」と、「禿頭の輝き」が鮮明にされたわけだ。よくぞここまでと、敬意を表したくもなる。『集成』以後の諸注を見ていくと、妻戸から頭を出している女の髪が、頭の位置から離れて、五寸ばかり垂れて（男と寝ている時に、かもじがとれたのである）、それに月光があたって、火をともしたように光って見えていたのが、さらに月の光が強くさして、髪だけが光って見えるのが不気味で、興がさめた気がしたので、そっと帰った、といった意らしい。

（『和泉』一九八七）

「さしのぞきたる髪の、頭にもよりこず」頭の地肌につき従って来ない。女の髪が鬘であった、ということであろう。「五すんばかりさがりて」五寸ばかりずり下って。「火をさしともしたるやう」そこだけを明るく照らし出した様子。五寸ばかり禿頭がむき出しになったことを指す。

（『新大系』一九九一）

簾のわきから外をさいのぞいている女の髪が、頭の地肌につき従ってこず、五寸ばかりずりさがって、（禿頭が）灯をともしたようにてらてら光って見え、そこへ月の光が射して輝きを増したさまは、思わずはっとするほどの気持がしたので、男はそのままそっとそこを出てしまった。

（『学術』二〇〇一）

など、細部の解釈は異にしつつも、「かもじ」「かつら」説が主流になっていることがわかる。『集成』が以降の注釈の流れを大きく変えてしまったわけだ。

特に、『集成』に解釈も依拠する橋本治『桃尻語訳枕草子』（一九八八）は、「禿頭」説の流布にも多大な貢献を果たすことになった。橋本訳は多くの読者を得ただけでなく、一九八九年からＮＨＫで放映された「まんがで読む枕草子」という番組で、原作として用いられた。そのとき、ブラウン管に映し出されたイラストの「つるつる頭」は、いまだ筆者の記憶に残っている。天下のＮＨＫの電波に乗って、女の禿頭は全国に届けられたのだった。

さしのぞいている女の髪は、頭に添わずはらりと前に五寸ほどたれて、ちょうどともし火をともしてあるように光って見えているのだが、月の光に輝きを増して、思わずはっとするほどの気持がしたので、男はそのままそっとそこを出てしまったのだった。（『新編全集』）

三、有明の月のありつつも……

『集成』以降、従来説のまま解すのは、松尾聰・永井和子『新編全集』（一九九七）くらいである。(2)

鮮烈な「禿頭」説と比べると、やはり明解さには欠ける。それゆえか頭注には「不審」「解きがたい」と付言され、萩谷説が「一説」として紹介されていた。かくて少数派に甘んじている従来説だが、最新のテキスト『新編枕草子』（注釈担当は中島和歌子）では、かもじ説を紹介しつつも「滑稽さは本段に合わない」とのコメントがあって、注目される。そして結論から言えば、筆者も同じく滑稽譚とは見ない立場を取る。以下に私解を試みたい。

そもそも女は、ただぼんやりと外を覗いていたわけではなく、そのとき「有明の月のありつつも」と静かに口ずさんでいた。男が声を掛けようとしてから（「いま一度言ひ知らせむと思ふに」）そっと立ち去る（「やをら出でにけり」）までの流れに、この歌句はしっかり関わっていると見るべきだろう。

歌自体は諸注が指摘するように、古今和歌六帖に人麿歌としてみえる、

長月の有明の月のありつつも　君し来まさば我も忘れじ

による（万葉集・拾遺集では結句が「我恋ひめやも」）。本段の時季設定が「九月ばかりの有明」であったことを思うと、これは単に女が口ずさんだ歌というより、本段を主導するモチーフとさえ見てよいのではないか。

モチーフと見るとき、歌句は万葉・拾遺の「我恋ひめやも」が、よりふさわしく思われる。「あなたがいつもおいでになるなら、私はこんなにも恋いこがれようか」。それは恋しさの表明ではあるが、「常に会えないから思いもまさる」という真実も突いている。帰ってしまった男を想い、恋しさを募らせている女。「有明の月」のもと、歌の風情そのままに外をさしのぞきながら――。そこに、このタイミングで当の男がのこのこ顔を出してしまっては、現実レベルでは女を喜ばせるかもしれないが、歌の情趣は台無しというものだろう。黙って立ち去った男の行為こそ、彼が「心ばせある」人物だったことの裏付けに他ならない。「有明の月の」と、ついこぼれ出た歌の趣こそが、男をそっと立ち去らせる契機なのだ。そうした大枠は、まず押さえておくべきかと思う。

四、「心ばせ」ある男のふるまい

ならばその線に沿って、「さしのぞきたる髪の」以下、強引にでも解釈を試みるしかあるまい。男がそっと立ち去るまでには、「有明の月の」歌句に続いて、さらに次のふたつの要因が介在していた。

①さしのぞきたる髪の　頭にも寄り来ず　五寸ばかりさがりて　火をさしともしたるやうなりけるに

②月の光もよほされて　おどろかるる心地しければ

ふたつを比べれば、まだ②の方が解しやすいだろうか。「月の光もよほされて」は、諸注指摘するように「月の光に」とあれば解しやすい所。「もよほされて」という受身の文脈なので「に」を含み持つと見るか、もしくは「月の光が（男には）もよほされて」と取るか。いずれにせよ男が「せきたてられて」「はっとする気持ちがした」と解すべきだろう。「月の光が髪のつややかさにつられて一段と明るくなった」（角川文庫）、「髪が月の光に輝きを増した」（新編全集）といった、髪や月の描写ではあるまい。

では、「月の光もよほされて」とはどのような状況なのか。『解環』には、前半に「有明のいみじう霧り満ちて」とあるのだから霧満ちた有明の月が明るいことはないという指摘もあった。だが本文にはあくまでも「月の光」とある。よってこの時点では霧が晴れていたか、少なくとも霧間から月光が射し込んでいたのだろう。傾きつつある有明の月は、時の経過をも男に知らしめたと思われる。その「月の光」によって「そうだ、女に見つからぬうちに帰らねば」と、男は決断を促されたのだ。

残る難所は、やはり①となる。とりあえず「さしのぞきたる」については、諸注「女が外を見ている」点で一致する。だが次の注釈書のみ、具体的に女の位置を提示していた。

「女が簾外で外をのぞいている」（集成）
「妻戸から頭を出している」（和泉）
「簾のわきから外をのぞいている」（学術）

右はどれも「かもじ」「かつら」説を取るもの。従って「かもじが外れた様」もしくは「禿頭」が男から見えたという理解が、女にそれなりの居場所を与えているとも言えよう。しかし本文には単に「さしのぞきたる」としか記されていない。女性の振る舞いとしては、簾越しに眺めていたと解すのが普通だろう。その身を乗り出すような姿勢が「さしのぞく」であって、どこかからわざわざ頭を突き出したり、簾の外に出なければならない必然性はない。

男を思って、女は簾越しに外をさしのぞいている。ただし、少なくとも「さしのぞきたる髪」が男から見えたのだから、このとき簾はある程度巻き上げられていた。そして「頭にも寄り来ず」「五寸ばかりさがりて」こそが、男が見た女の髪の様子だったことになる。

おそらくそれは、簾の巻き上げ具合、あるいは女がいた位置から、見えたのが髪全体でなく、五寸ほど前に垂れた下がり端だった、ということではないか。髪本体は肩から後ろに垂らされているが、そこには寄って来ない（本田・中邨本によれば「寄り残した」）額髪の下がり端だけが「はらりと前に五寸ほどたれて」（新編全集）いた。そこに目が止まったということは、女の口元あたりから上は簾に隠れていたのだろう。

その下がり端が「火をさしともしたるやう」に、まるで灯火に照らしたように、くっきり男の目に映った。（それまで霧に覆われていた）月明かりが射しこんでいたからである。外にいる男は、はっきりと視覚に捉えた女の髪の光沢から、同じ「月の光」に自身も照らされていることに気付かされたのだ。

「有明の月のありつつも」と忍びやかに口にして 外をのぞいている（女の）髪が、頭髪にも添わないで 五寸ほど（前に）垂れて 火をさし灯したように（はっきり）見えたため、（有明の）月の光にせきたてられて はっとする気持ちがしたので、（男は）そっと出ていった——。

「長月の有明の月」のもと、「君し来まさば 我恋ひめやも」の情趣を具現化させた、一篇の風流譚となる。

注

（1）異文は「よりこす」の部分に、「よりのこす」（本田・中郁本）「より二寸」（烏丸本）がある程度。他本では、「火をさしともしたるやうなりけるに」が能因本では「火ともしたるやうなる」、「月の光もよほされて」が堺本では「月の光もさやかなるに」。

（2）集成と同時期に改訂出版された角川文庫（石田穣二『新版枕草子』一九八〇）でも、本段の解釈は旧版（前掲）のまま。

付記

「月の光もよほされて」について、発表時には「空の明るさが（男を）はっとさせた」としたが、「月の光」とある本文に照らして無理があったので訂正した。また、本段を扱った先行論文に、藤本宗利「『枕草子』における戯画化の方法」（『枕草子研究』二〇〇二、風間書房）があったこと、発表時に失念していた。細部の解釈は異なるが、本段を風流譚とみる結論を同じくする。藤本氏にはお詫び申し上げるとともに、本稿とあわせて参照されたい。

第三部

平安文学、享受の諸相

第十二章　〈美人ではない〉清少納言

一、「私は美しい女ではない」

枕草子を題材とした小説で、質量ともに他を圧しているのは、田辺聖子の『むかし・あけぼの』（一九八三）だろう。枕草子から抽出された作者像を核に、空白部分は創意で補って、清少納言にひとつの命を吹き込んだ。そこには主人公が次のように語る印象的な箇所がある。

私は美しい女ではない。それにもう、花のさかりもすぎた。髪はぬけおちて少なくなり、かもじを添えているが、地髪は黒く、かもじの毛は赤っぽくて艶がないものだから、あかるいところで見ると、それがハッキリわかって、われながらうんざりする。

設定は二八歳。そのせいで「目尻や口辺の皺が深くなり、眼窩が深くなっているのを知っている」と続く。彼女は「自分自身を客観的に見る能力はある」ので、髪だけでなく「目も小さいし、鼻といったらまるで横についているみたいだし」と自覚している。ここまで「不美人」が強調された後、「ところが」と続く。

ところが、ふしぎなことに、全く容貌に自信ないと同じ程度に、五分五分のところで、（――まんざらでもないんじゃないかしら……）という、抑うべからざる自負心が、むくむくとあたまをもたげてくるのだ。私は口もとがそんなにわるくない。愛嬌が口もとだけにあるといってもいい。少女のころから、私はそれを知ってい て、鏡を見て笑いかたを練習したものだ。

典拠はすぐに察せられよう。八〇段などに見える髪の描写、具体的な目鼻だちに関しては、次の一節が思い浮かぶ。

目は縦《たた》ざまにつき 眉《まゆ》は額《ひたひ》ざまに生《お》ひあがり 鼻は横ざまなりとも、ただ口つき愛敬《あいぎやう》づき おとがひの下《した》 くび清げに 声にくからざらむ人のみなむ、思はしかるべし　（四七段）。

女性の容貌を藤原行成が語る所だが、小説では清少納言側の自意識に脚色されている。加えて、彼女の「口もと」「あご」などを褒めたのが、そもそも父元輔とされていて、娘の自負心を育んでいた。一方、夫則光は「女の容貌や、その讃美の結果について関心のない男」として描かれる。容貌に夫たる男の評価を介入させないのも、小説の眼目である（後に登場する棟世は、彼女の顔を褒める点で父に連なる）。美人ではないが、口もとには愛嬌がある――。こうした自覚とともに「自負と劣等感を五分五分にもてあましながら」「人生をあゆんできた」女として、清少納言は描かれている。

二、描かれた「容貌」

清少納言はどんな顔をしていたのか。美人か不美人か。様々な詮索はあってもよい。創作や批評の世界では、想像や空想も許されよう。『むかし・あけぼの』以前では、円地文子（一九二九）や瀬戸内晴美（一九六六）の描いた清少納言が知られている（田辺自身にも短編『鬼の女房』があった）[1]。円地は外見には「短い髪」とわずかに触れる程度だったが、瀬戸内には、

ちなみに、清少納言は、浅黒く、頬骨の高い顔に、無駄な肉がなく、目尻がやや吊り上っている。薄い唇は一文字に大きい。笑うと、大きな白い歯は、はっとするほど美しく、朱い舌が思いがけない鮮烈さでいどみかかるように男の官能をうってくる。……

という詳しい描写があった。やはり典拠は四七段と思われるが、現代風な味付けが光っている。ただ右は、主役たる和泉式部との対比から（紫式部とともに）冒頭に素描された容貌で、以下にモチーフとなってゆくわけではない[2]。ほか、岡田鯱彦（一九五三）に「顎・眉・眼」への言及（同じく四七段によるらしい）が見えた程度で、人物造詣に関わる描写としては、やはり『むかし・あけぼの』は突出している。田辺以降の小説では、

①その頃の美人の条件は「引き目、鉤鼻」ですから、諾子の目は少し大きすぎます。しかし頬の線はふっくらと卵型できれいなので、伏目勝ちでいると、姫は素晴らしい美人なのです。（三枝和子一九八八）

②時としてその話しぶりは高慢にさえ聞こえたが、不思議にそれが許される雰囲気も持ち合わせていた。妙なものだ。若い盛りでさえ美貌であったとは思えない、平凡な顔立ちなのに。（森谷明子二〇〇六）

などの描写が続く。特に「美人ではない」が「魅力ある」女。それを両立すべく、時代の条件①や雰囲気②が持ち出されているようで、各々腐心がしのばれる。

ライトノベルや児童書にまで広げると、さらに取り取りの容姿と出会うことができる。

③小柄で、ぷくっとしたふくよかな容姿の女には、どこか才走った美しさが漂っていて、とても端女《はしため》とは思えない気品が漂っている。（藤川桂介一九九五）

④清少納言は、ちょっと見ただけでも不器量で、太りすぎだった。（富樫倫太郎一九九九）

⑤とっても明るくて、元気ハツラツとした、いかにも仕事できそっ！ってかんじ。髪の毛も長くて、すっごくきれい。いますぐにシャンプーのＣＭに出られるかも。（楠木誠一郎二〇〇三）

⑥殿方のため息を誘うような容貌《かんばせ》であれば、素顔を垣間見られることもまた楽しげ。けれど残念なことに、椰子はそんな顔だちではない。つり気味の目尻が持つ印象が、どうにもよろしくない。（藤原眞莉二〇〇四）

⑦当代好みの美女というには目鼻立ちがくっきりしすぎていて、諾子はお世辞にも美人とはいえない。が、鼻に皺をよせて、むーと口をへの字に結んでいる今でも、不思議な愛嬌があった。（本宮ことは二〇〇七、続編二〇〇八にも同様の描写）

身も蓋もなく「不器量」で片付ける④から、タイムスリップした小学生の視線で髪を描く⑤など、バラエティーは豊かになる。しかし、目鼻立ちにまで触れる⑥や⑦からは、先の①と同様の、そして『むかし・あけぼの』にも通じる、相似形の清少納言が浮かび上がってくる。(3)

「美しい女ではない」清少納言。特に「目（鼻）に難がある」容貌。主人公を語る際の既成事実として、必要なら懐柔しておくべき前提として、創作世界では広く共有され続けていることがわかる。

三、「夫も子も持たぬ女」

枕草子を後ろ盾とする田辺版清少納言は、かくて創作世界に安定感を誇っていると言えそうだ。ただ『むかし・あけぼの』は、一方では思い切った独創をみせる作品でもあった。「海松子（みるこ）」なる命名、「子供がない」という設定がそれにあたる。

清少納言の実名は不明なので、小説では近世の文献（枕草紙抄）にみえる諾子（なぎこ）が採用されることが多い。前掲書では三枝・本宮・藤原作品に、他にも立川楽平（一九九六）、長谷川美智子（二〇〇一）などが使用。[4]枕草紙抄には信のおけないことも知られているが、出仕以前の名が必要ならば、諾子に乗るか、新たに作るしかない。田辺は大胆にも後者を選んだわけだ。由来ついては、作中に示された元輔歌（岸の姫松）、則光との和布の逸話、さらに「見る子」にも重ね得るのではないかという、大本泉（二〇〇一）の指摘がある。

『むかし・あけぼの』では、女性性をめぐる対立軸に父と夫が配され、元輔と則光の肉付けに反映されていた。二二段にみえる宮仕え賛美と（男からの）批判が、父の「女の幸福は、夫と子供に恵まれて家庭を守ることとは限らず、世の中に出る人生もわるくない」という教えと、夫の「女が働くことに反対で、子供が一番」という信条に振り分けられた形。元輔が思いを籠めたその〈名〉も、「め（海松布）を食はせけむ」の逸話（八一段）にみえるような思考回路の則光には、代替可能な記号でしかない。結果として、夫から名を呼ばれるたびに彼女のイライラは慕るのだろう。子供のない人生は、従って夫より父の教えを生きた証しとなる。海松子は則光が別の女に産ませた息子を育てたり、棟世の娘を可愛いがったりはするが、最後まで実の子を抱くことはない。今日の伝記研究で認知されている則長（則光男）も小馬（棟世女）も、田辺は実子としなかったわけだ。

ところで、かつては清少納言も実際に「子供もなく生涯独身を通した」と考えられていた。能因本奥書に「子などもすべて持たざりけるままに」と記されていたこともあり、明治に入っても、樋口一葉は「つひの世につま（夫）も侍らざりき、子も侍らざりき」「少納言は霜ふる野辺にすて子の身の上成べし」と、自身の孤独を重ねていたし（さをのしづく一八九五）、同じく明治の女流文士上野葉（一九一四）にも、「彼女は容易に人の妻となることを肯じなかつた」なる認識が窺える。――上野には枕草子の全文口訳の試みもあったという。詳細は中島和歌子（一九九七）参照――。

上野葉は『青鞜』の論客でもあったが、平塚らいてうに象徴される「新しい女」の登場に脅威や嫌悪を感じた男性知識人からは、「独身主義者」清少納言は激しく糾弾されてもいた。急先鋒は梅澤和軒の『清少納言と紫式部』（一九一二）である。「独身で放浪で嬌奸で豪宕な」清少納言は「良妻で賢母で貞操で温良な」紫式部と対比されながら、徹底した非難を受けている。宮崎荘平（二〇〇九）によれば、梅澤自身の同題別著（一九〇二）との比較からも、旧道徳に縛られない「新しい女」たちの台頭に、彼がいかに神経を尖らせていたかがより鮮明となる。特筆すべきその断罪ぶりは改めて取り上げるが、「生涯独身」なる女の生き方に、過敏に反応する時代の空気が見て取れよう。だが田辺の場合、後の伝記研究も手にしているであろうから、認識はおのずと異なるはずである。

あえて田辺は「子供のない」清少納言を描いた。理由は作品外でもいくつかの文章で語られていた。田辺（一九九七）によれば、枕草子の子供（「うつくしきもの」など）には、源氏物語と比べて、その腕で子をはぐくんだ手ごたえある現実感が希薄なのだという。類聚項目に結晶した言説に、どこまで作者個人の経験値を許れるか、実はかなりの難問だ。類聚段とは、個々の項目がそれぞれに題目と渡り合う光景と言える。それを統率する者を書き手と認めるとして、しかしそれは必ずしも自身の「体験」のみ記す義務を負う者ではない。

例えば「うつくしきもの」に典型化された子供像は、もはや特定の子ではなく、また誰の子でもあり得る。「現実感が希薄」というのも確かに印象のひとつではあろう。(5) もとより枕草子には母や妻としての自画像は捨象されていると思しく、実子の有無などは、そもそも外部資料に頼らねば決着できない領域なのだ。田辺はつまり、そうした外からの検証よりも、自身の実感を優先したと言いたいらしい。実際作中では、最後に「春はあけぼの草子こそが、あたしの子供」と海松子に語らせることで、ひとつの決着がはかられていた。それは、則光との決別、棟世との死別を経て、逼塞する老後の彼女に、男たちから向けられた「夫も子も持たぬ女の末路はこれだ」という嘲笑（説話世界の言説）まで、自ら跳ね返すべき矜持として、作中の清少納言に授けられている。

四、「お多福党の旗頭」

海松子の名や子供のない設定は、俗説や定説に逆らってでも、小説が求めた機軸だったことがわかった。これらと比べると、先の「美しい女ではない」のくだりは、巷説そのままの印象がより強くなる。それでも後半に「まんざらでもない」という自負心を加えた所には、ある主張を見ることもできようか。実は（後述のように）清少納言には根強い「醜女説」もあるので、それに田辺が異を唱えたとも解せるからだ。実際、田辺は執筆動機として、清少納言があまりに世の男性文筆家から嫌忌されていたことをあげていた。「中には男のヒステリーといいたいほどの感情的な文章で、清少納言を罵倒する評論家もあった」という発言もみえる。

実名はあげられていないが、時期からみて中野孝次の「平安朝のメートレスたち」（一九七七）が思い浮かぶ。中野はそこで清少納言を「すでに美貌と若さを欠き、才智以外にどんなコケトリーをも持たぬ年齢に達していた女」とした上で、「どうやらfrigidだったと思われる女の顔に浮かんだであろうてらてらとした媚態が、白粉のかげにそこはかとなく見えてくる」「彼女はさらに癇癖なヒステリー症でさえあったに違いない」等の悪態を散りばめていた。専門誌に「文芸評論家」として一発かましてやろうという気負いなのか、扇動を狙った芸だとしても後味悪い仕上がりだ[6]。

中野が喩えに持ち出したメートレス（仏語Maîtresse）も、右に引いたfrigid（不感症）などと相俟って、むしろ嫌味を醸し出す。ただ、こうした比喩こそは評者のセンスの見せ所でもあり、それゆえ当人の嗜好や時代風潮が窺えて興味深い面はあろう。百目鬼恭三郎（一九六八）は、清少納言を「銀座辺のホステス」「小説好きの芸者」に喩えて昭和臭さを漂わせているし、明治時代には「耶蘇教の学校にて教育を受けたる女生徒」（三上参次一八八九）「お転婆な女学生然たる女」（梅澤一九一二）と、目新しかった「女生徒」「女学生」が好んで用いられていた。「女らしくない女」の代表とされた女生徒だが、後に「清少納言って、女子高校生だったんだ」という触れ込みのもと、橋本治（一九八七）によって復権をみている。それはそれで「女子高生こそトレンディ」と、もてはやされた時代の産物と言える。

ところで、ここでも名前が出てきた梅澤和軒は、清少納言の容貌にも一撃を加えた男として知られている。「恐くは清少納言は、お多福党の旗頭であつたかと思ふ」と揶揄したうえで、定家卿が、小倉の山荘に百人一首を撰んで、其の人物の肖像を障子に描がせやうとして、時の名匠土佐の某に頼んだ、所が清少納言の肖像には、殆んど閉口した、なぜかといふに、清少納言は名高い才媛であるのに、其の醜い顔をありのまゝに描いて、否醜く描いて、其の嘖々たる芳名を落すに忍びない、苦心惨憺の末、後ろ姿の清少納言を描いたとのこと、こゝへらが名匠の苦心と云ふものだ。

という風説を、どこか嬉しそうに記す。(7) また作中には「『さだすぎ』とか、容貌は醜いとか書いてゐる」「(中宮から葛城の神に喩えられたのは)初心な為めと容貌が醜い為めとであらう」等の言及があり、「醜さ」は作者自身も認める事実と言いたいらしい。梅澤の真の標的は当時の「新しい女」「新しい教育で出来損ねた女」だったようだが、嬉々とした容貌のあげつらいは、批判の底をいかにも浅く見せてしまう。

五、「おかしげにもあらぬ姿なれども」

清少納言を「女らしくない女」として、いわば梅澤の先陣を切って攻撃した国文学者に、藤岡作太郎がいた。『国文学全史』(一九〇五)には、

その自讃は概ね己が学識に関し、その艶容麗色に誇るが如きことは、殆ど見るべからず。思うに清少納言は蛾眉朱唇、花の姿あるにあらず、もとより和泉式部が大幣の引く手数多なる類にもあらず、御堂殿に音なわる、紫式部にも及ばず、鏡中の影に山鳥ならぬ木菟の、己が姿を喜ぶ能わざりしなるべし。

と言及があり、「美人でないこと」は既に天下の国文学者のお墨付きだったことがわかる。紫式部日記の道長を引き合いに出すなら、枕草子の斉信や行成はどうなのか、という疑問には、「かれらが少納言を愛するは、その才識をめずるものにして、その容貌を愛するにあらず」と断言する。「生意気女が美人であってたまるか」といった勢いだ。実際は梅澤もそんな藤岡先生の御説にわが意を得たであろうか、不美人どころか醜かったようですぜ、と一口乗った体にも見える。

彼らはあたかも枕草子が証拠であるかのように述べているが、後述するように、かなり恣意的な解釈が含まれている。何より、時の知識人男性のまなざしこそが、好んで容貌を俎上に載せていたというべきだろう。かつて古事談に「鬼形の如き女法師」等の言及はあったが、能因本奥書や無名草子同様、現役時代との落差、晩年の零落を語ることが主眼で（才女零落譚）、往時の容姿には触れていなかった。宮中での寵愛を「容貌ではなく才識ゆえ」と強調することも、せいぜい枕草紙抄（前掲）あたりが先鞭といえようか。

枕草紙抄。今日では多田義俊（一六九八〜一七五〇）著とされる文献だが、先に紹介した「諾子」をはじめ、特異な説に満ち満ちている。「行成卿窓中抄」に清少納言は「下野守顕忠の女」とあるとか（人名は松島日記の流用か）、「中関白記」によれば「大酒が女の所為でなかった」とか、逐一もっともらしい出典を記す所に念が入っている。そのひとつに、少納言は「おかしげにもあらぬ姿なれども、ざえかしこきに過ぎて、をのこ共心おかれたり」という件がある。典拠は「淑景舎日記」なるもの。有力証人として、定子の妹に出廷を願ったようだ。

多田義俊という人は、当時から「偽を好む癖」（安斎随筆）で評判だったらしい（田中重太郎一九六〇）。ならば目くじらなど立てず、笑って済ますべき相手なのかもしれない。ひとつ枕草子や史書の空白を埋めて進ぜよう、との遊び心から生まれたのが、まことしやかな偽書偽文だったと思われる。だが先の諾子のように、「情報」は独り歩きして今に至っている。彼の捏造行為は、確かに枕草子読者の欲求を満たすものなのだ。容姿にもぜひ言及しておきたくて「淑景舎日記」なるものを持ち出したのだろうが、たとえ出典は否定されても、後世に「おかしげにもあらぬ姿」を伝え得ているわけだ。恐るべし、多田義俊。

六、「大して美人とはいへないまでも」

明治期の嫌悪感たっぷりの批評に対しては、もちろん後の研究者たちから異議も申し立てられている。その筆頭たる岸上慎二は、伝記研究の記念碑『清少納言伝記攷』（一九四三、改訂版一九五八）に梅澤説を引き、「容貌として美しいとは云へないが醜女と云ふ程度ではなかったと考へておいてよいのではなからうか」と反論している。ただし岸上は「枕草子中にも、自己の容貌について醜いやうに記してゐるところは確に認められる」と、注目すべき譲歩をみせた。「職の御曹司の西面の」（四七段）「返る年の」（八〇段）「宮にはじめて」（一七八段）などを検証し、導かれた結論が「醜女という程でない」というわけだ。それは同時に「美しいとはいえない」の方を、進んで肯定してゆくものでもあった。後の人物叢書（一九六二）でも岸上は「十人並み以上の美人とは考えられないが、しかしそれかといって、梅沢氏のようにお多福の旗頭というように考えるのもどうか」と書いている。梅澤に反論するたびに「美人ではない」も強調されてゆく格好だ。同書が版を重ね続けていることを思うと、今なお影響力は甚大である。

岸上によるテキスト（一九六二）の「人の顔に」の段には、「自分（清少納言）の容貌のみにくさを恥じる気持が含まれている」なる注がある。さりげない箇所に本音が見え隠れする。つまるところ岸上は「お多福の旗頭は言い過ぎだろう」といって、過激な梅澤説に釘を刺しておきたかったようだ。藤岡経由の容姿観に関しては、むしろそれを作品側から「実証」し、伝記研究者によるお墨付きを与えたことになる。

人物叢書の系統では、後に藤本宗利（二〇〇〇）や萩野敦子（二〇〇四）の著作があるが、容貌がことさら取り上げられることはない。容貌とは、当時の研究者のこだわりなのだろうか。そう思わせる一冊に、田中重太郎の『清少納言』（一九四八）がある。序「清少納言を語る」では彼女の容姿について、

決して瘦せぎすでない、いやむしろふとつてゐるといふべきからだつきの女房。下《した》ぶくれの顔である。髪はくせ毛・薄毛・細毛で量が多くなく、長くもない。目はあまりほそい方でなく――目の大きいのは情熱家である――、溌剌とした輝きを有してゐる。鼻は――自我を象徴してゐる――、幅が広く真直でやや高い。それは叡智に富んだ社交的な性格と少し勝気で剛情なところのあることを示してゐる。口は相当大きい。口唇は紅く潤ひがあつてやや薄く、その上唇は下唇に比して厚いやうである。額はさう広くはなく。耳の形はうつくしい。

と、見てきたように語った後、「要するに、大して美人とはいへないまでも、どちらかといへば丸顔で、愛敬あり、にくめない容貌《かたち》の持主である」とまとめている。

ここでも「美人とはいえない」に落ち着くわけだが、詳細すぎる描写には驚かされる。以下「手掌」から「指紋」「爪」「指」まで詳述し、「この世に生きてゐたら、選挙運動に興味をもち、必ず立候補する人、否、代議士」であるとか、「共産党は大嫌ひである」とか、空想を膨らませている。作者への思慕愛着が窺えて微笑ましくはあるが、

見てはいけない世界を見せられた気もする。だが先生は堂々としたもの、後年この文章を一般向けの『枕草子入門』（一九七四）にも、わざわざ再録してくれている。作品＝作者なる等式への、絶対的信頼のなせる業か。だとしても、この余人を寄せ付けない密着ぶりは群を抜く。

七、「ととのった美人とは言いがたい」

一般向けの入門書としては、塩田良平『王朝文学の女性像』（一九六五）にも、「美人でなかった清少納言」なる一節があり、「髪は薄くてくせがある。眼は釣り眼で険があり、鼻は横ざまにつき、とりえといえば、下ぶくれの輪郭にあったらしい」と、散々な言われようである。かつて書店で『赤塚不二夫の枕草子』（一九八四）という参考書をよく目にしたが、巻末には「美しくない」清少納言のイラストとともに「髪は薄く癖があり、美人の条件に欠けていた」「目はつり上がり、おでこ、下ぶくれの顔」などとコメントが添えられていた。当時手に取って「このギャクは笑えない」と思ったものだが、岸上慎二、田中重太郎、塩田良平と、枕草子研究を代表する大先生たちが、こうして口を揃えて「美人でない」旨の宣伝に努めていたのだから、それこそ赤塚流の悪乗りなどでなく、中高生にも安心して差し出せる「定説」だったことになる。

以上のように見てくると、この手の詮索は、どこまでも男性特有の嗜好なのではないか、という疑問もわいてくる。そこで女性研究者にあたってみると、既に『伝記攷』以前、関みさを（一九四〇）に「清少納言を知る上に、その風貌を想像してみることも、私たちには興味ふかいことである」との一節が確認された。やはり容貌は「私たちの興味」の対象だったのか。右の前置きに続き、関は「彼女は多分ふつくりと肥つた多血質の女であつたらう」と想像、さらに四七段から行成の言葉の後半「たゞ口つき愛敬づき……」を引いて「彼女の容貌をこれに近いものと想像してよからう」、「宮にはじめて参りたる頃や、大進生昌宅へ行啓の記事などに見て、大体彼女の髪はよくなかつたように思はれる」と、まとめている。男性研究者たちのように、ことさら「不美人」を指摘するものではない。ただ、四七段に清少納言の容貌を見る所など、岸上説（後述）を先取りしてもいた。

枕草子に関する著述も多い、作家の田中澄江になると、もっとあけすけである。『枕草子入門』（一九六八）では「あまり美人ではなかった清少納言」という見出しのもと、

清少納言が、とび抜けた美人ではなかったらしいことも、私の親近感をそそった。

私の母は、いわゆる美人に属していたらしく、学校の父兄会などに母がくると、あんなにきれいなお母さんから、どうしてあなたのような不美人が生まれたの、と、ずけずけ言う友があった。母は私のような不美人は嫁にもらい手がないだろうと心配したが、ある日、『枕草子』の中に、自分から、自分のことを不美人だと言いきっているような文章を見いだして、おおいに意を強くした。

と語っている（田中一九七九にも同文所収）。その「不美人だと言いきっている」証しとしては、やはり四七段を引いて、

眼が縦についているとは、釣り上がっているということであろうか。眉が額のほうに上がっているとは、間のびした顔つきで、鼻が横ざまにひろがっているというのは、あまり高くないことであろう。釣り上がった眼には険があって鋭い印象をあたえ、低い鼻や、眼からはなれた眉はのんびりして見える。そのアンバランスなと

ころは愛嬌があるかもしれないが、ととのった美人とは言いがたい。

と結んでいる。関も田中も、東京女子高等師範学校時代に、関根正直の枕草子講義に薫陶を得たというが、容貌が話題に上ることもあったのだろうか。ただし田中澄江は不美人説を心地よく受け入れている。それが共感に結びつくところが、男性研究者にはない視点かもしれない。

八、枕草子にみる「容貌」

どうやら清少納言不美人説は、巷説どころか根強い「定説」らしいことがわかってきた。それが広く小説や学習参考書にまで浸透している様をみてきたが、最近でも酒井順子（二〇〇四）や林望（二〇〇九）に言及があるように、評論世界ではいまだ不可欠の項目であり続けているようだ。さらに、根拠を遡ってゆけば、枕草子自体に行き着くらしいこともわかってきた。諸氏の発言を総合すると、こぞって依拠されてきた本文は、およそ次の四つに絞られる（類聚随想段中の一般論的記述はここでは除いた）。

証拠①　職の御曹司の西面の（四七段）

行成の発言「まろは、目は縦ざまにつき……思はしかるべし」が清少納言の容貌を暗示している。また、行成に「いみじうにくければ」と言って自ら顔を隠している。

証拠②　返る年の二月二十余日（八〇段）

斉信と対峙する自身を「いとさだ過ぎ ふるぶるしき人の 髪などもわがにはあらねばにや、所々わななき散りぼひて」と記していて、妙齢を過ぎて、髪にかもじを添えていたことを認めている。

証拠③ 宮にはじめてまゐりたるころ（一七八段）

中宮の発言「葛城の神もしばし」が、清少納言の容貌の醜さを暗示している。また、伊周を前にした自身の髪を「ふりかくべき髪のおぼえさへ、あやしからむと思ふ」と記すなど、髪への自信のなさが窺える。

証拠④ 関白殿二月二十一日に（二六二段）

積善寺供養当日、伊周らに見守られて車に乗り込む際に「汗のあゆれば、つくろひたてたる髪なども〈みなあがりやしたらむ〉とおぼゆ」、下りる際には「つくろひそへたりつる髪も唐衣の中にてふくだみ、あやしうなりたらむ。色の黒さ赤ささへ見えわかれぬべきほどなるがいとわびしければ」とあり、同じく髪への自信のなさが窺える。

改めて引いてみて、むしろ情報の少なさに筆者などは驚いている。しかも①③などは「暗示している」というだけで、証拠として危うさを残す。

この暗示説のうち、まず③の「葛城の神」発言だが、こちらは早く岸上慎二（一九四三）からも「容貌でなく夜だけという出仕状態をいったもの」と一蹴された所であった。普通に考えて、新参で緊張の極みにある相手の容貌を、醜いならなおさら、からかう主人などが「かぎりなくめでたし」と賞賛されようか。「美人だからわざとからかった」というならまだわかる。齋藤雅子（一九八四）にも、「(醜いとされる葛城の神に) 心やさしい定子がふざけてなぞらえるくらいだから、少納言は決して醜い女ではなかったのだろう」という冷静な分析があった。ただ同書は、優雅で場慣れした周囲の女房たちと比べて「我身がいかにもぶきっちょで野暮ったく、つまりは醜く思われたのであった」と、清少納言の意識の問題として「醜さ」を想定している。「葛城神＝醜い」という図式は無視できない、といった所か。だがそうした図式に対しても、源氏物語以前の和歌史の検証から、葛城神の属性は決して「醜さ」に直結しなかったという反論が、後に圷美奈子（二〇〇四）によってなされている。

直後に「昼のお召し」が描かれていることからも、ここは「夜だけではなく（そろそろ葛城の神を返上して）昼も出仕せよ」という期待を込めた言葉と受け取る以外あるまい。「証言」としては第一に却下すべきだろう。

九、「目は縦ざまにつく」とは

次に行成の発言（①）である。田辺作品はじめ、研究者から小説家評論家まで、最重要証言として扱ってきたのが、どうやらこの部分なのだ。これに関しても、同じく岸上による検証があった。そして、当時の行成の立場などを考慮して、清少納言の容貌をさすという説は一応否定されていた。ただしその結論に、

しかしながらこの記事が少しも清少納言の容貌に関係がないかと云ふとまたさうは考へられず、目、鼻、眉についてはあまり香しくないと云ふのが真実であらうとおもはれ、「口つき」云々以下の記事は、よき半面を示してゐるものと考へておいてよいものであらうとおもふ。

とあり、最後は暗示説に落着くのだった。醜女否定につとめるべく、ついつい容貌詮索隊と同じ土俵に上がってし

まったのかもしれない。しかしこの遠慮がちにも見える一歩こそ、見てきたとおり、脈々と受け継がれてゆく「定説」の源流でもあったのだ（現行諸注では、『集成』『解環』『ほるぷ』が踏襲）。

改めて本文と向き合ってみる。まず「目は縦ざまに……」という前半部だが、どう見てもこれは極論である。まともな容貌ですらない。だが、後半部との対比においては意味を持つのだろう。清少納言の容貌を「暗示」するからではない。その手の読みは「目・眉・鼻」と「口・頤・首」とで線を引く行成の発言自体を、進んで曲解してきたと言わざるを得ない。(8)

それはどこまでも視界の問題だろう。相手が扇を「かしこき陰とささげて」（一七八段）、つまり意識的に顔を隠した時の、見えにくい部分と見えてしまう部分（顕現する点では「声」も後者）とが峻別されている。(9)〈見える〉ものを見る。〈見えない〉なら切り捨てる。本段は以下、この発話主体にふさわしい行成の人物像を描いてゆく。〈見えない〉ものを前に、行成は（一七八段の伊周のように）扇を取り上げたりはしない。それでは欲望が満たされないことを知っているのだろう。彼の大切なものは取り上げた扇の向こうにはない。続く両者のやりとりは、それを如実に物語る。「（隠すのはやめて）見えなどもせよかし」と促すものの、「いみじうにくければ……え見えたてまつらぬなり」と断わられるや、「さらばな見えそ」と顔を塞いでしまう行成。諸注ここを「（顔を）見せてくれ」などと訳してゆくが、二人の会話が一貫して「見ゆ」の攻防として描かれていることに注目すれば、厳密には「（目や鼻までも）〈見える〉状況」（〈見ゆ〉の許される関係）こそが彼の望みとなる。「見ゆ」なる言葉の位相にこだわるなら、（顔を見せる）結果は同じでも、描かれているのは単なる「見せろ／見せない」の遣り取りではない。(10)

申し出を拒まれた行成は、「ならば〈見え〉ないでくれ」と、自ら〈見ゆ〉を取り下げた。彼は諦めてしまったのか。否、それは行成なりの体勢の立て直しであり、欲望の引き伸ばしでもあったことが、後に明らかになる。清少納言が拒絶の理由にあげた「いみじうにくければ」も、行成が「目は縦ざまに……」に加えた言わずもがなの一言、「なほ顔いとにくげならん人は心憂し」を標的とした反撃である。行成らしい率直すぎる発言だが、その言葉尻を逆手に取って、そんな心根では「〈見える〉状況にして差し上げることはできない」と、女の側も〈見ゆ〉の攻防に乗ってみせたわけだ。従って、以後「おのづから見つべきをり」に彼が興味を示さないのは、女の「いみじうにくければ」を真に受けて、目を背けていたわけではない。「見つべきをり」に見ても意味がない。望みは〈見ゆ〉の共有だったのだから。(11)

だが結果として、どうやら行成の自己制御は、より純度の高い欲望を研ぎ澄ましていったようだ。それが描かれるのが、章段末の場面である。そこには、殿上人を「のぞき見る帝」から清少納言の「寝起き顔」まで、すべてを視界に収めた行成の満足顔があった。「おのづから見つべきをり」から目を背け、顔を塞ぐ日々のなかで、彼は当初の望み（了解上の見ゆ）以上の何かを手探りしていたことになる。やがてその心を掴んだのが「〈無防備な女の〉寝起き顔なむいとかたき」という世評だった。

難易度の高いその〈見ゆ〉を、「ある人の局」で成功させた後、「またもし見えやするとて(12)」来たという行成。視線を封じ合う先のやりとりは、極上の〈見ゆ〉を味わうための布石だったことになる。勝者の笑顔を前に、もはや女の拒絶も意味をなさない。「それより後は、局の簾うちかづきなどしたまふめりき」。許容の筆致で章段は結ばれることになる。

かくして本段は、「おしなべたらぬ」行成こだわりの〈見ゆ〉を、書き手との関係において描き切る。それを先導していたのが、「目・眉・鼻」と「口・頸・首」とできっぱりと線を引く、先の発言だった。清少納言の容貌を、ましてや欠点を重ねる解釈には、文脈とは別次元の欲望が強く働いていると見なさざるをえない。

十、「髪」を描くこと

以上のように暗示説を排してゆくと、明確な言及は「髪」だけということになる。それも、積善寺供養（④）や、伊周斉信ら貴公子との対峙（③②）という、晴れ舞台に描き出される自画像に限られている。扇を「かしこき陰とささげて」も隠しきれず、背後からでさえ人目に晒されてしまう髪。突き刺さる視線は、その一筋一筋にまで神経を通わせる。ゆえに歌でも物語でも、髪は女の／女への思いを示す恰好の素材とされてきた。例えば、源氏物語でそれが効果的に使われた場面として、次の箇所などが思い浮かぶ。

なほいとひたぶるにそぎ棄《す》てまほしう思さる御髪《みぐし》をかき出でて見たまへば、六尺ばかりにて、すこし細りたれど、人はかたはにも見たてまつらず、みづから（落葉の宮）の御心には、いみじの衰《おとろ》へや、人に見ゆべきありさまにもあらず、さまざまに心憂《こころう》き身を、と思しつづけて、また臥《ふ》したまひぬ。（夕霧巻）

夕霧の待つ邸へと、帰参を余儀なくされる落葉の宮。髪に托して刹那の心象が語られる。夕霧との結婚を期待する女房の目には美しく、出家まで思いつめる当人には衰えて、それぞれに映る髪がある。同じ髪をもって巧みに描き取られた落差は、「視点人物の思いによってかたどられ、歪められない客観的な髪描写などありえない」という三田村雅子（一九九六）の指摘に、まさに適う場面と言えよう。(13)

仮に、晴れ舞台に身を置く女房「少納言」に、羨望のまなざしを向ける何人かの思いを描くとする。その視線からすれば、伊周に言葉をかけられ、斉信と渡り合い、衆目のなかを着飾って牛車に乗り込む彼女の髪は、かもじとの境も忘れさせるほど、誇らしく輝いて見えたことだろう。髪への言及が、心情描写、状況描写と重ね得るのなら、枕草子の場合も、それが限られた場面で効果的に利用されているといえよう。伊周や斉信の威勢を、主家の盛儀を、彼らと対峙した者、行事に列した当事者ならではの臨場感をもって伝えるべく、選ばれた素材こそが自身の〈髪〉だったのだ。「髪などもわがにはあらねばにや、所々わななき散りぼひて」（②）「色の黒さ赤ささへ見えわかれぬべきほどなる」（④）等の詳述は、それだけ「客観的な」描写にも見えるが、ここにあえて〈髪〉を持ち出すこと自体が、かけがえない場面構成への奉仕であることを免れない。

「いとさだ過ぎ　ふるぶるしき人」（②）とあるように、黒髪を誇る年齢は過ぎたという自覚があり、出仕当初から「髪に自信がなかった」のは確かだろう。ただ、それが「不美人」の証拠に申し立てられるまでには、いささかの飛躍がある。髪のよしあしが美の要であっても、「髪に自信のない女」は「不美人」「醜い」と決め付けてよいのか、という話だ。先の「いみじうにくければ」（①）などを持ち出して、ただの買い言葉であれ、こう書くからには美人でないはずだ、思わず本音が出ていると、あくまで不美人に固執する向きもあるかもしれない。かかる憶測の自由までは拒めまい。ただそれを言い出せば、「かたちとても人にも似ず」と記す道綱母は「本朝三美人」を返上しなければならず、「われはこのごろわろきぞかし」と書いた孝標女も、化粧崩れした同僚を前に「ましていかなりけん」と我が身を憂う紫式部も、すべて「不美人」だろう。藤岡作太郎は不美人説の根拠に「（枕草子に）その艶容麗色に誇るが如きことは殆ど見るべからず」と言ったが、そもそも当時の女性の自己言及とは「容色を誇らない」ものなのだ。「見られる」意識にも現代とは格段の差があるはずで、その羞恥の表明を安易に「コンプレックス」と呼ぶべきではあるまい。いずれにせよ、少なくとも清少納言ひとり突出して「不美人」が強調されてきた根拠は、見てきたような本文からは見出し難い。

十一、「したり顔にいみじうはべりける人」

では当人が語ってもいない「不美人」は、なぜここまで受け入れられてきたのか。あるいは、あたかも自ら「不美人」と言っているかのように、なぜ枕草子は読まれ続けてきたのか。人々をして（嫌悪も好感も含めて）不美人説に走らせた、その外因について、最後に触れておきたい。

我々は当然、清少納言の「顔」を知りえない。現存する歌仙絵もかるた絵も、むろん証拠とはなりえない。にもかかわらず、我々は常に既にあるイメージを持っている。「生意気な」「女らしくない」横顔から「小気味よく」「正直な」素顔まで。あげてゆけば、それは概ね読者が抱く枕草子の「作者」像であることがわかる。しかし、その集約たる〈清少納言〉は、確かにその著作から抽出されてきたものなのだろうか。

実際、清少納言像の形成には、外部から関与してくるテキストがあった。なかでも特等席に座り続けているのが紫式部日記である。かの有名な一節、「清少納言こそ、したり顔にいみじうはべりける人」。気がつけば枕草子作者の印象には、この「したり顔」が張り付いている。(14)

そもそも紫式部日記は、秋の土御門邸を素描する冒頭部から、宰相の君の「顔」に吸い寄せられる書き手を印象深く登場させてくる。以降の中宮御産記のなかで、そしていわゆる消息体部分において、同性の「顔」「かたち」に見せる彼女の執着は、枕草子とはあまりに対照的であった。その意味で紫式部日記は、枕草子が同僚女房をはじめ個々の女性の「かたち」に、いかに執着しない作品であるかを教えてくれてもいる。両者を身体描写から対比した大塚ひかり（二〇〇〇）に、「枕草子のそれは（紫式部と比べて）人物描写としてリアルな凄みに欠ける」、「自分なりの身体論ともいうべき美学に面白さがある」という指摘があったが[15]、確かに枕草子において女の「かたち」は類聚段などで言及されることが多く、いわば典型化されてそこにある。先に見た自身の〈髪〉も、場面形成上の必要がなければ作中にあえて記すべき素材ではなかったことが、改めて窺い知れよう。

対する紫式部日記は、徹底して個々の女性の「かたち」にこだわった。そして、それを次々に品評してみせた書き手が、最後に満を辞して放った一矢こそが、清少納言の「したり顔」だったのだ。もちろん「したり顔」は「かたち」そのものを映したものではない。しかし、この同時代人による嚆矢にして唯一の〈顔〉への言及は、源氏作者の信託するパスポートとなって後世に手渡されていった。

その説得力は、枕草子読者が抱く「作者」像と、決して無縁でない所にある。作中に「少納言」と呼ばれる女房の、様々な横顔のひとつを突出させることで、見事に〈清少納言〉なるペルソナを作ってしまったのだ。我々が呼び慣わす〈清少納言〉なるものは、事実上ここに誕生したと言うべきである[16]。「とんでもなく得意顔な女」。それはどこか虚勢を張っていて「美しくはない」。美人ならば鼻に付き、不美人なら生意気な、その振る舞いが「美しくはない」。紫式部は「かたち」に感知しない素振りで、「かたち」以上のペルソナを貼り付けてしまったわけだ。「顔」に執する作家、紫式部の面目躍如である。

清少納言「不美人」説の来歴をみてきたが、それを積極的に言い立て、根拠を求め続けた人々の脳裏に、「したり顔」のよぎる瞬間が見える気がしてならない。「清少納言の容貌」の詮索に、はじめから想像の余地は少なかったわけだ。

注

（1）容貌については「清少納言という女は、たがいに憎からず思い、心をひらきあっている時こそ美人だが、いったん喧嘩するとたんに醜女になるというたぐいの女である。だまって坐っているだけで美人、というものではないのだ」とあった。

（2）本編では為光や本人によって「不美人」と公言されている。一方、円地作品では清少納言が内面を語る際に「みにくさ」が使われるように、中宮女房という役割を生きる才女の孤独に焦点が当てられていた。同じような内面への想像と共感は、白洲正子（一九九九）にもみられる。なお、以下の現代小説のリストアップには東望歩の協力を得た。

（3）ただし⑥⑦などの随所にイラストを挿む作品では、不美人の印象は薄くなる。

（4）藤原眞莉は前掲（二〇〇四）のように「なぎこ」に「梛子」をあてる。由来は藤原（二〇〇三）参照。

（5）「うつくしきもの」は、「これはもう母親として子育ての経験ある人ならでは書けない」「少納言の育児体験を反映している」なるコメント（林望二〇〇九）も引き受けている。

（6）時に「國學院大學教授」の肩書きもあった中野だが、講師時代の同僚で、退職して名をあげた丸谷才一を、この頃は強く意識していたという（中野孝次『真夜中の手紙』一九八四）。引用文は、そんな焦りや苛立ちまで忖度させる。中野が退職して執筆に専念するのは四年後のこと。

（7）実際、百人一首絵の清少納言は今日まで「不美人説」の流布に一役買っている。現存最古のかるたとされる「伝道勝法親王筆百人一首歌かるた」に後姿で描かれ（女性では三人）、後のかるた絵の規範となった素庵本百人一首では横顔だった（女性は二人）。特に素庵本は後にも踏襲され、流布していった。ただし歌仙絵や探幽「百人一首画帖」など、正面も珍しくない。そもそも後姿や横顔は、多人数をセットで描く際、バリエーションとして必要な構図なのだろう。おそらく（男女とも）誰に後姿や横顔を割り振るかという懸案から、作者や歌の「個性」が後付けされていったと思われる。選択理由も様々だろうが、結果的に正面以外は少数派となるため、それ自体が何らかの意味付けを誘発する原因になりかわる。そのさい、歌仙絵の小町なら「美人ゆえ」とされる後姿が、清少納言の場合「おそらく不美人の象徴ではないでしょうか」（吉海直人二〇〇八）等の説明に落ちついているようだ。こうした通説に対しては、「才気煥発な清少納言の矜持が、他の図像の女性らしい様態とは一線を画するプロフィール（横顔のポーズ）として表れたものだろう」という反論もある（圷美奈子二〇〇九）。絵柄は原因なのか結果なのか、渾然としていて立証は難しい。確かなのは、近世以降に著しい不美人説の流布に、その横顔や後姿が過分な貢献をさせられているという事実である。風評が風評を呼ぶメディア災害の連鎖のように、不美人説は独り歩きしている（清少納言の姿絵については、圷二〇〇四にも詳しい。容貌に寄せる関心も近年では突出した論考）。

（8）「暗示説」も、行成の発言を後の申し出と重ねて（実は清少納言への誘いとして）解した時、成り立つ余地は出てくる。つまり、後半の口つきから声までを相手の〈見える〉部分への褒め言葉として、目以下（前半）は、〈見えにくい〉部分も委ねてもらえるよう、あえて掲げた極論として、どちらも「見えなどもせよかし」への誘導と取る解釈である。容貌の重ね方としては、後半に限定した春曙抄、前掲では関（一九四〇）のような指摘のみ許容されよう。しかし実際、願いはあっさり却下されているのだから、誘導としてはまったく功を奏していない。ここはやはり、〈見える〉ものから評価する行成の原理主義が、女房たちのデリカシーといかに相容れないか、それを示すのが第一義だろう。自身の容貌が暗示されているという意識も、文脈からは窺い難い。

（9）女側が視界を確保する際は、扇は鼻の位置まで下げられよう。つまり行成の線引きは、顔を隠す相手にこそ向けられている。

（10）「見ゆ」には「自発」を強く意識すべき。結果として（相手から）「見られる」（受身）ことになる。

（11）さらに、ここに〈彰子立后〉なる背景を重ねる試みを、本書第四章にて提示した。

（12）「見えやする」は内閣文庫本（および能因本諸本）。他の三巻本二類本は「またも見やする」。

（13）同じ三田村雅子には、清少納言の容貌への言及もあった（「反転するまなざし」一九九〇）。単なる容貌の詮索ではなく虚構化の方法を説く論考だが、作者の「容貌卑下」が強調されすぎるきらいはある。後述のように、容貌への言及が「卑下」にみえることを、コンプレックスと呼ぶことには慎重でありたい。なお源氏物語本文は、小学館『新編日本古典文学全集』によった。

(14) 紫式部日記の影響について、近年では藤本宗利（二〇〇二）坏美奈子（二〇〇四）等に言及があった。また安藤徹（二〇〇九）には、一方的な糾弾に終わらない、テクスト相互の交渉する新たな場として「したり顔」が捉え直されていて興味深い。

(15) ちなみに大塚（二〇〇〇）は、三才女評が容貌に触れぬ点について「才女たちは美人ではなかったのか」とも推測しているが、清少納言の場合、容貌に触れないからこそ「したり顔」が生きてくる。

(16) 早く岸上（一九四三）の調査報告もあるように、枕草子中に「清少納言」なる呼称は存在しない（同時代の私家集には散見）。

＊論述スタイルの都合で、本章のみ「著者（刊行年）」の形で以下の文献を引用した。
赤塚不二夫（一九八四）『赤塚不二夫のまんが古典入門③　枕草子』（学習研究社）
坏美奈子（二〇〇四）『新しい枕草子論』（新典社）Ⅱ篇第三章
坏美奈子（二〇〇九）『王朝文学論』（新典社）Ⅰ篇第一章
安藤徹（二〇〇九）「『枕草子』というテクストと清少納言」（『〈国語教育〉とテクスト論』ひつじ書房）
上野葉（一九一四）「枕草紙現代語訳抄」（『青鞜』四巻六号）
梅澤和軒（一九一二）『清少納言と紫式部』（実業之日本社）
円地文子（一九二九）「清少と生昌」（『女人芸術』三月号→『惜春』収録）
大塚ひかり（二〇〇〇）『「ブス論」で読む源氏物語』（講談社＋α文庫）

大本泉（二〇〇一）「現代文学と枕草子」（『枕草子大事典』勉誠出版）
岡田鯱彦（一九五三）「艶説清少納言」（『面白倶楽部』三月号→『薫大将と匂の宮』扶桑社文庫）
岸上慎二（一九四三）『清少納言伝記攷』（畝傍書房→新生社版一九五八）
岸上慎二（一九六一）『校訂三巻本枕草子』（武蔵野書院）
岸上慎二（一九六二）『清少納言』（吉川弘文館）
楠木誠一郎（二〇〇三）『お局さまは名探偵！』（講談社青い鳥文庫）
齋藤雅子（一九八四）『たまゆらの宴』（文芸春秋）
三枝和子（一九八八）『小説清少納言　諾子の恋』（読売新聞社→福武文庫）
酒井順子（二〇〇四）『枕草子ＲＥＭＩＸ』（新潮社→同文庫）
塩田良平（一九六五）『王朝文学の女性像』（日経新書）
白洲正子（一九九九）「清少納言」（『芸術新潮』十二）
関みさを（一九四〇）『清少納言とその文学』（萬里閣）
瀬戸内晴美（一九六六）『煩悩夢幻』（新潮社→角川文庫）
立川楽平（一九九六）『枕草子外伝』（近代文藝社）
田中重太郎（一九四八）『清少納言』（白楊社）
田中重太郎（一九六〇）「『枕草紙抄』の著者について」（『枕冊子本文の研究』初音書房）
田中重太郎（一九七四）『枕草子入門』（文研出版）
田中澄江（一九六八）『枕草子入門』（光文社）
田中澄江（一九七九）『枕草子への招待』（日本放送出版協会）
田辺聖子（一九七七）『鬼の女房』（角川書店→同文庫）
田辺聖子（一九八三）『むかし・あけぼの』（角川書店→同文庫）

田辺聖子（一九九七）「魅惑の女・清少納言」（小学館新編日本古典文学全集月報四一）
百目鬼恭三郎（一九六八）「清少納言」（『国文学解釈と鑑賞』二月号）
富樫倫太郎（一九九九）『陰陽寮2』（徳間書店）
中島和歌子（一九九七）「明治の〈女流文士〉の清少納言観覚書」（『北海道教育大学紀要』二月）
中野孝次（一九七七）「平安時代のメートレスたち」（『国文学解釈と鑑賞』十一月号）
萩野敦子（二〇〇四）『清少納言』（勉誠出版）
橋本治（一九八七）『桃尻語訳枕草子』上（河出書房新社→同文庫）
長谷川美智子（二〇〇二）『小説清少納言　千年の恋文』（新風舎）
林望（二〇〇九）『リンボウ先生のうふふ枕草子』（祥伝社）
藤岡作太郎（一九〇五）『国文学全史平安朝篇』（東京開成館→東洋文庫ほか）
藤川桂介（一九九五）『夢違え清少納言』（双葉社）
藤本宗利（二〇〇〇）『感性のきらめき　清少納言』（新典社）
藤本宗利（二〇〇二）『枕草子研究』（風間書房）二四章
藤原眞莉（二〇〇三）『華めぐり雪なみだ』（集英社コバルト文庫）
藤原眞莉（二〇〇四）『華くらべ風まどい』（集英社コバルト文庫）
三上参次（一八八九）「紫式部ト清少納言ニ就テ」（『日本大家論集』一巻第四号）
三田村雅子（一九九〇）『枕草子　表現の論理』（有精堂）一章2
三田村雅子（一九九六）「黒髪の源氏物語」（『源氏研究』第1号）
宮崎荘平（二〇〇九）『清少納言〝受難〟の近代』（新典社新書）
本宮ことは（二〇〇七）『魍魎の都　姫様、出番ですよ』（講談社X文庫）
本宮ことは（二〇〇八）『魍魎の都　姫様、それはなりませぬ』（講談社X文庫）

森谷明子（二〇〇六）『七姫幻想』（双葉社→同文庫）
吉海直人（二〇〇八）『百人一首かるたの世界』（新典社新書）

付記

ちなみに、本稿以降に出版された枕草子小説に、瀬戸内寂聴『月の輪草子』（講談社、二〇一二）、冲方丁『はなとゆめ』（角川書店、二〇一三）がある。

第十三章　教材「春はあけぼの」とテキストの〈正しさ〉

一、はじめに

枕草子を中学で教えていたとき、「これって、作者の名前じゃなかったんですか」と質問した生徒がいた。教科書の目次には「坊っちゃん・夏目漱石」「故郷・魯迅」などと並んで「春はあけぼの・枕草子」とあったと記憶している。なるほど、虚心に目次を辿れば、「枕草子（くさこ？　そうこ？）」の書いた「春はあけぼの」が存在するわけだ。「作品・作者名」という通行の表示が、多くは作者不詳の古典作品には馴染まないため、こうした措置がなされたのだろうか。そもそも「枕草子」を作者名と解する〈読者〉など、初めから想定されていないのだろうか。

古典文学、しかも定番となっているような教材は、教師からすれば見慣れた光景であり、こうした表示にもことさら立ち止まる者はいないのかもしれない。特に「春はあけぼの」については、現場ではもはや「飽和している」「倦んでいるとさえ言える」という指摘もある。(1)しかしまた一方で、定番であればこそ、句読点ひとつに質問が集中したりもする。先の質問ほどの斬新さはないが、そうした現場の声から、まずは取り上げてみたい。

二、その句読点は〈正しい〉のか

教材「春はあけぼの」の表記を、東京書籍が平成九年度から次のように改めた。その結果、句読点に関する質問が今も絶えないという（特に問題の多い「夏」までを、平成十四年版から引く。表記、改行も原本のまま）。

春は、あけぼの。
やうやう白くなりゆく山ぎは、すこし明《あ》かりて、紫《むらさき》だちたる雲の、細くたなびきたる。
夏は、夜。
月のころは、さらなり。
闇《やみ》もなほ。蛍《ほたる》の多く飛びちがひたる、また、ただ一つ二つなど、ほのかにうち光りて行《ゆ》くも、をかし。
雨など降るも、をかし。

（東京書籍『新編 新しい国語』1）

「この句読点は正しいのか」という質問は、教科書の句読点に違和感がある、慣れ親しんだテキストと違う、等が理由となることが多い。ちなみに、同年度の主な中学教科書を見渡した結果は次のとおり。

春はあけぼの。やうやう白くなりゆく山ぎは、少し明りて、紫だちたる雲の細くたなびきたる。夏は夜。月のころはさらなり。やみもなほ、蛍の多く飛びちがひたる。また、ただ一つ二つなど、ほのかにうち光りて行くもをかし。雨など降るもをかし。

（学校図書『中学校国語3』）

春はあけぼの。やうやう白くなりゆく山ぎは、少しあかりて、紫《むらさき》だちたる雲の細くたなびきたる。
夏は夜。月のころはさらなり、やみもなほ、蛍の多く飛びちがひたる。また、ただ一つ二つなど、ほのかにうち光りて行くもをかし。雨など降るもをかし。

（三省堂『現代の国語』2）

春はあけぼの。やうやう白くなりゆく山ぎは、すこしあかりて、紫だちたる雲のほそくたなびきたる。夏は夜。月のころはさらなり、闇もなほ、蛍の多く飛びちがひたる。また、ただ一つ二つなど、ほのかにうち光りて行くもをかし。雨など降るもをかし。

（光村図書『国語』2）

春はあけぼの。やうやう白くなりゆく山ぎは、すこしあかりて、紫だちたる雲のほそくたなびきたる。夏はよる。月のころはさらなり、やみもなほ、ほたるの多く飛びちがひたる。また、ただ一つ二つなど、ほのかにうちひかりて行くもをかし。雨など降るもをかし。

（教育出版『中学国語　伝え合う言葉』2）

「春はあけぼの。」「紫だちたる雲のほそくたなびきたる。」「闇もなほ、蛍の多く飛びちがひたる。」など、従来の区切りで対処されており、東京書籍のそれが少数派であることがわかる。

教科書が提供するテキストは、（それなりの権威をまとって）世に流通している活字テキストを後ろ盾にしている。つまり、その〈正しさ〉は流通テキストに委託され、写本や版本にまで遡って出自が主張されることはない。従って右の差異もさしあたり、どの活字テキストに拠ったかに掛かってくる。見れば学校図書と光村図書が岩波（旧）大系本、三省堂と教育出版が小学館新編全集本とあるのに対し、東京書籍には新潮古典集成本に拠った旨が記されている。[2] つまり同書の突出は、注釈史における集成本の特性がそのまま反映されたものと、まずは理解されよう。

ただし、教科書上の「〇〇本によった」なる記載は、必ずしも流通本の忠実な引用を意味するわけでもないようだ。該当する三つのテキストを引いてみる。

春はあけぼの。やうやうしろくなりゆく、山ぎはすこしあかりて、むらさきだちたる雲のほそくたなびきたる。
夏はよる。月の頃はさらなり、やみもなほ、ほたるの多く飛びちがひたる。また、ただひとつふたつなど、ほのかにうちひかりて行くもをかし。雨など降るもをかし。

（岩波『日本古典文学大系』）

春は、あけぼの。
やうやう白くなりゆく山ぎは、すこしあかりて、
紫だちたる雲の、細くたなびきたる。
夏は、夜《よる》。
月のころは、さらなり。
闇《やみ》もなほ。
蛍《ほたる》のおほく飛びちがひたる、
また、ただ一つ二つなど、ほのかにうち光りて行《ゆ》くも、をかし。
雨など降るも、をかし。

（『新潮日本古典集成』）

春はあけぼの。やうやうしろくなりゆく山ぎは、すこしあかりて、紫だちたる雲のほそくたなびきたる。
夏は夜《よる》。月のころはさらなり、闇《やみ》もなほ、蛍《ほたる》のおほく飛びちがひたる。また、ただ一つ二つなど、ほのかにうち光りて行くもをかし。雨など降るもをかし。

（小学館『新編日本古典文学全集』）

見れば、岩波大系本は明らかに「やうやうしろくなりゆく、」「月の頃はさらなり、」といった読点を主張するテキ

ストであるが、教科書では改変が見られる。古典集成や新編全集はそれに比べて忠実な引用といえるが、表記までも視野に入れれば「しろく→白く」「あかりて→明りて」などの加工が、やはり施されている。そしてこうした漢字表記の違いも、現場でしばしば問題になる所であった。

三、その漢字は〈正しい〉のか

「どの漢字が正しいのか」「漢字の正しい読み方は」。こうした質問もまた古典教材にはついてまわる。「春はあけぼの」に限っても、教科書が依拠する活字本自体に差があること、先に見た通りだが、参考までに他の流通テキストも加えておこう。

春はあけぼの。やうやう白くなりゆく山ぎは、少し明《あか》りて、紫だちたる雲の、細くたなびきたる。夏は夜。月のころはさらなり。闇《やみ》もなほ、螢《ほたる》の多く飛びちがひたる。また、ただ一つ二つなど、ほのかにうち光りてゆくもをかし。雨など降るもをかし。

（『和泉古典叢書』）

春《はる》は曙《（あけぼの）》。やう〱しろくなり行《（ゆく）》、やまぎはすこしあかりて、むらさきだちたる雲《くも》のほそくたなびきたる。夏はよる。月のころはさら也。闇もなを《（ほ）》、ほたるの多くとびちがひたる。又、たゞ一二《（ひとつふたつ）》など、ほのかにうちひかりて行《（ゆく）》もお《（を）》かし。雨などふるも、お《（を）》かし。

（岩波『新日本古典文学大系』）

底本はすべて同系統（三巻本二類）[3]で表記にもほとんど差はないが、「あけぼの」「曙」、「しろく」「白く」、「あかりて」「明りて」、「紫」「むらさき」、「よる」「夜」、「ころ」「頃」等々、右五冊に限っても対応はまちまちである。
各々は校訂者の判断によっており、注釈書をさらに遡れば「しろく」には「著く」、「あかりて」には「赤りて」「上りて」等の解釈にも出会うことになる。ここまで来るとまさに「どれが正しいのか」という話にもなるが、そもそもこうした漢字表記はいかなる規準に則っているのか。大まかには、次のように整理できよう。

①底本の漢字表記を妥当と判断し、そのまま用いる場合（ここでは「春」「夏」など）
②底本は仮名表記だが、誰もが想定し得るであろう漢字をあてる場合（「紫」「夜」「闇」など）
③底本の仮名を語義的に解釈し、その結果を漢字で主張する場合（「明りて」「赤りて」「上りて」など）

補足すれば②③は実際には区別し難しこともあり、別に、通行の表記になじまない底本の漢字、読み仮名が必要と判断された漢字に仮名を付すこと（「成行《(なりゆく)》」「一二《(ひとつふたつ)》」など）、底本の漢字を宛て字と判断して仮名書きすることも行われる。

　こうして提供される漢字表記だが、特に底本の漢字（①）と校訂者があてた漢字（②③）とを明確にすべく、後者には底本表記を傍らに残すという通例もある（「明《あか》りて」「夜《よる》」など）。つまり、「明《あか》りて」とあれば校訂者が「あかりて」を「明りて」と解したのだということ、「夜《よる》」とあれば底本には漢字「夜（よる／よ）」ではなく「よる」とあったことが、読者に伝わるわけである。ただそれは、形として校訂者が施した読み仮名と区別がつかないため（校訂者の対応にも差があって）誤解の元にもなってくるようだ。

　現場でもよく聞くのが、例えば「脇息《けふそく》」や「消息《せうそこ》」など、なぜ教科書にはわざわざ生徒が読みにくい「振り仮名」

が付けてあるのか、「きょうそく」「しょうそこ」と読ませたいのなら初めからそう振ってほしい、といった声である。それでは古語辞典が引けないから、と答えていた人がいたが、活字テキストの成り立ちからするとやはり誤解があろう。つまり、底本表記の尊重、もしくは〈読みやすさ〉への配慮（「けふそく」を「脇息《けふそく》」と表記して提供した）といった、提供者側の思惑が、必ずしも一般読者には理解されていないわけだ。その意味で古典テキストは、現代の読みの流儀に無防備に晒されている。

活字テキストはあくまでも仮の姿、解釈の結果と見るか、そのまま〈作者〉の決定稿のように読むか。いわば両極の読書行為の間で、多くの古典テキストは揺れている。不均一な読者たちによって消費され続けている。そうしたテキスト環境の中で、特に「正解／不正解」の線引きが要請されるような現場において、句読点や漢字表記をめぐる疑問質問も、繰り返し噴出してくることになる。

四、句読点の根拠とは

前掲のような通行の活字テキストは、写本の表記を改め、句読点を施し、時に校訂や改訂も加えて作られた〈解釈本文〉といえるが[4]、こうしたテキストによる享受じたい、作品の成立からすればそう古い出来事ではない。当然のように付されている句読点も、いわば近代の作法である。公的には明治三九年、文部省の「句読法案」によって規準が定められているが、ただそこで句読点が登場したわけではない。法案じたい、国定教科書を念頭にそれまでの慣習をまとめ直したもので、遡れば近世の出版物にみられた諸符号（点例）が、既に下地としてあったことがわかる。

枕草子の場合、近世注釈書の双璧『清少納言枕双紙抄（磐斎抄）』『枕草子春曙抄』（延宝二年）という刊本において、「春はあけぼの」は次のように提供されていた。(5)

春はあけぼの。やう〳〵しろくなりゆく山ぎはすこしあかりて。むらさきだちたる雲のほそくたなびきたる。夏は夜。月の比はさら也。やみもなを蛍とびちかひたる。雨などのふるさへおかし。……（磐斎抄）

春はあけぼの。やう〳〵しろくなりゆく。山ぎはすこしあかりて。むらさきだちたる雲のほそくたなびきたる。夏はよる。月のころはさらなり。やみもなをほたるとびちがひたる。雨などのふるさへおかし。……（春曙抄）

どちらも、切れ目が必要と思われる箇所にすべて「。」を置く。(6)引用部分では「しろくなりゆく」で「。」を打つか否かで見解が分かれる程度である。

その後、春曙抄の方は流布本として読み継がれて行くが、明治に入ると表記には若干の修正が見え始める。明治

二四年の『標註枕草紙読本』（佐々木弘綱）では、

春ハ曙やう〳〵白く成ゆく．山ぎはすこしあかりて．紫だちたる雲の細くたなびきたる．夏ハよる．月の比は更なり．やみもなほほたるとびちがひたる．雨などのふるさへをかし．……

と、仮名遣いを改め（「をかし」「なほ」）、漢字表記の割合が増やされている（「曙」「白く」「成ゆく」など）。ただし切れ目に関しては、符号が「・」に代わっただけで大差はない。それが明治二六年の『訂正増補枕草子春曙抄』（鈴木弘恭）では、

春はあけぼの。やう〳〵白くなりゆく山ぎはすこしあかりて。むらさきだちたる雲のほそくたなびきたる。」夏はよる。月のころはさらなり。やみもなほほたるとびちがひたる。雨などのふるさへをかし。」……

のように、「。」のみだった符号に「。」」が加わり、今日の句点読点にあたるような選別が明確になってきている。またこれら注釈書に先立って、「。」を「、」と区別した活字テキストも、すでに流布しつつあった。

春はあけぼの、やう〱しろくなりゆく、山ぎハすこしあカりて、むらさきだちたる雲の、ほそくたなびきたる。夏はよる、月の頃ハさらなり。やミもなほ螢とびちがひたる。雨などのふるさへをかし。秋は夕ぐれ、……

（三上参次・高津鍬三郎『日本文学史』明治二三）

春は曙、やう〱しろくなりゆく、山ぎは、少しあかりて、紫立ちたる雲の細くたな引きたる。夏はよる、月の頃は更なり、やみもなほ螢飛びちがひたる、雨などのふるさへをかし。秋は夕ぐれ、……

（芳賀矢一・立花銑三郎『国文学読本』明治二三）

符号の違いこそあれ、いわゆる文末とそれ以外の切れ目を識別するという共通意識をもって、明治の「春はあけぼの」は提供され始めていたわけだ。ただこうした符号の増加は、校訂者に新たな判断を迫るものでもあった。枕草子の場合、例えば「春はあけぼの、」か「春はあけぼの。」かなどが、否応なくテキスト上の問題となってくるのである。

近代国文学の黎明期には、右のように「春はあけぼの、」が主流だったものの、転機は早くも訪れている。「春はあけぼの」に「。」を、それも「、」と区別した上での「。」を打つこと。こうした考え方は、黒川真頼の次のような説に見出すことができる。

「春はあけぼの」ハ、春は曙の景色がすぐれて面白しとなり。ここにて句を切るべし。そは、清少納言が常に用ふる省略の筆法にて、まづ春は曙の景色が最も良しと云ひ置きて、さて次に其のよきさまをことわれるなり。

この解釈は、明治二八年に次のような活字テキストとともに発表されている。(7)

　春はあけぼの。やう〳〵白くなりゆく山ぎは、すこしあかりて、むらさきだちたる雲の、ほそくたなびきたる。」夏はよる。月のころはさらなり。やみもなほ、ほたるとびちがひたる。雨などのふるさへをかし。」秋は夕ぐれ。……

「春はあけぼの」の「。」は、「ここにて句を切るべし」という解釈の結果であることが、明確に示されたことになる。ただ興味深いのは、ここには「、」「。」のほかに、先の『訂正増補枕草子春曙抄』にも見えた「。」」が併用されている点だろう。よって「春はあけぼの」の「。」は、厳密には今日の句点と等価ではない。いわば句点読点の中間のような符号と解せようか。句読点が整備される以前、「春はあけぼの」にもこうした対処のあったことは記憶されるべきである。(8)

「春はあけぼの。」という解釈は、黒川の校閲になる松平静『枕草紙詳解』（明治三二）に受け継がれ、次のようなテキストとして広まっていった。

　春はあけぼの。やう〳〵白くなり行く山際《きは》すこしあかりて、紫だちたる雲の、細く濃くたなびきたる。夏はよる。月のころはさらなり。闇もなほ、螢とびちかひたる、雨などの降るさへをかし。秋は夕ぐれ。……
（「細く濃く」とある本文の典拠は不明）

一方、ここには「。」のような第三の符号が姿を消している。現代読者にとっては見慣れた光景が、ようやく定着をみるわけだ。その意味で今日の流通テキストは「詳解以降」に位置する。「句読法案」がまとめられる七年前のことであった。

近世の点例は近代の句読法を確かに用意していたが、ただちにそれが「、」か「。」かへと移行したわけではなかった。明治以降、様々な試行錯誤を繰り返す中で、句読法の浸透とともに二者択一の発想も定着してゆく。そして現在の我々の読書行為は、こうして定着をみたテキストとともにある。校訂者による（句点読点の）選択という問題以前に、既に句読法の呪縛があるわけだ。

五、仮名文としてのテキスト

こうした来歴を持つ活字テキストは、従って常に相対化されるべき宿命を負っている。そしてその度に持ち出されてくるのが、写本という根拠である。遡り着く写本には、それゆえ一定の価値が温存され続けることになるが、それもまたテキストのひとつにほかならない。

「春はあけぼの」の句読点や漢字表記を考えるにあたって、ここで現存する主な古写本の冒頭を、通行の用字に置き換えて引いてみたい（改行も原本のまま）。

弥富本（三巻本系統・二類）

春はあけほのやう〳〵しろく成行山きはす

こしあかりてむらさきたちたる雲のほそく
たなひきたる夏はよる月の比はさら也やみも猶
ほたるのおほく飛ちかひたる又たゝ一二なとほの
かにうちひかりて行もをかし雨なとふるもを

嘉堂文庫本（三巻本系統・抜書本）

春は明ほのやう〳〵しろくなり行山
きはすこしあかりてむらさきたち
たる雲のほそくたな引たる
夏はよる月のころはさら也やみもなを
螢のおほくとひちかひたる又たゝひと
つふたつほのかにうちひかりて行も

三条西家旧蔵本（能因本系統）

春はあけほのやう〳〵しろくなりゆく山きはすこしあか
りてむらさきたちたる雲のほそくたなひきたる夏はよる
月の比はさらなりやみも猶ほたるとひちかひたる雨なとの

朽木文庫本（堺本系統）

春はあけぼのゝ空いたくかすみたるにやう〳〵
しろくなりゆく山のはのすこしづゝあかみて

むらさきだちたるくものほそくたなびき
たるもいとおかし
夏はよる月のころはさらなりやみもなをほたる
おほくとびちがひたる夕たゞひとつふたつなど
ほのかにうちひかりてゆくもいとおかしあめの
のどやかにふりたるさへこそおかしけれ

前田家本

はるはあけほのそらはいたくかすみたるにやう〳〵
しろくなりゆくやまきはのすこしつゝあかみ
てむらさきたちたる雲のほそくたなひきたる夏
はよる月のころはさらなりやみもほたるのほそくとひ
ちかひたるまたゝひとつふたつなとほのかにうち
ひかりてゆくもおかしあめなとのふるさへをかし

さしあたり現存写本は、書写者の選んだこのような表記形態を伝えている。もちろん書写者はすべて後世の何者かであって（最古の前田家本でも鎌倉期）、伝わらない原本との距離は、写本間の対比によって測られている。ただ、右のような現存本の仮名文としてのあり方（随所に若干の漢字を配した和文）が、原本からそう遠くないとは考えてよいだろう。

仮名文としての「春はあけぼの」。ここではそこから生成される読書行為というものを、可能な限り想像してみたい。

「春は」に始まる冒頭から読み進めてゆくと、やがて読者は「夏は」なる徴表と出会う。その前の「たなびきたる」に、さしあたり大きな切れ目が認められることになる。そして（「あけぼのの空」とある堺本以外）「春はあけぼの」までが「夏はよる」と対になっていることも理解されてくる。以後「秋は」「冬は」と四季が揃ってくるので、各々の書き出し、「はるはあけぼの」（七）「なつはよる」（五）「あきはゆふぐれ」（七）「ふゆはつとめて」（七）の和歌的音律を刻む文字たちは、浮き出るように他から峻別されてくる。[9] まずこの四箇所は「句読点などがなくても、そのあとに自然な形でポーズが置かれ」[10] ていると見なしてよいだろう。その後、例えば「春」の内部では「すこしあかりて」「かすみたるに」といったいわゆる接続助詞が、下位の区切りの徴表となってこよう。

その呼吸をまず視覚化すると、こうなる。

春はあけほの□やうやうしろくなりゆく山きはすこしあかりて▽むらさきたちたる雲のほそくたなひきたる□
夏はよる□月のころは……

ここまで切れ目が見えてきた後、「やうやうしろくなりゆく山ぎはすこしあかりて」の部分をどう読むかが、厳密には問題にできる。

六、句読点は拒めるか

この部分、今日の活字テキストにおいては、

……しろくなりゆく、山ぎはすこしあかりて～

……しろくなりゆく山ぎは、すこしあかりて～

と、読点の位置が分かれていた。「なりゆく」で切るか否かの選択は、そのまま次の「山ぎは」と「すこしあかりて」の関係付けとも連動している。冒頭から「やうやうしろくなりゆく」まで読み進めていった限りでは、まずここで呼吸を置きたくなる。「春はあけぼの、（その空が）しだいにしろくなってゆく。」もしくは「春はあけぼの（だ）。しだいにしろくなってゆく（その空だ）。」といった理解となる。ただすぐ後に「山ぎは」なる名詞が来るので、今度はその干渉を受けて、「しだいにしろくなってゆく山際（の空）。」とも解されてくる。いずれにせよ、以下「すこしあかりて」へと続くので、遡って最終的には（その）「山ぎは」の「すこしあかりて」ゆく春の明け方、という景観に落ち着く。結果として「しろくなりゆく」は、前を受けながら後ろへも掛かってゆく連結節のように働いたことになる。

新大系本の校訂者でもある渡辺実は、ここに（「しろくなりゆく。山ぎは～」も加えた）三通りの読みが可能であることを示して、「随意の句読法を拒否するだけの論理的力を内有しない」清少納言の「文章の弱点」を指摘し

た[11]。日本語テキストは句読法に適ってこそ論理性が保証されるという前提、目的（到達点）にあたかも「紫式部の文章」が用意してあるような流れには違和感を覚えるが、「読者の期待にテキストが応えてくれない」という訴えとしてなら理解できる。しかしその際には当然、読者側の期待の根拠というものが、同時に検証され続けなければなるまい。例えば「春はあけぼの」に、世に言う「詩的」な、あるいは印象をただ投げ出すかのような、鮮度に懸けたテキストの生命線を認めるならば、どこまで句読点というものは押し付け得るのか、それは長所を短所に貶めることになはならないのか、という検証も必要となってくるはずだ。

渡辺論文は、同じく枕草子の「文章の弱点」として、次のような部分もあげている（句読点の箇所は『新大系』に従った）。

> 頭中将の、すずろなるそら言《ごと》を聞きて、いみじう言ひおとし、「なにしに人と思ひほめけむ」など、殿上にていみじうなむのたまふ、と聞くにもはづかしけれど、まことならばこそあらめ、おのづから聞きなほしたまひてむと笑ひてあるに、黒戸《くろど》の前《まへ》などわたるにも、声などするをりは、袖をふたぎてつゆ見おこせず、いみじうにくみたまへば、ともかうも言はず、見も入《い》れで過《す》ぐすに、二月つごもり方《がた》、いみじう雨降《ふ》りてつれづれなるに、「御物忌にこもりて、『さすがにさうざうしくこそあれ。物や言ひやらまし』となむのたまふ」と、人々語れど、「世にあらじ」などいらへてあるに、日一《ひと》日《ひ》下《しも》に居くらして、まゐりたれば、夜《よる》のおとどに入《い》らせたまひにけり。

冒頭からここまで読み進めて、ようやく「。」がくる。つまり二十二もの「、」を抱えた「一文」ということになる。

なるほど「切ろうと思えばいつでも切れる、すなわちそこで続けなければならぬ必然性の薄弱な続け方」と言われればそうなのだろう。また、それを実証するために引用者がことさら読点を多用しているわけでもあるまい。句読法に則って〈読みやすい〉テキストを提供すれば、おのずとこうした結果に陥るわけだ。だが見方を変えれば、ここには「。」と「、」でしか対応できない不自由さが、まさに露呈しているといえる。

右を内容から区切ってゆけば、①頭中将（斉信）が自分をけなしているという噂を受けての「はづかし」という心情（「頭中将の……と聞くにもはづかしけれど」）から始まって、②事実ではないから笑ってすませていたという対応ぶり（「まことならばこそあらめ……と笑ひてあるに」）、③顔を隠してみせる斉信には、あえて無視を決め込んだという次なる対処（「黒戸の前など……見も入れで過ぐすに」）まで、まずは斉信とのいきさつを粗描した後、④当段の舞台（二月つごもりの内裏）を明かしつつ、斉信側の軟化にも気のない態度でやり過ごす様が描かれて（「二月つごもり方……などいらへてあるに」）、⑤参上するも、中宮は寝所にお入りになった後だったという「事件当夜」の状況説明で一段落が付けられている（「日一日下に……入らせたまひにけり」）。

すべて、斉信の言動を受けた書き手の対処が区切りとなって、事件当夜まで読者を一気に導いているわけだ。ならば五つの文にでも分けてほしいというのは、読者の言い分としてあり得ようが、こうした書きぶりだからこそ伝わる勢いというものがある。ここには斉信とのいきさつが語られてはいるものの、彼がいかなる「すずろなるそら言」を耳にしていたのか、何が「なにしに人と思ひほめけむ」とまで怒らせたのか、さらに、あからさまな嫌悪まで示す斉信が、こちらの反応に気をもむ様子なのはなぜかなど、肝心の説明が抜け落ちている。その徹底ぶりが、斉信との仲たがいの詳細には触れたくない、あるいは触れるつもりはないという、強い意志を伝えてもいる。中核に「触れたくない」何かを抱えながらあるテキスト。もし五つの文に書き直したりすれば、その切迫感も霧散してしまうだろう。

従って、ここまでの区切りを「一文」とする認定じたいは首肯できる。しかしその認定が、他には「読点」しか選択の余地を残さないのだとすれば、その方が問題となってくる。〈読みやすさ〉に配慮したはずの符号が、一定以上の「長文」ではかえって読みにくさを助長してしまうということ。右の一文ならば、仮に①から⑤までの意味のまとまりを可視化すべく「、」をあてるなら、それ以外の切れ目を示す（「、」未満とでもいうべき）符号が欲しくなる。読点の過重負担を譲渡したくなる。許されないとすれば、それこそは「句読法の弱点」ではないのか。

仮名文に対して近代句読法は弱点を持つ。こうした立場から、改めて「春はあけぼの」に対峙するとどうなるか。最後に試みておきたい。

七、仮名文として読むならば

春はあけぼのやうやうしろくなりゆく山ぎは……

「あけぼの」でも「なりゆく」でも、そこに句読点を打てば、今やそれは相互排除的な選択と見なされてしまう。「なりゆく」にも終止形か連体形かという二者択一が迫られて、どちらでもあるというテキストは許されない。それゆえ、先に見たような「しろくなりゆく」がまさにこの位置にあることの妙を、「春のあけぼの」の情景を受けながら「すこしあかりて」くる「山ぎは」をも焦点化し得る、いわば前から後へ受け渡されるバトンのような働きを、再現することは困難となる。

やうやうしろくなりゆく、山きは、すこしあかりて、

と表記してみても、「山ぎは」を挟む二つの「、」が「あかりて、」のそれと等価かと考え出すと、また別な疑問が生じてしまう。

この箇所はさらに、先に触れた漢字表記の問題をも抱えていた。前掲のように、写本ではほとんど仮名で「しろく」「あかりて」（堺本前田家本は「あかみて」）とある部分は、一般に「白く」「明（か）りて」とあてられることが多い。注釈を掘り起こせば「著く」や「赤りて」「上りて」という解もあることは先に触れた。諸説を比較すれば「白く」「明りて」という通行の表記は、一応は無難なものと認めてよいと思われる。ただ、ここで「明りて」が「上りて」との間に迫られる峻別と、「赤りて」とのそれは同じものではない。前掲小松論文（注10）も指摘する所だが、「明りて（明るくなって）」と「赤りて（赤みをおびて）」は、「白く」と「著く（はっきりと）」と同様、まったくの別語とはいえない。このように遡れば同根と認定し得るような言葉が、現存本に仮名でしか残されていないとき、漢字をあてて意味を限定することには、文脈上の必然性や底本の位相などを鑑みつつ、相応の慎重さを要しよう。

この「しろく」の場合、先に見たように「やうやうしろくなりゆく」の段階では「春の明け方の、しだいに白んでゆく空」が広々とイメージされるも、「しろくなりゆく山ぎは……」と読み返せば「しだいに（東山との境界が）はっきりとなってゆく山際」が焦点化されたものと解される。「白く」は決して「著く」を排除するものではない。「あかりて」も同様、「赤みを帯びて明るくなって」と解しても、ここは不都合ではないだろう。次に来る「むらさき」が当時は赤に近かったという理由から、「あかりて」は「赤りて」ではありえないとする説もあるが、それで

は「あか」「むらさき」という言語側の位相が無化されてしまう。実景に照らしたとしても、空の赤さと雲の赤さには違いがあろう。

いわばそこには、初めから句読点や漢字の宛がわれたテキストとは異なる、[12]仮名テキストなりの〈正しさ〉がある。読み返すことで〈正しさ〉も複合的に生成され得るという側面が、特に重視されてくる。そうした特性を尊重するなら、とりあえず「しろく」「あかりて」は仮名のままの表記に落ち着く。さらに、句読点のみでは対処の難しい箇所には「読点未満」（小さなポーズ）ともいうべき符号が欲しくなる。

やうやうしろくなりゆく 山ぎは すこしあかりて、むらさきだちたる雲のほそくたなびきたる。

仮名文の個性と〈読みやすさ〉とを天秤に掛けた、右はひとつの妥協点となろうか。[13]

同じように「夏」の部分にも触れておこう。教科書に至るまで、句読点の議論が集中するのが前半部で、冒頭に引いた諸注にも、

夏はよる。月のころはさらなり。やみもなほ。ほたるのおほく飛びちがひたる、（集成）
夏はよる。月のころはさらなり。やみもなほ、ほたるのおほく飛びちがひたる。（和泉）
夏はよる。月のころはさらなり、やみもなほ、ほたるのおほく飛びちがひたる。（新大系）
夏はよる。月のころはさらなり、やみもなほ、ほたるのおほく飛びちがひたる。（大系・新編全集）

という四通りの解釈が見られた。まさに校訂者の判断が窺えて面白い箇所なのだが、どれが〈正しい〉のかという観点からは、「春」以上に困惑も招いているようだ。

「春はあけぼの」との対比から、まず「夏はよる」でポーズが置かれるのは間違いない。次の小さな切れ目が「月のころはさらなり」に来ることも明らかだ。そこで「。」を選ぶか「、」を選ぶか、続く「やみもなほ」の理解とも連動して、見解が分かれるわけだ。ちなみに「夏はよる」の所は、「春はあけぼの」同様、諸注「。」で一致しているが、「、」で読む可能性も（句読法と仮名文との関係から）否定できないと筆者などは考えている。[14]

ここでも句読法の縛りをいったん外してみる。「夏はよる」に最初の切れ目が確認され、それを受けて「月のころはさらなり」と続くので、夏の「夜」からその「月のころ」が特定されていると、まずは理解される。従って「さらなり」を終止形と解することに、この時点では何も問題はない。

　夏は夜だ。月の頃は言うまでもない。

ただここでは次に「闇もなほ」とくる。その干渉を受けると、「さらなり」は「月夜」対「闇夜」の対比関係を築くものとして、今度は位置付けられてくる。

　月夜は言うまでもなく、闇夜でもやはり（夏は夜だ）。

それはさらに「蛍の多く」へと続く。そこから読み返せば、「なほ」はまた「闇夜」に「蛍の群」を散りばめてゆく、その前触れとなるだろう。

　闇夜でもやはり（月夜に劣らない）蛍の多く飛び交っている風情。

いずれにせよ夏の風情が、月夜から蛍の群へと（闇夜を仲立ちに）、後から累加されてゆく趣である。そのひとまとまりは、能因本以外「ほのかな蛍光」（ただ一つ二つなどほのかにうち光りて行く）と対比され、連鎖はまだ終らない。

　とりあえずは、

　　夏はよる、月のころはさらなり、やみもなほ、ほたるのおほく飛びちがひたる、

という区切り方が一番近いか。しかしそうするとやはり、すべての「、」は等価なのかという、句読法との葛藤が始まる。「夏はよる」は、この文の頭であるとともに、俯瞰すれば「春はあけぼの」「秋はゆふぐれ」「冬はつとめて」と並ぶ大きな徴表であった。その意味では「。」で区切るという選択は理解できる（「をかし」の「省略文」だからではない）。ただし、それが唯一の〈正解〉と受け取られかねない現在のテキスト状況を鑑みるなら、あえて「、」を、ここでは推したくなる。「さらなり」は、「文」として完結するわけではないことを示す意味では「、」が妥当だろうか。「やみもなほ」は「ほたる」以下との連繫機能を重視して読点未満に、「飛びちがひたる」は次の「また」がひと呼吸を意識させることから、やや「。」に傾く。以上、現行表記とのいまここでの妥協点は、

夏はよる、月のころはさらなり、やみもなほ ほたるのおほく飛びちがひたる。

とでもなろうか。意図的に排した句読点と新たな再会を果たしたわけだが、結果よりもここに至る（テキストとの）問答にこそ、実際は意味がある。

もちろん、各々の活字テキストには各々の目論見があってよい。句読法に従わなければ、さしあたり流通テキストとしては受け入れ難く、まして教科書テキストが句読法を無視するという選択は、その成り立ちからもありえまい。また、そもそも中学（小学）教材としてなら、これまでの議論など踏み込むべき領域ではないのだろう。ただ教える側が、振りかざすテキストの〈正しさ〉の根拠を考えておくことには、また別の意義があるということだ。それは、権威化されやすい教科書テキスト、あるいは惰性に流されやすい定番教材に、本来のダイナミズム（動態）を取り戻すための一助であって、誰もが諸本の素性や系譜を理解しておくべきだという話ではない。

例えば高校教科書で改めて「春はあけぼの」を取り上げ、写本がいかなる加工を経て教科書のようなテキストへと行き着いたのか、一例として示しておくことは（実際に授業で活用されるかは別に）ひとつの仁義かとも思う。あるいはあえて加工以前のテキストを提供し、句読点を打つこと、漢字をあてることが、いかなる解釈と支え合っているのか、解釈をどう左右させるのか、追体験できるようなコラムでもよい。豆知識コーナーやカラー頁の充実もよいが、古典テキストというものの根拠を一例でも示すことは、教える側にとっても有益なのではないか。テキストを提供する専門家側もまた、自分たちの常識や流儀がほとんど理解されてない現状を認知すべきである。そのとき「春はあけぼの」などは、中学から高校へ、またテキスト提供者から利用者への、格好の橋渡しとなり得よう。

注

（1）藤本宗利「『春はあけぼの』を生かすために」（『〈新しい作品論〉へ、〈新しい教材論〉へ』古典編3、右文書院、二〇〇三）。ほかに、岡田潔「古典教材としての枕草子」（『枕草子大事典』勉誠出版、二〇〇一）、原国人「枕草子と国語教育」（『枕草子講座』四、有精堂、一九七六）などが、教材枕草子への時代時代の提言となっている。

（2）現場からの質問に、同社はネット上でも対応している（http://www.tokyo-shoseki.co.jp）。そこで「闇もなほ」の句点に関しては、集成の先例である佐伯梅友・石井茂『枕草子の研究』（績文堂出版、一九五九）の解説も紹介さている。なお、現在「春はあけぼの」は同社の小学教材にも見えるが（六年下）、本文は同じく集成版。

（3）岩波「大系」は岩瀬文庫本、「新大系」は内閣文庫本、「集成」は尊経閣文庫本、「和泉叢書」は刈谷本、「新編全集」は弥富本が底本。杉山重行『三巻本枕草子本文集成』（笠間書院、一九九九）によれば、表記が分かれるのは「おほく／多く」「とひ／飛ひ」程度。

（4）同じ活字本でも、翻刻を旨としたテキスト（原本の表記がわかる範囲で活字に置き換えたもの、諸注では新大系本が最もそれに近い）と比べ、積極的に加工が施されている。

（5）磐斎抄は『加藤磐斎古注釈集成』（新典社、一九八五）、春曙抄は『北村季吟古注釈集成』（新典社、一九七六）によった。

（6）春曙抄の一つ目と三つ目の「。」などはやや中央寄りで、微妙ながら符号を使い分けた先駆と解せる。また区切りとしての「。」などは、すでに古活字、整版本にも部分的に施されていた。

（7）『國學院雑誌』（一八九五・十一）に学生筆記として掲載。「省略の筆法」説は、前掲『訂正増補枕草子春曙抄』の注（「此所は即ちをかしといふ一句をわざと省きたる文法」）とあわせて、後世「をかし」省略説として定着を見る。「省略説」の問題点については津島「枕草子が『始まる』」（『動態としての枕草子』おうふう、二〇〇五）参照。

（8）今日の句読点が定着する以前、様々な区切り符号の組み合わせが模索されていた。飛田良文「西洋語表記の日本語表記への影響」（『現代日本語講座』6、明治書院、二〇〇二）では「、」「。」「°」などを用いた十二種類の型が調査報告されている。

（9）その配列は、おのずと先立つ五音（「をかしきは」のような大題目）をも想定させようか。

（10）小松英雄『仮名文の構文原理』（笠間書院、一九九七）の指摘。以下、仮名文に対する基本姿勢をはじめ、同書からは多くの示唆を受けている。

（11）渡辺実『平安朝文章史』第八節（東京大学出版会、一九八一）。

（12）作者によって句読点もが統括されてあるテキストとも、おのずと読者の介入の余地は異なる。

（13）「句読法案」以前の多種多様な符号を思い起こせば、新たに区切り符号を増やすことは現実的な解決法とはいえまい。ここでは空白を現行表記との一応の妥協点と考えた。なお、後に刊行した『新編枕草子』（おうふう）では、この方法に従った編纂を試みている。

（14）林四郎「春はあけぼの」（『国語研究論集』汲古書院、一九九八）も現行句読点に再考を迫るもの。そこでは「どうしても句読点をつけろというのであれば」とした上で、この箇所には「。」よりも「、」が選ばれている。首肯すべきと解した。

第十四章　教科書の中の源氏物語

一、君の名は

源氏物語の「研究者」たるもの、人をうならせるような作品との出会いを語ってほしいというのは、俗人の勝手な期待でもある。だがじっさい、仄聞する彼らの物語の多くには、時に早熟な、時に運命的な出会いが用意されていたりもする。それは、偶然必然に手にした文学全集の類であったり、名だたる現代語訳であったり……。少なくともあまり聞かれないのは、教科書が大きく貢献したという話だろうか。誰もが通る道ゆえ、ことさら記すには及ばないのかもしれない。または先の期待に照らして、いささか役不足と見られているのかもしれない。

私個人の記憶を辿れば、源氏物語との最初の出会いは、どうしても教科書に突き当たる。中学三年の国語の授業で、枕草子初段とともに桐壺巻の冒頭を暗唱した覚えがあるからだ。ところが後年この話をすると「枕はともかく、源氏なら高校だろう」と言われることが多い。確かに、後に教える立場から数々の教科書に接しているが、中学では源氏物語にお目にかかることはなかった。不惑も超えたわが記憶、さては覚束なしということか。それとも源氏・枕なる世の併称に、記憶が侵食されてしまっているのだろうか。

良い機会なので、いちど事実を確かめておこうと思い、東書文庫にこもって調査を開始した。記憶が曖昧なため、片端から閲覧を申し入れることになり、思いきり係の方の手を煩わせてしまった。半日も資料の山に埋もれながら、しかしついに、我らが教科書との対面はかなった。それなりに思い入れもあったのだろう、黄緑がかった表紙を手にした時は、少なからぬ感動もわき起こる。[1]やっと会えたね、君に。正確には『新版標準中学国語』（教育出版、昭和四七年版）という、愛想のないお名前だったけれど。

目次をめくると、意外にも記憶が刺激されて胸おどる。教科書がこんな感情と結びつくなんて、やはり年月のなせるわざか。同窓会で話し込むうちに、些細な出来事までが甦る、あの楽しさに近いかもしれない。そして開いた「古典の世界」の単元。まずは枕草子が登場する。初段はもちろん「にくきもの」「うつくしきもの」「笛は」に「香炉峯」の段まで載っている。続いてやはり居られたではないか、源氏物語。五頁にわたる作品作者の解説に、桐壺巻の冒頭（原文と現代語訳）が引かれていた。だが記憶の確認もそこそこに、しだいに別な感慨にも見舞われていった。それにしてもやけに詳しくはないか、これは。

物語の概説、作者の生涯に「受領階級」や「かな文字」をめぐる説明も盛り込まれ、作品じたいはこう紹介されていた。

『源氏物語』が書かれた十一世紀の、世界の文学史を調べてみますと、これほどの本格的な長編小説はどの民族もまだ持っていません。その時代に、しかも一人の女性が、今日の文学の高い標準に照らしても、じゅうぶんに傑作として評価できる作品を完成したことは、おおげさにいえば日本人の誇りにしてよいことでありましょう。

高校の現場でも、かくも詳細で大仰な解説には出会った記憶がない。教科書から鷗外・漱石が消えてゆくことが、いま世間を騒がせているが、すでに時代の変節があったのか。改めて、教科書の中の源氏物語を辿っておきたくなった次第である。

二、徒花がくれた季節

とりあえず、戦後の新制中学の国語教科書に当たってみた。すると、筆者が昭和四九年度に使用した先の教科書の、かなり特異な位相が浮かび上がることになった。昭和四十年代の後半、教材として源氏物語を掲載したものは、ほとんど見当たらなかったのである（学校図書に「清少納言と紫式部」という池田亀鑑執筆の概説が載る程度）。当の教育出版にしても（昭和三一年版以来「日本文学史」の一部で紹介されてきたが）三七年版ではじめて原文の一節（桐壺巻「野分だちて〜」以下）が引かれ、それが四四年に若紫巻へ、四七年に先の桐壺冒頭へと差し替えられた後、五三年版以降は姿を消してしまっている。

つまり、私が遭遇した詳細な解説、しかも桐壺冒頭を載せた教材は、教科書史上ごく一時期の（以後の、活字の大きなスカスカ教科書への流れからみれば）徒花のようなものだったことになる。[2] 五三年以降となると学校図書の「清少納言と紫式部」も消え、中学教材から源氏関係は遠ざけられてしまうわけだが、多くの採録があった昭和四十年以前にしても（二八年の学校図書以来の）若紫巻の翻案や現代語訳（主に谷崎潤一郎訳）が主流であった。[3] 「出会いの場」としての若紫巻の採択は、戦前の小学校（後述の国定読本）から戦後一時期の中学へ、その後は高校へと移行していたことになる。同じく桐壺巻の冒頭もまた、先の徒花期をへて、今は高校教材に落ち着いている。

現在の高校教科書において、右の両巻が定番となっているのは周知のところ。今年度（平成十四年）の12社の「古典Ⅰ」をみると、桐壺巻（冒頭）は11社、若紫巻（北山の垣間見）は8社（以下、須磨4、薄雲2、明石・夕顔が各1）で採択されている。(4) 手元に昭和四九年と六一年度の調査報告もあるが、(5) 傾向はほぼ同じ（ちなみに両巻に次ぐ須磨は、戦前には圧倒的な採択数を誇った）。むろん、こうした状況に安定するまでには、それなりの紆余曲折も知られている。桐壺巻でいえば、かつて定番教材だったのは私が遭遇した冒頭部ではなく、「小萩がもと」と通称される箇所だったという具合に。

帝が靫負命婦を遣わす場面から、亡き更衣への哀悼が語られる「野分だちて、にはかに肌寒き夕暮のほど〜」に始まるその一節は、戦後まもなく編纂された文部省の『高等国語』(6) でも選ばれている。だがその採択に対しては、昭和四三年の時点で、「どう考えても戦前の旧制中学の教科書には載せることの許されなかった教材である。神聖にして犯すべからざる天皇が、更衣を失ったからといってメソメソしては困るのである。こうした場面は教科書にはタブーであった」といった指摘がみられる。(7) 歴史を繙けば、「小萩がもと」は明治以来、戦前の旧制中学教科書にも採録はされていたようだ。(8) 従って右の指摘は本来、相変わらず桐壺巻冒頭を回避する、その姿勢にこそ向けられるべきだったかもしれない。

後宮の秩序を揺るがし、上達部、上人などにも目をそむけられ、ついには「楊貴妃の例」まで引き合いに出されそうな更衣への寵愛。冒頭にみるこの御代の危うさは「メソメソしては困る」どころの騒ぎではない。教材はそれらを素通りして、帝の情け深さや一途さのみを差し出そうとしていたのだろう。ただ正確には、冒頭部が回避されていたのも戦前までで、昭和二五年の教育図書『国語』（高校用）では解禁にもなっている（ただし戦後、昭和二十年代の高校教科書の主流はやはり若紫巻。例外として桐壺巻でも「野分だちて」以下を採録する大阪教育図書（昭二七）、帚木巻の秀英出版（昭二四）、少女巻の三省堂（昭二五）が目につく程度）。

こうした事実関係の問題はともかく、先の発言で注目すべきは、源氏物語の教材化をめぐる「戦前のタブー」が、この時代の教師にはいまだ鮮明な記憶だったという事実である。自身の現場体験を思い返しても、その後は風化の一途を辿っていたように思える。それゆえ近年、当時の状況について詳細な掘り起こしを試みた有働裕の仕事などが注目されてくるわけだ。[9]以下、一連の有働論文をも参照しつつ、源氏物語の教材化をめぐる紛擾を振り返っておきたい。

三、国定読本の若紫

桐壺巻と並び、いまも教材としての安定度を誇る若紫巻は、戦前、次のように翻案されて、はじめて国定読本に登場した。

のどかな春の日は、暮れさうでなか〳〵暮れない。きれいに作つたしば垣の内の僧庵に、折から夕日がさして、西側はみすが上げられ、年とつた上品な尼さんが仏壇に花を供へて、静かにお経を読んでいる。顔はふつくらとしてゐるが、目もとはさもだるさうで、病気らしく見える。[10]

現在の教科書でもお馴染みの「北山の垣間見」場面であることがわかる。掲載されたのは昭和八年の『小学国語読本』（第四次本、いわゆる「サクラ読本」。源氏物語を収める巻十一は昭和十三年発行）。戦前の六次にわたる国定読本の中でも、最大の評価を得たといわれる教科書である。それまで国定読本における源氏物語は、紫式部その人を顕彰する文脈で触れられる程度。そうした伝統から一歩踏み出して、枕草子「雪山の段」とともに、ここに物語じたいが（翻案であれ）掲載の栄誉を与えられたわけだ。実科（実学）よりも文学志向を強く打ち出した監修官、井上赳の仕事といわれる。

だがこうした採録が、戦後になって「ファシズムに対する自由主義からの抵抗」（井上自身の発言）と総括されるほど、単純な二項に回収され得ないことは、有働が詳細に検証するとおりだろう。先の引用部分に続いては、ヒロインの少女が登場するも、それを垣間見する源氏の姿は描かれない。従って「限りなう心を尽くしきこゆる人」（藤壺）への思慕が重ねられることもない。さらに教材では、尼君の死後「紫の君」が源氏に引き取られたという結果は語っても、経緯に関しては沈黙を守っている。以下「今でもおばあさんのことを思ひ出しては、時々泣いてゐる」「不幸な子」をなぐさめようとした源氏が、鼻を赤くぬって笑わせてあげたというエピソード（末摘花巻）を紹介しつつ、次のようなエピローグが用意されていた。

さつきまで泣いてゐた紫の君は、すつかり晴れやかになつてゐた。外はうらゝかな春の日である。木々の梢がぼうつとかすんでゐる中に、とりわけ紅梅が美しくほほゑんでゐる。

引用は最小限にとどめたが、通読してみると、よく練られた文章の味わいがある。省略にはとまどうものの、懐かしい童話のようで、しみじみともしてくる。

当事者の井上赳は、「もとより爛熟し切つた当時の貴族生活を如実に表現してゐる源氏物語の内容を、教育的に紹介することは難中の難事」であるとも、また、表現の上からすると、原文では「若紫」の巻で、源氏が外からのぞき見をしてゐるのであり、後段の鼻を赤く染めるのは「末摘花」といふ鼻の赤い情人を予想しつゝ、描かれてゐるのであるが、それらは教材化の方法として一掃してしまつた。だから、よし参考に原文を見るにしても、この編纂上の大なる顧慮を破壊するやうな指導では、折角の教材が価値を失することになる。(11)

とも説いており、「のぞき見」や「情人」関係の横行する「爛熟し切つた」貴族生活への配慮を強調しているが、それが真のタブーの隠蔽でもあったことは、いまや明らかだ。

この点に直ちに反応をみせたのが、知られているように橘純一であった。源氏物語には「現今の中正なる国民道徳」からすれば、その「枢軸をなす構想」に「不敬と解せらるる虞」がある――。その削除要求(昭和十三年六月の『国語解釈』ほか)によって、先の翻案教材に張り巡らされた(「皇統譜の乱れ」を覆い隠すための)厳重なる配慮は、結果的に暴き出される次第となった。こうした批判に、当時の教科書編者およびその擁護派の多くが無視や矮小化を決め込んだ姿勢からは、「よけいな波風を立ててくれるな」といった本音が見え隠れもしよう。「世界的文学の地位」を誇る偉大な作品によって「我が国が世界に誇るべき文化を生み出したことを想はしめる」という編者側の信念が、今日からみれば、もうひとつの時局適合のかたちに見えるのもやむをえまい。

四、寄らば「作者の天稟」

いずれにせよ、当時の井上らの主張から感じ取れるのは、源氏物語の教材化への並々ならぬ執念である。たとえ時局から自由でなかったにせよ、その苦衷だけは忍ばれてよい。何しろ井上自身、教材の文章だけではもとより「偉大なる源氏物語の構想や人生の表現に触れることは出来ない」が、だからといって「この教材以上にそれに説き及ぶ必要」はなく、最初から「それは教育的に不可能」だと言い切るのだから、ずいぶんと無茶なプロジェクトであった。

せっかく教材化しても、これでは「偉大さ」の説得力に欠けることになりはしないか。かえって、この程度が「世界がほめたたへる」文学なのかという話にはならないのか——。おそらくは現場の不安を考えてのことだろう、当時、国文学者の島津久基による次のような解説などが一応は用意されていた。(12) 曰く、前掲教材冒頭の「のどかな春の日は、暮れさうでなか〱暮れない」云々と、末尾の「外はうら丶かな春の日である……」の部分を比べて見よ。「共に春の日であるが、前者は寂しい中に明るさがあり、後者は明るい中に寂しみが流れてゐる対照をなしてゐる。そして共に源氏物語の味わひがよく出てゐる」のだ、と。だがこれで先の疑問が解消されるとは、とうてい思えまい。

じっさい島津の解説を読むと、自信満々に語られてゆくのは、何より作者紫式部への評価であることがわかる。「勝れた女流作家の幼時に現れた天稟」「作者の人格の高さ美しさといふものがこの源氏物語を生み出した力であつた」「式部はやはり天の与へた日本の女流大作家であつた」等々の鑽仰には、一点の曇りもない。むろん、言い訳めいた先の解説と比べるせいで、よけいにそう感じるのかもしれないが——。

そして苦衷といえば、誰よりもそれを抱えていたはずの井上も、「この教材以上に説き及ぶことは不可能だ」とする先の解説の最後を、次のように結んでいた。

……さうしてこの教材だけでも非凡な作者の天稟は、決して窺はれないことはないはずである。どこか、自分に言い聞かせているように思えてしまう。どうやら、彼らにとって「天の与へた日本の女流大作家」（島津）「吾々日本人の誇」（井上）たる紫式部は、何より安心して掲げられる旗印だったらしい。

いちど記載をみた教科書上の言説というものは、繰り返し踏襲をうながしてゆく原因に成り代わる。編者たちにとって、ここでの紫式部への鑽仰が、はじめから疑問を挟む余地のないように見えるのは、ひとつにはその前提として、教科書上に長く積み重ねられてきた「紫式部」像があったからだろう。何より源氏物語の教材化という難事は、そうした遺産を巧みに引き寄せることで、かろうじて達成をみたともいえようか。

源氏物語を書いたから偉大であるべき「作者」は、事実上は「紫式部」が書いたから偉大な物語というように、すり合わされることになる。サクラ読本の教材「源氏物語」じたいが、次のような文章から始まっている事実は、その意味で象徴的だったわけだ。

紫式部は、子供の時から非常にりこうでした。兄が史記を読んでゐるのを、そばでじつと聞いてゐて、兄より先に覚えてしまふ程でした。（中略）大きくなつて、藤原宣孝の妻となりましたが、不幸にも早く夫に死別れました。其の頃から紫式部は、筆をとつて有名な源氏物語を書始めました。

其の後上東門院に仕へて、紫式部の名は一世に高くなりました。彼女は文学の天才であつたばかりか、婦人としても、まことに円満な、深みのある人でした。

五、紫式部はなぜ偉い

こうした紫式部像は、国定教科書では既に馴染みの教材だった。安藤為章の『紫女七論』以来、近世「烈女伝」にも「貞女の鑑」をうたわれた彼女が、いわゆる教育的見地から格好の素材とされたのだろう。明治三六年発行の第一期国定教科書である『高等小学読本』に、早くも次のようなデビューを飾っている。

紫式部は、藤原為時のむすめなり。幼きころより、ものおぼえよくて、兄の書を読むを、かたはらにて、聞きて、よく、記憶したり。（中略）式部は、藤原宣孝に、嫁ぎたりしが、不幸にも、早く、夫に、わかれたれば、それよりは、ただ、二人のむすめをそだつることと、書を読み、文章を書くこととのみを楽となしゐたり。（中略）式部は、かく、非常の名誉をえたれども、少しも、たかぶることなく、ますます、学問をはげみ、また、その身の行をつつしみたり。（後略）

幼時からの才覚、幸薄い結婚生活、慎み深い人柄と、既に「型」は完成の域に近い。国定読本以前の教科書『高等国語読本』（明三二、金港堂書籍）にも、「幼き時、兄が史記読み習ふを聞き覚え、兄の時々読み違ふるを指し示して、少しも誤らざりき」「博く和漢の書に通じ、兼ねて仏教の学にも深く、和歌和文は、其の最も優れたる所なり。然れども性質、柔和・謙遜にして、人に向ひては、一という字をだに知らず顔をして過ぎたりき」「藤原宣孝に嫁しけるに、不幸にして、宣孝世を早くしければ、又二夫に見えず、入りて中宮の御許に仕へたり。其の頃作りし源氏物語といふ小説は、話しの面白きのみならず、文章の勝れたること、前後比類少く、永く和文の手本となれり」といった文言がみえていた。伝記考証には修正も加えられてゆくが、その根幹は以後も揺るがない(13)。

国定読本への源氏採録においても、こうした紫式部伝が基本的に引き継がれていたわけである。ただし、ことは戦前にとどまらない。例えば、私が感動の（?）再会を果たした『新版標準中学国語』にも、次のような記載があった。

作者は紫式部という女性で、藤原氏の一族の為時という人の娘でした。父の為時は当時学才にかけては一流の人でしたから、娘の式部も自然に学問を身につけ、父から「この子が男だったら。」と残念がられたということです。（中略）そして、それからまもなく結婚しましたが、二年ばかりで夫に先だたれました。このような人生経験から生まれた人生観が、式部にこの大作を書かせたのでしょう。幼い時死別した母への思慕、一介の地方官であった父の悲哀、その任地での生活体験、幼時からの学問・教養、物語書の耽読、夫との短い結婚生活、その後娘を養育した苦労などが式部の心の中で溶け合って、『源氏物語』の創作となったのだと思います。

当時の記憶はないけれど、なるほど、人生の悲哀や労苦を糧として大作をものした、どこか崇高な作者のイメージが思い浮かぶ。

戦後、いちはやく教材化された池田亀鑑の「紫式部」（学校図書『中学国語』昭和二六）も、同様の伝記をより詳細に描く。導入部はこんな調子である。

源氏物語は、今から一千年に近い昔、紫式部という人の書いた小説です。この小説はわが国ではいちばん古い、またいちばん大きな、そしていちばんすぐれた小説だといわれています。いつの時代でもたくさんの人々によって愛読されましたが、最近ではいくつかの外国語に訳されて、世界中の人たちに親しまれ、世界古典の一つとして、もてはやされるようになりました。では、この美しい小説を書きあげた紫式部という人は、どんな人であったのでしょう。とくに小さい時分はどんな子供であったでしょうか。

とにかくイチバンが好きらしい。以下の展開もおよそ想像のとおり。「頭もよく、考えもふかく、その上よく勉強し」た紫式部像が、少女小説の書き手でもあった池田の筆を得て生き生きと描かれている。夫亡きあと、彼女が心の中で「わたくしはこのかなしみを人間の悲しみとして、たくさんの人々に代わって訴えよう。今こそ、わたくしは源氏物語を書きあげるのだ！」と叫ぶ（引いていて少々恥ずかしい）くだりなど、それこそは、明治教科書より続く「偉人」紫式部の、戦後ヴァージョンにほかならない(14)。

六、おだやかな時代

「世界」を引き合いに「日本人の誇り」をくすぐる右のパタンもまた、戦前以来、筆者が出会った『中学国語』に至るまで、少しも変わっていないのは驚きだ。それが、世界が認める大傑作をものした「作者」の偉大さと組み合わされて、教材として成立している点もまたしかりである。

サクラ読本の井上赳が（源氏の教材化に際し）前面に押し出したのも、先述のように「外国語に翻訳されて今や世界的文学の地位を優にかち得」ている偉大な作品の教材化こそが「我が国が世界に誇るべき文化を生み出したことを想はしめる」に肝要だ、というテーゼだった。同じく島津久基も「九百年前の昔、世界最初の大小説として我が日本の一女流作家によつて綴りなされたといふ事は、実に世界の大きな驚きであり我等日本国民の無上の喜びであり誇りであらねばならない」等々の言説を残している。(15) こうした思いがサクラ読本に、

源氏物語五十四帖は、我が国第一の小説であるばかりでなく、今日では外国語に訳され、世界的の文学としてみとめられるやうになりました。

という形で結実され、「アサヒ読本」以後も繰り返しアピールされて行ったわけである。(16)

源氏物語が高校教材へと移行した現在は、採録が原文中心となるため、作品作者の紹介はそれに付随する形となり、見てきたような大仰な表現は影をひそめている。それはそれで味気なくもあるのだが、例えば先の12社のなかで「世界」に触れるのは筑摩書房（『古典Ⅰ』）のみで、それも次の程度である。

（源氏物語には）平安時代の貴族社会と、そこに生きる人間模様とが、陰影豊かに描かれており、我が国の代表的な古典として、また世界最古の長編小説として、不朽の名をうたわれている。

ほかに、作品評価に関わる主な記載を紹介すれば、

「源氏物語」は先行の物語・日記・和歌・漢詩文の成果を豊かに取り入れながら、人間の真実を独自に追求した大ロマンであり、構想の雄大さ、文章の流麗さ、心理描写や自然描写の精緻な点において、文学史上まれに見る傑作であるといえる。（角川書店『高等学校古典Ⅰ』）

当時の王朝貴族生活の種々相を描き、雄大な構想、典雅な文章、深刻な人性批判、精密な心理描写などの点で、後世の文学に与えた影響は極めて大きい。（明治書院『精選古典Ⅰ』）

我が国物語文学の最高傑作として、古来、尊重され、愛読されてきた。（大修館書店『精選古典Ⅰ』）

平安時代の女流文学の最高峰であるとともに、日本文学の最高傑作である。（教育出版『古典Ⅰ』）

等々。限られたスペースで偉大さや傑作たるゆえんを説こうとするためか、内容が凝縮されすぎて、いささか窮屈な印象だ。

またここには、安藤徹の指摘したような「紋切型の言説[17]」が見事になぞられているともいえるが、教材じたいが戦前のように異論を呼んだり、ことさらな削除や隠蔽を迫られたりすることはない。「最高傑作」「古典の中の古典」なる看板を、ただ黙々と背負い続けているわけだ。あまりにもおだやかな光景。源氏物語の評価というものは（「どうでもいい」「別にいい」の「よい」も含めて）大方そんな所でよいのだろうか。波風など立つべくもないのだろうか。そう考えると、現在の教科書上の源氏物語は（国定読本や中学教材時代の「必死さ」と比べて）どこか寂しげでもある。それはまた「作者」紫式部の紹介においても同様だろう。

七、不幸な寡婦の物語

現在の国語教科書の常として「作品」には「作者」の紹介が付いてまわる。前掲各書（平成十四年度「古典Ⅰ」）の記載を総合すると、平成の紫式部像はおよそ次のようなものになる。

生没年未詳。（本名未詳。物語作者・歌人。越後守で、文章道出身の漢学者・歌人であった）藤原為時の娘。（曾祖父の兼輔など、一門には有名な歌人が多く、豊かな学問的環境の中で育った。母は藤原為信の娘だが、幼いころ死別。幼児より聡明で、兄弟の惟規が漢籍を習うとき、その傍らで記憶したという。広く和漢の学に通じ、仏典や音楽の素養も深かった。九九八年／二二歳ごろ）、藤原宣孝と結婚。（大弐の三位賢子を出産するも、まもなく／わずか三年で／一〇〇一年に夫と死別。）夫の死後、源氏物語を執筆。（その前後／一〇〇五／一〇〇六／一〇〇七年十二月末、藤原道長に見いだされ、女房として）一条天皇の中宮彰子に仕える。（藤式部と呼ばれたが、源氏物語の紫の上にちなんで紫式部とあだ名された。ほかに、敦成親王の誕生、清少納言や和泉式部の人物評や宮仕えの見聞を記した）紫式部日記がある。（家集に紫式部集。）

生没年とも単に「未詳」とせず、諸説のいずれかを記す教科書もあり、各社に散らばりもみられる。結婚や初仕の年も同様。また、惟規の名をあげるのは明治書院だが、兄か弟かの断定は避けている。さらに教育出版が母との死別を、三省堂が紫式部の名の由来を記す。精粗に差はあるが、全社すべてに共通する記事が右傍線部となる。

作品紹介と同じく簡潔を旨としており、大仰な賛辞や「貞女の鑑」的な記載は控えた、これもおだやかな光景だ。だがよく読めば、ほとんどの解説で頑なに守られているのが、結婚→夫との死別→源氏物語の執筆という、不動の人生航路であることがわかる。さすがに「二夫に見えぬ」といった表現こそないが、「夫との死別という悲しみを、作品を書くことで乗り越えた崇高な作者」のニュアンスは、さりげなく引き継がれているといえようか。不確定な要素の多い紫式部伝の中から、それこそが好んで強調されてきた「事実」らしい。

そもそも、こうした紫式部像に絶大な貢献を果たしてきたのが、紫式部日記と呼ばれるテキストであることは言を俟たない(18)。だが当然ながら、それは源氏物語に対して「不幸な寡婦の物語」を提供するための、都合の良いテキストというわけではない。例えばそこには「見どころもなき古里の木立を見るにも……」に始まる、よく知られた一節がある。寛弘五年の冬、里下がりした書き手の述懐だが、言われるところの「つれづれにながめ明かし暮らした日々に、読者が「夫との死別以来の年月」を重ねるとしても、

はかなき物語などにつけて、うち語らふ人、同じ心なるは、あはれに書きかはし、すこしけ遠きたよりどもをたづねてもいひけるを、ただこれをさまざまにあへしらひ、そぞろごとにつれづれをばなぐさめつつ、世にあるべき人かずとは思はずながら、さしあたりて、恥づかし、いみじと思ひしるかたばかりのがれたりしを、さも残ることなく思ひ知る身の憂さかな。

と続く本文じたいに、不幸を創作で乗り越えた「偉大な作家」の横顔などはない。書き手が振り返るのは、かつて物語を介して実現された「同じ心なる人」との心の交流であり、しかもそれは宮仕え人となった我が身を照らし出

す鏡となるゆえに意味を持つのだ。また「身の憂さ」の表明には、何よりも、それを見つめる「私」がアピールされている。

日記中にはさらに、厨子に積んだまま見る人もない古歌や物語、「わざと置き重ねし人」もいなくなった漢籍をながめつつ、書き手が述懐に及ぶ場面も知られている。この「人」が亡夫だったとしても、以下の展開はその人自身には向かわない。漢籍への通暁に向けられた女房の陰口、「おまへはかくおはすれば、御幸ひは少なきなり。なでふ女か真名書は読む……」に対して、

物忌みける人の、行末いのち長かめるよしども、見えぬためしなりと、いはまほしくはべれど、ことはたさもあり。

と記さずにいられない書き手だけが、そこにいる。「御幸ひは少なきなり」に未亡人の境遇が暗示されているとしても、ここに刻まれているのは、ふみ（漢籍）を読む行為に対する世の非難、それ見たことかと振りかかる「御幸ひは少なき」なる視線を、むしろ引き受けてやろうという覚悟だろう。

「日本紀の御局」とあだ名されるような学識があってこそ「源氏の物語」が賞賛され得たことは、一方でこの日記の記すところでもある。それが一条天皇、彰子、道長、公任らにいかに認められたかを、明らかに書き手が自負していることを思えば、[19]一方で「幸ひ少なき」私という自画像が、「したり顔にいみじうはべりける人！」と見られかねない周囲からの突出を相殺する、大きな武器たりうることが計算されていないはずはあるまい。

八、教科書と研究と私

右の箇所を含め、紫式部日記に顕著なこだわりは、あくまで「宮仕え」の場におけるわが身の定位である。従って、その文脈から「不幸」ぶりだけを取り出して、先のような「寡婦の心情」に直結させてしまっては、張り巡らされた鋭敏な神経の軌跡を、凡百の未亡人話に堕すことになるだろう。

――と、現在の私なら考える。だがそれも実は「不幸な寡婦の物語」に抗うため、あえて提示を迫られた読みなのかもしれない。その明快さ、揺るぎなさを相手に見立てることで、安心してぶつけられる解釈なのかもしれない。いやそれどころか、限られた時間や場所では「わかりやすい物語」を利用したくなる衝動を、むしろ禁じえないとさえ思うのだ。「……幼時からの学問・教養、物語書の耽読、夫との短い結婚生活、その後娘を養育した苦労など」を糧に「今日の文学の高い標準に照らしても、じゅうぶんに傑作として評価できる作品」を完成させた、紫式部という偉大な「一人の女性」（前掲『中学国語』）。当時の記憶はなくとも、こうした空気のような教科書的言説から、私は自由だったことはないのだろう。

「世界に誇る最高傑作」なるレッテルもしかり。例えば源氏物語を語る「専門家」の満足顔に、あるいはプライドの拠り所に、最高傑作の看板を透かし見ることはさほどの難事ではない――現に「なぜ源氏など研究するのか」と問い詰められた者が（どんな名作群と比較したかはさておき）「世界一の文学だからだ」と叫ぶのを聞いたことがある――。無意識であれ、私たちはその「保証」に守られ、時には反発し、時に都合よく利用しながら言葉を発してしまう。とりあえず「それはそれ」として、地道に研究なるものを掘り下げればよいではないか。本文と向き合う己に、あるいは研究仲間や同好の士に、「面白いか」と問い続ければよいではないか。そう言われればそうだろう。だが「面白い」としか返ってこない対話は、不動の賛辞に立てこもるだけの「研究」は、どこかで第三者を白けさせる。

時代時代の専門家が引き継いできたであろう、教科書上の言説。さしあたりそれは、ことさらな変節を嫌ってきたと思しい。かくなる継続性は、やがて専門家に成り代わるような、忠実な後継者は生み出し続けるだろう。だがその循環じたい、「興味がない」「どうでもいい」という者たちを蚊帳の外に置いたまま、宿命的に閉じられてもいる。[20] 問題は「教育」と「文学」なる領域をめぐる、あまりに分別ある住み分けなのか。逆にあまりに無自覚な相互の依存なのか。いやそれよりも、律義であろうとするほどに陥らざるをえない専門家の自閉性こそ、まずは糾弾されるべきなのだろうか。しかしながら、自閉もまた不徹底であれば、性急な平俗化の要求に流される無残は目に見えているだろう――。かくて、久々に手にした教科書の山が思い出させてくれたのは、「宿題」という気の重い言葉の響きでもあった。

注

（1）私事ながら、枕草子という作品と出会ったのもこの教科書であった。当時の授業の充実ぶりもまた思い出された。

（2）昭和四四年の中学学習指導要領において「基本的な古典に触れて読解の基礎を養う」という指導目標が掲げられた。以後、翻案よりも「原文」重視の方向性が固まり、中学教材としては今昔・宇治拾遺・平家・枕・徒然草・奥の細道などが「基本的な古典」と認定されるに至ったようだ。

（3）谷崎訳以外では、実教出版（昭二九～）が福田清人の訳を採用。名作全集でお馴染みの平易な翻案だが、藤壺の影は排除する。また、昭和二八年以来もっとも長く谷崎訳を掲載し続けた学校図書をみると、「限りもなく心を尽くしてお慕い申し上げている御方」に「藤壺」の注が付くのは、最後の掲載となった昭和三五年版のみ。

（4）東京書籍・右文書院・桐原書店・明治書院・尚学図書・筑摩書房・教育出版・第一学習社・旺文社・大修館・角川書店の各社に加え、「古典Ⅰ」に源氏の掲載がない三省堂のみ「国語Ⅱ」を参照した。

（5）堀内武雄「高校源氏物語教科書の分析」（『國文學』一九七四・九）、一色恵理「『源氏物語』教材化の実態とその考察」（『語文と教育』3、一九八九／同4、一九九〇）。

（6）戦後の一時期（昭和二二・二三年）文部省が発行した教科書。古典教材としては、ほかに枕草子・万葉集・奥の細道・記紀歌謡などを採録。

（7）増淵恒吉「教材としての源氏物語」（『古典と近代文学』一九六八・三）。

（8）一色恵理の調査による（「『源氏物語』教材史の研究」『語文と教育』5、一九九一）。

（9）有働裕「小学校教材『源氏物語』と時局」（『国語国文学報』一九九七・三）「橘純一による『源氏物語』批判」（『愛知教育大学教化教育センター研究報告』一九九七・三）など。同じ問題は後に『「源氏物語」と戦争』（二〇〇二・十二月、インパクト出版会）でも論じられている。ほかに、安藤徹「源氏帝国主義の功罪」（『想像する平安文学』一、一九九九　勉誠出版）、小林正明の一連の論考（「造叛有理の源氏物語」『ユリイカ』二〇〇二・二ほか）なども必見。

（10）井上敏夫編『国語教育史資料』二（一九八一、東京法令出版）所収。なお漢字は新字体に改めた（以下の引用も同じ）。

（11）『小学国語読本綜合研究』（一九三六～三九、岩波書店）から。注10に所収。

（12）注11に同じ。

（13）第二期国定読本以降の変遷については、宮崎荘平『清少納言と紫式部』（一九九三、朝文社）にも詳しい。

（14）池田亀鑑の「紫式部」は、のちに「清少納言と紫式部」に改められて昭和五十年度版まで掲載され続けたが、その基調は変わらない。大衆文化として消費される源氏物語に〈流通する表象／流通しにくい言説〉を見極めてゆく立石和弘の論考（「物語表象の政治学」『國文學』二〇〇一・十二ほか）にならえば、こうした教科書的「紫式部」はまさに前者に組している。

(15) 彼らの念頭にあったアーサー・ウェイリーの『ザ・テイル・オヴ・ゲンジ』に対する海外の反応こそが、そのまま「九百年も前に日本の一女流作家によって近代小説とも呼べる傑作が創り出されていたこと」への驚嘆だった。今にして思えば、ウェイリーの英訳じたいが「二十世紀小説」といえるような「作品」なのだから、その反応は当然でもある（井上英明による指摘。大和書房『源氏物語事典』「外国語訳」の項目ほか）。まさに時代と人を得てこその「評判」だったにも関わらず、「世界に誇る〜」なる物言いに乗せられるとき、「訳者」への想像力は見事に抜け落ちてゆく。

(16) ちなみに（有働論文にも指摘があるように）アサヒ読本では「世界の文学としてみとめられる」から「(世界に)ほめたたへられてゐます」へと表現が修正されている。

(17) 安藤論文（注9）の指摘から。

(18) ふつうなら未詳であるべき「源氏物語作者」の欄に紫式部の名を記し続けていることからして、すでに私たちはこのテキストの術中にある。一方、宣孝との結婚と死別は、紫式部集というテキストによって我々の知るところとなっている。だがそれだけを頼りに「二夫に見えぬ」作者像を遵守するのは問題だろう。

(19) 土方洋一「物語を書く〈私〉」（『日本文学』一九九二・二）に指摘がある。

(20) 最後に思い出話をひとつ。前に勤めていた短大でのこと。例年はじめの時間には「源氏物語について知っていること」「知りたいこと」といったアンケートをとるのだが、どちらも「知らない」「特にない」で済ませる学生が目立つようになってきた。かりにも日本文化を掲げる学科である。源氏物語と銘打った講座ですらある。もしやコミュニケーションを拒否されているのかとも思ったが、聞いてみると本当に何も知らない（と確信している）らしい。まれに「扇の的を射た話」などと書いてくる学生がいたが、そこでは貴重なお答えに思われた。「教科書的言説」はどこに流通しているのか。「源氏ブーム」はどこに訪れているのか。ときには周りに尋ねてみる勇気も必要だ。

第十五章　源氏物語「帚木三帖」と歌の鉱脈

一、はじめに

「光る源氏、名のみことごとしう」と語り起こされる三帖は、「帚木」「空蟬」「夕顔」なる巻名をもって差し出されている。作中人物の詠歌を辿るにあたり、まずはこの周知の事実から受けとめ直しておきたい。現巻名が成立時まで遡れるか否かは不明であっても、それらが長く巻頭にあって読者を待ち受けてきたことは確かである。巻名なるものの本文への干渉、本文に先立つその特権を、いま貪欲に活用して行きたいと思う。(1)例えばそこでは、「帚木という巻名は、源氏と空蟬の巻末の贈答歌による」といった先回り、女を既に「空蟬」と呼んでしまう類の賢しらも、あえて斥けられることになる。

二、帚木から始まる物語

はじめに「帚木」がある。喚起される心象は、多くの巻名同様、歌ことばとしての来歴に負っているらしい。古注より引かれてきた歌に、

園原やふせ屋に生ふる帚木のありとは見えてあはぬ君かな

があり、新古今集に坂上是則の作として見える。「ありとは見えてあはぬ君」を導く帚木は、一般に「遠くから見ればまさしくあるが、近寄って見るとない」（片桐洋一『歌枕歌ことば辞典』）伝説上の木と解説されている。「帚木」のみならず、「園原」「ふせ屋に生ふる」まで作中歌が共有することから、かつてはこの古歌自体から巻が構想されたと見るむきもあった。それに対し、この一首からというより、当時知られていた「帚木伝説」が下敷きになったとするのが現在では穏当な理解のようだ。[2] だが結果的に、帚木なるもののイメージ、あるいは伝説の実体について、つきつめれば先の歌以上の手がかりは乏しい。今日に伝わる帚木伝説への、源氏物語じたいの関与というものも、考えておくべきだろう。

　前掲歌は、右兵衛少尉貞文歌合と古今和歌六帖に見えるが、ともに第四句が「ありとてゆけど」と伝えられ、作者の記載もない。歌合では「不会恋」に、六帖では「くれどあはず」に分類される。「訪ねても会えない恋人」に帚木が喩えられるわけだ。同歌は源氏物語以降多くの歌論書に引かれ、あわせて帚木にも説明が加えられて行った。歌句に注意してみると、俊頼髄脳・綺語抄・奥義抄・袖中抄など、現行本では「ありとは見れど」、新古今集以降は、色葉和難集などに「ありとは見えて」が確認できる。源氏注釈書でも「見れど」（紫明抄・異本紫明抄・孟津抄）「見えて」（河海抄・一葉抄）などと、概して「見る」「見える」に比重が置かれている。

　同様に帚木の説明も、どこでどう「見える」かと、「ありとは見れど（見えて）」をめぐってなされているようだ。

> よそにて見れば、庭掃く箒に似たる木の、こずゑの見ゆるが、近くよりて見れば、うせて、皆ときは木にてなむ見ゆるといひ伝へたるを、このごろ見たる人に問へば、さる木も見えずとぞ申す。

と、俊頼髄脳は「形状は箒に似て、よそから梢は見えるが近くに寄ると消え失せる木」と伝えている。同時期に綺語抄では、

或人云、はゝきゞのもりのある也。そのもりいとしげくて、もりの中にはゝきゞのおひたる也。それをとほくて見れば、あるやうにて、もりのしたにいきてみるに、木のしげりてみえぬ也。それをいふ也。或人云、はゝきゞににたる木の、そのもりにあるなり。これをとほくて見るにあるやうにて、ちかくて見ればあらぬ也。

とあり、「生い茂った森の木」だから見上げても見えないのか、「似ている木」を遠くから見間違えたのか、両説が紹介されている。帚木が「近づくと見えなくなる」木であることを前提に、理由付けがなされているようだ。帚木伝説とはいえ、すでにその手がかりは乏しく、「ありとは見れど（見えて）」からなされた詮索が帚木の説明となっている観がある。

帚木はまた「母」と掛けたり、

帚木をまたすみがまにこりくべて絶えし煙の空に立つ名は　（元良親王集）

のように「炭釜に樵りくべる」木としても詠まれていた。よって右の歌などは、伝説の帚木と区別して、実在の箒木草の歌と解されてもいる（日本国語大辞典）。もうひとつ古歌としては、

こずゑのみあはと見えつつ帚木のもとをもとより見る人ぞなき　（人丸集）

という、地名「あは」を詠み込んだ歌が知られる。梢に目を留める点、俊頼髄脳の「遠くからは梢が見える」という説明と合致する。あるいはこの「梢は見えても根元の見えない木」というイメージが原型となって、「ありとて行けど会はぬ君」なる喩えが生まれたとも考えられよう。

「園原や」以外に古注が引く歌としては、後拾遺集にみえる馬内侍の作が知られる（河海抄・孟津抄、ただし第二句は「逢はずもあらぬ」）。

ゆかばこそ逢はずもあらめ帚木のありとばかりはおとづれよかし

「伯耆の国に侍りけるはらからの音し侍らざりければ、便りにつかはしける」という詞書を持ち、便りのないはらからを（伯耆と掛けて）帚木に喩えている。行こうにも伯耆国の遠さは、まるで「行っても会わない君」同然ということだろう。ただ帚木なら会わずとも「ある」はずだから、せめてそれだけは知らせてほしい、という訴えになっている。どちらかといえば、これも歌合や六帖の歌句（ありとて行けど）と重なろうか。帚木なる巻名から確かに認定できるもの、従ってそれは「園原や」の歌、「ありとてゆけど会はぬ君かな」と詠まれたようなシチュエーションということになろう。「訪ねて行っても会えない」相手との恋物語、巻名をそうした予告と受け取って、以下本文に分け入ってみたい。

三、歌を詠む女たち

その〈帚木の恋〉は、巻の冒頭から早くも方向付けられてくることになる。

光る源氏、名のみことごとしう、言《い》ひ消《け》たれたまふ咎《とが》多かなるに、いとど、かかるすき事どもを世の末にも聞きつたへて、軽《かろ》びたる名をや流さむと、忍びたまひける隠《かく》ろへごとをさへ語りつたへけん人のもの言ひさがなさよ。(3)

光源氏として名を馳せた男に、「忍びたまひける隠ろへごと」のあったことが明かされる。語られようとする帚木は、どうやら彼の身に関わるらしい。続く雨夜の場面では、頭中将によって源氏の「色々の紙なる文ども」が話題となる。帚木の期待が、ここまでは確かに維持されていよう。だが左馬頭と藤式部丞を加えた女性論議が始まると、源氏自身はもっぱら聞き役に回り、やがて居眠りまで決め込んでしまうのだった。「ある」と思われた帚木を、読者はいったん見失う。

その後、源氏が興味を示すのは、彼らが体験を語り出す頃であった。以下の四つの物語は、それぞれ女との贈答歌を伴っていて、歌語りの風情も持つ。披露された四人の女の歌、それはつまりは男の記憶によるものである。作中歌というものが結局は語り手の手の内にあるという、物語の建前が念入りになぞられているわけだ。しかし一方、ここでは歌が「物語の必然的な経緯を牽引するという機能を発揮してはいない」とも言われる。(4)あくまでも当人の言葉として、そこに真情を量ろうとする読者を、歌たちはついに拒まない。

作中人物の歌。それは語り手が伝えたもの、そもそもは作者の創作であったとしても、定型の鎧を纏うことで、一個の〈作品〉たり得てしまう。三十一文字の結晶は、それを統御しようとする語り手を（あるいは作者をも）裏切って、時には読者と思わぬ関係を取り結ぶ。語りと語りの狭間から、歌の屹立する姿。ここではそれがシミュレートされてもいる。

巻名に導かれてきた者は、もしや彼らの歌語りこそが〈帚木の恋〉なのかと、ここでいったん軌道修正を迫られよう。だが源氏とともに耳を傾けてみると、その期待を抱かせるのは、おのずと頭中将の女ひとりに絞られてくる。左馬頭と藤式部丞の女たち（指喰い、木枯、蒜食いの女）には、恋物語としての進展が期待できないこと、内容からも、源氏自身の反応からも裏付けられよう。女を思い出して涙ぐむ頭中将に、ついに源氏は「さて、その文の言葉は」と口を挟んだ。そこで披露されたのが、

山がつの垣《かき》ほ荒るともをりをりにあはれはかけよ撫子《なでしこ》の露

という女の歌だった。さらに頭中将の「咲きまじる色はいづれと分かねどもなほとこなつにしくものぞなき」に対する返歌が、

うち払ふ袖も露けきとこなつに嵐《あらし》吹きそふ秋も来にけり

と語られ、ただ一人、ここで二首の歌をもって記憶される女となる。幼子を重ねた「なでしこ」の歌で、いわば「母」を押し出していた女が、男の歌によって花の別名「とこなつ」へ、床を共にした「女」へと変換されている。しかも「嵐（正妻方の圧力）吹きそふ」後の、女の行方はわからない。頭中将との再会はあるのか。源氏の示した興味は何かの布石なのか。歌自体は「帚木」でなく「常夏（撫子）」が鍵語なので、確定はできない。〈帚木〉への道のりは遠いようだ。

四、鳥の歌、帚木の歌

翌朝、源氏の紀伊守邸への方違えによって、新たに物語は動き始める。「かの中の品に取り出でて言ひし、このなみならんかし」と、訪れた源氏の心中が語られて、前夜との関わりも示される。いよいよ常夏の女の登場か。だが直後には、源氏が「思ひあがれる気色」を聞き及んでいたという女の存在が明かされてくる。紀伊守の父、伊予介の後妻。さらに女は故衛門督の子で、宮仕えの話があったという情報も、源氏は既に得ていたらしい。〈帚木〉の期待を担うかにみえた常夏の女とは、別の物語へ踏み込んでいることが明らかになるわけだ。

その後妻は、「女の宿世はいと浮かびたるなむあはれにはべる」などと、紀伊守から憐憫される身の上でもあった。様々な予備知識、相手の声まで耳に収めた後、源氏は寝所に忍び込む。「ありとて行けど会はぬ君」か。読者の期待は高まるが、女はやすやすと抱き上げられてしまう。彼女も帚木ではなかったのか。ところが女はむしろ、契りの後にこそ存在感を増してゆくのだった。「いとかく憂き身のほどの定まらぬ、ありしながらの身にて、かかる御心ばへを見ましかば、あるまじき我頼みにて、見直したまふ後瀬をも思ひたまへ慰めましを……」に始まる語りだが、反実仮想に無念を滲ませながら「よし、今は見きとなかけそ」と結ばれるこの訴えによって、女の輪郭は常夏の女を遥かに超えて鮮明になった。

鶏の声にせかされて、源氏はそこで本巻最初の歌を詠む。

つれなきを恨みもはてぬしののめにとりあへぬまでおどろかすらむ

吉見健夫の指摘するように[5]、後朝の歌めいていながらも実際は相手のつれなさを恨む内容となっている。心までは委ねて来ない相手に、満たされぬ思いが吐露される。逢っているのにいないような女。帚木の予告が、遠景ながら見えてくる。女はここで最初の歌を返した。

身のうさを嘆くにあかで明くる夜はとり重ねてぞ音《ね》もなかれける

男が詠み込んだ「とり」を受け、鳴く（泣く）しかない自分だという。さらにこの歌を印象付けるのは、直前に語られる女の嘆きだろう。歌を返すべく言葉を探すその瞬間、女の脳裡には「常はいとすくすくしく心づきなしと思ひあなづる」はずの老夫が強く想起されてしまったというのだ。源氏の「まばゆさ」は、戻れない己の境遇を照らす残酷な輝きでしかない。語られた女の心中は、そのまま歌にある「身のうさ」を補完するかにみえる。しかし同時にその語りは、「歌を返す」という女の行為とは、相容れないほどの切実さを物語ってしまってもいた。これは本当に男への返歌だったのか、という疑いも、語り手はあえて引き受けるかのようだ。

いずれにせよ、こうして語られた女の身のほど意識が「すぐれたることはなけれど、めやすくもてつけてもありつる中の品かな」と、男を引き付けてゆく経緯が語られて、「とり」の歌の女は、巻の主役に踊り出る。弟の小君を巧みに手なずける源氏の姿が描かれ、次なる逢瀬の早晩訪れることを予想させながら、二首目の歌が贈られた。

見し夢をあふ夜ありやとなげく間に目さへあはでぞころも経《へ》にける

逢いたい思いを訴える、型通りの詠みぶりといえよう。女は返事をしない。男が「ありとて行く」夜は、「あふ夜」は訪れるのか。帚木の興味が確実に重なりだす。

あきらめない源氏は、再び紀伊守邸を訪れた。だが、今度は女が渡殿の局へと逃れてしまう。「ありとて行けど会はぬ君」が現実となる瞬間。なぜ女は「会はぬ」のか。源氏に惹かれないわけではない。「品定まりぬる身のおぼえ」がそうさせたという。拒まれた源氏は動揺を隠せない。そこで詠まれた三首目の歌、ついに帚木が登場する。

帚木《ははきぎ》の心を知らでその原の道にあやなくまどひぬるかな

これこそが帚木の恋だったと、今さら確認する歌ではあるまい。読者の予想は既につけられていた。「帚木の心を知らずに会いに来て、園原の道に迷ってしまった」と、味わったことのない敗北を言葉で立て直すため、相手を「帚木」に喩えざるをえなかったのだ。これではまるで帚木の恋ではないか。そう詠みかけることで〈自嘲できる自分〉だけは確保しようとしている。

五、消える帚木

「帚木の心」と詠みかけられたことで、今度は女も歌を返している。

数ならぬ伏屋《ふせや》に生《お》ふる名のうさにあるにもあらず消ゆる帚木

あえて古歌から「ふせ屋」の方を持ち出して、賤しい生まれの意を重ね、そんな自分は「あるにもあらず消ゆる帚木」だという。「ありとて行けどあはぬ」木に喩えた源氏に対して「あるにもあらず」と切り返す歌。「訪ねても会わない人」どころではない。自分は「あるにもあらず」、無きに等しい身なのだと。

この「あるにもあらず」の歌句は、指摘されてもいるように、いくつかの物語場面をも連想させてくる。(6) 特に伊勢物語（六五段）の二条后の歌、

さりともと思ふらむこそ悲しけれあるにもあらぬ身をしらずして

落窪物語の姫君の歌、

消えかへりあるにもあらぬわが身にて君をまた見むことかたきかな

は、閉じ込められて男に会えない状況で、ともにわが身を「あるにもあらぬ」と嘆いている。さらに「あるにもあらず」が歌句として重なるものに、

うづもれてあるにもあらず年をふるやどと知りてや雪つもるらん

という、新千載集に同じ是則の作として見える歌がある。世に埋もれている自分は無きに等しいという訴えだが、こうしてわが身を嘆くのは、むろん「ある」ことを認められたい願いの裏返しだろう。

しかし「会えぬなら死んだも同じ」と訴える伊勢や落窪の女君と違って、帚木と詠みかけられた女は、自らその身を隠していたのだ。無理やりに隔てられたわけではない。嘆きの差異が、そこにこそ際立つ仕儀だろう。古物語の女たちとは違う、会えばかえって「あるにもあらぬ」境遇が思い知らされるばかり。その救いのなさこそが、次の「消ゆる」なる歌句を呼び込んでいるのだ。「ありとて行けど会はぬ」（逆にいえば「ある」ことは確かな）帚木ではない。自分は〈消える帚木〉なのだ、と。

「消える」とは相手からは「見えなくなる」こと。しかし「あり」と思うからには「行く」前は見えていたはず、という理解から、「ありとは見えてあはぬ君」なる歌句も定着していったのではないか。そして「帚木」は「遠くからは見えるが近づくとなくなる木」だという説明も、〈消える帚木〉を経た上で、しだいに整合されていった可能性がある。初めから帚木が「近寄ると消える木」だったなら、「消ゆる帚木」などと詠む必要はあるまい。

女は古歌通りの「あはぬ君」でありながら、帚木に新たな意味をも加えてみせたのだ。詠歌は「常夏の女」と同じ二首だが、巻を象徴するのはもちろんこの「帚木の女」となる。同時に、巻名に導かれてきた帚木探しの旅にも、

この贈答でいったん決着がつけられる。ただ最後には「消ゆる帚木」といった女に対し、「人に似ぬ心ざまの、なほ消えず立ちのぼれりけると、ねたく」という源氏の思いも語られていた。彼の中で、女は〈消える〉ことを許されていない。

六、空蟬の恋

続く巻名は「空蟬」。歌語としては帚木以上に多くの用例が知られる。そもそもは「現そ身の」「現せ身の」の形で、万葉集に「世」「人」「命」などにかけて用いられた（「この世」「この世の人」の意）。古今集ではそれが「うつせみの世」なる表現に収斂されて、この世のはかなさをいう歌ことばとなっている。また、

うつせみのからは木ごとにとどむれど魂のゆくへを見ぬぞ悲しき

のように「うつせみ」を「蟬」に掛けて「から（抜け殻）」とともに詠む例が、古今集には見えはじめる（ほか831）。それが後撰集では主流となり、もっぱら「から」か「むなしき」（さらに「むなしきから」）とあわせて詠まれている。特に空蟬巻の構想に関わるものとして注目されてきたのが、「つらくなりにける男のもとに今はとて装束など返しつかはすとて」の詞書をもつ平中興女の歌、

今はとてこずゑにかかるうつせみのからを見むとは思はざりしを

と源巨城（宗城）の返し、

忘らるる身をうつせみの唐衣返すはつらき心なりけり

であった。蝉の「から」を相手の「衣」に見立てる発想は、結果的には通じるところがある。だが巻名として差し出された段階では、「むなしき世」の象徴ぐらいに受け取っておくべきか。あるいは前巻が〈帚木の恋〉だったことからすれば、

うちはへて音をなきくらすうつせみのむなしき恋も我はするかな　（同集192）

と詠まれるような、「泣きくらす」「むなしき恋」物語の予告と取るのが妥当な所と思われる。

その空蟬巻はまず、

寝られたまはぬままに、「我はかく人に憎まれても習はぬを、今宵《こよひ》なむ初めてうしと世を思ひ知りぬれば、恥づかしくて、ながらふまじくこそ思ひなりぬれ」などのたまへば、

と語り始められている。寝られないのは光源氏で、「今宵初めて憂しと」思い知らされた相手が、あの帚木の女らしい。以下、「並み並みならずかたはらいたしと思ふ」女側の心情も語られて、前巻でいったん区切りが付けられ

た帚木の物語が（消えないまま）続いていることが明かされる。その意味でこれも「帚木の女」との物語なのだが、周知のとおり彼女には、本巻末の詠歌によって「空蟬」なる呼称が定着している。またそのことが、前巻との間に奇妙な関係を生じさせることにもなった。それはある意味で、帚木の存在理由が揺らいでしまう事態だったと言えようか。

先鞭はすでに無名草子に認められる。源氏物語の女性たちが語られてゆく中、この伊予介の後妻は「空蟬」と呼ばれ、例の「空蟬は源氏にはまことにうち解けず、うち解けたり」の議論の的となっている。そこで彼女が「うち解けなかった」ことの証しとして、「帚木といふ名にて、うち解けざりけりとは見えてはべるものを」と言われるのだ。古歌にあるとおり、帚木の名こそが「会はぬ君」の証し、ということだろうか。「空蟬」なる女の人柄を説明するために、いわば人物評に奉仕すべく、帚木は都合よく懐柔されてしまっている。

注釈のレベルでも、それは顕著であった。例えば花鳥余情が前巻「帚木の」の歌に施したのは、「帚木は空蟬にたとへたり、有りとは見れどあはぬ故也」という注だった。「有りとは見れどあはぬ」帚木を、ここで空蟬（の女）に喩えたという説明は、順序としてはおかしい。源氏の歌に「数ならぬ」と応じたこの時点なら、彼女はまず「帚木」と呼ばれるべきである。様々に呼称される作人物を特定すべく、固有名のようなものが、注釈上は必要ではあろう。しかしそれはあくまで便宜上に留めておかないと、読み手に託されていたはずの想像力を鈍らせることにもなる。

こうした帚木をめぐる問題は、実際は次の巻とも関わっていた。つまり「空蟬」に加えて「夕顔」もが女の呼称として固定されてしまったために、同じ理由で人物呼称でもあり得たはずの（関屋巻ではそう使われてもいた）「帚木」は、別称に貶められるか、宙に浮くことにもなった。この浮いた帚木問題に、ある意味最も関心を寄せたのが、

宗祇の雨夜談抄だったといえようか。そこでは帚木の巻名に触れて、

此巻の名なれ共、此物語五十四帖にをよぼす名也。其ゆへは、此物語はつくり事にて、なき事にはあれども、又昔有こし事どもをおもかげにしてかける也。

と説かれている。帚木とは、全巻の総序ともいうべく五十四帖を象徴する言葉であって、空蟬や夕顔のような命名とは次元が違うというのだ。そもそもこうした「雨夜の品定め」重視の姿勢は、帚木三帖は「品定め」の部分と、実際の女性たちとの出会いと別れ、つまりは空蟬の女、夕顔の女の物語とに三分した方が理に適うとする立場にも通じてくる。

帚木が総序たり得る根拠として、雨夜談抄はさらに「されば五十四帖、ことごとく有物かとみればなく、なき物かとすればある物なれば、此帚木一部の名になるもの也」とも説いている。同じく「帚木」に「源氏一部の名にかけて見るべきなり」と注し、同説を踏襲する細流抄にも、「一切衆生のあるかとすればなき有さまに能叶へり」といった記述がある。ここに帚木伝説は「胡蝶の夢」とも重ねられつつ、「あるかとすればなき」物語の本質論にまで駆り出されているのだ。(7)

だが帚木とは、見てきたように実際は「品定め」以降、伊予介の妻との贈答に満を持して現れる（そこにしか使われない）言葉であった。雨夜の品定めを含めた現行の区切りをもって、つまり帚木（の歌を交わした女と）の物語を象徴する巻名として、それがあることは動かない。こうした説の根底には、帚木という巻名が空蟬夕顔と並ぶことに、読者が感じた納まりの悪さがあるといえようか。むろんそれは、巻名が人物名に振り分けられてしまう不

都合を、逆に物語るものでしかない。

七、虫の女

空蟬は改めて巻名として、古歌にある〈むなしき恋〉の予告程度に受け取っておきたい。ただ結果として、豊富な「うつせみ」歌群とは裏腹に、また十四首の歌を抱えた前巻とも対照的に、本巻の詠歌はわずか二首、それも巻末を待たなければならない。前掲の本文をうけて、まず物語は源氏の三度目の紀伊守邸訪問を描いてゆくことになる。女の方は、伊予介の娘と碁を打っていた。垣間見る男の目に「頭つき細やかに小さき人の、ものげなき姿」「手つきやせやせにて」と映る女の身体。それとは対照的に、碁の相手は「いと白うをかしげにつぶつぶと肥えてそぞろかなる」若い娘だった。寝所に忍び込んだ源氏が契りを持ったのは、結局はその娘の方であり、気配を察した女はここでも帚木の名の通り「行けど会はぬ」を貫くことになる。源氏が手にできたのは女の「脱ぎすべしたると見ゆ薄衣（小袿）」だけであった。

空蟬のむなしき恋、それは帚木の女を訪ね、再び拒まれた男の心を象徴するものであった。男の側から、改めてこの体験が〈空蟬の恋〉としても更新されたことになる。帰ってからも眠れない源氏は、手習のように畳紙に書きすさぶしかなかった。

空蟬《うつせみ》の身をかへてける木《こ》のもとになほ人がらのなつかしきかな

〈空蟬の恋〉をも思い知らされた男の歌、となろう。手にしたのは空蟬のから（蟬の抜け殻）のような衣だけだと、まずは挫折が刻まれる。しかし「から」に「人柄」を掛け、「なつかしきかな」と詠んだ下の句によって、〈むなしき恋〉では終れない未練も吐露されている。帚木の女を求めて、「もとをもとより見る人もなき」木（人丸集）を訪ねて行った男が、「空蟬の身をかへてける木のもと」に立ち尽くす。ようやく辿り着いたと思った「木のもと」には、抜け殻しかなかったのである。源氏が帚木の女に求めたもの、その手に入れ難さは、一方に伊予介の娘との顚末が描かれたことでおのずと明らかにされている。

　小君によって男の歌は届けられた。手にした畳紙に女はこう添えたという。

空蟬《うつせみ》のはにおく露の木《こ》がくれてしのびしのびにぬるる袖かな

男に「空蟬」（蟬、すなわち虫の女）と呼びかけられたことを受け、[8]その「は（羽）」に「は（葉）」を掛けて置く「露」を導いている。「木隠れて」は、岷江入楚を踏まえて倉田実が解釈を示したように、[9]源氏から隠れた己も重ねられているのだろう。ただ、古今集や後撰集では「木隠れる」のは月やホトトギスなどが多いこともあり、ここも「葉に置く露が」木陰に隠れるように（倉田説）と三句目で切るのは収まり悪い気もする。場面に引き付けつつ、（身を変えた）蟬の「羽」に、「葉」に置く露のように、（あなたから）身を隠したまま忍び忍びに濡れる（わが）袖であるよ、と二句目で切って解しておく。[10]

　先の帚木の贈答と結び付ければ、男が辿り着いたつもりの「木のもと」も、身を隠した女ともども「消ゆる帚木」であることも暗示される。歌としては空蟬（蟬）から木が詠まれているが、帚木に継ぐ贈答であってみれば、帚木あっての空蟬だろう。ただ、直前に再度語られたその心中「ありしながらのわが身ならばと……」を下の句（忍び忍びに濡るる袖かな）と重ねれば、女は男の歌に胸打たれてはいるらしい。しかし歌は届けられないまま、唐突にこの巻は閉じられる。歌そのもので終る「奇抜な巻末」（新大系）として。

歌で終る奇抜に加え、さらに女の歌が伊勢のものだったとすると、「引歌表現の極限的な場合」（全集）と評されるような趣向までが、ここには凝らされていたことになる。伊勢集成立の問題と絡んで、言われているように実証的な決着は難しい。(11)いずれにせよ、見てきたように女の歌は男の歌とともに物語世界と密接に結び着いており、古歌だとすれば、ここから空蟬の恋が構想されたといえるほど重要な役割を担っていたことになる。物語本文からは、空蟬と詠みかけられた女の歌と受け取って何ら問題はあるまい。仮に説明不要な、周知の古歌だったとするならば「源氏への思いをもはや古歌に託すしかなかった」女の哀切を訴えたとも解せるが、巻名を予告と取る立場からは、むしろあざとさを残す。

何よりも、ここに帚木の女は空蟬の女へと、巻をまたいで脱皮した。そして、帚木を〈消える〉心象に塗り替えたように、空蟬には「蟬の抜け殻」なる印象を定着させたといえる。空蟬がただちに抜け殻を意味したわけではなかろう。〈抜け殻を残した空蟬〉である彼女こそが、その重心を抜け殻へと移行させたのだ。(12)

八、夕顔の白い花

帚木、空蟬と、歌語を巧みに変奏してみせた二帖に続いて、夕顔なる巻名が登場する。古歌という拠り所の、それは唐突な消滅をも意味していた。(13)およそ和歌とは縁のなかったその花に、あえて注目してみせたのは枕草子だった。「なでしこ」を筆頭にあげる「草の花は」で、「朝顔を思わせる名前には引かれるが、実の有様がいただけない」と活写されている。「名」にし負う風流より、目についてしまう大きな「実」。帚木や空蟬を道しるべとしてきた者たちを、まずは途方に暮れさせるイメージである。しかし、その憂慮を覆すように、夕顔の花は早々と物語に登場してくる。巻末歌にようやく帚木や空蟬の現れる前巻までとは、興味の持たせ方が逆である。夕顔が、歌語としては手付かずの「白い花」であることが、どうやら逆手に取られているらしい。

場面は、光源氏が五条に乳母を見舞う所から。すでに空蟬の女とは別の物語が始まっているようだ。そこで車中の源氏は「青やかなる葛」に「白い花」を目にとめる。「をちかた人にもの申す」、すなわち「そのそこに白く咲けるは何の花ぞも」の歌句を経由して、随身からその名が告げられた。

かの白く咲けるをなむ、夕顔《ゆふがお》と申しはべる。花の名は人めきて、かうあやしき垣根《かきね》になん咲きはべりける。

賎しい垣根に咲くのは、源氏にとって未知なる花。同じように読者にも、その名から展開を予想させない。「おのれひとり笑みの眉ひらけたる」白き花を、「口をしの花の契りや、一房折りてまゐれ」と源氏が所望することで、しかし花は確実に物語の鍵となってゆく。家の童からの白い扇とともに花は随身へ。乳母を見舞った後、香りの残る扇にようやく源氏は目をやった。書かれていたのは、

心あてにそれかとぞ見る白露の光そへたる夕顔の花

こうして歌に開花した夕顔は、知られているように諸説も紛紛と咲き乱すことになった。ただ確かなのは、この歌がまず躬恒の「心あてに折らばや折らむ初霜の置きまどはせる白菊の花」（古今集）を想起させるという点だろう。(14)類同性によって、歌が歌を呼び込んでくるのだ。それはまた読者にひとつの理解を促すものでもあった。清水婦久子の提示する、両歌を同じ「伝統的な作り方をした歌」として、「それ」を「夕顔の花」と取る解である。(15)折ったのは誰であれ、家主から所望した貴人へ花を奉る形で、「見当をつけてそれ（夕顔の花）かと見ます、白露が光を添えている（あなた様の目に留めてもらって光栄なこの）花を」どうぞ、くらいの挨拶となろうか（工藤重矩の解釈も参考にした）。(16)

ただし、改めて物語本文に立ち戻り、場面の介入を受けるとき、「それ」はどうしても歌の中に行儀よく収まってはくれない。(17)女側が相手を、源氏かそれなりの貴人と「見当をつけて」いた可能性から、指示内容も花を奉る相手へと広げ得ることになろう。すると、類同性によって呼び込まれていたはずの躬恒歌が、今度は差異を主張し始める。「折らばや折らむ」と「それかとぞ見る」との位相の違い、後者が「それ」なる指示詞を抱える点が大きい。結果として「見当をつけてその人かと見ます……夕顔の花（のような私）は」などと、相手の気を引かざるを得ない歌としても読めてくる。

一方だけが正解というわけではない。同時に成り立つというのも少し違う。あえて両解が時間差で成り立つように、場面が仕組まれているというべきか。乳母を見舞う場面を経た後に初めて提示されるこの歌は、いわば詞書と切り離された詠歌として、読者をまずは「似ている」躬恒歌へと誘導する。しかし女の正体を踏まえて読み返せば、頭中将誤認説まで出てくるように、(18)そもそもは随所に謎を誘発するような語りの内にあることが、(19)否応なく実感されてくるだろう。いずれにせよ、「光そへたる」（光源氏の目に留めてもらった）ことで、夕顔なる花は和歌世界に踊り出た。もうひとつ確かなのは、この歌がその〈宣言〉にもなっているということだ。
惟光の話からも相手を宮仕人と推測し、源氏は筆跡を変えて返歌した。

寄りてこそそれかとも見めたそかれにほのぼの見つる花の夕顔

近寄ってこそそれかと見よう、黄昏にほのかに見た花の夕顔（夕方の顔）を。「笑みの眉ひらけたる」とあった夕顔だが、この贈答によってまだ見ぬ女へと重ねられてゆく。夕顔の歌を交わした女、ここで巻名は彼女との恋を予想させるに至る。そしてやがてはその女こそが、かつて常夏に喩えられた頭中将の女であったことが明かされ、帚木（木）空蟬（虫）の女に対する「草の花」の女という、もうひとつの系譜が、詠歌から立ち現れてくるわけだ。

九、「草の花」の女

ただし、この夕顔の女が「もし、かのあはれに忘れざりし人にや」と、常夏の女と結び付けられるまでには、伊予介の妻が（源氏の思いの中に）再登場させられてもいた。「かの空蟬のあさましくつれなきを、この世の人には違ひて思すに」と、いまだ源氏が忘れられないという文脈だが、初めて空蟬が女の呼称に重なる所でもあった。しかしそれは、女が空蟬と命名されたということではないだろう。この時点では帚木よりも空蟬の印象が優っていたという、いまだ相対的な状況に過ぎまい。以下、改めて「雨夜の品定め」が想起されることで、帚木と空蟬、そしてこの夕顔巻が、何より大きな物語として連動していることが明らかになってゆく。

品定めを契機に語られる源氏の「隠ろへ事」としては、帚木／空蟬の女から、常夏／夕顔の女へと、地と図が入れ替わってゆくわけだ。以下、夕顔の女が源氏と歌を交わすのは計三回。伝わる詠歌は六首となり、たちまち空蟬の女を凌ぐことになった。紙幅の関係上、特に問題の多い五首目の歌に触れておく。

山の端《は》の心もしらでゆく月はうはのそらにて影や絶えなむ

古注以来「山の端は源氏によそへたり」と解されてきたが、ここも歌自体としてみれば、「行く月」を男、「山の端の心」を女自身の喩とする清水説を支持したい(20)。「山の端の心も知らずに、行く月（あなた）は天空で消えてしまうでしょうか」と、男の歌に切り返す形である。「行く月」に対する「山の端」という歌語の位相に加えて、〈草の花（常夏／夕顔）〉なる女の属性に、大空を行く印象は重ね難くもある。ここに彼女の「死の予感」を読むことも(21)、後から振り返れば「消える月」が実は当人の運命をも暗示する詠みぶりだったという次元での理解となる。

女は最後の詠歌では、

光ありと見し夕顔の上露《うはつゆ》はたそかれ時のそらめなりけり

と、かつて夕顔に「そへた」あの「光」を、「たそがれ時の空目」だったと詠み返している。歌として、晴れて脚光を浴びたはずの夕顔の花。その光を錯覚と斥けることで、女は花の名を花に返そうとする。夕顔はあくまで賤しい垣根に咲く、それだけの花だというのだ。最初の歌にあった「山がつの垣ほ」に通じる卑下でもあろう。しかし女が幕引きを試みた夕顔は、この後に語られる自らの死、そのはかない生涯によって、後世には堂々たる歌語としてもてはやされてゆくことになる。(22)

常夏の女は「夕顔」に新たな心象を刻んで物語から消えた。一方の帚木の女は、負けまいとするかのように、ここで自ら源氏に見舞の歌を贈っている。源氏からの返し、

うつせみの世はうきものと知りにしをまた言《こと》の葉《は》にかかる命よ

には、古今集の定石どおり「空蟬」を「世」にかけて、はかなさを詠み込み、葉にその「羽」を掛けている。さらに伊予へ下るさい、餞別と小袿を届けた源氏に対して、

蟬《せみ》の羽《は》もたちかへてける夏衣かへすを見ても音《ね》はなかれけり

と、女が返したとある。「蟬の羽のうすき衣」（拾遺集79）である夏衣を返されて、冬なのに鳴いて（泣いて）しまう蟬なのだという。この贈答により彼女の詠歌は五首となった。〈花の夕顔〉に対峙すべきが〈虫の空蟬〉だという印象は、この両歌によって極まることになる。後に源氏と再会を果たす空蟬の女は、さらに二首の歌を加えている。出家の語られるその関屋巻を待って、ようやく夕顔の女が残した歌数を越すわけだ。そこでは「かの帚木」と想起され、改めて帚木の女として据え直される彼女。今度は羽化でなく「尼衣」を身に纏って、物語から退場して行った。

「……あまりもの言ひさがなき罪、避りどころなく」。かくて帚木巻からの光源氏の「隠ろへ忍びたまひし」物語が、ひとつの終結を告げる。「帚木」「空蟬」に歌語として新たな心象風景を刻みつけ、歌語ならざる「夕顔」を歌の世界へ導いた三帖の物語でもあった。

世の中にをかしき事、人の〈めでたし〉など思ふべき なほ選《え》り出《い》でて、歌《うた》などをも、木 草 鳥 虫をも言ひ出だしたらばこそ、「思ふほどよりはわろし。心見えなり」とそしられめ……

とは枕草子跋文の一節。「ただ心ひとつにおのづから思ふ事」を標榜する清少納言にとって、「歌」に詠まれ続ける「木、草、鳥、虫」は、いやでも意識せざるを得ない鉱脈であったらしい。(23) 帚木三帖はまた、「木」を「鳥」を「虫」を、「草の花」を詠み、詠まれた女たちの歌物語でもあった。

注

(1) 巻名を歌語から捉え直す試みとしては、近年、清水婦久子に「源氏物語の和歌的世界」（『源氏物語研究集成』九　風間書房、二〇〇〇）以下、一連の成果がある。

(2) 藤岡忠美「源氏物語の源泉」（『源氏物語講座』八　有精堂、一九七二）ほか。

(3) 以下、物語本文は小学館『新編日本古典文学全集』による。

(4) 鈴木日出男「『源氏物語』の和歌」（『古代和歌史論』東京大学出版会、一九九〇、初出一九八〇）。なお同氏には源氏物語における和歌表現が、決して「事実の心の反映だけによってはいない」、「むしろ逆に、歌の言葉が、いわばもう一つの関係として、人間関係をつなぎとめていく」ものである、との指摘もある（「物語と和歌的なるもの」『源氏物語虚構論』東京大学出版会、二〇〇三、初出二〇〇二）。またそれは読者との関係にも敷衍されよう。

（5）吉見健夫「空蟬物語の和歌」（『平安文学の風貌』武蔵野書院、二〇〇三）。

（6）藤河家利昭「帚木の歌と空蟬」（『源氏物語の源泉受容の方法』勉誠社、一九九五、初出一九八七）、吉見健夫（注5に同じ）参照。

（7）日向一雅「『帚木』三帖の主題と方法」（『源氏物語の準拠と話型』至文堂、一九九九、初出一九九八）に詳しい。

（8）源氏の歌には「蟬のもぬけになって、姿かたちを変えてしまった」（新大系）という解があるが、「蟬が姿を変えてしまった」と解すべきだろう。女自身は蟬に喩えられている。

（9）倉田実「源氏物語『空蟬』巻の巻末歌をめぐって」（『大妻国文』二〇〇一・三）。

（10）従ってこれを「蟬の抜け殻に露のかかる光景」（清水婦久子・注1に同じ）と見ることはできない。なお吉見健夫（注5に同じ）も同歌を二句目で切るが、羽に葉を掛けず「はかなさ」を導くものとする。歌自体の解釈としてはそれも否定できまい。

（11）諸注の解釈については倉田論文（注9に同じ）を参照。それ以降では高木和子「空蟬巻の巻末歌」（『源氏物語の思考』風間書房・二〇〇二、初出二〇〇一）吉見健夫（注5に同じ）がそれぞれ源氏物語創作歌として論じている。なお、多くの先行論文をここでは紹介しきれなかった。詳細は上原作和編『人物で読む源氏物語　葵の上・空蟬』同『夕顔』（勉誠出版、二〇〇五）などを参照されたい。

（12）顕昭『古今集註』（うつせみとは蟬のもぬけをいふ也）を受けて、今日でも空蟬は「蟬の抜け殻から転じて蟬そのものをいうようになった」と説明されるが、当時の和歌では「蟬そのもの」の方が主流といえる。万葉時代に「打背見」「宇都世美」等の借字のひとつだった「空蟬」「虚蟬」、その「うつ」の語感が抜け殻の意に解されて行ったのであって、抜け殻ゆえに「虚蟬」と表記したわけではあるまい。当の古今歌73番歌も、あえて抜け殻と取る必然性はない。物語当時の「空蟬」のイメージは、あくまで「蟬」を第一義とすべきだろう。それ自体が「はかなさ」を表す例もあるが（後選集193）、一般には夏の景物でもあった蟬が、特に「はかなさ」「むなしさ」と結びつく際に「うつせみ」の語感が好まれたものと思われる。

(13) わずかに「朝顔の朝露おきて咲くといへど夕顔にこそにほひましけれ」（人丸集）が伝わる。朝顔あっての夕顔であり、この対比は夕顔巻（中将のおもととの贈答場面）にも引き継がれている。

(14) 古注以来多くの指摘があるが、両歌の関係付け方は様々。小林正明は「否定的な媒介」としての躬恒歌を位置付け、その差異を適確に言い当てている（「夜を往く光源氏」『源氏研究』4一九九九および「夕顔・偶像の黄昏」『国文学 解釈と鑑賞』二〇〇六・十二）。また、「躬恒の歌を考慮して解する必要はない」とする山本利達の論もある（「夕顔の『心あてに』の歌の読み方」『滋賀大国文』二〇〇五・七。「それ」を「心中にある人＝源氏」と解すもの）。

(15) 清水婦久子「光源氏と夕顔」（『源氏物語の風景と和歌』和泉書院、一九九七、初出一九九三）。

(16) 工藤重矩「源氏物語夕顔巻の発端」（『福岡教育大学紀要』50、二〇〇一）。

(17) 室田知香「夕顔物語の発端」（『国語と国文学』二〇〇四・九）は、歌中の「それ」が場の文脈をも受け得ることを指摘する。

(18) 黒須重彦『夕顔という女』（笠間書院、一九七五）。

(19) 「夕顔に『あやし』を幻出してゆく語り」（今井久代「夕顔物語の『あやし』の迷路」『源氏物語構造論』風間書房、二〇〇一、初出一九九六）、「語り手の仕掛けが夕顔を〈謎〉たらしめている」（斉藤昭子「夕顔巻・表裏の〈他者〉」『人物で読む源氏物語・夕顔』勉誠出版、二〇〇五、初出一九九八）などと指摘される。なお「心あてに」の歌については、その後、竹内正彦「そのそこの夕顔」（『玉藻』二〇一〇・三）にて詳述されている。

(20) 清水婦久子（注15に同じ）。松下直美「夕顔巻　山の端の贈答歌について」（『国文』二〇〇三・七）も同解釈。

(21) 今井源衛「夕顔の性格」（『源氏物語の思念』笠間書院、一九八七、初出一九八一）ほか、同様の指摘は多い。

(22) 夕顔をめぐる後世の受容については、ハルオ・シラネ「夕顔、詩歌、絵画」（『源氏物語と和歌世界』新典社、二〇〇六)、鈴木健一「源氏物語と近世和歌」(『源氏物語と和歌を学ぶ人のために』世界思想社、二〇〇七)などに詳しい。

(23)「花の木ならぬは」の段にも「草、木、鳥、虫もおろかにこそおぼえね」とあり、この題材へのこだわりが窺える。帚木三帖は、そんな枕草子への物語からの一回答にもなっている。

第十六章　セルフ・ナラティヴとしての仮名日記

一、はじめに

日記なるものは、書き手と読み手の「私」をたちまち密着させてしまう。「私」が「私」と出会い「私」を問う、果てしなき対話。そして何より自意識こそが果てしない。

自分が何かゆうてみい、人間が、一人称が、何で出来てるかゆうてみい、一人称なあ、あんたらなにげに使てるけどなこれはどえらいもんなんや、おっとろしいほど終りがのうて孤独すぎるもんなんや、これが私、と思ってる私と思ってる私と思ってる私と思ってる私と思ってる私と思ってる私と思ってる私!!
これ死ぬまでいいつづけても終りがないんや、私の終りには着かんのや……

川上未映子の小説の一節。[1]ひたすら句点（終止形）を拒み続けるこの文体は、仮名日記や物語の伝統を想起させるとともに、〈私語り〉の生理をもよく体現している。そう、「私」を語り出すことは、その不可能を知ることであり、終わらないものを「終わらせる」作業なのだ。

では平安時代の先駆者たちは、いかにして「私」を語り起こし、そして「終わらせた」のか。興味深い問題だがジレンマもある。仮名日記に見出される「私」とは、結果として読み手による「近代的自我」のあからさまな投影だったり、時に幻影であることとさえ免れないからだ。自己語りが伝え得るものは、書き手の人生そのものではない。人生のある時期に、誰かに共有してもらいたかった何か、その痕跡というべきだろう。従って読者は、何よりもその「ディスコースの構成のされ方」にこそ注目しなければならない。この点に自覚的であるために、本稿では日記の「作者」との対話を、あえてナラティヴ・セラピー（臨床医などによるナラティヴ・アプローチの実践）の現場の如くイメージしてみた。(2) むろん「作者」はクライエントではないし、彼らの語りを「望ましいディスコース」に織り変えてゆくことはできない。ナラティヴがその度に変化し、更新されてゆくものならば、そもそも彼らの「語り」は遥か昔に終えられてしまっている。

ただ、ナラティヴとは（論拠となる社会構成主義によれば）「語り手と聞き手の共同作業によって成立する社会的作業」であり、過去とはある視点から「構成された現実」であるという認識は、語られた「私」と対峙し、それを意味付けようとする者にとっても、共有し得る前提となろう。研究史を紐解けば、時代時代の読者が見出したい私というものに、見事に応えてきたのが仮名日記だったと言える。(3) 治療者がクライエントと繰り返す対話において、いま見極めたはずの終着点が、明日には新たな物語に塗り替えられてゆくように、書記テキストとの対話では、例えばある読者が付けた決着（理解）を、別の読者が、時には当人が、新たな疑問の始発として引き受けてゆくことになる。受け手しだいで見出される「現実」も変化するという関係実体は、書記テキストに対しても、意識してし過ぎることはあるまい。

二、あしたの「私」の作り方

かくありし時すぎて、世の中にいとものはかなく、とにもかくにもつかで、世に経《ふ》る人ありけり。（中略）過ぎにし年月ごろのこともおぼつかなかりければ、さてもありぬべきことなむ多かりける。（蜻蛉日記）[4]

「女流日記文学の嚆矢」とされる蜻蛉日記の冒頭。これを我々が「自己語り」として読むことはたやすい。今日の「WEB上に溢れる私語り」（大塚英志）[5]からは、見慣れた光景にさえ映るかもしれない。しかし、未曾有の「私語りの時代」であればこそ、彼女の前に聳え立っていたハードルの高さを、まずは思うべきだろう。

道綱母と呼ばれる「書き手」が踏み出した第一歩、産み落とされたのは右の如き「世にふる人」だった。これを気楽にも「三人称（的）」などと呼ぶ発想は、人称なる禁断の果実を食らってしまった近代人の暴力ですらある。「世にふる人」は、さしあたり「かくありし時」（過去）を生きてきた、その主体のようだが、事実上は紛れもなくこれから語られようとする〈私〉である。「かくありし時」もまた、後に「過ぎにし年月」と変換され、それを「おぼつかなし」と認める書き手の紡ぐ世界に成り代わる。「私は」と書けば私語りが成立してしまう時代から見れば、あまりに煩雑な手続きを踏みながら、ようやく〈私〉は語り出されようとしている。いや、それ以外に「私の過去」などは存在し得なかったとさえ言えるだろう。

過去の出来事、それ自体は変わらない。しかし過去の認識、いわゆる記憶なるものは、想起という「能動的な作業」により更新され続けてゆく。有り体に言えば「記憶はウソをつく」[6]。蜻蛉日記の書き手は、「おぼつかなし」なる眼差しによって、以下に語られるべき〈私〉の実像を、図らずも言い当てていたのかもしれない。過去を語ること、それは想起によって明日の〈私〉を作ることなのだ。ナラティヴ・アプローチには「自己とはセルフ・ナラティヴである」という了解があるが、そこには自己とは「自己についての物語」であり「自己を語る行為そのものによって作られる」との両義が込められているという。(7) 蜻蛉日記が開いた扉は、まさに前人未到のセルフ・ナラティヴであった。

一人称なる黒船のおかげで、現在「私」は自動生成され、量産され続けている（前掲大塚論文）。「わたくし率」の息苦しさ。大塚はその制御のために書き手自身の「キャラクター」化を提唱するが、「よにふる人」としか自身を提示する術のなかった先駆者によって、それが既に実践されているかに見えるのは皮肉でもある。

三、人生は区切れるか

世の中に多かる古物語《ふるものがたり》の端などを見れば、世に多かるそらごとだにあり、人にもあらぬ身の上まで書き日記《にき》して、めづらしきさまにもありなむ、天下《てんげ》の人の品《しな》高きや、問はむためしにもせよかし、とおぼゆるも……

（蜻蛉日記）

先に省略した所だが、やはり注目しておきたい。ここで書き手は自らの営為を古物語と対峙させている。「そらごと」を排し「人にもあらぬ身の上まで書き日記」する、というのだ。一見すると、「物語」対「日記」の図式にみえる。だが以下に現れるのは、男性官人の日記とも、仮名日記の先駆・土左日記とも別の代物だった。時間の把握はゆるやかで、日記が日記であるためのアイデンティティ（日付）は、あっけなく手放されている。「さて、あはつけかりしすきごとどものそれはそれとして……」と続くのは、その意味で正当なるセルフ・ナラティヴといってよいだろう。その試みを書き手は「日記す」と自認し、その産物は「かげろふの日記」と命名された。だがそれは、物語でなく日記を選んだという単純な話ではない。「そらごとではない」というディスコースを読み手に共有してもらうことで、初めて語り得る〈物語〉を、書き手は構築しようとしているのだ。

自己語りが真に「そらごと」を排そうとすれば、文体も本来の日記に近づくはずだった。侵食前の記憶を保存するには、ツイッターよろしく「今」を報告し続けてゆくしかない。例えば土左日記には、簡潔を極めるかのように「きのふのごとし」で終わる記事（一月六日）もあった。まさに日記らしい記載である。ただし土左日記の言説は、同時に日記らしさを逆手に取ってゆく。右も、十二月二九日（おほみなとにとまれり）から続く大湊滞留中に置かれる事で、進まぬ旅路の焦燥を「表現」し得ていた(8)。その意味で土左日記は、日記形式に徹することで過去を語り得た〈物語〉といえる。それが功を奏したのは、都までの片道に、時をきっぱりと区切ったからだろう。五五日という括りは、人生から見ればあまりに短い。その潔さが土左日記の完成度である。最後には「とくやりてむ」とまで記し、擱筆を宣言する貫之は、「区切り」にも極めて自覚的だった。

人は過去を区切りながら今を生き続ける。しかし生きている限り、区切り難さも思い知ることになる。結果として約二〇年もの歳月を語った道綱母は、ナラティヴの只中で区切れない人生と出会い続けたと言えようか。上中下巻と、その都度「区切り」は試みられたようだが、むしろその困難を伝える結果になっている。日付をも操舵した土左日記が一定の硬度のまま切断されたのに対し、日記らしくない蜻蛉日記は、擱筆にも及び腰にみえる。人生は区切れるのか。いつどこで区切るべきか。生きている限り続くだろう問いが浮かび上がる。生のなかばにある読者たちには、しかし共感できる迷いだろう。

四、私だけの記念日

十二月十八日。月いとよきほどなるに、おはしましたり。例《れい》の「いざ給へ」とのたまはすれば、「こよひばかりにこそあれ」と思ひてひとり乗れば、「人ゐておはせ。さりぬべくは心のどかにきこえん」とのたまへば、「例《れい》はかくものたまはぬものを、もし、やがておぼすにや」と思ひて、人ひとりゐて行《ゆ》く。（和泉式部日記）

下巻にまで辿り着いた蜻蛉日記の巻頭には、「かくてまた明けぬれば、天禄三年といふめり」と記されていた。無頓着だった年次がここに浮上する。執筆時との距離なども想定されようが、セルフ・ナラティヴにおける日付とは、その「終わり」とともに意識されるのかもしれない。具注歴のような確固たるフレームとしての日付は存在しない。日付もまた、語りの只中で主体的に見出される、いわば「私だけの記念日」なのだ。

更級日記が記す唯一の暦日（天喜三年十月十三日）は、やはり記念日として巻末に置かれ、和泉式部日記もまた、右のように終末に記念日を提示する。冒頭の「四月（十余日）」以降、主に月単位で流れてきた和泉式部日記の時間だが、ここに最も日記らしい日付を刻んでいる。宮邸入りという事件。それ自体、実際に世の好奇心をそそるものでもあったろう。帥宮の「女」への待遇は、召人としては格別のようであり、何より北の方退去という事態を引き起こしている。和泉式部日記はこの「十二月十八日」に至るいきさつを、当事者が物語る趣向のテキストといえる。単純に考えれば日付は「女」の勝利宣言となろう。あるいは、そのつもりで始められたセルフ・ナラティヴだったのかもしれない。だが我々が抱く印象は、さほど晴れやかなものでもない。宮邸入りまでの経緯を語るに際し、書き手が全面的に依拠したのは歌だった。和泉式部日記における体験の再構成が、「出来事としての日時ではなく、和歌と結びついた『折』によってなされている」という近藤みゆきの指摘[9]は、端的にその本質を言い当てていよう。近藤は同時に「和歌という無敬語の対話手段」こそが、身分を越えた「一対の男と女」の物語を可能にしたことも指摘する。和泉式部と呼ばれた女房は、歌で宮を引きつけ、歌をもって渡り合う「女」へと、見事な転生をみせている。それをセルフ・ナラティヴの成功と呼ぶとしても、女に歌を喪失させてしまう宮邸入りとは、同時に終わりの始まりでもあった。

「十二月十八日」。勝利とも敗北ともつかぬまま、日付は〈物語〉の終焉を見守り続けている。記念日こそは、安易な決めつけを拒み続ける、自己語りの聖域なのかもしれない。

五、母と呼ばないで

かく不浄《ふじやう》なるほどは、夜昼の暇《いとま》もあれば、端の方《かた》に出でゐてながむるを、この幼き人、「入りね入りね」と言ふ気色を見れば、「ものを深く思ひ入れさせじ」となるべし。「などかくはのたまふ」、「なほいと悪し、ねぶたくも侍《はべ》り」など言へば……　（蜻蛉日記）

かつて金原ひとみが、東京新聞のコラムで「ママさん作家」と呼ばれることへの憤りを綴っていた。「ママさん」は相手を母として認めると同時にそれと相容れないものを否定する、個人の内にある複雑なあれこれを無い事にしてしまうからだという。レッテルとはそうしたものでもあろうが、『アッシュベイビー』や『マザーズ』の作者ゆえの迫真があった。平安文学の担い手たちも、今なら「ママさん作家」と呼ばれてしまうのだろうか。

和泉式部日記の「女」は、身分をも捨象すべく意図的に選ばれた〈私〉といえる。その他の呼称を拒んだまま、約十か月の〈物語〉は終わっていた。区切りとしては土左日記に継ぐ短さである。女は「女」を貫いて生身に張り付くレッテルから逃れゆく。一方、「娘」「妻」「母」としての時間まで内包する蜻蛉日記や更級日記の書き手は、レッテルとの葛藤も長く引き受ける結果となった。引用文は、中巻の山場「鳴滝籠り」における母子語らいの場面。物思いにふける母に、「入りね」と息子は声を掛ける。母への気遣いは感じさせるものの、「ねぶたくもはべり」と添えられた一言は、いかにも幼子らしい。だがこれが天禄二年の出来事だとすると「幼き人」道綱は十七歳になってしまう。作中の道綱に「幼さ」が強調されているとすれば、ここもその典型なのだろう。あたかも書き手は、意識的に「母」なる自画像に安住しているようだ。だがここに至る道綱の呼称を辿ってみると、母としての〈私〉も、決して安定したものでないことがわかってくる。

兼家との関係が問い返されるこの時期に、道綱の呼称が揺れに揺れること、「作者の道綱に対する態度の変化」と指摘されてきた（小学館『日本古典文学全集』頭注など）。なるほど引用部分の前で「幼き人」は「この人」を経て「大夫」へと成長を遂げている。下巻に至って「大夫」が安定を見ることから、「（道綱の）存在の独立性がいよいよはっきりする」（同右）という傾向は確かだろう。しかしそこで彼が独立したとすれば、先の場面では再び「幼き人」に降格したことになる。道綱の問題ではあるまい。物語られているのは〈私〉の側の揺れなのだ。「かく不浄なるほど」に至る生理関連記事には、「生める性にすがりつく」女の思いも指摘されているが[10]、それが我が子を「幼き人」と位置付ける眼差しと同居しているわけだ。ならば「幼き人」も、単に母性なる本能の投影とは言えなくなってこよう。この機微を津島昭宏は「母へ逃げ込む道綱母」と名付けた[11]。夫との苦悩から逃れ縋るべく、「母」が切実に求められているのだという。「道綱母」なる通称は、あるいはそんな彼女の葛藤も「無い事に」してしまっているのかもしれない。

「道綱母」では終われない。そんな叫びを聞いたか否か、彼女の姪にあたるひとりの娘は、やがて自身の人生を注意深くしたためてゆく。更級日記であった。

六、私は私に言うたりたい？

物がたりの事をのみ心にしめて、われはこのごろわろきぞかし、さかりにならば、かたちもかぎりなくよく、かみもいみじくながくなりなむ、ひかるの源氏の夕顔《ゆふがほ》、宇治の大将の浮《うき》舟の女君《ぎみ》のやうにこそあらめ、と思ひける心、まづいとはかなくあさまし。（更級日記）(12)

実人生では「俊通の夫」「仲俊の母」、女房某でもあった女性は、「少女」の私に呼びかける。五十歳を超えていたであろう書き手は、少女の私にこそ言いたいことがあるのだろうか——。「あづまぢの道のはてよりも猶おくつ方におひいでたる人」と冒頭に提示されるのは「十三になる年」の〈私〉。辺境の地にて物語に夢を馳せる娘だったと語られる。都への二か月半の旅（すでに土左日記の時間を超えてしまう）を経て、願いは叶えられた。乳母の死などに塞ぎこむ彼女に、ついに舞い降りる源氏物語。夜も昼も浸りきり、薄幸のヒロインにわが身を重ねる娘に、書き手は「まづいとはかなくあさまし」という言葉を突きつけている。直前には「法華経五の巻をとく習へ」なる夢の記載があるが、〈私〉は「はかない」まま、その後の夢告げもスルーし続ける。子供や夫が登場するのは終盤で、母でも妻でもない〈私〉が描かれてゆく。この「幼さ」こそが、おそらく読者に共有してもらいたいものなのだろう。「他愛なくてあきれてしまう」という自画像の承認。蜻蛉日記において「我が子の幼さ」がキーポイントだったとすれば、更級日記は「自身の幼さ」に大切な何かを託している。

しかしながらこの書き手は、すぐに明解なストーリーを示してはくれない。紙数に反比例して四〇年以上もの人生を抱えたこのテキストは、容易に〈物語〉の全容も明かさないのだ。更級日記は蜻蛉日記に「背を向けるように、多種多様なエピソードの集成という対照的方法を採用した」と言われる。(13) 断絶や沈黙といった現象にまで、読者を立ち止まらせずにはおかないこの日記は、セルフ・ナラティヴとして群を抜く含蓄を誇っている。

七、源氏オタク第一号

「夢に、この猫のかたはらに来て（中略）いみじうなくさまは、あてにをかしげなる人《ひと》と見えて、うちおどろきたれば、この猫《ねこ》の声《こゑ》にてありつるが、いみじくあはれなり」と語《かた》りたまふを聞《き》くに、いみじくあはれなり。

（更級日記）

先の源氏物語耽読の場面は、一見すると「幼さ」ばかり際立った。だが、それを「はかなくあさまし」と括り得る者の存在を意識する時、読者の脳裏にはある種「老獪な」書き手の横顔が浮かんでこよう。例えば「浮舟」に「法華経」という配置の妙。更級日記が「自身の人生の軌跡を、いかに描こうとしたかを読みとらせるべき指示記号」とも受け取れる（鈴木泰恵）。(14) 女人往生を説く五の巻と、宗教的救済を求めた浮舟。源氏物語の深層にも、さりげなく触れてみせるのだ。あるいは、源氏愛読者のオタク心をくすぐろうとする（光源氏・浮舟の組み合わせも、鈴木は「キャラのコラボ」と名付けている）。なるほど鈴木の指摘するように、当時の物語愛好家のあり方は、杉浦由美子が報告した現代の腐女子（女性オタク）にも通い合う。(15) 杉浦はその生態を様々報告していたが、底流にあるのは、異性や社会よりも同好の士の承認にこそ価値を見出す姿であった。前者に失望して同好の士に走るのではなく、はじめからその承認には興味がないのだという。

その〈私〉を、いわば源氏オタクに導いたのは「姉」「継母」とされる。継母は早々に家を出てしまうので（むしろ彼女は宮仕えの隠喩か）、姉こそが一貫して「同好の士」だったことになる。姉との物語は、迷い猫の逸話に始まり、突然の死によって幕が閉じられていた。どこからともなく現れた猫。姉の夢で「侍従の大納言殿（行成）の御むすめ」と名乗ったという。その話を〈私〉は疑いもなく受け入れる。後には猫に「侍従の大納言の姫君」と呼びかけ、「聞き知り顔」に「あはれ」まで確認している。この「あはれ」こそは、まず姉の言葉として語られ、そのまま〈私〉に引き取られたものだった。引用文中の二つの「あはれ」は、現代語訳に際し「しみじみと悲しく胸を打たれた」「何とも感動する」（角川ソフィア文庫）などと訳し分けるのが諸注の定番だが、ここはまったくの鸚鵡返しである点が重要なのだろう。切実なる同化願望と、承認されたい相手としての「姉なる人」が浮かび上がる。従って「あはれなり」は訳し分けるべきではない。

一方、姉は姉で、あたかも同士へと妹を導こうとしていた（荻の葉の場面）。彼女は結婚もしていたはずだが、書き手の目に映るのは、あくまで同好の士としての姉である。死後（本人が求めたという）「かばねたづぬる宮」が届く逸話も、物語愛好家らしい最期を演出するものだろう。同好者として一歩先ゆく「姉なる人」。その妹として自己が語られる限りにおいて、「幼さ」はまた安らかなポジションであった。だが実人生では既に十七歳。実社会との折り合いを内から外から迫られる時期だろう。実際に孝標女は物語作者とも目されているので、さしずめ今なら道を極めた「オタクの星」だったかもしれない。だが残念ながらこの先駆者には、オタクが高じて作り手に転身し、それを「職業」としてゆくという選択肢はなかった。あるいは紫式部日記の書き手ように、物語「作者」たる自己を顕示することもない〈私〉。しかしながら、今日の愛好家をも唸らせる物語「読者」の横顔が、そこには確かに刻まれていた。源氏オタク第一号。姉さえ手にできなかった称号である。

八、結婚か就職か

親《おや》たちも、いと心えず、ほどもなくこめ据《す》ゑつ。さりとて、そのありあまの、たちまちにきらきらしき勢《いきほ》ひなどあんべいやうもなく、いとよしなかりけるすずろ心にても、ことのほかにたがひぬるありさまなりかし。
「いくちたび水の田せりをつみしかば思ひしことのつゆもかなはぬ」とばかりひとりごたれてやみぬ。

（更級日記）

結婚か就職か。専業主婦かキャリアウーマンか。ひと昔前、多くの女性に用意されていた選択肢は、今や結果的に格差の象徴にさえなっている。「結婚しても出産しても生活のために働かざるをえない」バブル未経験世代には、同時に「仕事が自己実現である」という感覚も薄いのだという（杉浦前掲書）。

更級日記の〈私〉は、結婚話ひとつ語られないまま、「宮仕え」なる仕事を選ばされている。父は隠居を宣言、〈私〉を「おとなにしすゑて」しまったのだという。夢みる少女じゃいられない。「しぶしぶに出だしたてらる」に至る口吻は、選択の余地などない、「働かざるをえない」状況だったとでも言いたげである。だが、その宮仕えも中途半端に終わり、再び彼女は家に閉じ込められた。右の「こめ据ゑつ」は、石川徹の指摘以来「橘俊通との結婚のため」と解すのが通説となっている。そうなると「さりとて」以下に語られるのは、結婚生活への幻滅となり、「いくちたび」はその悲痛な吐露となる。彼女にとって結婚は「共感に乏しい夫との妥協の産物」（全集）だったというストーリーが用意される所となった。こうした通説に対し、川端春枝は「こめ据ゑつ」を結婚の前提でなく結果だと説く[16]。つまり出仕は父帰京の年（一〇三六）で、出仕先も祐子ではなく母嫄子だったというのだ。結婚の後、夫の意向で依願退職。本当は仕事を続けたかったのに――。そう解せば「いくちたび」は、何より宮仕えが全うできなかったことへの痛恨となってこよう。

　彼女の「仕事と結婚」をめぐり、かくて現代の解釈は揺れている。ただ通説でも川端説でも、宮仕え中断に「結婚」を介在させる点は変わらない。だとすれば、つまり結婚がここに想定されるとすれば、何より夫について語らないセルフ・ナラティヴのあり方、夫を登場させない彼女の〈現実構成〉にこそ注目すべきだろう。更級日記における「夫」の問題が浮かび上がる。だがそのテーマに触れる前に、いま少しこの箇所には立ち止まっておきたい。

九、「反実仮想」で乗り越えて

かう立《た》ち出《い》でぬとならば、さても宮仕《づか》への方にもたち馴《な》れ、世にまぎれたるも、ねぢけがましきおぼえもなきほどは、おのづから人のやうにもおぼしもてなさせたまふやうもあらまし。（更級日記）

引用は前後するが、前に引いた部分へと続く本文である。つまりここから「いくちたび」への感慨が始まる。歌の理解と連動して、やはり解釈の揺れる箇所であった。「かう立ち出でぬとならば」は通説では「こうして宮仕えに出たからには」と訳され、しかし結婚により「たち馴れ」るに至らなかった、という文脈で解されている。だが「〜ならば〜まし」（反実仮想）に忠実であるなら、これはあくまで仮定の話でなければならない（全評釈）(17)。しかし出仕自体は仮想現実にならないので、整合性を持たせるべく『全評釈』は「仏名会に参加したように、いかなる行事にも参仕したならば」と解した。なるほど、一読して真意をはかるのは難しい。「それはこういう意味？」と、セラピーの現場なら徐々にクライエントの文法を探っていきたい所である。

一般的に、セルフ・ナラティヴに現れる「もし〜だったら」（仮定法）は、極めて重要なシグナルとされている。F1レーサー・セナの事故死を、熱狂的なファンたちがどう受け止めていったか、やまだようこによる興味深い報告があるが、そこで用いられた仮定法を、やまだは「時間軸を過去から未来へ転換させる」「もうひとつの現実をつくりだす事で、直面する現実（傷つく事）を回避する」「死者を現在に生き返らせ、ともに生きる事を可能にする（＝忘れる事を可能にする）」という役割にまとめている(18)。現実変換によって納得できる〈物語〉を生成してゆく営みが「自己回復力」「自己生成力」を強めるのだという。受け入れ難い現実に直面して、誰もが身に覚えのある体験だろう。

前掲の仮想内実は、一読する限り判然としない。だが（セラピストのような）問い返しができない代わりに、エクリチュールには読み返しの特権がある。後の記事によって、以前に存在したらしいバイアスが明かされてゆくのだ。更級日記では、夫の死後に語られる自己総括がそれにあたる。「天照御神を念じ奉れ」なる夢が「人の御乳母して、内わたりにあり、みかど后の御かげにかくるべきさま」と解かれていたことが、そこでは初めて明かされている。十四歳の私がスルーした夢は、「内わたり」に栄達の場を仰ぐという悲願を胚胎していたわけだ。石坂妙子が的確にまとめたように、[19]「宮仕え女房」としての栄達と挫折へ、数々の糸は最後に集約されてゆくのだ。

そう考えると、彼女がこの仮定法で乗り越えようとしたのは、やはり「理想の宮仕え」に関わるものと見るべきではないか。結婚という、まだしも介在の余地を残す選択が過酷だったのではない。決定的な喪失、それこそは日記中に「故宮のおはします世ならましかば」と語られる、中宮嫄子の死ではなかったか。敦康女にして後朱雀妃たる嫄子は、定子と彰子という伝説の両サロンにも連なる存在。彼女こそ、清少納言や紫式部に匹敵する活躍の場を用意してくれる主人、あるいは皇子の乳母として仕え得たかもしれない主人だった。先の川端論を援用して、「かう立ち出でぬとならば」は「こうして（そのまま嫄子のもとに）出仕したなら」と解したい所である。文脈はそれを「思ひしことのつゆもかなはぬ」という（おそらく詠歌時の）嘆きへと集約させてはいる。だが同時に、悲嘆を仮定法で語る〈私〉とは、宮の早世を運命として受け入れている者でもあろう。再出仕して天照を求める姿などからも、現実の建て直しは、とりあえず果たされたかにみえる。

十、自分を罰したい時

昔より、よしなき物がたり、歌《うた》のことをのみ心にしめで、夜昼《よるひる》思ひておこなひをせましかば、いとかかる夢《ゆめ》の世をば見ずもやあらまし。初瀬《はつせ》にてまへのたび「稲荷《いなり》よりたまふしるしの杉《すぎ》よ」となげ出《い》でられしを、出《い》でしままに稲荷《いなり》にまうでたらましかば、かからずやあらまし。

（更級日記）

姪に引かれての再出仕。源資通との美しい交流もあった。やがて時代の転換（大嘗会）を語りつつ、書き手は初めて「夫」を登場させてくる。まずは子供（ふたばの人）、おもむろにその「親なる人」という形で。「え！　夫と子供いたんですか?」と聞けば、「あら、話してませんでしたっけ?」とでも言われそうである。資通の退場を待った上での登場である点など、「様々な配慮を察してね」というメッセージなのだろう。かなり周到になされた〈現実構成〉に見える。

その後の語りを追ってゆくと、彼女にとっての夫は、誰あろう「死別した夫」であることがわかってくる。やがてその死と葬送までを描き、「その人や見にけむかし」と結んだ後に、右の自己総括は現れることになる。読み手が「夫に愛情の薄い作者」なる解読法則を作ってしまうと、これも「夫への哀惜というよりも、自身の世界が崩壊したことへの悲嘆である」（全集）と解されてしまうようだが、この反実仮想の畳み掛けは、やはり尋常でない。決定的な喪失を必死に受け入れようとする姿とみてよいだろう。

だがこの仮定法には、先の場面のような自己回復の気配がない。やまだ（前掲書）は仮定法に「もし〜していたら……にならなかったのに」「〜かもしれない、だったら（こうしよう）」の両面をあげ、後者に自己回復力を託しているが、本段の語り口は徹底して前者で、しかも自分自身にばかり向けられている。「中宮が生きていたら」「夫が死ななかったら」ではなく、ひたすら「私がこうしていたら」なのだ。福家俊幸の言を借りれば、まさに「自己処罰の情動」と呼ぶにふさわしい(20)。

直後に明かされる天照の夢解き（前掲）と合わせて、ここでは過去の様々な夢までが「悲しげなりと見し鏡の影」たる現実へと結ばれてゆく。お告げを無視し続けた結果が、今の悲嘆なのだと訴える。だがそれは同時に、いまこの現実（結果）に向けて、これまで様々な断章が配されてきたことを明かす行為であり、四十年もの人生を紡ぎ得る〈構成力〉なるものが鮮やかに前景化されている。処罰は一時の情動ではない。念入りに構築された自己処罰ということになろう。だとすれば、彼女にとって更級日記というセルフ・ナラティヴのすべてが、深層における自己生成となるのだろうか。直後には「天喜三年十月十三日」の記念日とともに、来迎の夢だけを「後の頼みとしける」私が語られる。縋るべき「時」を、夫の死の三年前にまで巻戻しながら。

十一、終わらない歌をうたおう

人々は皆《みな》ほかに住《す》みあかれて、ふるさとに一人《ひとり》、いみじう心細《ぼそ》くかなしくて、ながめあかしわびて、久《ひさ》しうおとづれぬ人に、

　しげりゆくよもぎが露《つゆ》にそぼちつつ　人にとはれぬ音《ね》をのみぞ泣《な》く

尼《あま》なる人なり。

　世のつねの宿《やど》のよもぎを思ひやれ　そむきはてたるそこの草《くさ》むら

（更級日記）

来迎の夢に託し、区切られたかにみえた人生。しかし自己語りの終焉とはならなかった。続く五首は、夫亡き後の孤独を浮かび上がらせている。誰かに歌い掛けずにいられない〈私〉。最後を飾るのが右の二首だった。特に最終歌は詠者を含めて解釈が揺れているが、加藤睦が近年、歌は作者の詠で「（あなたの草庵から）たまには私の暮らしを思いやってほしい」という、尼への呼びかけと解した。[21] 歌の区切りからも、巻末五首の構成からも、納得できる解釈かと思う。

いずれにせよ、書き手は終着を「歌」に託したのだ。先の夢の記述をもって日記を終える道もあったし、収まりもよかったはずだ。しかし〈私〉は終われなかった。散文で人生を構築してゆく意思は、確実に薄れていよう。けれども彼女は詠み掛け続ける。〈私〉はここにいますと、終わらない歌を歌う。

年譜によれば、孝標女は四十代半ばで「末法」という「区切り」を外から押し付けられている。そんな彼女が、日記の最後を託したのが歌だったというのは、どこか示唆的な気がする。仮名日記の先達たちは、和泉式部日記のような歌こそが牽引する世界でさえ、最後は散文で結んでいた。「とくやりてむ」（土左）「とぞ本に」（蜻蛉）「と本に」（和泉）。散文なら必要とされた擱筆のメルクマールさえ、更級日記は拒んでしまう。理不尽な区切りを生きた者の最後の選択、それは三十一文字目にとりあえずの「終わり」が約束された、歌という容器に〈私〉を預けることだった。数々の日記物語を踏み越えて辿り着いた場所には、「区切る」ことに無になった〈私〉がいた。

注

（1）川上未映子『わたくし率イン歯ー、または世界』（講談社、二〇〇七）。
（2）野口裕二『物語としてのケア』（医学書院、二〇〇二）、高橋規子・吉川悟『ナラティヴ・セラピー入門』（金剛出版、二〇〇一）など参照。
（3）特に「女流日記文学」の受容史については、吉野瑞恵による一連の論考が参考となる（『王朝文学の生成』笠間書院、二〇一一）。
（4）『蜻蛉日記』『和泉式部日記』の本文は、角川ソフィア文庫による。
（5）大塚英志「いかに近代文学をやり直すか」（『日本文学』二〇一〇・四）。

(6) 榎本博明『記憶はウソをつく』(祥伝社新書、二〇〇九)。
(7) 野口前掲書(注2)。
(8) 長谷川政春「土佐日記、その表現世界」(新日本古典文学大系『土佐日記』解説、岩波書店、一九八九)。
(9) 近藤みゆき『和泉式部日記』「解説」(角川ソフィア文庫、二〇〇三)。
(10) 川村裕子「『蜻蛉日記』の鳴滝籠りにおける生理」(小嶋菜温子編『王朝文学と通過儀礼』竹林舎、二〇〇七)。後に『王朝文学の光芒』(笠間書院、二〇一二)所収。
(11) 津島昭宏「『母』へ逃げ込む道綱母」(『横浜英和学院教育』二〇一〇・三)。
(12) 『更級日記』本文は御物本に適宜濁点句読点等を加えた。
(13) 伊藤守幸「物語を求める心の軌跡」(『新しい作品論へ新しい教材論へ』古典編2、右文書院、二〇〇三)。
(14) 鈴木泰恵「開かれた『更級日記』へ」(鈴木泰恵ほか編『〈国語教育〉とテクスト論』ひつじ書房、二〇〇九)。
(15) 杉浦由美子『腐女子化する世界』(中公新書ラクレ、二〇〇六)。
(16) 川端春枝「水の田芹歌をめぐる」(『國語國文』二〇〇七・十二)。
(17) 小谷野純一『更級日記全評釈』(風間書房、一九九六)。
(18) やまだようこ「喪失と生成のライフストーリー」(やまだようこ編『人生を物語る』ミネルヴァ書房、二〇〇〇)。
(19) 石坂妙子「宮仕えの構造」(『平安期日記文芸の研究』新典社、一九九七)。
(20) 福家俊幸「『更級日記』における夫俊通の描かれ方についての一試論」(『源氏物語と平安文学』第2集、早大出版部、一九九一)。後に『紫式部日記の表現世界と方法』(武蔵野書院、二〇〇六)所収。
(21) 加藤睦「『更級日記』最終歌の解釈について」(『立教大学日本文学』二〇〇九・七)。

付記

雑誌掲載時、紙数の都合で割愛した部分を、右は復元して掲載した。

初出（原題）一覧（本書に収めるにあたり、補足・訂正を加えた箇所がある）

序　書き下ろし

第一章　〈背景〉を迎え撃つ『枕草子』――「生昌段」「翁丸段」から――
『國學院雑誌』（國學院大學）二〇一一・八

第二章　〈あの日の未来〉の作り方――『枕草子』にみる「清涼殿」再建――
『古代中世文学論考』26（新典社）二〇一二・四

第三章　亀裂に巣食う〈花山院〉――『枕草子』「小白河」と「菩提寺」の風景――
『古代中世文学論考』27（新典社）二〇一二・十二

第四章　『枕草子』×『権記』――「頭弁」行成、〈彰子立后〉を背負う者――
『物語研究』13（物語研究会）二〇一三・三

第五章　〈記憶〉を担う藤原斉信――『枕草子』斉信章段を読み解く――
『古代中世文学論考』29（新典社）二〇一四・四

第六章　〈大雪〉を描く『枕草子』――〈雪と中宮と私〉という肖像――
『日本文学』（日本文学協会）二〇一三・五

第七章　『枕草子』と〈伊周の復権〉
『國學院大學紀要』52（國學院大學）二〇一四・一

第八章　中宮定子の「出家」と身体――『枕草子』にみる「罪」と「めでたさ」――
藤本勝義編『王朝文学と仏教・神道・陰陽道』（竹林舎）二〇〇七・五

第九章　「宮仕え」輝くとき――枕草子「生ひ先なく」の段から――
　『國文學』（學燈社）二〇〇七・六
第十章　〈敦康親王〉の文学史――「源氏物語千年紀」という視界――
　『日本文学』（日本文学協会）二〇〇八・五
第十一章　「円形脱毛症」にされた女――枕草子「ある所に」の段を読む――
　『日本文学』（日本文学協会）二〇一一・十
第十二章　〈美人ではない〉清少納言――「目は縦ざまにつく」を中心に――
　小森潔・津島知明編『枕草子 創造と新生』（翰林書房）二〇一一・五
第十三章　教材「春はあけぼの」とテキストの〈正しさ〉
　鈴木泰恵・高木信・助川幸逸郎・黒木朋興編『〈国語教育〉とテクスト論』（ひつじ書房）二〇〇九・十一
第十四章　教科書の中の源氏物語
　三田村雅子・河添房江・松井建児編『源氏研究』8（翰林書房）二〇〇三・四
第十五章　歌から読む帚木三帖――「帚木」「空蟬」「夕顔」と歌の鉱脈――
　池田節子・久富木原玲・小嶋菜温子編『源氏物語の歌と人物』（翰林書房）二〇〇九・五
第十六章　日記作者の写す症候群と処方箋十件
　『国文学　解釈と鑑賞』（ぎょうせい）二〇一〇・十

枕草子私記——あとがきに代えて

自前のテキストを携えて、『枕草子』を講釈して回っている。旧来の国文学が解体を余儀なくされるなか、古典文学から「何を学べるのか」「学ぶ意義があるのか」、各々の講座では平明な答えも迫られる。シラバスやパンフレットにはそれらしい旗印を掲げたりもするが、突きつめればこの作品が「好きだ」「面白い」という心の声に縋るしかないことを、思い知らされる一年一年でもある。

アンケートなどによれば、受講者の多くは、すでに確固たる作品像をもって臨んでいるようだ。例えばそれは「鋭い感性が光るエッセイ」だったり「飾りのない身辺雑記」だったりするが、最も多いのは「生意気女の自慢話」というレッテルで、学習指導要領にでも実は明記されているのではと思ってしまう。おかげで、まずはそうした固定観念を揺さぶるというスタイルが、講義では定着するようになった。その先に個々人がいかなる読書行為を育んでゆくかはわからない。だが振り返れば私自身、様々な先達の解釈に共感したり反発したりしながら、現在のような「読み」に辿り着いたといえる。

本書（第十四章）でも触れているが、『枕草子』とは中学の時、中村（現・小原）由利子という先生の授業で幸福な出会いを果たした。さらにその後、学究的な対象として据え直したのは大学三年の頃だった。きっかけのひとつに、萩谷朴先生の「日本文学特殊研究」という講義があった。古典文学研究が、かなり盛んな大学の門をくぐったものの、それまでの授業は『枕草子』とは縁遠いものばかり。授業とは別に、平安文学の研究サークルがいくつも活動していたが、すべて『源氏物語』の輪読をやっていた。ひとり図書館で文献に当たっても、当時は読めば気が滅入るような作品論ばかり目に付いた。作者の「無邪気さ」や「浅慮」が揶揄非難されたり、「美意識」や「感性」が手放しで賞讃されたり、あまりに人物批評めいていていて馴染めなかった。

『枕草子』は本格的な研究テーマたり得ないのか。こう諦めかけていた頃、萩谷先生の（出講最終年の）授業に滑り込んだことになる。大好きな枕草子がどう料理されるのか、期待も不安も大きかったと思う。しかしすべてを霧散させる迫力が、教室にはみなぎっていた。一語一語への徹底したこだわり、執念とも言うべき調査追究。刊行間近の『枕草子解環』の原稿が講義ノートだった。『枕草子』など「わかったつもり」の先行研究は、ことごとくなぎ倒されてゆく。研究対象として、かくも困難と労力を伴う作品を選ぼうとしていたのかと、そこで感じた戦慄は、やがて闘志に変わっていった。襟を正して、真正面から立ち向かうべき作品ではないか。翌年は先生の本務校にまで押しかけて、大学院の演習にも参加させてもらった。将来の道筋はこの頃に定まったと言えようか。

本書の第二部・三部は依頼に応じての原稿だが、第一部に収めたのは、ほとんどが近年の投稿論文である。老い先を考えて、主要章段の研究の現状を自分なりに形にしておきたかったからだが、かなり書き急いだ所もあって、論としては不完全だったり、勇み足のような解釈も含まれているかと思う。しかも畏れ多いことに、あの『解環』（集成）説に異を唱えるような論旨も少なくない。学生時代を思えば汗顔の至りであり、先生が御存命なら反論の倍返しを覚悟すべき所だろうか。あるいは拙論など歯牙にもかけず笑っておられたかもしれない。ただ、これは必然の成り行きだとも思っている。萩谷説の真価が「厳密な考証」にあるのはもちろんだが、それと同程度の魅力は、語釈とも一体となった「過剰な読み」にも見出せよう。いまも「枕草子の会」（日本文学協会）で仲間たちと読み合わせながら、その思いを強くしている。同じ「魅力」は『枕冊子全注釈』にも通じるが、何とも自由でおおらかな「言いすぎ」感は、昨今のスリムな注釈書と比べればより際立つ。時には剥き出しの感情に遭遇して戸惑うことすらある。

ただ、読書行為における独断や過剰さは、たとえ批判反発という形であっても、後続の読者に思いがけない足場を提供することがある。本書で『集成』『解環』の引用が目立つのは、諸注が触れない箇所にまでコメントが及んでいるせいでもあるのだ。我田引水の誹りは免れないが、本書でも読みの「過剰さ」「危うさ」に関しては、同様の希望を後進に託したいと考えた。たとえ「誤読」の裁定が下ろうと、新たな読みを喚起し、更新させてゆくような「踏み込み」ならば意義もあろう。検証は尽くさねばならないが、その先の一歩をためらうまいと思った。そもそも古典とは、恣意的な解釈さえも受け入れ、淘汰し、養分としながら、鮮度を繋いできたものたちだろう。直に対峙しているつもりでも、我々は常に既に、その豊潤な耕地にたたずんでいることを自覚したい。

日記回想段の論として、本書では主に雑纂本の前半部が対象となった。主要章段がそこに出揃っているせいでもあるが、後半の章段にも問題は様々潜んでいよう。「枕草子論究」と銘打ったものの、いまだ論じ尽くせぬ憾みは残る。この不思議な魅力に捕われてしまった者の落とし前として、時間や気力の許すかぎり今後の課題としたい。

最後に、翰林書房の今井肇・静江ご夫婦には『枕草子　創造と新生』に続いてお世話になった。お二人が愛情を注がれた翰林の珠玉のラインナップに、小森潔氏の『枕草子　発信する力』に続いて拙著を加えられたことには、また特別な感慨がある。ここに改めて感謝の念を表しておきたい。

二〇一四年五月

津島知明

◎書名（文献名）

人名・書名索引

人名は中世以降、書名（文献名）は近世以前に限った。ただし、執筆者以外の編者名、枕草子およびその諸本・古注は除いた。

◎人名

【著者略歴】

津島知明（つしま・ともあき）

1959年東京生まれ。國學院大學大学院（文学研究科）単位取得満期退学。博士（文学）。

國學院大學・青山学院大学・青山学院女子短期大学・駒澤大学・白百合女子大学・湘北短期大学・東京工業大学 兼任講師。朝日カルチャーセンター（新宿・横浜・立川校）よみうりカルチャー（荻窪校）早稲田大学エクステンションセンター（中野校）講師。

著書に『ウェイリーと読む枕草子』（鼎書房、2002年）『動態としての枕草子』（おうふう、2005年）、編著に『新編枕草子』（おうふう、2010年、中島和歌子との共編）『枕草子 創造と新生』（翰林書房、2011年、小森潔との共編）など。

枕草子論究
日記回想段の〈現実〉構成

発行日	2014年5月18日　初版第一刷
著　者	津島知明
発行人	今井　肇
発行所	翰林書房
	〒101-0051 東京都千代田区神田神保町 2-2
	電 話　(03)6380-9601
	FAX　(03)6380-9602
	http://www.kanrin.co.jp/
	Eメール● Kanrin@nifty.com
装　釘	須藤康子＋島津デザイン事務所
印刷・製本	メデューム

落丁・乱丁本はお取替えいたします

ISBN978-4-87737-371-9